JAMES OSWALD

Asche zu Asche, Blut zu Blut

GOLDMANN
Lesen erleben

Buch

Als in Edinburgh an einem eisigen Wintertag eine im Wasser treibende Frauenleiche entdeckt wird, holen Detective Inspector Anthony McLean schmerzliche Erinnerungen ein. Das Opfer wurde auf dieselbe grausame Weise ermordet wie vor zwölf Jahren seine Verlobte Kirsty – und vor ihr neun weitere junge Frauen. Durch Zufall gelang es McLean damals, einen Mann als Täter zu verhaften. Doch der für die Morde verurteilte Donald Anderson ist vor Kurzem im Gefängnis gestorben – er wurde bei einer Auseinandersetzung von einem Mithäftling getötet. War er der Falsche? Was wurde bei den vergangenen Ermittlungen übersehen? Von Trauer, Wut und Selbstzweifeln geplagt, stellt sich McLean erneut dem schlimmsten Fall seiner Karriere und setzt alles daran, die Wahrheit zu finden. Doch er muss sich beeilen, denn es gibt bereits ein neues Opfer …

Weitere Informationen zu James Oswald
sowie zu lieferbaren Titeln des Autors
finden Sie am Ende des Buches.

James Oswald

Asche zu Asche, Blut zu Blut

Thriller

Aus dem Englischen
von Sigrun Zühlke

GOLDMANN

Die englische Originalausgabe erschien 2013
unter dem Titel »The Book of Souls« bei Penguin Books Ltd, London.

Dieses Buch ist auch als E-Book erhältlich.

MIX
Papier aus verantwortungsvollen Quellen
FSC® C014496

Verlagsgruppe Random House FSC® N001967
Das FSC®-zertifizierte Papier *Pamo House* für dieses Buch
liefert Arctic Paper Mochenwangen GmbH.

1. Auflage
Deutsche Erstveröffentlichung April 2015

Umschlaggestaltung: UNO Werbeagentur München
Umschlagmotive: Haus © John Woodworth/Getty Images;
Bäume © Dan Jurak/Masterfile
Redaktion: Eva Wagner
KS · Herstellung: Str.
Satz: IBV Satz- und Datentechnik GmbH, Berlin
Druck und Bindung: GGP Media GmbH, Pößneck
Printed in Germany
ISBN: 978-3-442-48031-9
www.goldmann-verlag.de

Besuchen Sie den Goldmann Verlag im Netz

Für Barbara

I

Die Straßen sind leer. Eine unnatürliche Ruhe liegt über dem nördlichen Teil der Stadt, als wäre durch die Festivitäten in der Princes Street jegliches Geräusch hier herausgesogen worden. Nur ab und zu stört ein Taxi die Stille, während er seinen Füßen wer weiß wohin folgt. Weg von den Menschenmengen, weg von der Aufregung, weg von der Fröhlichkeit.

Er ist jetzt schon seit Stunden auf der Suche, auch wenn er im Grunde genau weiß, dass es zu spät ist. War er schon mal hier? Alles kommt ihm schrecklich bekannt vor: die Zeiger der Turmuhr, die gen Mitternacht wandern und auf den Beginn eines neuen Jahrtausends zu, die kopfsteingepflasterten Straßen, die vom Regen glitschig glänzen, der orangefarbene Schein auf dem warmen Sandstein, der alles mit dämonischem Licht übermalt. Seine Füße tragen ihn immer weiter nach unten, durch die neun Kreise, und seine Verzweiflung wächst mit jedem dumpfen Schritt.

Was ist es, das ihn auf der Brücke stehen bleiben lässt? Ein unmögliches Geräusch vielleicht. Das Echo eines Schreis, der vor Jahren ausgestoßen wurde. Vielleicht auch das plötzliche Verstummen der Stadt, die den Atem anhält und diese letzten Sekunden vor dem Neubeginn zählt. Er kann ihre Begeisterung nicht teilen, kann sich nicht dazu aufraffen, es wichtig zu finden. Könnte er die Zeit anhalten, sie zurückdrehen, würde er alles ganz anders machen. Aber dies ist nur ein Augenblick, und danach kommt ein neuer. Und dann noch einer. Weiter bis in alle Ewigkeit.

Er lehnt sich an die steinerne Brüstung, sieht hinunter in das dunkle, rauschende Wasser. Etwas hat ihn hergeführt, weg von der feiernden, festlich jubelnden Welt.

Eine laute Explosion markiert das Ende des Alten und den Beginn des Neuen. Feuerwerkskörper steigen in schneller Folge über den hohen Gebäuden auf und erleuchten den Himmel. Eine Million neue Sterne erfüllen das Firmament, sie verjagen die Schatten, spiegeln sich im schwarzen Wasser und enthüllen damit sein schreckliches Geheimnis.

Blitz, und auf dem Wasser funkeln merkwürdige Formen, die schnell wie ein Nachglanz auf dem Augenhintergrund verblassen.

Blitz, und erschreckte Fische huschen weg von den sich im Wasser wiegenden Fingern, an denen sie genagt haben.

Blitz, und langes, schwarzes Haar zieht sich glänzend durch den Strom wie Seetang in den Gezeiten.

Blitz, und die aufgestaute Kraft einer ganzen Regenwoche drückt das letzte Hindernis fort, schiebt es langsam in Richtung Meer, indem sie es wieder und wieder herumrollt.

Blitz, und ein geisterhaft bleiches Gesicht starrt mit flehenden, toten Augen zu ihm herauf.

Blitz …

2

Ih! Mein Gott! War das eine Ratte?«

»Leise, Constable.«

»Aber Sarge, da ist was über meinen Fuß gekrabbelt! War mindestens so groß wie ein Dachs, verdammt!«

»Es wär mir auch egal, wenn's so groß wie mein knackiger Hintern gewesen wäre. Seien Sie leise, bis wir das Zeichen bekommen.«

Eine unbehagliche Stille fiel über die dunkle Straße, während die kleine Gruppe Polizisten zwischen nicht abgeholten Müllsäcken vor einem leblosen Mietshaus herumkroch. Das unaufhörliche leise Hintergrundrauschen der Stadt machte noch deutlicher, wie still es hier war, und der schwache Schein der einzigen funktionierenden Straßenlaterne hüllte alles in den vagen Schatten des Zwielichts. Es war noch früh am Morgen, und man konnte sich darauf verlassen, dass die Bewohner dieses Stadtteils entweder schliefen oder im Drogenrausch lagen.

Zwei Klicks in einem Funkgerät, dann eine metallische Stimme im Ohrhörer. »Hinten ist alles klar. Es kann losgehen.«

Die Körper verschoben sich, behindert von Müll auf beiden Seiten. »Okay, Leute. Auf mein Zeichen. Drei … zwei … eins …«

Das Krachen von splitterndem Holz zerriss die Luft, dicht gefolgt von einem Aufschrei.

»Ah! Das Scheißding war nicht mal abgeschlossen.« Dann: »Mein Gott! Hier ist alles voller Müll.«

Detective Inspector Anthony McLean seufzte und knipste die Taschenlampe an. Vor sich konnte er gerade eben die schwarz gekleidete Gestalt von PC Jones ausmachen, der versuchte, sich aus einem Haufen Müllsäcke auf dem Mietshausflur herauszuarbeiten.

»Habt ihr im Tulliallan nicht gelernt, so was vorher abzuchecken?«

Er schob sich an dem sich abmühenden Constable vorbei in das nasskalte Gebäude hinein und versuchte, beim Einatmen nicht zu würgen. Verrottender Müll zusammen mit alter Pisse und Schimmel, das Lieblingsaroma der Edinburgher Slums. Gewöhnlich war es allerdings nicht ganz so reif, und das verhieß nichts Gutes.

»Bob, du nimmst das Erdgeschoss. Jones, helfen Sie ihm.« McLean wandte sich an das letzte Mitglied ihrer Gruppe, einen jungen Detective Constable mit Babygesicht, der das Pech gehabt hatte, vor einer Stunde in der Kantine gewesen zu sein und so auszusehen, als hätte er gerade nichts Besseres zu tun. Das hatte man vom Diensteifer. »Also los, MacBride. Sehen wir nach, ob es was gibt, das es wert war, eine unverschlossene Tür einzurennen.«

Das Mietshaus hatte drei Stockwerke, auf jedem davon befanden sich zwei winzige Wohnungen. Keine der Türen war verschlossen, und die Graffiti, die großzügig auf jede erreichbare Fläche geschmiert waren, waren schon seit mindestens zwei Generationen von Hausbesetzern überholt. McLean schritt vorsichtig von Zimmer zu Zimmer, wobei der Strahl seiner Taschenlampe über zerbrochene Möbel glitt, über herausgerissene Steckdosen und hin und wieder eine tote Ratte. DC MacBride hielt sich dicht an seiner Seite wie ein gehorsamer Labrador, beinahe zu dicht für seinen Geschmack. Vielleicht wollte er aber auch einfach nur mit nichts aus der Umgebung in Kontakt kommen. Was man ihm wirklich nicht verdenken konnte. Es würde Wochen dauern, den Geruch wieder herauszuwaschen.

»Sieht wieder mal nach kompletter Zeitverschwendung aus«, sagte McLean, als sie aus der letzten Wohnung kamen und oben auf dem Treppenabsatz standen. Aus dem Fenster, das auf die rückwärtigen Gärten hinausging, war jegliches Glas längst verschwunden. Weshalb ein kalter Wind wenigstens den schlimmsten Gestank wegblasen konnte.

»Ähm. Warum sind wir eigentlich hier, Sir?« Die Frage blieb MacBride fast im Halse stecken, als hätte er im allerletzten Moment noch versucht, sie sich zu verkneifen.

»Das ist eine sehr gute Frage, Constable.« McLean leuchtete mit seiner Taschenlampe das leere Treppenhaus hinunter, dann hinauf an die Decke unter dem steilen Dach und zu dem Lichtschacht aus Sicherheitsglas. Der lag außer Reichweite der Vandalen und war stark genug, um Wurfgeschossen zu widerstehen. Trotzdem waren ein paar Scheiben gesprungen und hingen durch. »Ein Informant. Ein Spitzel. Wie nennt man die heutzutage? Ein verdeckter Ermittler?« Er krümmte die Finger wie kleine Hasenöhrchen und zeichnete umgedrehte Kommata in die Luft, wobei das Licht der Taschenlampe auf und nieder hüpfte. »Scheiß drauf. Meiner ist ein Kiffer mit Namen Izzy, und er ist ein nutzloser Wichser. Hat mir einen Haufen Scheiße erzählt, um mich loszuwerden, da bin ich mir sicher. Von wegen, hier gäbe es ein Verteilzentrum. Bin wohl selbst schuld, dass ich ihm geglaubt habe.«

In der Dunkelheit blitzten weitere Lichter auf, wo Detective Sergeant Bob Laird und Police Constable Taffy Jones durch die Mülltüten in der Eingangshalle stolperten. Wenn sie irgendetwas gefunden hätten, hätten sie gerufen, also deutete alles darauf hin, dass die ganze Aktion reine Zeitverschwendung gewesen war. Wie fast jede andere Razzia auch. Wunderbar. Dagwood würde sich freuen.

»Also, kommen Sie. Wahrscheinlich ist es besser, wenn wir Grumpy Bob nicht bis ganz hier hochsteigen lassen. Zurück in die schöne, warme Kantine.« McLean ging die Treppen hinunter und bemerkte erst, als er schon fast ein Stockwerk tiefer war, dass ihm niemand folgte. Er blickte sich um und sah, dass MacBrides Taschenlampe auf eine Stelle über dem Oberlicht an einer der Wohnungstüren zeigte. Eine kleine Luke führte auf den Dachboden des Gebäudes hinauf. Sie sah ganz unauffällig aus, bis auf die glänzende, neue Haspe für ein Vorhängeschloss, die dort eingeschraubt war.

»Meinen Sie, da oben könnte was sein, Sir?«, fragte MacBride, als McLean wieder bei ihm auf dem Treppenabsatz ankam.

»Da gibt's nur eine Möglichkeit, es rauszufinden. Machen Sie mir eine Räuberleiter.«

McLean nahm die Taschenlampe zwischen die Zähne, dann stieg er vorsichtig in die Schale aus den verschränkten Fingern des Constable. Es gab nichts zum Festhalten, abgesehen von dem schmalen Rand unterhalb der Luke, und er musste sein anderes Bein nach dem wackeligen Treppengeländer ausstrecken, bevor er mit einer Hand hinaufreichen und die Haspe öffnen konnte. Sie schimmerte, wo bis vor Kurzem noch ein Vorhängeschloss gehangen hatte.

»Halten Sie mich fest.« McLean drückte gegen die Luke. Sie leistete kurz Widerstand, dann schwang sie auf gut geschmierten Angeln nach innen. Dahinter herrschte ein anderes Dunkel und ein süßer Moschusgeruch, der so gar nicht zu dem widerlichen Gestank passte, der von unten heraufwehte. Er drehte den Kopf, bis seine Taschenlampe durch die Luke leuchtete, sah Aluminiumfolie über den Dachsparren, niedrige Holzbänke, fluoreszierende Beleuchtung.

»Ich kann Sie nicht mehr lange halten, Sir.« MacBrides Stimme zitterte vor Anstrengung, gut fünfundsiebzig Kilo Detective Inspector zu halten. Na ja, vielleicht auch achtzig.

McLean verlagerte so viel Gewicht, wie er sich traute, auf das Treppengeländer, dann schwang er herum und sprang zurück auf den Treppenabsatz. Der Constable sah ihn sorgenvoll an, als rechnete er damit, wegen seiner Schwäche angeraunzt zu werden. McLean lächelte nur.

»Werfen Sie Ihr Funkgerät an«, sagte er. »Ich glaube, wir brauchen so schnell wie möglich ein Spurensicherungsteam.«

Seit die Müllsäcke weggeräumt waren, war die Luft etwas besser geworden, aber der Fliesenboden, den sie bedeckt hatten, war klebrig und glitschig von Flüssigkeiten, über die man besser nicht genauer nachdachte. McLean beobachtete, wie die weiß gekleideten Kriminaltechniker einer nach dem anderen aus ihrem Bus kletterten, den Flur entlanggingen und die Treppe hinaufstiegen und verbeulte Aluminiumkisten voll mit teurem Werkzeug schleppten.

»Mir tut der arme Kerl leid, der das hier durchsuchen muss.« Grumpy Bob nickte in Richtung der Müllsäcke, die jetzt alle ein Etikett mit »Beweismaterial« trugen und auf einem Haufen in der Mitte der Straße auf einen Lastwagen warteten, der sie mitnahm.

»Das werde wohl ich sein. Wer ist der zuständige Beamte hier?« Eine weiß gekleidete Gestalt blieb mitten auf dem Flur stehen, nahm ihre Haube ab und enthüllte einen widerspenstigen Schopf schwarzer Stachelhaare. Emma Baird war oder war auch nicht mit McLean zusammen, je nachdem, welchem Gerücht auf dem Revier man glauben wollte. Er hatte sie ein paar Wochen lang nicht gesehen, sie war auf irgendeiner Fortbildung oben im Norden gewesen. Als sie jetzt mürrisch ins Dämmerlicht blickte, wünschte er sich, ihr Wiedersehen hätte unter günstigeren Umständen stattgefunden. Er sah Grumpy Bob an, der mit einem Schulterzucken jegliche Verantwortung klar von sich wies.

»Hi, Em.« McLean trat aus dem Schatten, damit er zu sehen war. »Ich dachte, du wärst noch oben in Aberdeen.«

»Ich fange gerade an, mir zu wünschen, da geblieben zu sein.« Sie blickte auf den wachsenden Müllberg. »Du weißt, dass seit Monaten niemand mehr diesen Dachboden betreten hat, oder?«

»Scheiße.« Noch eine Sackgasse. Und es hatte alles so vielversprechend ausgesehen.

»Genau, Scheiße. Dreiundzwanzig stinkende schwarze Müllbeutel voll, um genau zu sein. Und ich werde jeden einzelnen davon durchsuchen müssen, auch wenn ich weiß, dass da überhaupt nichts drin sein wird, was uns in unserem Fall weiterhilft. Es sei denn, du entscheidest, dass es nicht nötig ist …« Sie verstummte und sah die beiden an. Ihr Blick schnellte von einem zum anderen, als wüsste sie nicht, an wen sie sich wenden sollte.

»Wenn ich könnte, würde ich das tun, Em.« McLean versuchte es mit einem Lächeln, wusste aber, dass es nur zu einer Grimasse reichte. »Aber du kennst ja Dagwood.«

»Oh, Mist. Der ist doch nicht der Verantwortliche, oder?« Emma zerknüllte ihre Haube mit ihren behandschuhten Händen, stopfte sie dann in eine Tasche des Overalls, drehte sich um und rief dem versammelten Spurensicherungsteam zu: »Kommt schon, Leute. Je schneller wir anfangen, desto schneller kommen wir unter die Dusche.« Dann stapfte sie ohne ein weiteres Wort davon.

3

Eisiger Regen peitscht um den Friedhof und verwandelt den Winter in salzgrauen Matsch. Der Himmel ist bleiern, Wolken hängen tief über der kleinen Gruppe. Er steht am Rand des Grabes und starrt in die Schwärze hinunter, während ein Priester bedeutungslose Floskeln murmelt.

Jetzt kommt Bewegung in die Szene, starke Männer ergreifen die Schlaufen, die unter den Sarg geschoben worden sind. Sie ist da drin, liegt dort still und kalt im Lieblingskleid ihrer Mutter. In ihrem Lieblingskleid. Das nützt jetzt niemandem mehr etwas. Er will den Deckel aufbrechen und ihr Gesicht noch ein letztes Mal sehen. Er will sie in die Arme nehmen und die Vergangenheit mit purer Willenskraft wegschmelzen, das Schlimme ungeschehen machen. Was gäbe er dafür, wenn er nur ein paar Monate zurückgehen könnte? Seine Seele? Natürlich. Bringt den Vertrag und die in Blut getauchte Feder. Er braucht keine Seele mehr, jetzt, da sie fort ist.

Aber er rührt sich nicht. Kann es nicht. Er sollte den starken Männern dabei helfen, sie in die Erde hinunterzulassen, aber er kann nicht. Er kann sich gerade so auf den Beinen halten.

Eine Hand auf seinem Arm. Er dreht sich um und sieht eine schwarz gekleidete Frau. Tränen rinnen über ihr weiß geschminktes Gesicht, aber ihre Augen sind voll von wütendem Hass. Sie starren ihn anklagend an. Es ist seine Schuld, dass all dies geschehen ist. Seine Schuld, dass ihr kleines Mädchen, ihre einzige Freude, allmählich mit Erde zugeschaufelt wird. Futter für die Würmer. Tot.

Er hat diesen Augen nichts entgegenzusetzen. Sie haben

recht. Er ist schuld. Sie sollte ihn jetzt ins Grab stoßen. Er würde sie nicht daran hindern. Mit Freuden würde er auf dem Sarg liegen, während sie die Erde auf ihn werfen. Alles wäre besser, als zu versuchen, ohne sie weiterzuleben.

Aber er weiß, dass er genau das tun wird.

4

Die Mittagszeit war kaum vorüber, und die spätherbstliche Sonne war bereits auf dem Weg ins Bett. McLean starrte zu den Wolken hinauf, die wie Makrelenstreifen hoch über den Salisbury Crags hingen, und schauderte bei dem Gedanken an den herannahenden Winter. Der Betonklotz des Polizeigebäudes würde ihn schon bald in seine Welt aus künstlichem Licht und getönten Fenstern einsaugen. Jetzt wollte er nur den Wind auf dem Gesicht spüren. Überall sein, nur nicht drinnen.

»Willst du den ganzen Tag hier draußen stehen? Da drin wartet nämlich eine Tasse Tee mit deinem Namen drauf.« Grumpy Bob knallte die Tür des Dienstwagens zu und ging über den Parkplatz zur Hintertür des Reviers. Er war noch kein halbes Dutzend Schritte weit gekommen, als lautes Hupen ihn erschreckt zurückspringen ließ. Bremsen quietschten, und ein glänzender neuer Jaguar Estate kam an der Rampe zum Stehen, die vom Asservatenlager im Untergeschoss des Gebäudes nach draußen führte. Eine hochgewachsene Erscheinung drückte die Fahrertür auf, bevor sie sich herauskämpfte und um den vorderen Teil des Wagens herumhinkte.

»Entschuldigen Sie, Bob. Hab Sie gegen die Sonne nicht gesehen.«

»Herrgott, Needy. Sie hätten mich beinahe erwischt.« Grumpy Bob legte die Hand theatralisch auf die Brust, wobei die andere die Motorhaube des Wagens tätschelte. »Nettes Teil übrigens. Ich muss die Nachricht von der Gehaltserhöhung für Sergeants irgendwie nicht mitgekriegt haben.«

»Nun mach mal 'nen Punkt, Bob. Nur, weil du dein ganzes

Geld für Bier und leichte Mädchen ausgibst.« McLean sah zu Needy hinüber, Sergeant John Needham für die, die ihn nicht so gut kannten. König der unterirdischen Tiefen des Polizeigebäudes, der Asservatenkammer und des labyrinthischen Gewirrs aus Archiven und Lagern. Man konnte sich normalerweise darauf verlassen, dass er einen Hauch von Humor in jede Situation brachte. Jetzt allerdings sah er angestrengt aus, graugesichtig und müde.

»Guten Tag, Sir.« Needy wandte sich steif an McLean, sein kaputtes Bein machte ihm offensichtlich mehr zu schaffen als sonst. McLean erinnerte sich an den athletischen Detective Sergeant, der ihn vor vielen Jahren unter seine Fittiche genommen hatte. Und hätte es da nicht ein unglückliches Zusammentreffen mit einem flaschenschwingenden Schläger gegeben, würde jetzt wahrscheinlich Needy die Ermittlungen leiten, und McLean wäre derjenige, der ihn mit Sir ansprach.

»Guten Tag, Needy.« McLean nickte in Grumpy Bobs Richtung. »Aber er hat recht. Tolles Auto. Wollten Sie sich zur Pensionierung was schenken? Ist ja nicht mehr lang, oder?«

»Im Februar.« Needy sah nicht ganz glücklich dabei aus. »Muss nur noch Weihnachten und Silvester hinter mich bringen, dann heißt es Lebewohl alldem hier.« Er hielt die Hände hoch, als betete er zum Hof und den düster aufragenden Mauern. Oder erhielte Beifall aus den leblosen Fenstern. »Es haben schon im alten Gebäude Needhams gearbeitet, bevor das hier auch nur gebaut wurde. Ich würde sagen, ungefähr hundert Jahre Dienst, wenn man's genau nimmt. Und ich bin der Letzte.«

»Wie geht's übrigens dem alten Herrn?«, fragte McLean. Tom Needham, vierzig Jahre Streifenpolizist, war Mann und Junge zugleich gewesen. Es war schon eine Weile her, dass er das Revier besucht hatte, überall herumgewandert war, als ob es ihm gehörte, und seinen knotigen Spazierstock in aller Leute

Angelegenheiten gesteckt hatte. Es spielte keine Rolle, dass er schon lange pensioniert war und längst keine Zugangsberechtigung mehr hatte. Es gab im ganzen Haus keinen leitenden Beamten, der es gewagt hätte, ihn nach Hause zu schicken.

Ein Schatten fiel auf Needys Gesicht, und er begann mit dem aufwändigen Vorgang, sich wieder in seinen Wagen zu setzen.

»Er ist wieder im Krankenhaus. Ich bin auf dem Weg, um ihn zu besuchen.«

»Na, dann grüßen Sie ihn mal von mir«, sagte McLean. »Und lassen Sie sich von uns nicht aufhalten.«

»Aye, das werde ich sicher nicht«, sagte Needy. »Ich will so weit weg sein wie möglich, wenn Dagwood von eurer Razzia heute Morgen erfährt.«

»Woher wissen Sie denn das?«, fragte McLean, aber Needy lächelte nur, schloss die Tür und fuhr davon.

Die Spannung stieg, wenn man die Treppe vom Hintereingang hinein ins dunkle Herz des Polizeireviers hinaufstieg. McLean spürte sie als eine Reglosigkeit in der Luft, als schweres Gewicht, das auf seinen Schultern lastete, als Druck auf seinen Nebenhöhlen. Und dann war da noch der Geruch von Angst, der die Flure durchdrang. Entweder das, oder ein paar junge Constables mussten sich mal dringend waschen.

Der größte Einsatzraum des ganzen Gebäudes nahm einen Großteil des vorderen ersten Stockwerks ein, seine langen Fenster wiesen auf die befahrene Einfallstraße hinaus, die den Verkehr von den Borders ins Stadtzentrum strömen ließ. McLean blieb in der Doppeltür stehen und wurde Zeuge beispielhafter Geschäftigkeit. Uniformierte Constables und Sergeants hetzten hin und her zwischen einer Reihe von Computerarbeitsplätzen, einer Weißwandtafel, die über die gesamte Länge des Raumes reichte, und einem Stadtplan, der die Stirnseite einnahm. Zwei Dutzend unterschiedliche Stimmen plapperten in Mikrofone an Headsets, während noch mehr Arbeitskraft vom stetig wachsenden Überstundenbudget verschlungen wurde. Und wofür das alles? Ein lausiger Tipp, der sie zu einem längst verlassenen Ort geführt hatte, der wahrscheinlich nicht das Geringste mit der laufenden Ermittlung zu tun hatte.

»Sieh mal einer an, wen wir hier haben! Ich hab mich schon gefragt, was Ihnen wohl zugestoßen ist.«

McLean sah seinen Ankläger an, dankbar zumindest, dass er seine Nachrichten jemandem überbringen konnte, der ihn vielleicht nicht durchkauen und dann wieder ausspucken würde. Detective Inspector Langley war eigentlich ganz in Ordnung, soweit das bei Detectives der Drogenfahndung überhaupt möglich war. Rein formal gesehen, stand diese ganze Ermittlung unter seinem Kommando, wobei McLean logistische Unterstützung leistete, was auch immer das bedeuten sollte. Aber sie waren beide durch die ständige Einmischung eines gewissen Chief Inspectors, der zu McLeans Glück offensichtlich gerade nicht da war, in andere Rollen gezwungen worden.

»Na, wie ist es gelaufen?«, fragte Langley mit einer Miene, die McLean davon überzeugte, dass er es wirklich noch nicht wusste.

Er zuckte mit den Schultern. »Ist noch zu früh, um etwas sagen zu können. Vielleicht findet die Kriminaltechnik ja was. Auf jeden Fall haben wir denen genug zum Durcharbeiten dagelassen.«

»Aye, das hab ich schon gehört.« Langley kratzte sich in der Nase und sah dann auf seine Fingerspitze, als dächte er darüber nach, ob er sie in den Mund stecken sollte oder nicht. Entschloss sich schließlich, sie stattdessen an seiner Jacke abzuwischen. »Der Chef hat's auch gehört.« Sein Blick schnellte hinter McLeans Schulter auf die offene Tür dahinter. Gleichzeitig spürte McLean, wie die Temperatur sank und der Lärm verstummte.

»Wo zum Teufel waren Sie denn, McLean? Ich hab Sie den ganzen Tag gesucht.«

McLean drehte sich um und sah, wie die hohe Gestalt seines ungeliebtesten Kollegen durch die Tür schritt: Detective Chief Inspector Charles Duguid, Dagwood für alle außer Hörweite. Es musste wohl Brauner-Anzug-Woche sein. Der Polyestermix dieses ganz besonderen Stücks war an den Ärmeln ausgefranst und glänzte an den Ellbogen. Er sah eher aus wie ein Lehrer denn wie ein Detective, und zwar die Sorte Lehrer, denen es großen Spaß macht, sich über die langsamen Kinder lustig zu machen, und deren gesamtes Verhalten die Schüler zur Aufmüpfigkeit geradezu herausfordert. Von seinem dünnen, rotgrauen Haarschopf über das fleckige, weiße Gesicht, das beim geringsten Anzeichen einer Ausrede vor Wut rot anlaufen konnte, bis hin zum schlaksigen Körper und den übergroßen Händen mit den langen Fingern und den knollenartigen, knochigen Gelenken erinnerte er McLean stark an einen Orang-Utan im Anzug, nur weniger freundlich.

Versuch, vernünftig zu sein. Wenigstens am Anfang.

»Falls Sie sich noch erinnern, Sir, habe ich Ihnen gesagt, dass ich einem Hinweis eines meiner Informanten nachgehen würde. Sie wissen, wie schwer es bisher gewesen ist, diese Typen festzunageln. Ich dachte, ich schlage sofort zu und bin dort, bevor sie gewarnt werden.«

»Dann kommt die Ermittlung also jetzt zum Abschluss? Die Verbrecher schmoren schon in ihren Zellen, während wir hier miteinander reden, und die Stadt ist endlich wieder frei von der Bedrohung durch den Cannabis-Anbau?«, höhnte Duguid. »Waren Sie nicht letzten Monat noch Sergeant?«

»Es ist beinahe ein Jahr her, und ich verstehe nicht, was das damit zu tun hat …«

»Ein paar von uns haben ein bisschen mehr Erfahrung darin, eine Ermittlung zu leiten, McLean. Sogar Langley hier hat seinerzeit ein paar Dealer hinter Schloss und Riegel gebracht. Und Sie wissen doch noch, was die eine wichtige Eigenschaft eines Ermittlungsteams ist, eh? Sie erinnern sich doch noch aus der Ausbildung daran, eh?«

Mit jedem »eh?« kam Duguid näher, dann beugte er sich über McLean und spielte seine ungewöhnliche Körpergröße gegen ihn aus.

»Es ist ein kleines Wort, McLean.« Und jetzt stieß ihn Duguid mit einem knochigen Finger an, dessen abgebrochener Nagel gelb war von lebenslanger Zigarettenexposition. »Team. T-E-A-M. Man gondelt nicht einfach in der Morgendämmerung zu einer Razzia, ohne das mit allen anderen abzusprechen. Und was haben Sie gemacht? Sie haben sich die erstbesten Uniformierten geschnappt und sich volle Kraft voraus hineingestürzt.«

McLean wollte gerade protestieren, kam sogar so weit, den Mund ein wenig zu öffnen, schloss ihn dann jedoch wieder, als er das irritierende Körnchen Wahrheit in den Worten des Chief Inspector erkannte. Allerdings hatte er die Teamstruktur nicht völlig außer Acht gelassen. DI Langley war schließlich bei der kurzen Besprechung dabei gewesen, die er um sechs Uhr morgens einberufen hatte. Es wäre nett gewesen, wenn der Mann ihm jetzt beigesprungen wäre, statt sich in Richtung der Computer zu verkrümeln, die in der Mitte des Raumes aufgereiht standen, und so zu tun, als wäre er sehr an den neuesten nutzlosen Protokollen interessiert, die sie ausspuckten.

»Nun, was haben Sie zu Ihrer Rechtfertigung vorzubringen?«, fragte Duguid, steckte seine nervös zappelnden Hände in die Jackentaschen, wühlte ein bisschen darin herum und holte dann ein leicht vergilbtes Mint Imperial heraus. Er rieb ein paar Krümel davon ab – McLean hoffte, dass es Kautabak war – bevor er es in den Mund steckte.

»Wir haben Hochleistungsleuchten und Hydrokultur-Zubehör auf dem Dachboden des Mietshauses gefunden, das mein Informant genannt hatte«, begann er, den Chief Inspector in die Aktivitäten des Morgens einzuweihen. Erstaunlicherweise unterbrach Duguid ihn nicht – vielleicht, weil er zu sehr damit beschäftigt war, sein nikotingetränktes Pfefferminzdragee zu genießen.

Schließlich pulte er zwischen seinen gelben Zähnen herum, sah kurz auf das, was er dort gefunden hatte und was jetzt unter seinem abgebrochenen, gelben Nagel steckte. »So, dann durchsucht die Spurensicherung also zwei Dutzend verrottete Müllbeutel voller Dreck für uns, und Sie sagen mir jetzt, dass es aussah, als sei der Dachboden schon eine ganze Weile nicht benutzt worden?«

McLean verzog das Gesicht. »Zumindest wissen wir, dass sie dort waren.«

»Wir wissen, wo sie waren, McLean. Wir haben ein halbes Dutzend Orte in der Stadt, an denen sie waren.« Duguid wedelte mit einer übergroßen Hand in Richtung der Computer und der hart arbeitenden Beamten, die auf die Tastaturen tippten und kurzsichtig auf die Bildschirme starrten. »Wir haben endlos Arbeit damit, alles darüber herauszufinden, wo sie waren. Ich muss aber wissen, wo sie jetzt sind.«

»Ich weiß, Sir. Aber …«

»Ich will's nicht hören. Ehrlich. Es ist schon schlimm genug, dass ich mir den ganzen Tag das Geblöke von diesem verdammten Langley anhören muss, echt, wie ein Schaf mit Verstopfung. Ich habe Sie in diesen Fall einbezogen, weil Chief Superintendent McIntyre das für eine gute Idee hielt.« Duguid verzog das Gesicht, als er seine Vorgesetzte erwähnte, als reichte allein der Gedanke an sie, um ihm die Laune zu verderben. »Offensichtlich hat sie sich von Ihrem gewinnenden Lächeln betören lassen, aber bei mir funktioniert das nicht.«

»Wenn Sie meine Unterstützung nicht wollen, Sir, hab ich

noch eine Menge anderes zu tun. Zum Beispiel wissen wir immer noch nicht, wer die Feuer an diesen alten Gebäuden gelegt hat.« McLean konnte den bockigen Schuljungen aus seiner eigenen Stimme heraushören, aber es war zu spät, um irgendetwas zurückzunehmen. Duguid nahm eine drohende Haltung ein, und sein Gesicht färbte sich rot wie ein erschreckter Oktopus.

»Raus mit Ihnen, McLean!« Seine Stimme wurde höher und lauter. »Gehen Sie Ihren kleinen Brandstifter fangen. Überlassen Sie die echte Polizeiarbeit denen, die wissen, was sie tun.«

5

Allmächtiger. Die Bude ist ja der Hammer!«

Er steht in der riesigen Eingangshalle eines prunkvollen Herrenhauses und blickt den breiten Treppenaufgang hoch, der sich drei Stockwerke hinauf zu einem riesigen Oberlicht windet. Als er die Einfahrt entlangfuhr, hat er noch angenommen, das Haus sei in mehrere Wohnungen aufgeteilt, aber jetzt sieht es danach aus, als gehöre das ganze Ding einem einzigen Menschen.

»Da muss man sich erst dran gewöhnen, stimmt's, mein Junge?«, sagt Detective Inspector Malcolm »Mac« Duff und nimmt gelassen seinen Mantel ab. Detective Sergeant Needham hat seinen bereits auf einen alten Stuhl geworfen, der neben der Tür steht.

»Willkommen in meinem nicht ganz so bescheidenen Heim«, sagt Needham. »Oder sollte ich sagen: dem Heim meines Vaters?«

»Ich hätte nicht gedacht, dass Sergeants vom Dienst so gut bezahlt werden.«

Needham lacht. »Machen Sie sich bloß keine Illusionen, Constable. Das werden sie nicht. Dieses Haus ist schon seit Generationen in der Familie. Hier, ich gebe Ihnen die kurze Führung.«

Es erinnert ihn an das Haus seiner Großmutter, oben in Braid Hills, auch wenn das, ehrlich gesagt, im Vergleich hierzu klein erscheint. Trotzdem vermittelt es den Eindruck eines Hauses, das erst noch ein Zuhause werden will. Die meisten Räume sind kalt, feucht und ungenutzt. Nur die Küche mit ihrem ausladenden Eisenherd und dem langen Holztisch birgt echte Wärme. Hier endet die Führung mit der obligatorischen Tasse Tee.

»Sie fragen sich wahrscheinlich, warum wir alle hier herausgekommen sind, mein Junge.« Duff hat sich an die Kopfseite des Tischs gesetzt, obwohl es nicht sein Haus ist. »Needy hat Platz und keine Frau oder Kinder, die uns stören könnten. Sie wissen ja, wie es im Büro sein kann. So laut, dass man sich manchmal nicht mal selbst denken hören kann. Deshalb nutzen wir dieses Haus sozusagen als inoffiziellen Einsatzraum.«

»Wofür?« Er stellt die Frage, obwohl er den Verdacht hat, die Antwort bereits zu kennen.

»Für den Christmas Killer, mein Junge.« Needham starrt ihn mit ungewohnter Intensität an. »Seit acht Jahren versuchen wir, den Schweinehund zu kriegen. Sie haben alle damit beeindruckt, wie Sie den Fall Probert gelöst haben. Jetzt können Sie sich mal an was wirklich Schwierigem versuchen.«

6

Gelächter hallte durch die offene Bürotür. McLean blieb draußen stehen, ihm klingelten noch die Ohren von dem Anschiss, den er von Duguid bekommen hatte. Es war immer schlimmer, wenn man wusste, dass man tatsächlich etwas versemmelt hatte und den Anschiss verdiente. Und es war immer schwer zu akzeptieren, wenn der DCI recht hatte. Gut gelaunte Gesellschaft konnte er jetzt nicht brauchen, aber die Aussicht darauf, sich in sein winziges Büro zu quetschen und mit der Arbeit an den Überstundenplänen anzufangen – oder was sonst auch immer der Sergeant vom Dienst beschlossen hatte, dem jüngsten DI auf dem Revier aufzuhalsen –, war ebenso wenig verlockend. Er sah auf die Uhr. Zu früh, um Schluss zu machen? Wahrscheinlich, auch wenn er lange vor Tagesanbruch angefangen hatte. Nun, es gab reichlich andere Fälle, die seiner Aufmerksamkeit bedurften, so viel stimmte zumindest. Und es gab keinen besseren Ort, um damit anzufangen, als unten in den Archiven, weit weg von allen, die ihn an seine Versäumnisse erinnern konnten.

Das Polizeigebäude war eine bauliche Monstrosität, entworfen von einem Komitee und gebaut in den Siebzigern, als schmuckloser Beton der letzte modische Schrei der Architektur war. Wie vieles in Edinburgh war sie auf etwas anderem errichtet worden, in diesem Fall auf einem früheren viktorianischen Polizeirevier, und die Kellergeschosse boten eine vollkommen andere Atmosphäre. Die alten, in der Mitte von zahllosen Verbrecherfüßen ausgetretenen Stufen hinunterzugehen, fühlte sich an, als beträte man eine andere Welt. Die Wände waren aus Ziegelsteinen gemauert, unzählige Male weiß überstrichen, und die Decken von Meisterhandwerkern, die offensichtlich stolz auf ihre Arbeit waren, zu perfekt geschwungenen Gewölben geformt. Die Räume hier unten waren klein und fensterlos, Zellen aus einer früheren Zeit. Da sie nicht mehr sicher genug erschienen, um Gefangene darin unterzubringen, waren sie zu Lagerräumen für Beweismittel und alte Akten umfunktioniert worden. Einer war zu einem Büro umgebaut worden, von dem aus Sergeant John Needham über sein unterirdisches Reich herrschte.

McLean näherte sich leise dem Eingang – nicht, um heimlichzutun, sondern weil der Ort Stille gebot, ein bisschen wie eine Kathedrale oder eine Krypta. Als er näher kam, sah er, dass die Tür offenstand, das Licht eingeschaltet war und von drinnen das unverkennbare Geräusch eines Mannes kam, der verzweifelt versuchte, nicht zu weinen. McLean lugte um den Türrahmen herum und sah den Sergeant mit dem Rücken zur Tür über seinen Schreibtisch gebeugt dasitzen. Er zitterte leise.

»Needy?«

Das Schluchzen hörte auf, als hätte man einen Schalter umgelegt. Sergeant Needham sah auf und rieb sich die Wangen, während er versuchte, durch gerötete Augen zu fokussieren.

»Wer …? Oh, Inspector McLean, Sir.«

McLean erinnerte sich an das Gespräch am Morgen, als er nach dem alten Needham gefragt hatte. Sie standen sich nah, Vater und Sohn, auf diese merkwürdige, reservierte Art einer Familie, die des weiblichen Elements beraubt war. Es gab nur eines, was das hier erklären konnte.

»Ihr Vater?«

Needy nickte. »Ja. Vor ungefähr zwei Stunden.« Er schniefte, zog ein zerknülltes weißes Taschentuch aus der Hosentasche und schnäuzte sich, dann benutzte er eine Ecke, um sich die Augen trocken zu tupfen. »Armer Teufel. Sie wollten heute seinen Krebs operieren, aber als der Arzt ihn aufgemacht hatte … Na ja, es hatte keinen Sinn mehr.«

»Es tut mir leid, Needy. Wirklich. Er war ein guter Bulle.«

»Aye, das war er. Manchmal aber auch ein ganz schön schlecht gelaunter Mistkerl.«

Needy lächelte schief und sah an McLean vorbei, der seinem Blick zu einer Uhr an der gegenüberliegenden Wand folgte. Halb sechs Edinburgher Zeit. »Also, was führt Sie heute Abend her?«, fragte er.

McLean sah Needham an und erinnerte sich an den Detective Sergeant, der ihn abwechselnd herumkommandiert und mit allem vertraut gemacht hatte, vor all den Jahren, als er gerade bei der Kriminalpolizei angefangen hatte. Needy war ein guter Detective gewesen, zuverlässig und sorgfältig. Manche hatten ihn wahrscheinlich besessen genannt, aber nicht McLean. Irgendwie waren sie Freunde geworden, wenn auch keine engen. Also, was sollten Freunde in einem Augenblick wie diesem tun?

»War nicht wichtig. Nur etwas Hintergrundzeug, aber das kann warten. Warum verschwinden wir nicht von hier? Gehen einen trinken? Ich würde sagen, wir haben uns beide einen verdient, oder?«

»Lustig. Ich hätte gedacht, Sie seien eher der Typ für ein Real Ale.«

Needy saß auf der billigen Vinylbank in einer Nische, die aussah wie aus einem schlechten Gangsterfilm, und hatte die Hände gefaltet auf der billigen Resopaltischplatte mit nachgemachter Holzmaserung abgelegt. McLean stellte die beiden Gläser mit einem eiskalten, perlenden Bier vom Fass ab, was in diesem Pub etwas Trinkbarem noch am nächsten kam, und quetschte sich auf die Bank gegenüber.

»Keine große Auswahl.« Er schob eines der Gläser über den

Tisch und bemerkte dabei, dass keins von beiden als sauber durchgehen konnte. Der Pub lag nah am Revier, und das war auch das einzig Gute, was man darüber sagen konnte.

Needy nahm sein Glas, übersah gewissenhaft den schmierigen Ring um die Mitte und hob es hoch.

»Auf Esther McLean.«

»Aye, und auf Tom Needham«, setzte McLean hinzu und hob sein eigenes Glas. Sie tranken, dann schwiegen sie eine Weile unbehaglich. Es war Needy, der das Schweigen brach.

»Wie lange ist es her, sagen Sie? Dass Ihre Großmutter … Sie wissen schon? Bevor sie …«

»Achtzehn Monate und ein paar Tage.«

»Mein Gott. So lang? Wie kommen Sie damit zurecht?«

»Ich weiß nicht. Muss ich ja, denke ich. Bleibt einem ja nichts anderes übrig.«

»Ja, ich glaube, ich verstehe, was Sie meinen.« Needy trank noch einen großen Schluck. »Das heißt aber nicht, dass es einfach wäre. Zu sehen, wie jemand vor einem stirbt, Stück für Stück.«

Diesmal dauerte das Schweigen noch länger. McLean versuchte es abzukürzen, aber sein Bier hatte zu viel Kohlensäure, um es schnell hinunterzustürzen.

»Haben Sie schon darüber nachgedacht, was Sie jetzt machen?« Dumme Frage. Natürlich nicht. Der alte Needham war noch nicht mal kalt. Seine Großmutter war jetzt seit einem halben Jahr tot, und er hatte immer noch nicht angefangen, ihre Angelegenheiten zu regeln.

»Herrgott, nein. Eins nach dem anderen, denk ich mal.«

McLean hob wieder sein Glas. »Darauf trinke ich.«

Needy nahm einen Schluck, dann ließ er sich gegen die Wand zurückfallen. »Wissen Sie, das ist beinahe wie in alten Zeiten. Wir zwei in irgendeinem abgerissenen Pub, und beschweren uns darüber, wie bitter das Leben ist. Wir brauchen nur noch Bob Laird und MacDuff, und dann haben wir das ganze Team wieder zusammen.«

»Ich kann Grumpy Bob anrufen, wenn Sie wollen.« McLean fischte sein Handy aus der Tasche. »Duff allerdings …«

»Ich habe gehört, er ist in einem Heim irgendwo in den Borders. Alzheimer.«

Das brachte das Gespräch für eine weitere lange Pause zum Erliegen. Needy untersuchte sein Pint, strich mit nervösen Fingern am Glas entlang. Er sah nicht auf, als er endlich wieder das Wort ergriff.

»Ich habe mich immer gefragt, Tony, wie Sie das hingekriegt haben. Wie haben Sie ihn gefunden?«

Und das war der Grund, weshalb das ganze alte Team nie wieder zusammenkam. McLean musste Needy nicht fragen, von wem er sprach. Donald Anderson, der Christmas Killer, war immer in seinen Gedanken. Besonders, wenn die Nächte lang und dunkel und kalt waren.

»Ich hatte Glück.« McLean lachte auf, als habe ihm jemand ein Messer in die Eingeweide gerammt. »Ha, Glück. Keine Ahnung, warum ich in seinen Laden gegangen bin. Ich kann mich an vieles von damals nicht erinnern. Aber er hat Andenken gesammelt. Das wissen Sie so gut wie ich. Und er hatte dieses eine Stück von ihrem Kleid.«

Da sah Needy auf, und McLean sah die Trauer in seinen Augen und bemerkte die tiefe Verbundenheit, die zwischen dem Sergeant und seinem Vater bestanden hatte. Wie viele Jahre war es jetzt her, dass seine eigenen Eltern gestorben waren? Zu viele, um sie zu zählen, und er war zu jung gewesen, um es wirklich zu begreifen.

»Ich weiß aber immer noch nicht, wie Sie das geschafft haben. Nach allem, was er Ihnen angetan hat. Gott weiß, ich hätte ihn zu Brei geschlagen, wenn ich ihn gefunden hätte.« Needy streckte die Hände aus, klauenartig und von Leberflecken übersät. »Ich hätte ihn da an Ort und Stelle erwürgt.«

McLean griff nach seinem Bier und schluckte so viel davon, wie er sich traute, ohne an die krustigen Stückchen zu geraten, die sich auf dem Grund des Glases drehten. Er sah auf die Uhr.

»Ich hab daran gedacht. Tu es immer noch. Aber jetzt muss ich los. Eigentlich sollte ich Dagwoods Besprechung um sechs vorbereiten, und es wäre schön, vorher noch nach Hause zu gehen und zu duschen.«

»Aye, Sie haben recht.« Needy nahm sein Glas und verwirbelte das Bier, das noch darin war. »Aber ich glaube, ich trinke noch eins. Vielleicht hilft das dem Geschmack auf die Sprünge.«

»Kommen Sie nach Hause?«

»Machen Sie sich keine Sorgen um mich, Inspector. Wir Needhams überleben. Das haben wir immer, und das werden wir auch weiterhin.«

Ölige Pfützen zitterten auf dem Asphalt, als McLean aus der Zeitschleife des Pubs in die richtige Welt hinaustrat. Der Regen hatte aufgehört, aber ein schneidender Wind wehte vom Meer herein. Zu bequem, um Umwege zu machen, ging er durch alles hindurch, was ihm in den Weg kam, und raubte alle Wärme, die er finden konnte. McLean zog abwehrend die Schultern hoch, schlug den Mantelkragen hoch und machte sich auf den langen Weg nach Hause. Bei diesem Wetter erkannte er den Sinn darin, ein Auto zu besitzen. Oder vielleicht, ein richtiges Auto. Nicht den unpraktischen, altmodischen Alfa Romeo, den ihm seine Großmutter hinterlassen hatte. Es wäre schön, es warm und trocken zu haben. Andererseits kroch der Verkehr langsamer dahin, als er zu Fuß ging, und wenn er ein Auto hätte, wäre zu Hause kein Parkplatz frei, und obendrauf hätte er noch eine gewaltige jährliche Steuer von der Gemeinde für dieses Privileg zu entrichten. Ein Taxi wäre die Lösung, natürlich, aber es war gerade keins zu sehen. Nicht hier, nicht jetzt.

Das Telefon vibrierte tief in der Manteltasche gegen seine Hand. McLean zog beides hervor und schaute auf das Display, um herauszufinden, wer anrief. Es war das Revier. Zweifellos wollte Dagwood ihm wieder das Leben zur Hölle machen.

»Tony? Sind Sie zu Hause?«

Nicht Dagwood. »Oh, Chief Superintendent, Ma'am. Äh … nein, ich bin unterwegs, zu Fuß. Es …« Er wusste nicht, was er sagen sollte. Needy hatte ihm den Eindruck vermittelt, dass nur wenige Bescheid wussten und dass der Sergeant es vorzog, es so lange wie möglich dabei bleiben zu lassen. Andererseits entging Jayne McIntyre kaum etwas. »Ich war mit Needy im Pub.«

Das Schweigen am anderen Ende zeigte, dass die Chefin darüber nachdachte, was das zu bedeuten hatte. Es gereichte ihr zur Ehre, dass sie nicht lange dafür brauchte.

»Verdammt. Das wird ihm zu schaffen machen.«

»Er schafft das schon, Ma'am. Die Needhams sind harte Hunde.«

»Aye, damit haben Sie recht. Aber trotzdem.« Sie verstummte erneut.

»Aber deswegen rufen Sie wahrscheinlich nicht an, oder?« McLean nahm an, dass die Nachricht von seinem morgendlichen Pfusch bis nach ganz oben durchgedrungen war, zweifellos noch ausgeschmückt von Duguid, der ihn noch dümmer aussehen lassen wollte, als er sich bereits fühlte. Er würde morgen früh zu einem ausgewachsenen Anschiss antreten müssen.

»Nein, es ist etwas anderes.« McIntyre hielt wieder inne, als suchte sie nach den richtigen Worten. Herrgott, er hatte es doch nicht so schlimm vergeigt, oder?

»Ich dachte, Sie sollten es zuerst von mir hören. Bevor es herumgetratscht wird. Es geht um Anderson.«

McLean spürte eine Kälte bis tief in seine Eingeweide, die

mit dem Wind nichts zu tun hatte. »Ach ja? Wird er wegen guter Führung entlassen oder was?«

»Nicht ganz, Tony. Ich habe gerade eine Nachricht aus Peterhead bekommen. Es scheint, als hätte ihn jemand in der Küche mit einem Messer angegriffen. Er ist tot.«

7

Mitten im Leben sind wir vom Tode umfangen. Wer ist es, der uns Hilfe bringt, dass wir Gnade erlangen? Das bist du, Herr, alleine. Uns reuet unsere Missetat, die dich, Herr, erzürnet hat.«

McLean starrte über die Reihen der Grabsteine hinweg auf den kleinen Haufen Menschen, die sich im prasselnden Regen um ein Grab scharten. Ein scharfer Novemberwind wehte von der Nordsee her und riss am schütteren, grauen Haar des Priesters, der seinen Kopf über das Gebetbuch gebeugt hielt. Zwei uniformierte Beamte traten rastlos von einem Bein aufs andere, als wären sie lieber woanders. Eine schmale, rothaarige Frau kämpfte mit ihrem nutzlosen Regenschirm, und der Regen dunkelte das Grau ihres gut geschnittenen Hosenanzugs nach. Auf einer Seite warteten ungeduldig zwei mürrische Männer in den schmutzig grünen Overalls des Grünflächenamtes von Aberdeen. Keine Familie, natürlich nicht. Für diesen Toten waren wirklich nicht viele Leute erschienen.

»Heiliger Herre Gott, heiliger starker Gott, heiliger barmherziger Heiland, du ewiger Gott: Lass uns nicht versinken in des bittern Todes Not.«

McLean vergrub die Hände tief in den Taschen seines schweren Mantels und krümmte sich gegen die Kälte, die ihm bis in die Knochen drang. Tief hängende Wolken jagten über den Himmel und machten zunichte, was auch immer das bisschen schwache Nachmittagssonne so weit im Norden hätte erreichen können. Düsternis war das richtige Wort. Es passte zu seiner Stimmung.

»Der du den Grund unsrer Herzen kennest: Verschließ Dein gnädig Ohr nicht unserem Gebet!«

Er blendete die Worte aus und sah sich auf dem Friedhof um. Bunte Flecken aus Blumen hier und dort, sogar ein paar Fotos. Die Grabsteine glänzten nass, granitgrau wie die Stadt, die sie hervorgebracht hatte. Nur der eine oder andere Engel brach die Monotonie. Was zum Teufel machte er hier?

»Lass uns nicht von dir entfallen in unsrer letzten Stund' und Todesnot.«

Die Gemeindearbeiter hievten den schweren Sarg auf breiten Canvasgurten hoch und traten die Gerüste beiseite, auf denen er gelegen hatte, bevor sie ihn ungeschickt in das Loch hinunterließen. Kein Schmuck, keine feierlichen Schärpen, nur sechs junge Männer, um den Schweinehund zur letzten Ruhe zu betten. Er hatte es nicht besser verdient.

»Nachdem es dem Allmächtigen Gott in seiner weisen Vorsehung gefallen hat, die Seele unseres entschlafenen Bruders …« Der Pfarrer hielt inne, blätterte kurz in seinem Gebetbuch herum und fand einen kleinen Zettel. Er linste kurzsichtig darauf, bevor der Wind ihn ihm aus den arthritischen Fingern riss und über den Friedhof hinweg fortwehte. »Unseres Bruders Donald Anderson – aus dieser Welt zu sich zu nehmen, legen wir seinen Leib in Gottes Acker – Erde zu Erde, Asche zu Asche, Staub zu Staub.«

McLean konnte angesichts des Patzers, der dem Pfarrer unterlaufen war, ein Lächeln nicht unterdrücken, aber es hielt nicht lange. Er spürte keine Genugtuung, hatte nicht das Gefühl, mit etwas abgeschlossen zu haben. Er wandte sich von der Szene ab und ging zurück zu seinem Wagen. Es war eine lange Fahrt zurück nach Edinburgh, da konnte er auch gleich losfahren. Schließlich würde es ja keinen Leichenschmaus oder so etwas geben.

»Darf ich fragen, was Sie an Anderson interessiert?«

McLean drehte sich zu der Stimme um und sah ein paar Schritte weiter die Frau mit dem nutzlosen Regenschirm stehen. Sie war etwas kleiner als er, hatte ein blasses, sommersprossiges Gesicht, dessen elfenhafte Form durch die Art, wie der Regen das kurze rote Haar an ihren Kopf geklebt hatte, noch unterstrichen wurde.

»Darf ich nach Ihrem Interesse fragen?«

»Detective Sergeant Ritchie, Grampian Police.« Sie tastete in der großen Leinentasche herum, die sie über der Schulter trug, und zog ihren Dienstausweis hervor. McLean verzichtete darauf, ihn anzusehen. Er hätte wohl dem Hauptquartier in Aberdeen Bescheid geben sollen, dass er herkam, aber dann hätten sie ihn überallhin begleitet und noch in den Pub geschleppt, um Andersons Tod zu feiern.

»McLean«, sagte er. »Lothian and Borders.«

»Ganz schön weit weg von Ihrem Jagdrevier, Inspector.« Sie wusste also, wer er war, auch wenn sie sein Gesicht nicht erkannt hatte.

»Ich habe Anderson ins Kittchen gesteckt. Ich wollte mich nur davon überzeugen, dass er auch wirklich ein für alle Mal weg ist.«

»Aye, das kann ich verstehen.«

Die beiden Uniformierten trotteten vorüber, die Krägen ihrer schwarzen Fleece-Pullover hochgeklappt, ihre fluoreszierenden gelben Jacken gegen den Wind eng um sich gezogen. Der Pfarrer hinter ihnen sah aus, als wollte er noch bleiben und etwas sagen, überlegte es sich dann aber anscheinend anders. McLean starrte auf das Grab zurück, wo ein Minibagger schwere Erde auf den Sarg kippte. »Wie schafft es ein Stück Scheiße wie Anderson, an einem solchen Ort beerdigt zu werden?«

»Die Grabstelle war gekauft und bezahlt, heißt es. Irgendein Anwalt aus Edinburgh hat sich um alles gekümmert. Anscheinend hatte Anderson Geld. Die Gräber hier sind nicht billig.«

»Was ist mit dem Mann, der ihn umgebracht hat?«

Ritchie antwortete nicht sofort. McLean kannte sie nicht, konnte nicht in ihrer Miene lesen. Sie sah jung aus für eine Detective Sergeant, jungenhaft sogar, mit ihrem kurzen Haar und dem Hosenanzug, aber sie hielt seinem Blick stand, als wollte sie ihm zeigen, dass er sie nicht einschüchtern konnte, nur weil er einen höheren Rang hatte.

»Harry Rugg. Andersons Zellengenosse in Peterhead. Sie hatten beide Küchendienst. Rugg hat ein Küchenmesser genommen und es Anderson ins Herz gestoßen.«

»Das habe ich gehört. Könnte man vielleicht mit ihm sprechen?«

Ritchie strich sich eine nasse Haarsträhne aus den Augen. »Ich könnte mit DCI Reid sprechen. Er ist zuständig. Aber ich bezweifle, dass er jemanden von einer anderen Dienststelle auch nur in Ruggs Nähe lassen würde. Was wollen Sie ihn überhaupt fragen?«

»Fragen? Nichts. Ich wollte mich nur bei ihm bedanken.«

Das Telefon klingelte, als er über die Forth Road Bridge fuhr, und er fummelte an den Tasten herum, während er langsam im Verkehr zum Stillstand kam. Plötzliche Regenböen verwandelten die Bremslichter vor ihm in wütende rote Sterne, die ihn willkommen hießen. Er hob das Telefon ans Ohr, in der Hoffnung, dass keine Verkehrspolizei in der Nähe war. Es wäre peinlich, an seinem freien Tag rausgewunken zu werden.

»McLean.«

»Sind Sie schon aus Aberdeen zurück?« Duguid hielt sich nicht mit Höflichkeitsfloskeln auf.

»Auf der Brücke, Sir. Aber …«

»Na, dann machen Sie, dass Sie nach Sciennes kommen. Da hat's wieder gebrannt.«

McLean wollte gerade einwenden, dass er dienstfrei hätte,

aber Duguid nannte ihm einfach den Straßennamen und legte auf. Es hatte sowieso keinen Sinn, zu widersprechen. Das brachte eh nie was Gutes.

Der Verkehr wurde immer schlimmer, je näher er dem Tatort kam. Übermüdete Büromenschen kämpften sich auf unbekannten Straßen nach Hause durch. Wenigstens hatten die Uniformierten die gesamte Straße gesperrt, was bedeutete, dass er den Wagen stehen lassen und die letzten paar hundert Meter zu Fuß gehen konnte. Rauch wehte in erstickenden Schwaden zwischen den Gebäuden hinunter, Asche fiel wie schwarzer Schnee. Alles roch nach Kindheitslagerfeuern, und hoch oben reflektierte der Himmel ein sich kräuselndes Orange.

Das Feuer war in einer mehr als hundert Jahre alten Fabrik ausgebrochen, deren Fassade dunkel und schmutzig war. Vor ein paar Monaten waren Baustellenschilder für die Sanierung aufgestellt worden, direkt bevor die Finanzkrise ausgebrochen war. Seitdem schien sich nicht mehr viel getan zu haben. Bis jetzt. Sechs Feuerwehrwagen scharten sich um das Grundstück, zwei davon spritzten die angrenzenden Mietshäuser ab, um zu vermeiden, dass sie ebenfalls Feuer fingen. Die Fabrik selbst war nicht mehr zu retten. Flammen tosten aus zerbrochenen Fenstern, und während McLean zusah, wölbte sich das Dach und brach schließlich ein. Die Feuerwehrleute stoben auseinander, Uniformierte schoben die Sicherheitsabsperrungen weiter weg, Zuschauer schnappten vor Schreck nach Luft.

»War's schön auf der Beerdigung, Sir?« Grumpy Bob schlenderte heran, einen Becher Tee in den großen Händen, und schien vollkommen ungerührt vom Chaos um ihn herum.

»Wo zum Teufel hast du denn …« McLean zeigte auf den dampfenden Becher. »Ach, vergiss es. Bring mich einfach nur aufs Laufende, Bob.«

»Sieht aus, als wäre es ein weiterer Fall in unserer Serie. Aber das wissen wir erst mit Sicherheit, wenn gelöscht ist und die Brandermittler sich damit beschäftigt haben.«

»Mein Gott, genau, was wir brauchen.«

»Aye. Der Kasten war verrammelt wie Fort Knox. Metallplatten vor den unteren Fenstern und allen Türen. Die Feuerwehr hat zwanzig Minuten gebraucht, um sich den Weg hinein freizuschneiden. Und da war's zu spät.«

McLean starrte in das dröhnende Feuer hinauf und spürte, wie die Hitze von den alten Steinen abstrahlte. Sie drang ihm in die Knochen und machte ihn trotz des Lärms und des Durcheinanders um ihn herum schläfrig.

»Inspector McLean.« Ein leichtes Tippen auf seiner Schulter. Er wandte sich um und fluchte. Klein und schmuddelig, in einem schmierigen alten Ledermantel, so hätte man Joanne Dalgliesh für jemandes Mutter halten können. Aber sie hatte eine Nase für gute Storys, und die Zeitung, für die sie schrieb, war nicht dafür bekannt, dass sie sich zurückhielt, besonders nicht, wenn es um die Lothian and Borders Police ging.

»Das ist jetzt der neunte Brand auf einem Sanierungsgrundstück in dieser Stadt in zwei Monaten. Sind Sie der Festnahme des Brandstifters schon nähergekommen?«

»Wer zum Teufel hat Sie denn hier reingelassen?« McLean sah sich nach dem nächsten Uniformierten um. »Constable!«

»Kommen Sie schon, Inspector.« Dalgliesh blickte über ihre Schulter, als der Constable auf sie zugelaufen kam. »Nur ein Wort. Irgendeins. Es ist doch bestimmt kein Zufall, dass all diese Gebäude abbrennen?«

»Sie wissen, dass ich keinen Kommentar abgeben kann, bevor das Brandermittlungsteam drin war, Miss Dalgliesh.«

»Aber Sie behandeln diese ganzen Brände, als würden sie zusammengehören?«

»In dieser Phase schließen wir nichts aus.«

»Was bedeutet, dass Sie nicht die geringste Ahnung haben.«

McLean beachtete sie nicht mehr. »Constable, begleiten Sie Ms Dalgliesh hinter die Absperrung zurück. Und sorgen Sie dafür, dass auch sonst keiner mehr durchkommt. Ich möchte nicht, dass jemand zu Schaden kommt.«

»Wir könnten Ihnen helfen, Inspector. Wenn Sie es zulassen«, protestierte die Reporterin, während sie abgeführt wurde.

»Aber sicher doch«, murmelte McLean.

»Sie hat recht«, sagte Grumpy Bob.

»Ja, gut, danke für die Unterstützung, Sergeant. Das ist wirklich hilfreich. Also, wie ist die Lage? Machst du hier richtige Polizeiarbeit, oder trinkst du einfach nur Tee?«

Grumpy Bob trank den letzten Schluck aus und sah sich dann nach einem Platz um, wo er den leeren Becher abstellen konnte. »Ich habe Constable MacBride losgeschickt, um sich unter den Schaulustigen umzuhören. Man weiß ja nie, vielleicht haben wir ja Glück. Die Gegend hier ist gut durch Überwachungskameras abgedeckt. Wir nehmen uns die Filme vor und sehen nach, ob sich hier jemand herumgetrieben hat.«

Lange Stunden des Starrens auf körnige Videoaufnahmen, in denen man zu erkennen versuchte, ob dieselben Gesichter bei mehr als einem Brand zu sehen waren. Herrlich.

»Inspector? Sir?«

McLean blickte auf und sah, wie MacBride die verlassenen Autos umrundete und versuchte, den verschiedenen Feuerwehreinheiten auszuweichen. Er hatte ein Funkgerät in der einen und sein Notizbuch in der anderen Hand, sein Gesicht war vor Aufregung gerötet. Entweder das, oder er war dem Feuer zu nah gekommen.

»Was ist denn, Constable?«

»Hatte gerade einen Anruf … Es ist eine Leiche gefunden worden.«

McLean rieb sich das Gesicht in dem Versuch, die müde Trockenheit aus den Augen zu wischen. Die Feuerwehrleute waren jetzt näher an das brennende Gebäude herangekommen, aber soweit er sehen konnte, war noch niemand hineingegangen.

»Was, in dem Gebäude? Wie denn?«

MacBride sah kurz verwirrt aus. Dann hielt er sein Funkgerät hoch.

»Nein, Sir. Im Süden der Stadt. Sieht nach Mord aus.«

»Eigentlich habe ich heute frei. Können die das nicht jemand anderem geben?«

»Dagwood ist bei einem wichtigen gesellschaftlichen Essen.«

Grumpy Bob beugte das Knie und tat, als würde er sein Hosenbein hochkrempeln. »Langley und seine Leute wollen bestimmt nicht als Erste da sein, wenn es keine offensichtliche Verbindung zu den Drogenfällen gibt.«

»Was ist mit Randall?«

»Liegt mit Grippe im Bett.«

»Oh Mann.« McLean schüttelte den Kopf, um die Müdigkeit eines langen Tages abzuschütteln, der jetzt noch länger werden würde. »Dann geben Sie uns die Einzelheiten.«

MacBride sah in sein Notizbuch. »Es ist draußen beim Gladhouse-Stausee. Eine nackte junge Frau im Wasser. Sergeant Thomas sagt, die Kehle wäre durchschnitten.«

Trotz der Hitze des Feuers wurden McLeans Gedärme so kalt wie der Wind auf dem Friedhof in Aberdeenshire. Grumpy Bob neben ihm wurde plötzlich ganz still.

»Der Christmas Killer?«

McLean schüttelte den Kopf. »Das ist unmöglich, Bob. Er ist tot. Ich habe heute Morgen gesehen, wie er begraben wurde.«

Aber er war sich da nicht so sicher.

8

Ein Kreis aus hellem weißen Licht hing über dem Tatort wie ein merkwürdiges außerirdisches Raumschiff. Oder vielleicht der Stern von Bethlehem, wenn man die Jahreszeit bedachte. Das machte aus McLean entweder einen Hirten oder einen Weisen, aber er konnte sich nicht entscheiden, welchen davon. Er unterdrückte ein Gähnen, als er aus dem Wagen stieg. Dabei fiel ihm ein, dass er ihn um sieben bei der Autovermietung hätte zurückgeben sollen. Selbst wenn er wie ein Verrückter fuhr, würde er eine Stunde zu spät kommen. Na ja, es wäre nicht das erste Mal, dass er seinen für einen Tag gemieteten Wagen noch einen zweiten Tag brauchte.

Eine Reihe Streifenwagen und ein paar alte verbeulte Transporter deuteten darauf hin, dass er bis zum flatternden Absperrband eine kurze Strecke gehen musste. Weiter hinten gossen die Bogenlampen, die das Spurensicherungsteam aufgebaut hatte, eine unebene Fläche unterhalb der Straße mit Licht aus. Fette Tropfen Regenwasser glitzerten auf den spitzen Trieben dicker Ginsterbüsche und tropften von den nackten, schwarzen, knorrigen Ästen hagerer Birken. Durch das Ganze floss ein Kanal, der, nach dem jüngsten Regen angeschwollen, laut durch sein tiefes, betoniertes Bett gurgelte. Es war schon eine Weile her, dass McLean hier in der Gegend gewesen war. Aber wenn er sich recht erinnerte, handelte es sich um einen Teil des Wasser-Reservoirs, das die Stadt versorgte. Genau der Ort, an dem man gern eine Leiche fand.

»Es tut mir leid, Sir, das hier ist ein Tatort, Sie können nicht …«

McLean schnitt dem jungen Constable, der versuchte, ihm den Durchgang zu verwehren, das Wort ab und zog müde seinen Dienstausweis hervor. Es war keine Überraschung, dass der Junge ihn nicht erkannte. Das hier war schließlich der Zuständigkeitsbereich des Reviers Penicuik.

»Wer ist hier verantwortlich?«, fragte McLean, als der Constable damit fertig war, sich zu entschuldigen.

»Sergeant Price, Sir. Er ist da unten mit dem Rechtsmediziner.«

»Jetzt schon? Das ging schnell.« McLean sah die Reihe parkender Autos entlang, und ja, am anderen Ende streckte Angus Cadwalladers British-Racing-grüner und schlammfarbener Bentley einen salzverkrusteten Scheinwerfer hinter einem Spurensicherungswagen hervor.

»Davon weiß ich nichts, Sir. Ich bin seit fast zwei Stunden hier. Der Anruf kam ungefähr um vier.«

Lange, bevor Dagwood sich zu seinem Freimaurerschwof begeben hatte. Fantastisch.

Kniehohes Gras und Ginsterbüsche durchnässten seine Hose und seine Schuhe, noch bevor er es an den Rand des Kanalbetts geschafft hatte. Eine Gruppe Leute scharte sich um ein wirres Arrangement aus Gerüsten, Lampenständern und anderem Zubehör, das aussah wie in einer Heath-Robinson-Karikatur. Dampf stieg von den heißen Lampen auf, was die ohnehin schon surreale, höllische Stimmung des Ortes noch verstärkte.

»Sergeant Price?« McLean wartete, während ein großer, weißhaariger Uniformierter sich langsam und vorsichtig umdrehte und dabei versuchte, nicht auf dem schlüpfrigen Betonrand des Kanalbettes auszurutschen. Es war ungefähr drei Meter tief, und unten schoss tosend das Wasser entlang, sodass McLean ihm seine Vorsicht nicht verdenken konnte.

»Höchste Zeit, dass hier mal ein Ranghöherer auftaucht«, war alles, was der alte Sergeant zum Gruß von sich gab. Das und ein beiläufiges Nicken. McLean versuchte, den Köder nicht zu schlucken.

»Ich habe heute frei, okay? Heute Morgen war ich in Aberdeen und habe den verdammten Donald Anderson beerdigt. Also sparen wir uns die Formalitäten. Erzählen Sie mir, womit wir's hier zu tun haben.«

Falls Sergeant Price von McLeans Opfer beeindruckt war, ließ er es sich nicht anmerken.

»Ein paar Jungen mit Mountainbikes haben sie entdeckt«, sagte er. »Wer weiß, was die da unten zu suchen hatten.«

»Sind sie noch hier?«

»Nein, sie haben von Temple aus angerufen. Hier gibt es keinen Handyempfang. Ich habe ihre Namen und Adressen.«

»Okay. Und die Leiche?«

Price zuckte mit den Schultern. »Sehen Sie selbst. Der Tatort gehört Ihnen.«

McLean näherte sich vorsichtig dem Rand, wobei er den beiden Kriminaltechnikern, die die Bogenlampen hielten, Zeit ließ, um beiseitezutreten. Eine Leiter führte hinunter zu einer provisorischen Plattform, die über das fließende Wasser gehängt worden war. Darauf knieten zwei Menschen wie reuige Sünder, die vor einem Dritten beteten. Er erkannte den kahl werdenden Schädel von Angus Cadwallader, dem städtischen Rechtsmediziner, und den glänzenden schwarzen Bubikopf seiner Assistentin Tracy, aber die dritte Person aus dem Gespann war ihm unbekannt.

Es sah aus, als hätte das Wasser sie stromabwärts getragen, bis sie gegen ein rostiges Eisengitter gedrückt worden war. Ihre Arme waren weit ausgebreitet, die Beine unter dem Körper verdreht, als posierte sie für irgendeine künstlerische Erotik-Fotografie. Schwarz-grüne Triebe von Wasserpest rankten sich in dicken Strängen auf ihrer Haut, die so weiß war, dass man sie für Porzellan halten konnte, und nur der hässliche, dunkle

Striemen auf ihrem Hals sprach dagegen, dass sie einfach nur schlief.

»Tony. Mein Gott, konnten die das hier nicht jemand anderem geben?« Angus Cadwallader blickte hoch und richtete sich vorsichtig auf, bevor er seiner Assistentin dabei half, es ihm gleichzutun. Erst als sie sicher aus dem Kanal herausgeklettert waren, zog er fragend eine Augenbraue hoch und fügte in McLeans Richtung hinzu: »Ich dachte, du wärst heute in Aberdeen. Mensch, was für ein Timing.«

»War ich auch«, sagte McLean und erinnerte sich an den windgepeitschten Friedhof, als wäre das schon eine Ewigkeit her. »Also, wie sieht's hier aus?«

Cadwallader zog die Latexhandschuhe aus und fuhr sich mit der Hand durch das nasse Haar. »Es ist schwer zu sagen, wo sie hergekommen ist. Das Regenwasser hat sie von irgendwo stromaufwärts hier heruntergetrieben, da bin ich mir ziemlich sicher. Außerdem ist sie relativ sauber. Aber sehr lang war sie nicht im Wasser.«

»Todesursache? Todeszeitpunkt?«

»Ach, Tony. Das fragst du jedes Mal, und jedes Mal sage ich dir, dass ich es nicht weiß. Noch nicht. Es sieht aus, als hätte man ihr die Kehle durchgeschnitten, aber das könnte auch post mortem geschehen sein. Was den Zeitpunkt angeht, na ja, es ist kalt hier, und sie hat im Wasser gelegen. Aber wenn sie nicht auf Eis gelagert wurde, würde ich sagen, irgendwann zwischen zwölf und vierundzwanzig Stunden. Höchstens sechsunddreißig.«

»Was ist mit Blutergüssen? Fesselungsspuren?«

»Sie liegt drei Meter tief in einem Betonkanal, in den wir beide kaum hineinpassen, Tony. Lass mich sie ins Leichenschauhaus bringen, dann kann ich dir sagen, was mit der armen Kleinen passiert ist.« Cadwallader legte McLean eine feuchte Hand auf die Schulter. »Hier werden wir nichts mehr finden.«

»Du hast recht, Angus. Nur. Also …« McLean verstummte, wusste nicht ganz, was er sagen wollte. Er brauchte Antworten, aber sogar ihm war klar, dass er hier keine mehr bekommen würde. »Dann holst du sie wohl besser da raus.«

Cadwallader nickte einem der Kriminaltechniker zu, der davoneilte, um Unterstützung zu holen. Sie folgten ihm durch den Ginster zum Straßenrand zurück, gerade rechtzeitig für einen weiteren Regenguss. Der Rechtsmediziner rannte zu seinem Wagen, und Tracy warf sich auf den Beifahrersitz, ohne sich damit aufzuhalten, erst ihren weißen Overall auszuziehen. McLean stieg schnell hinten ein.

»Es ist nicht dasselbe, Tony. Das ist kein weiteres Opfer des Christmas Killers.«

»Bist du sicher, Angus? Es sieht mir doch sehr danach aus.«

»Ich werde dafür sorgen, dass die Obduktion so schnell wie möglich stattfindet, aber du weißt schon, was ich meine. Er saß seit der Jahrtausendwende hinter Schloss und Riegel. Und jetzt ist er tot. Das hier ist was anderes. Jemand anderes.«

McLean zitterte, ob aufgrund des Regens, wusste er nicht zu sagen. »Ich hoffe, du hast recht, Angus.«

Der unrunde Klang eines Motors im Leerlauf und eine wirbelnde Abgaswolke in der feuchten Dunkelheit verrieten Sergeant Prices' Aufenthaltsort, der sich in einem der Streifenwagen aufwärmte. Als McLean an die beschlagene Scheibe klopfte, kurbelte er sie nach offensichtlichem Zögern herunter.

»Heute ist Ihr Glückstag«, sagte McLean.

»Ach ja?«

»Ich will, dass diese Straße fünfhundert Meter vom Tatort weg in beide Richtungen gesperrt wird. Sobald es hell wird, wird ein Suchtrupp hier erscheinen, um das ganze Gebiet zu durchkämmen, und ich will nicht, dass jemand in meiner Abwesenheit hier irgendetwas verändert. Okay?«

»Aber meine Schicht ist in einer Stunde zu Ende. Ich hab noch was vor …«

»Davon will ich nichts hören, Sergeant. Das ist eine Mordermittlung, also machen Sie Überstunden. Ich werde bei Morgengrauen zurück sein, und ich erwarte, hier von Ihrem lächelnden Gesicht begrüßt zu werden.«

9

Er geht wie benommen die Straßen entlang, und seine Füße folgen dem Weg, den sie aus der Zeit kennen, als er noch Streife ging. Der regelmäßige Rhythmus von Leder auf Asphalt hilft ihm, seine Gedanken zu betäuben, die Gefühle aufzuhalten, die ihn an jeder Ecke zu übermannen drohen. Denken ist zu schmerzhaft, deshalb geht er.

Was hat ihn hierhergeführt? Er weiß es nicht wirklich. Es muss einen Grund geben, aber den herauszufinden könnte etwas anderes aus dem Lot bringen. Besser sich einfach mit dem Strom treiben lassen. Ein Antiquariat, das nach Staub und Bibliothek riecht. Die Gänge zwischen den sich über ihm türmenden Regalen sind schmal. Zahllose Worte stehen hier aufgereiht nebeneinander. Er lässt die Finger über unebene Buchrücken gleiten, während er auf den Tisch ganz hinten zugeht. Es gibt einen Grund, weshalb er hergekommen ist. Er hat etwas zu sagen.

Niemand da. Ein paar alte Taschenbücher liegen verlassen auf dem Tisch, ein Bestandsbuch liegt offen da, als wäre der Ladenbesitzer mitten in seinen Eintragungen weggerufen worden. Hinter dem Tresen öffnet sich eine Tür zu einem kleinen Büro. Ohne ganz genau zu wissen, warum, geht er hinein.

Immer noch niemand. Ein paar alte Aktenschränke stehen an der Wand, ein niedriges Bücherregal unter einem großen Fenster, das auf einen schmuddligen Hinterhof hinter dem Laden hinausgeht. Ein antiker Schreibtisch nimmt den meisten Platz ein, die Tischplatte ist leer bis auf eine Leselampe und ein altes, ledergebundenes Buch.

Etwas an dem Buch lässt ihn schaudern. Hat er es schon einmal gesehen? Er weiß es nicht, will nicht nachdenken. Gedanken sind jetzt zu schmerzhaft. Doch es lässt ihn nicht los, zieht ihn an wie ein Magnet, flüstert ihm zu, es zu öffnen, zu lesen.

Als er danach greift, bemerkt er das Lesezeichen. Ein dünner Streifen Stoff, der zwischen schweren Pergamentseiten liegt und wie eine verwelkte Blume über die Tischkante fällt. Seine Hand bewegt sich auf den Stoff zu, nimmt ihn zwischen Daumen und Zeigefinger und zieht ihn aus dem Buch. Etwas wie ein entfernter Schrei aus Wut und Enttäuschung hallt durch die Stille, aber er achtet nicht darauf. Es gibt nur dieses Stück Stoff, diesen Saum, der von einem Kleid abgerissen worden ist. Als er es anfasst, weiß er es.

Weiß er alles.

10

Ein stetiger Strom aus Bussen verstopfte am frühen Morgen die Verkehrsadern, während McLean energisch über die North Bridge in Richtung Princes Street eilte. Die Köpfe gesenkt, Atemwolken in die kalte Novemberluft ausstoßend, ergoss sich die erste Welle von Pendlern ins Dunkel und auf den breiten Bürgersteig, verzweifelt bemüht, jeglichen Blickkontakt mit ihren Mitverdammten zu vermeiden.

Wie es wohl wäre, einen normalen Job zu haben, mit geregelten Arbeitszeiten? Könnte doch nett sein, abends hin und wieder frei zu haben, Zeit zu haben, um sie mit Freunden zu verbringen. Nur dass der überwiegende Teil seiner Freunde selbst Polizisten waren, oder zumindest untrennbar mit diesem Job verbunden.

Er war so damit beschäftigt, sich seinen Weg durch das Gewühl aus Körpern zu suchen, dass er den Menschen vor sich zuerst nicht bemerkte. Aber etwas an seiner Gestalt und seiner Größe, etwas an dem Muster des flaumigen Haars auf dem Hinterkopf, erregte seine Aufmerksamkeit. Er hatte keine Ahnung, warum ihn beim Anblick der Gestalt ein unangenehmer Schauer überlief, kam aber in dem Gedränge auch nicht näher an ihn heran. Dann wandte sich der Mann zur Seite und ging um die Ecke des North British Balmoral Hotels, und McLean blieb fast das Herz stehen.

»Anderson.« Das Wort kam als ein heiseres Wispern heraus, ignoriert von all den Leuten um ihn herum. Jemand stieß an seine Schulter, und er merkte, dass er stehen geblieben war. Seine Knie fühlten sich schwach an, das Blut, das durch seinen

Kopf schoss, klang wie der Zug nach London weit unter seinen Füßen, als ob er außer Kontrolle durch den Waverley-Bahnhof schoss. Und die unmögliche Gestalt entfernte sich weiter.

»Anderson!« Diesmal war es ein Schrei, und der Laut trieb McLean zum Handeln. Die Befindlichkeiten von Edinburghs Pendlern waren ihm jetzt egal, als er sich den Weg durch die Menge bahnte, um aufzuholen. Der Mann, den er verfolgte – anscheinend taub und blind –, verschwand die Princes Street entlang.

»Oi! Pass doch auf!« Ein verärgerter Passant drehte sich mit vor Wut gerötetem Gesicht um, als McLean versuchte, sich an ihm vorbeizudrängen.

»Polizei. Gehen Sie aus dem Weg.« McLean schob ihn zur Seite, fing an zu rennen, als er das Gedränge hinter sich gelassen hatte, und wurde wieder langsamer, als er sich der nächsten Menschentraube näherte, die an der Kreuzung stand. Er schob sich dicht an der Mauer des Hotels vorbei, schaffte es an einer alten Dame mit einem Einkaufsroller im Schottenmuster und an ein paar verlorenen Touristen vorbei, deren Rucksäcke für alle Umstehenden zur tödlichen Gefahr wurden, als sie sich umdrehten, um zu sehen, worum es bei dem Aufruhr ging. Um die Ecke herum, als er den Strom schläfriger Menschheit erblickte, der sich die Treppe vom Bahnhof hinauf auf die Princes Street wälzte, blieb McLean stehen und suchte die Menge nach seiner Beute ab. Donald Anderson war nirgends zu sehen.

Als er in seinem winzigen Büro ankam, das am hinteren Ende des Gebäudes und am hinteren Ende der von der Zentralheizung versorgten Räume lag, hatte sich McLean beinahe selbst davon überzeugt, dass er sich geirrt hatte. Es konnte einfach nicht Anderson gewesen sein. Vor weniger als vierundzwanzig Stunden hatte er mit eigenen Augen gesehen, wie der Sarg des

Mannes ins Grab hinuntergelassen worden war. Und es war unmöglich, dass das Gefängnis Peterhead sich bei der Identifizierung eines seiner bekanntesten Insassen vertan hatte.

»Geht es Ihnen gut, Tony? Sie sehen aus, als hätten Sie ein Gespenst gesehen.«

McLean schrak zusammen, und ihm wurde klar, dass er Löcher in die Luft gestarrt hatte. Wie sie da so in der offenen Tür stand, sah Chief Superintendent Jayne McIntyre aus, als käme sie direkt aus der Dusche: Ihr Gesicht war gerötet, das Haar noch nass und ihre Uniform noch nicht von einem langen Tag im Büro zerknittert.

»Ich habe nicht viel Schlaf bekommen, Ma'am. Wir haben heute Nacht eine Leiche gefunden. Es gibt ein paar hässliche Ähnlichkeiten mit Andersons Modus Operandi.«

»Aye, das habe ich von Grumpy Bob gehört. Das ist es auch, worüber ich mit Ihnen sprechen wollte.« McIntyre sah sich nach einem freien Stuhl um, dann setzte sie sich auf die Schreibtischkante.

McLean rutschte das Herz in die Hose. »Sie geben den Fall jemand anderem.«

»Ich habe darüber nachgedacht. Gott weiß, dass Sie jetzt, wo Anderson umgebracht worden ist, genug um die Ohren haben.«

»Bei allem Respekt, Ma'am, ich kann nicht erkennen, was das mit irgendwas zu tun haben soll.«

»Oh, seien Sie doch nicht so aufgeblasen, Tony. Wir wissen beide, was er Ihnen angetan hat, und zumindest in den nächsten Wochen wird er überall in den Zeitungen stehen. Jo Dalgliesh wird demnächst eine neue Auflage ihres Buches herausgeben, da können Sie sich drauf verlassen. Sie glauben vielleicht, dass Sie die Vergangenheit hinter sich gelassen haben und darüber hinweg sind, aber jetzt wird alles mit Macht zurückkommen.«

»Das ist es also. An wen soll ich abgeben? Dagwood? Sie wollen doch, dass wir den schnappen, der das getan hat, oder?«

»Was ist das nur mit Ihnen beiden? Charles ist ein erfahrener Detective mit einer guten Aufklärungsrate. Und ja: Er wird die Gesamtverantwortung für die Ermittlung tragen. Aber ich kenne Sie gut genug, Tony. Sie werden Ihre Nase doch hineinstecken. Sich unbeliebt machen. Und wir haben zur Zeit nicht gerade einen Überschuss an Detectives. Sie werden also die Basisarbeit leiten.« Sie lächelte, aber McLean wusste, dass es nur zum Teil scherzhaft gemeint war. »Da wir gerade von Personalmangel sprechen: Ich habe mit anderen Einheiten gesprochen. Um zu hören, ob nicht jemand Lust hätte, ins sonnige Edinburgh zu wechseln. So könnten wir noch ein paar Detective Constables aus dem Budget herauspressen. Vielleicht sogar einen Sergeant.«

»Wir könnten die Unterstützung gut gebrauchen.« McLean sah zu dem Haufen Fallakten, der sich auf seinem unordentlichen Schreibtisch türmte – genug Arbeit, um ihn monatelang beschäftigt zu halten. Schade nur, dass die Stadt nicht damit aufhörte, immer neue Verbrechen auszuspucken, die er aufklären sollte.

»Ich weiß, dass Sie gern mit einem kleinen Team arbeiten, Tony, aber das hier ist von allgemeinem Interesse. Wie Sie schon sagten, hässliche Ähnlichkeiten mit dem Christmas Killer. Wir müssen zeigen, dass wir alles tun, was wir können.« McIntyre stand auf und strich ein paar eingebildete Falten in ihrer Uniform glatt. »Wir alle wissen, was Anderson Ihnen angetan hat. Sind Sie sich sicher, dass Sie das alles wieder hochholen wollen?«

McLean versuchte, den Gesichtsausdruck der Chefin zu deuten. War es Mitleid oder Besorgnis? Er war sich nicht sicher, ob er auch nur eins von beiden wollte.

»Das hier war nicht Anderson, Ma'am. Er ist tot. Ich habe gestern zugesehen, wie sie ihn unter die Erde gebracht haben.«

Der Gladhouse-Stausee war im frühen Morgenlicht auch nicht viel besser. Schnee klebte an den Flanken der Moorfoot Hills, und ein kalter Wind brachte einen Vorgeschmack auf den tiefen Winter. McLean blickte auf die unwillige Schar von Uniformierten, die alles waren, was er von Penicuik und Mortonhall hatte auftreiben können. Er konnte es ihnen nicht wirklich übelnehmen. Es war sehr unwahrscheinlich, dass sie nach dem Wetter der letzten Nacht irgendetwas finden würden.

»Okay, meine Damen, Sie kennen die Routine.« Grumpy Bob dirigierte Beamte in verschiedene Richtungen, dann steckte er seine Hände tief in die Jackentaschen. »Teufel, ist das kalt, Chef.«

McLean zitterte zustimmend. »Wir müssen aus diesem Wind hier raus, Bob.« Er nickte in Richtung der Betonrinne. »Ich will da anfangen, wo wir die Leiche gefunden haben.«

Es sah ähnlich aus wie am vorigen Abend, nur ohne die Hauptdarstellerin, die in die Leichenhalle gebracht worden war, um dort auf die Zuwendung durch die Rechtsmediziner zu warten. McLean kletterte das wackelige Gerüst hinunter, das notdürftig aus allem möglichen Zeug zusammengebaut worden war, das sich zufällig im Spurensicherungswagen befunden hatte, dann kroch er hinaus auf die Plattform über dem Wasser. Die Regenfälle der Nacht hatten den Kanal noch weiter anschwellen lassen, sodass er die Planken zu überfluten und seine Füße zu durchnässen drohte, aber er hockte sich trotzdem hin und versuchte, sich daran zu erinnern, wie der Tatort ausgesehen hatte.

»Sie lag so ausgebreitet da«, begann er zu sprechen, als er feststellte, dass er sich allein auf der Plattform befand. Als er sich umschaute und nach oben blickte, sah er Grumpy Bobs

Gesicht, das aus sicherer Entfernung vom Rand zu ihm hinunterblickte.

»Wenn du glaubst, dass ich da runterklettere …«

McLean schüttelte den Kopf, dann griff er nach der Leiter, als die Plattform gefährlich zu schwanken begann. Er wartete, bis sie sich beruhigte, während er zusah, wie Wellen über die Holzplanken schwappten, und versuchte sich den Ort vorzustellen, wie er gestern ausgesehen hatte. Wo das Mädchen gelegen hatte, gurgelte Wasser durch das Gitter in eine dunkle Unterwelt hinab.

»Meinst du, es lohnt sich, Taucher zu holen, Chef?«, fragte Grumpy Bob von oben. »Vielleicht um nachzuschauen, ob da unten irgendwas hängen geblieben ist?«

McLean sah sich noch ein letztes Mal um, dann kletterte er die Leiter wieder hinauf. »Nicht nötig, Bob. Sie war nackt, als sie hineingeworfen wurde. Und wenn der Mörder etwas fallen gelassen hat, dann ist das jetzt längst im Firth of Forth. Trotzdem …« Er schaute zum Wald hinüber, dann zurück zum Straßenrand, der vom Ufer verdeckt war, und durch die Büsche. Und dann sah er die Brücke.

»Was ist, Chef?«, fragte Bob, aber McLean war bereits auf dem Weg, drängte sich durch das nasse Unterholz, rutschte auf dem matschigen Boden aus, als er den steilen Abhang zur Straße hinaufkrabbelte. Wie dumm war er gewesen. Der Kanal wurde vom Stausee auf der anderen Seite gespeist. Es musste eine Brücke geben. Warum zum Teufel hatte er da nicht früher dran gedacht?

Als Grumpy Bob ihn einholte, war McLean schon unter der Straße und hockte auf einem dünnen Streifen Asphalt neben dem brausenden Wasser. Er fischte in seinen Taschen nach einer Taschenlampe und richtete den dünnen Lichtstrahl zuerst auf das andere Ufer, dann um seine Füße herum und schließlich in den Strom selbst.

»Mein Gott, ich bin nass bis auf die Knochen. Was zur Hölle hast du vor?« Grumpy Bob kam schnaufend in den engen Raum hinein, wobei er sich mit einer Hand durch das schüttere Haar fuhr, als würde es davon trockener. McLean beachtete ihn nicht und versuchte, die Umrisse zu erkennen, die von dem wirbelnden Wasser verzerrt wurden. Da unten war eindeutig etwas.

»Nimm meine Hand, Bob.« Er steckte das Ende der Taschenlampe in den Mund und griff nach dem alten Sergeant. Dann nahm er die Taschenlampe wieder heraus und setzte hinzu: »Und halt dich mit der anderen an was Sicherem fest.«

Das Wasser war eiskalt, zerrte an seinen Hosenbeinen und füllte seine Schuhe. McLean achtete nicht darauf und lehnte sich so weit nach vorne wie möglich, bevor er den Arm hineintauchte. Seine Finger wurden beinahe sofort taub, aber er konnte die raue Betonfläche ertasten, die sich von ihm wegneigte. Dann einen Eisenring, verrostete Kettenglieder, die mit grünem Tang überzogen waren, und schließlich das Aufblitzen von etwas Weißem, das seine Taschenlampe angeleuchtet hatte.

»Hast du dein Taschenmesser dabei, Bob?«

»Aye.«

»Dann gib's mir.«

»Ah. Das würde aber heißen, die Brücke loszulassen.«

»Vertrau mir, Bob, die läuft schon nicht weg.«

Grumpy Bob murmelte etwas, das McLean über dem Brausen des Wassers nicht ganz verstand. Eine Schrecksekunde lang dachte er, er würde jetzt kopfüber in den Strom fallen, dann bekam er das Messer.

»Pack meinen Mantel. Ich werde beide Hände brauchen.«

»Du weißt schon, dass wir in einer halben Stunde einen Taucher hierhaben könnten«, sagte Bob, aber McLean spürte den beruhigenden Druck um seine Brust. Er beugte sich wieder vor und tauchte diesmal beide Hände ins Wasser. Er brauchte einen

Moment, um zu finden, wonach er suchte, noch länger, um das Messer dazu zu bringen, es durchzuschneiden. Das Wasser strömte so stark, dass er seine Beute beinahe fallen ließ, mit ungeschickten Fingern danach griff und sie wie eine zappelnde Forelle herauszog. Grumpy Bob fiel überrascht hintenüber, sodass sie schließlich in der Enge beide auf ihren Hinterteilen landeten.

»Ah, verdammt. Jetzt hab ich einen nassen Arsch. Was sollte das denn, verdammt noch mal?«

McLean saß auf dem nassen Beton, mit dem Rücken am Brückenbogen, und sagte nichts. Sah nur auf den weißen Plastikstrang, den er in der Hand hielt. Frisch und sauber, nicht mit grünen Algen bedeckt wie alles andere. Ein strapazierfähiger Kabelbinder, ähnlich wie die, die heutzutage die Handschellen ersetzten. Er übergab ihn dem alten Sergeant, um dessen Nörgeln zum Schweigen zu bringen.

»Ich wette, auf der anderen Seite hängt noch einer«, sagte er kurz darauf und zog eine Beweismitteltüte aus seiner feuchten Tasche.

Grumpy Bob ließ den Kabelbinder hineinfallen, nahm die Tüte an sich und versiegelte sie, während er sich steif aufrichtete.

»Du hast doch sicher nichts dagegen, wenn ich jetzt den Taucher anrufe.«

11

McLean ließ Grumpy Bob zurück, damit er die weitere Tatortarbeit überwachte, und ließ sich von einem Streifenwagen zurück in die Stadt mitnehmen. Trotz voll aufgedrehter Heizung und nach unten gerichtetem Gebläse waren seine Füße immer noch taub, als er am Revier ankam. Er schlappte ungemütlich in sein kaltes Büro hinauf und überlegte, ob er noch genug Zeit hatte, um nach Hause zu gehen und sich umzuziehen. Der Stapel Berichte, der sich auf seinem Schreibtisch häufte, beantwortete die Frage.

Er schlug ein paarmal auf den Heizkörper, in der vergeblichen Hoffnung, dass Misshandlung ihn dazu bringen könnte, seine Aufgabe zu erfüllen. Kein Zweifel, sobald es Sommer war, würde er bullernd Hitze abstrahlen, jetzt jedoch verharrte er in kaltem Missmut.

»Dann leck mich doch.« Er quetschte sich hinter seinen Schreibtisch und sank auf den knarrenden Stuhl. Dann ging er den Stapel Berichte durch, nur für den Fall, dass darunter welche waren, mit denen er sich schon befasst hatte. Nun, es war den Versuch wert. Der oberste war eine Zusammenfassung des Brandes von heute Nacht, verfasst von Constable MacBride. Ein grüner Klebezettel darauf besagte: »Kein Erfolg bei der Vermisstenabteilung. Dr. C. hat angerufen, um 4:30 Uhr.« Zuerst hatte da gestanden »4:30 nachmittags«, aber aus irgendeinem Grunde hatte der Constable das »nachmittags« wieder durchgestrichen. Wahrscheinlich hatte er es für überflüssig gehalten.

McLean sah auf die Uhr. Viertel vor zehn, und er konnte

nichts wegen des toten Mädchens tun. Er wusste nicht, wer sie war, woher sie kam, wann sie verschwunden war. Nichts. Hatte nur ein kaltes Gefühl in der Magengrube, das gut zu seinen frierenden Füßen passte.

Er nahm das Telefon zur Hand und wählte den Einsatzraum der Kriminalpolizei an. Nachdem es acht Mal geklingelt hatte, fand er sich damit ab, dass sich wohl niemand melden würde, nahm den Bericht über den Brand von seinem Schreibtisch und ging los, um auf die althergebrachte Weise einen Detective zu suchen.

Detective Constable Peter Robertson von der Fife Constabulary, der gerade erst eingetroffen war, redete nicht gern mehr als nötig. Das war McLean gerade recht, als sie nach Süden aus der Stadt hinaus in Richtung Loanhead fuhren, wo die Firma Randolph Developments ihren Sitz hatte, die Eigentümerin des Schauplatzes des Brandes vom Vorabend. Ein Problem war allerdings, dass er sich nicht in den Vororten und Schlafstädten auskannte, die die Stadt umgaben. Er musste mehrfach umgeleitet werden, bis sie es nach Burdiehouse schafften, und dann unter der Umgehungsstraße hindurch.

»Sie sind jetzt in Banditenland, Constable«, sagte McLean, wobei er auf eine Abzweigung zeigte, die sie nehmen mussten.

»Sir?«

»Haben Sie noch nie von den Border Reivers gehört? Alles Viehdiebe und Schläger. Die würden Ihnen die Kehle durchschneiden, wenn Sie sie auch nur falsch angucken.«

Robertson bedachte ihn mit einem Ausdruck, der schwer zu interpretieren war, aber es hätte auch Besorgnis sein können. Weitere Peinlichkeiten blieben ihnen dadurch erspart, dass sie am Firmengelände von Randolph Developments ankamen. Ein hoher Maschendrahtzaun umgab ödes Brachland, auf dem hinten ein riesiges, altes Steingebäude stand. Die McMerry

Ironworks hatten in beinahe einem halben Jahrhundert nicht einen einzigen Barren Eisen produziert. Jetzt war das Gelände von Mietcontainern umgeben, die darauf warteten, zu anderen Baugrundstücken in der Stadt gebracht zu werden, sowie von schweren Maschinen und auf Transportpaletten gestapelten Betonblöcken. Darum herum wurde das alte Industriegebiet langsam von modernen Büros, kleinen Fabrikeinheiten und Wohnungen zurückerobert.

Die Büros des Unternehmens, die sich am Rand des Geländes in der Nähe des Tors befanden, durch das sie gerade gefahren waren, waren aus Glas und Stahl erbaut und auf drei Seiten von Zierteichen und exotischen Sträuchern umgeben. Edinburghs Wirtschaftswunder war zwar in letzter Zeit ein wenig ins Stolpern geraten, hatte sich aber für manche offenbar ganz nett ausgezahlt.

Eine attraktive junge Empfangsdame nahm ihre Namen auf und ging dann Kaffee holen, während sie in einem großzügigen Vorraum warteten. Schon nach wenigen Sekunden öffnete sich eine Tür am anderen Ende, aus der ein gewaltiger Mann herausplatzte. Er trug rote Hosenträger über einem blaugestreiften Hemd, aber was am meisten auffiel, war die Art, wie sein riesiger Körper sich in beinahe gerader Linie von dem enormen Bauch zu einem platten Kopf verjüngte. Er erinnerte McLean an ein Spielzeug aus seiner Kindheit: Ein Stehaufmännchen – es schwankte, fiel aber niemals um.

»Inspector McLean? Hi, ich bin William Randolph.« Er streckte zur Begrüßung eine erstaunlich kleine Hand aus. »Kommen Sie doch bitte mit in mein Büro.«

Er führte sie durch ein Großraumbüro, in dem Zeichner an großen Flachbildschirmen arbeiteten, die hier zweifellos die zukünftige Gestalt der Stadt entwarfen. Hinten trennte eine Glaswand einen kleineren Bereich ab, der von einem großen Schreibtisch beherrscht wurde. Randolph bot ihnen Stühle auf einer Seite an, bevor er zu dem Chefsessel auf der anderen Seite herumging und sich hineinfallen ließ. Leder quietschte, und Federn protestierten, und einen Augenblick lang dachte McLean, dass der fette Mann in einem Wust zerbrochener Büromöbel zu Boden gehen würde.

»Ich nehme an, Sie kommen wegen des Feuers von heute Nacht.« Randolph wartete nicht ab, dass man ihm Fragen stellte. »Schreckliche Geschichte. Ich bin nur froh, dass niemand verletzt wurde. Und die armen Leute, die so spät nachts aus ihren Häusern gejagt wurden. Ich habe meinen Buchhalter beauftragt, ihnen eine Art Entschädigung zukommen zu lassen. Weihnachtsgeschenke für die Kinderchen, was Wärmeres für die Erwachsenen. Sie wissen schon, so was in der Art.«

»Das ist sehr anständig von Ihnen, Mr Randolph.«

»Anständig, nein. Das ist Selbsterhaltung, Inspector. Es gab schon genug Beschwerden über dieses Grundstück, bevor das hier alles noch schlimmer gemacht hat.«

»Beschwerden? Meinen Sie, jemand könnte wütend genug gewesen sein, um Feuer zu legen?«

Randolph gab sich einen Augenblick lang fassungslos, als wäre ihm so etwas überhaupt noch nicht in den Sinn gekommen. »Ich weiß nicht. Könnte sein. Aber warum? Das Grundstück abzubrennen hilft doch nicht. Ich habe den Schaden gesehen, und offen gesagt, das Beste, was wir tun können, ist, den Kasten abzureißen und ganz von vorn anzufangen.«

»Und ist es nicht das, was Sie die ganze Zeit wollten, Mr Randolph?«

»Ah. Ich sehe, was Sie denken.« Randolph hievte sich aus seinem Sessel, und McLean fragte sich, ob er sich das Seufzen der Erleichterung, das aus dem zerdrückten Leder erklang, nur einbildete. Er bedeutete McLean und Peterson, ihm zu folgen, als er das Büro verließ, das sie gerade erst betreten hatten, und ging durch das Großraumbüro ans andere Ende. Hier standen auf verschiedenen Tischen eine Reihe detaillierter Modelle, und jedes zeigte ein Projekt von Randolph Developments.

»Das hier sind unsere laufenden Projekte«, sagte Randolph. »Ein halbes Dutzend in der Stadt Edinburgh, diese beiden in Peebles und Biggar, und drei Baustellen in Planung in Glasgow. Ganz zu schweigen von der Eisengießerei hier. Dafür habe ich große Pläne. Aber das hier …« Er streckte die Hand aus und nahm vorsichtig das Dach von dem Modell des Gebäudes, das McLean in der letzten Nacht hatte brennen sehen. Darin befanden sich exakte Entwürfe einiger großer Wohnungen, die das Dachgeschoss ausfüllten. Darunter gab es zwei weitere Stockwerke mit Wohnungen und im Erdgeschoss ein Schwimmbad und ein Fitness-Studio, alles liebevoll in Miniatur nachgebaut. Es gab sogar Matchbox-Porsches, BMWs und Mercedes-Karossen, die auf dem von Bäumen umgebenen Hof dahinter geparkt waren. Allerdings keine Alfa Romeos, wie McLean feststellte.

»Das war unser Vorzeigeprojekt, Inspector. Das Grundstück allein hat mich zwei Millionen gekostet. Ich hatte vor, das hintere Penthouse als meine eigene Stadtwohnung zu behalten. Glauben Sie, ich würde tatsächlich alles abfackeln, um da ein paar billige Kästen hinzustellen?«

»Ich weiß es wirklich nicht, Mr Randolph. Deshalb bin ich hier. Es könnte alles ein schrecklicher Unfall sein, aber wir haben in der Stadt in den letzten Monaten schon ein paar Brände gesehen. Davon zwei weitere auf Grundstücken Ihrer Firma. Und ich habe gehört, dass die Baubranche in letzter Zeit den Bach runtergeht. Versicherungsgelder können für jemanden mit Liquiditätsproblemen sehr nützlich sein.«

»Ich verstehe, was Sie meinen, Inspector, aber Sie irren sich. Ja, wir sind versichert, und ich wage zu sagen, dass das Geld uns helfen wird. Aber wir sind kein windiges Unternehmen. Wir handeln mit namhaften, luxuriösen Erschließungen. Unsere Kunden haben nicht wirklich unter der Finanzkrise gelitten, und unterm Strich stehen wir auch gut da. Ich lasse Sie gern einen Blick in unsere Bücher werfen, falls Ihnen das hilft.« Randolph setzte das Modell langsam wieder zusammen, und seine winzigen Finger streichelten das Apartment im obersten Stockwerk mit seinem Balkon aus Stahlgerüst, der auf den Parkplatz in Richtung Arthur's Seat hinausging. McLean war inzwischen klar, dass er nicht sein eigenes Haus abgefackelt hatte, um an das Geld von der Versicherung zu kommen.

»Wie weit waren Sie denn mit dem Projekt?«, fragte er.

»Wir hatten alles vorbereitet, hatten die Grundmauern und das Mauerwerk verstärkt, die Kanalisation in Ordnung gebracht, solche Sachen. Wir wollten gerade damit anfangen, die Decken rauszureißen. Schade, dass wir das noch nicht getan hatten, wirklich.«

»Warum das, Sir?«, fragte Robertson. McLean bemerkte, dass er sich Notizen gemacht hatte.

»Weil es dann nichts Brennbares mehr in dem Gebäude gegeben hätte. Es hat ein Erdgeschoss aus Beton und Steinwände. Aber die Zwischendecken und der Dachstuhl, das war alles hundertfünfzig Jahre altes Holz.«

»War es gestern Nacht leer?« McLean erinnerte sich an den Rauch und die wütend orangefarbenen Flammen. Konnte das alles wirklich nur von Balken und Böden herrühren?

»Komplett leergeräumt. Ich bin am Nachmittag mit ein paar von den Jungs noch durchgegangen.« Randolph zeigte auf zwei junge Männer, die an ihren Bildschirmen arbeiteten, und hob die Stimme, als er hinzufügte: »Pat, Gary, das Woodbury-Gebäude. Das war geräumt, als wir gestern durchgegangen sind, oder?«

Pat, oder möglicherweise Gary, sah auf und nickte.

»Das stimmt. Irgendwelches Material sollte morgens geliefert werden, aber die haben angerufen, um zu sagen, dass sie erst heute kämen. Verdammt, ich hoffe, jemand hat denen abgesagt.« Er griff nach dem Telefon und fing an zu wählen.

»Hat noch irgendjemand gestern Zugang zu dem Gebäude gehabt? Nach Ihnen?«, fragte McLean.

»Nur der alte George McGregor. Das ist der Hauswart. Offenbar hat er da gearbeitet, als es noch eine Möbelfabrik war. Verrückter alter Kauz, aber zuverlässig. Sie sollten die Geschichten hören, die er darüber erzählt.«

»Das werde ich«, sagte McLean. »Wenn Sie mir sagen, wo ich ihn finden kann.«

12

George McGregor lebte in einer winzigen Souterrainwohnung nicht weit entfernt von dem ausgebrannten Woodbury-Gebäude. Er öffnete die Tür einen Spalt, als DC Robertson klopfte, dann verbrachte er lange Minuten damit, durch schmutzige, zerschrammte Brillengläser auf die Ausweise der beiden Detectives zu blinzeln, bevor er sie mit offensichtlichem Groll hereinließ. Sie betraten einen niedrigen, engen Flur und folgten dem alten Mann zu einer Tür, die rechts offen stand. Das Wohnzimmer dahinter bekam das bisschen Licht, das hereinschien, durch ein schmieriges Fenster, das auf eine graue Betonwand hinausging. Die Straße war gerade noch zu sehen, wenn man den Hals reckte. Eine nackte Glühbirne hing von einem kurzen Kabel an der Decke herab, aber der alte Mann machte keine Anstalten, sie anzuschalten. Er schlurfte durchs Zimmer, um Bücherstapel und zugeklebte Kartons herum, die überall auf dem Boden standen, bevor er sich in einen alten, müden Sessel fallen ließ. Staubwolken pufften aus dem alten Stoff und trugen den Geruch einer längst verstorbenen Katze mit sich.

»Also, was wollen Sie?« McGregor bot ihnen nicht an, sich hinzusetzen, und als McLean sich im Zimmer umsah, stellte er fest, dass ihm das auch schwergefallen wäre. Es gab ein in eine Ecke geklemmtes Sofa, aber das war von einem Haufen alter Zeitungen bedeckt.

»Der Brand heute Nacht«, sagte er. »William Randolph hat mir gesagt, dass Sie der Hausmeister sind.«

»Ich hab's nicht abgefackelt.«

»Das habe ich auch nicht behauptet, Mr McGregor. Ich wüsste nicht, was Ihnen das hätte bringen sollen. Ich wollte nur wissen, um wie viel Uhr Sie abgeschlossen haben.«

»Es hat sich selbst angesteckt. Genau wie die anderen.«

»Wie bitte?«

»Ich war zwölf Jahre alt, als ich in die Fabrik arbeiten gegangen bin. Stolzester Tag meines Lebens. Der alte Woodbury persönlich hat mich begrüßt. Hat mir die Hand geschüttelt und mir meine Stempelkarte gegeben. Sechs Jahre lang hab ich da gelernt. Sechs Jahre lang, stellen Sie sich das mal vor. Aye, damals haben wir unsern Beruf noch gelernt. Nicht wie heutzutage. Kein Wunder, dass das Land den Bach 'runtergeht.«

McLean seufzte. Er wusste, wohin dies führte. »Mr McGregor, Sie wollten uns sagen, wann Sie gestern Abend abgeschlossen haben.«

»Nein, wollt ich nicht. Seh ich doof aus, oder was?«

McLean antwortete nicht darauf. »Um wie viel Uhr war es also?«

»Nach vier. Vielleicht halb fünf.«

»Warum so früh?«

»Da wird im Moment nicht gearbeitet. Ich wär länger geblieben, wenn was geliefert worden wär oder so. Aber die haben's verschoben.«

»Und um wie viel Uhr ist Mr Randolph gegangen?«

»Um vier, vielleicht ein bisschen früher. Aber nicht viel.«

»Dann waren Sie also danach nicht mehr lange da.«

»Nein, nein. Das war nicht so schön da, dass man da im Dunkeln lange bleiben wollte. Zu viele Erinnerungen. Zu viele Gespenster.«

»Gespenster?«

»Aye, Gespenster.« McGregor hatte jetzt Gefallen an seiner Geschichte gefunden. »Die Fabrik ist 1842 gebaut worden. Davor gab's hier ein klitzekleines Gut mit einem Dutzend Werkstätten. Hier wird seit mehr als fünfhundert Jahren gearbeitet. Das hat Geschichte hier. Da ist Blut im Boden.«

»Dann glauben Sie also, dass ein Gespenst das Feuer gelegt hat, Sir?« DC Robertson stellte seine Frage ohne jede Spur von Sarkasmus, aber McLean zuckte trotzdem zusammen. Er hatte schon zu viele schlechtgelaunte alte Männer wie McGregor kennengelernt.

»Seien Sie nicht albern, mein Sohn. Es gibt keine Gespenster. Nicht so wie die, die man im Fernsehen sieht.« McGregor nickte zu einer uralten Holzfurnierkiste hin, mit etwas davor, das aussah wie eine glänzende Glasschüssel. Ein Schwarzweiß-Röhrengerät von Rediffusion aus den späten Sechzigern, wenn McLean sich nicht irrte, und wahrscheinlich für einen Sammler von einigem Wert. Höchstwahrscheinlich hatte der alte Mann den Fernseher damals neu angeschafft.

»Aber Sie sagten …« , begann Robertson, doch ihm wurde mit einer wütenden Tirade das Wort abgeschnitten.

»Sagen Sie mir nicht, was ich gesagt hab, mein Sohn. Ich bin vierundachtzig Jahre alt und war nicht einen Tag im Leben krankgeschrieben. Ich war im Krieg.«

»Es tut mir leid, Sir, ich wollte Sie nicht verärgern. Wir versuchen nur zu verstehen …«

»Sie sind aus Fife, stimmt's, Jungchen? Das hör ich doch am Akzent. East Neuk, wenn ich mich nicht irre.«

»Pittenweem, Sir.«

»Meine Esme war aus Struther«, sagte McGregor, und sein Gesicht veränderte sich, seine Augen sahen gequält und verloren aus hinter den dicken, fettverschmierten Gläsern. McLean fragte sich, wie lange es wohl her war, dass seine Frau gestorben war. Er fragte sich auch, ob das Sozialamt überhaupt von diesem halb verrückten alten Mann wusste, der hier allein im Elend lebte.

»Mr McGregor.« Er hockte sich mitten im Raum hin, um

sich auf Augenhöhe mit dem Alten zu bringen. »Wie, glauben Sie, ist das Woodbury-Gebäude in Brand geraten? Sie waren der Letzte, der drin war. Wäre es möglich, dass Sie ein Licht brennen gelassen haben oder so etwas?«

»Da gab's kein Licht. Vor einer Woche haben die die elektrischen Leitungen rausgerissen. Deshalb war's ja, dass ich nicht so gern nach Anbruch der Dunkelheit drin war.«

McLean roch die Luft und wünschte dann, er hätte es nicht getan. In der Wohnung gab es viele unangenehme Aromen, die man am besten nicht identifizierte, aber Tabakgeruch gehörte nicht dazu. »Sie rauchen nicht, Mr McGregor.«

»Nicht mehr, seit meine Esme gestorben ist. War der Krebs, der sie mir genommen hat.«

»Das tut mir leid zu hören, Sir. Was ist mit Mr Randolph? Oder den Elektrikern?«

»Auf der Baustelle wird nicht geraucht. Das ist ein Arbeitsplatz, wissen Sie. Das ist Gesetz. Vor ein paar Tagen hatten wir erst einen von diesen Feuerwehrleuten hier, der hat uns alles drüber erzählt.«

»Also gab es in dem Gebäude keinen Strom und keine weggeworfene Zigarette.« McLean drehte sich zu DC Robertson um. Dieser Fall begann, unangenehme Ähnlichkeiten mit den anderen neun Bränden aufzuweisen, unter anderem die gleichermaßen geringe Aussicht darauf, jemals aufgeklärt zu werden. »Mein Gott, wie fängt denn ein leeres Lagerhaus, das abgeschlossen ist wie eine Bank und keinen Stromanschluss mehr hat, spontan Feuer?«

»Ich hab's Ihnen doch gesagt. Das Gebäude hat's sich selbst angetan.« McGregor beugte sich in seinem durchgesessenen Sessel vor, wobei seine knotigen Hände die ausgeblichenen und zerrissenen Überzüge auf den Armlehnen so umkrampften, als wäre er dabei, einen Herzanfall zu bekommen.

McLean kippte auf seinen Fersen zurück und fiel gegen einen Karton, der sich anhörte, als wäre er voller Porzellan. »Ich fürchte, ich verstehe nicht ganz, Mr McGregor.«

»Nein, das glaub ich auch nicht. Ihr Jungvolk seid doch alle gleich. Keine Ahnung von Orten, ihr wisst doch alle nicht, worum's in der Geschichte geht. Es geht nicht um Könige und Königinnen und Daten und so'n Mist. Es geht um Menschen, die leben und arbeiten und sterben. Das war Woodbury. Ein Arbeitsplatz, eine Fabrik all die Jahre lang. Ein Zentrum der Gemeinde, so wie die Kirche und die Pubs. Und dann sind sie hingegangen und haben ein Lagerhaus draus gemacht. Das war schon schlimm genug, aber das hier – teure Wohnungen für reiche Leute, ein Schwimmbecken. Nein, das hat das alte Haus nicht ertragen können. All die Erinnerungen. All diese Leben. Der Schweiß und das Blut. Ich hab's kommen gefühlt. Hab gefühlt, dass da was kam. War nicht überrascht, als sie mir gesagt haben, dass es weg ist. Es wollte sterben, wisst ihr. Es hat sich selbst angesteckt.«

Die kalte Luft draußen vor McGregors Wohnung war eine willkommene Erleichterung, als sie zehn Minuten später endlich die Flucht ergriffen. DC Robertson wollte zum Auto zurückgehen, aber McLean hielt ihn auf.

»Lassen Sie es, wo es ist, zurück. Hier in der Gegend gibt man seinen Parkplatz nicht auf. Die sind wie Goldstaub.«

»Fahren wir denn nicht zum Revier zurück?« Robertson sah auf die Uhr.

»Nein, noch nicht. Wir sind nur ein paar Minuten Fußweg vom Woodbury entfernt, da können wir genauso gut noch vorbeigehen. Nachsehen, ob die Brandermittler es sich schon angesehen haben.«

Eine provisorische Ampelanlage gab ihr Bestes, um einen Stau aufzulösen, als sie das ausgebrannte Gerippe des kolossalen Baus erreichten. Ein großer Bus des Brandermittlungsteams nahm die Fahrbahn ein, die nach Süden führte, und um die gesamte Vorderseite waren hohe Metallgitterzäune errichtet worden, um Idioten vor fallenden Holzbalken zu schützen. Die Straße lag nicht an einer großen Durchgangsroute, aber sie war stark befahren. Möglicherweise würde sie noch eine ganze Weile blockiert sein. Nach dem Klang der Hupen und der Stimmung kaum unterdrückter Wut zu urteilen war die autofahrende Öffentlichkeit der Stadt nicht sonderlich erfreut darüber.

Im Laborbus gab es alle Art geheimnisvolle Ausrüstung, aber der größte Teil war zu einer temporären Kommandozentrale umgebaut worden. Ein mitgenommen aussehender Feuerwehrmann begrüßte sie mit etwas, das wohl ein Lächeln sein sollte, aber eher wie eine Grimasse aussah. Er hielt ein Telefon zwischen den Kopf und seine hochgezogene Schulter geklemmt und jonglierte gleichzeitig mit mehreren Blättern Papier.

»Aye?«

»DI McLean.« McLean hielt ihm seinen Ausweis hin, sagte aber sonst nichts.

»Sie müssen mit Jim sprechen … Jim Burrows. Er ist drin. Folgen Sie dem Pfad, und Sie finden ihn.«

»Danke.« McLean machte Anstalten zu gehen, aber bevor er die Tür erreichte, rief ihn der Mann zurück.

»Warten Sie einen Augenblick. Sie werden die hier brauchen.« Er hielt zwei Helme hoch. McLean nahm sie entgegen und reichte einen an DC Robertson weiter.

»Nicht, dass die Ihnen viel helfen würden«, fügte der Feuerwehrmann hinzu. »Wenn eine Wand einstürzt oder so.«

Angemessen behelmt, wagten sich die beiden Detectives durch die Eingangstüren des Gebäudes. Es bot sich ihnen ein Bild wie in London während des zweiten Weltkriegs. Das Feuer war vollständig gelöscht, aber viel hatte es nicht übrig gelassen.

Die meisten Trümmer bestanden aus zerbrochenen Dachziegeln und hier und da einem verkohlten Stück Dachstuhl oder Bodendiele. Rundherum war ein Pfad freigeräumt worden, der in einem großen Bogen zu dem größten Schutthaufen in der Mitte des weiten Platzes führte. Als McLean hinausschaute, konnte er die kalten, grauen Wolken sehen, die mit dem Wind vorbeibrausten. Einen Moment lang hatte er den Eindruck, als würde das gesamte Gebäude, eingerahmt von den nackten, geschwärzten Steinmauern, mit großer Geschwindigkeit dahinrasen. Schnell sah er wieder nach unten und taumelte leicht, als sein Gleichgewicht ihn wieder einholte. DC Robertson vor ihm schien nichts bemerkt zu haben.

Sie fanden zwei Brandermittler damit beschäftigt, sich auf einem kleinen Flecken sauberen Bodens im Herzen des alten Gebäudes über einem Bauplan zu beraten. Einer von ihnen sah auf, als sie herankamen, und seine Augen verengten sich.

»Jim Burrows?«, fragte McLean.

»Aye. Und Sie sind …?«

McLean stellte sich vor. »Ich habe gerade mit dem Hausmeister gesprochen. Dachte, ich komme mal vorbei und sehe, wie weit Sie sind. Ich weiß, dass Sie noch nicht viel für mich haben.«

»Nun, da haben Sie recht. Wir versuchen immer noch herauszufinden, wo das verdammte Ding angefangen hat. Es muss irgendwo hier gewesen sein, wo wir stehen, denke ich, aber das erklärt nicht, dass es so heftig Feuer gefangen hat.«

»Wie meinen Sie das?«

»Na ja, so wie der Boden aussieht, war das Feuer hier am heißesten.« Burrows zeigte auf den verkohlten und geschwärzten Stein. »Nach diesen Plänen stand hier aber keine Säule oder etwas Ähnliches. Selbst wenn hier ein großer Stapel Paletten gestanden hätte, hätte nicht das ganze Gebäude so in Flammen aufgehen können.«

»Irgendwelche Anzeichen von Brandbeschleunigern?«

»Zumindest keine gewöhnlichen. Das würde man immer noch riechen. Vorsichtig, Jungchen. Sie wollen doch nicht, dass Ihnen das alles auf den Kopf fällt.«

McLean blickte in die Richtung, in die Burrows seine Warnung ausgesprochen hatte, und sah, wie DC Robertson zu einem der Dachbalken hinaufstarrte, der prekär auf einem mannshohen Haufen zerbrochener Ziegel balancierte. Dann krachte es plötzlich, und der Constable verschwand.

13

Ein dunkles Kapitel in der Geschichte Edinburghs wurde am 27. Januar 2000 abgeschlossen. Dies war nämlich der Tag, an dem die Lothian and Borders Police im Haus und Laden von Donald Anderson, einem Antiquar, eine Razzia durchführte. Nicht beharrliche Ermittlungsarbeit hatte sie an diesen Ort geführt, auch nicht das exakte Befolgen der Vorschriften, sondern eher die zufällige Hand des Schicksals. Es war Zufall, dass Anderson die Verlobte eines jungen Detective Constable als Opfer gewählt hatte. Es war Zufall, dass derselbe Detective auf der Suche nach einem Buch seinen Laden betrat und stattdessen ein Andenken an seine ermordete Braut vorfand. Dieses einzige, schlichte Beweisstück, dieser Streifen Stoff, der vom Saum eines alten Kleides gerissen worden war, reichte aus, um die längste Verbrecherjagd in der Geschichte der Stadt zu Ende zu bringen. Als sie nämlich den Keller dieses unscheinbar aussehenden Buchladens betraten, wurde die wahre Identität des Christmas Killers endlich enthüllt.

Ein missbilligendes Schnalzen bringt ihn wieder zu sich, und er bemerkt die Verkäuferin an dem Stapel, der an so prominenter Stelle ganz vorn im Laden steht. Er blickt auf seine Hände hinunter, und es geht ihm auf, dass er das Buch hat fallen lassen.

Er hätte wissen müssen, dass so etwas passieren würde. Ein Teil von ihm wusste es. Er hat seine Telefonnummer zweimal geändert, damit die Anrufe aufhörten, die endlosen Anfragen wegen Interviews und die banalen Erkundigungen danach, wie er sich fühlte. Er fühlt überhaupt nichts. Er fühlt alles.

Und jetzt das hier.

Auf dem Tisch liegen hundert Exemplare des Buchs, jedes zeigt das verhasste Gesicht auf dem Einband. Die Fenster im Buchladen sind voller Poster, jedes zwei Meter hoch und mit derselben schrecklichen Visage darauf. Donald Anderson ist berühmt. Das Monster, das ein Jahrzehnt lang die winterlichen Straßen terrorisiert hat, ist Fleisch geworden. Unsterblich gemacht durch dieses Buch, den Bestseller, den er nicht einmal in die Hand nehmen kann, weil er es nicht erträgt. *Der Christmas Killer* liegt in jedem Buchladen der Stadt. Er klebt auf den Seiten von Bussen, die die Princes Street hinauf- und herunterfahren, er springt den armen Passanten von tausend verschiedenen Plakatwänden entgegen, an Bushaltestellen, in Zeitschriften und Tageszeitungen. Da der Titel ganz oben auf der Bestsellerliste steht, wird seine Autorin überall die Runde machen, Hände schütteln, im Tagesfernsehen erscheinen und viel Geld scheffeln. Donald Anderson war nett gewesen zu Joanne Dalgliesh. Sehr nett.

Es gibt zehn trauernde Familien, die von sich nicht dasselbe behaupten können.

Er wendet sich von dem Stapel ab, sieht die Verkäuferin nicht, wie sie das heruntergefallene Buch aufhebt, es mit der Hand abwischt, als wäre es etwas Schönes, und es dann zu all den anderen zurücklegt. Er kann die Welt um sich herum nicht sehen, die brodelnden Massen, die sensationslüstern in grauenvoll bösen Taten den Kitzel suchen. Alles, was er sehen kann, ist die kalte Erde, die im eisigen Regen auf einen dunklen Holzsarg geschaufelt wird.

14

»Was zum Teufel haben Sie da überhaupt zu suchen gehabt? Hätten Sie nicht versuchen sollen, Ihre Leiche zu identifizieren?«

Chief Superintendent McIntyre stand mit in die Hüften gestützten Händen da. Ihr Kopf war leicht vorgereckt, ihre Beine standen hüftbreit auseinander, und als sie ihn anschrie, sah sie aus wie ein Fischweib, das seinen betrunkenen Ehemann ausschimpft. McLean hatte es kaum geschafft, sich von dem unbequemen Plastikstuhl im Wartesaal des Krankenhauses zu erheben, bevor sie angefangen hatte, ihn zur Schnecke zu machen.

»Die Obduktion war erst um halb fünf.« Er sah auf die Uhr, wand sich unbehaglich, wollte einen Schritt zurücktreten, wusste aber, dass sie dann einfach wieder näher kommen würde, bis er an der Wand hinter sich festgenagelt wäre. »Schätze mal, die verpasse ich jetzt.«

»Ach ja?« McIntyres Augenbrauen hoben sich. »Warum? Schließlich können Sie hier überhaupt nichts ausrichten.«

»Na ja … ich …« McLean verstummte. Es gab nichts Nützliches, was er vom Wartesaal eines Krankenhauses aus tun könnte, außer seine Schuldgefühle zu beschwichtigen, weil der ihm unterstellte Officer beinahe durch seine Schuld zu Tode gekommen wäre.

»Wie geht es Robertson überhaupt?« Die Chefin lehnte sich zurück, und ihr verärgerter Gesichtsausdruck wurde weicher.

»Er wird gerade operiert. Sie glauben, dass er sich das Becken und das Rückgrat gebrochen hat. Aber das Rückenmark ist nicht durchtrennt. Sie hoffen, dass er wieder gehen können wird.«

»Gott sei Dank für die kleinen Gnaden. Was ist denn eigentlich passiert, verdammt noch mal?« McIntyre setzte sich, der Anschiss war zumindest für den Moment vorüber. McLean nahm den Stuhl neben ihr.

»Er ist durch den Boden gefallen. Na ja, der ist unter ihm zusammengebrochen. Der Brandermittler sagte, dass der Steinboden darunter wahrscheinlich durch die Hitze von unten her weggeblasen worden ist. Es ist so verdammt dumm. McGregor hatte uns gesagt, dass das Gebäude auf den Fundamenten eines früheren Hauses erbaut worden war, aber die Pläne zeigten keine Keller. Wahrscheinlich ist der einfach in Vergessenheit geraten. Armer Peter. Er hat gerade erst angefangen. Das wird das Ende für seine Karriere sein. Selbst wenn er sich vollständig erholt, wird es Monate dauern. Vielleicht Jahre.«

»Er kommt in Ordnung, Tony.« McIntyre legte ihre Hand auf McLeans, eine kurze, beruhigende Geste. »Wir kümmern uns um unsere Leute.«

»Scheiße, es tut mir leid, Ma'am. Wir können es uns nicht leisten, Arbeitskräfte zu verlieren, oder?«

»Nein.« McIntyre sah einen Augenblick lang gedankenverloren ins Leere, dann erschien ein halbes Lächeln auf ihrem Gesicht, als ihr etwas einfiel. »Wir werden einfach jemanden vorübergehend zur Kriminalpolizei befördern müssen. Genauso wie damals bei Ihnen, wenn ich mich recht erinnere. Und ich nehme an, das hat sich als ganz gut herausgestellt.«

»Inspector McLean?« Eine Frau, die bestimmt noch zu jung war, um Ärztin zu sein, stand in einem langen weißen Kittel vor ihm, mit einem Stethoskop und einem müden Gesichtsausdruck.

»Gibt es Neuigkeiten?« McLean stand auf.

»Die Operation wurde gerade abgeschlossen. Es ist … na ja, es hätte viel schlimmer kommen können.«

»Wird er wieder gehen können?«

»Es gibt Hoffnung. Er hat eine Entzündung um den Bruch in der Wirbelsäule herum. Die drückt jetzt auf den Nerv, aber er ist noch intakt. Wir werden es erst genau wissen, wenn er aufwacht, und zur Zeit ist er noch sediert.«

»Wie lange dauert es, bis Sie es wissen?«

»Bis morgen. Vielleicht.«

»Bitte, Doktor, halten Sie mich auf dem Laufenden.« McIntyre stand auf und gab ihr ihre Karte. Die Ärztin blickte darauf, und ihre Augen weiteten sich beim Lesen vor Überraschung. »Darauf stehen die Dienst- und die Privatnummern. Rufen Sie jederzeit an. Tag und Nacht. Sobald Sie Neuigkeiten haben.« Dann wandte sie sich an McLean. »Und Sie können in die Rechtsmedizin gehen. Wir müssen das tote Mädchen identifizieren. Und zwar schnell.«

»Ah, Tony. Ich dachte schon, du versetzt mich. Hast du meine Nachricht bekommen?«

McLean ließ die Tür zum Obduktionssaal hinter sich zuschwingen und versuchte, den Gestank des Todes nicht einzuatmen. Auf der anderen Seite des Raumes stand Angus Cadwallader, die Arme bis zu den Ellbogen in der toten jungen Frau, und wie immer ging ihm sein Schatten, Tracy, zur Hand. Sie lächelte McLean an, während sie eine Edelstahlschale hochhielt, bereit, um irgendein inzwischen nutzloses Organ aufzunehmen. Ein paar Meter hinter dem Tisch lauerte die düstere Gestalt von Dr. Bairnsfather, der den erforderlichen Zeugen der Obduktion abgab.

»Ich wusste, du würdest ohne mich anfangen, Angus.« McLean trat näher und konnte zum ersten Mal einen Blick auf das Gesicht der Frau werfen, seit es am Tatort zugedeckt worden war. Sie war jung, höchstens zwanzig. Langes, schwarzes Haar, auffallend kantige Wangenknochen, perfekte Lippen, blassblau vor alabasterweißer Haut. Wie konnte es sein, dass niemand sie als vermisst gemeldet hatte?

»Irgendeine Ahnung, wer sie ist?«

»Also, das ist dein Ressort. Will man mir zumindest weismachen.« Cadwallader ließ etwas verdächtig nach Leber Aussehendes in den Behälter fallen, Tracy stellte es auf die Waage und schrieb dann etwas auf ihr Arbeitsblatt.

»Was ist mit der Todesursache?«

»Damit kann ich dir helfen. Das arme Mädchen ist an dem Schnitt durch die Kehle verblutet. Die Schneide ist bis auf den Knochen durchgedrungen. Sie muss ziemlich schnell gestorben sein.«

»Ein kleiner Segen, nehme ich an.«

»Ja … na ja, vielleicht solltest du nicht vorschnell urteilen.« Cadwallader nahm eine der Hände der Toten und drehte sie so, dass McLean die dunkelvioletten Blutergüsse und Schrammen um das Handgelenk herum sehen konnte. »Vor ihrem Tod war sie eine ganze Weile lang gefesselt. An Armen und Beinen.«

»Da waren Kabelbinder. Unter der Brücke stromaufwärts vom Fundort«, sagte McLean.

Cadwallader runzelte die Stirn, dann zog er die Lampe näher heran und beugte sich nach unten, um die fleckige Haut zu betrachten. »Das wäre dann nach ihrem Tod gewesen. Diese Spuren hier sehen eher nach Handschellen aus.« Er legte den Arm wieder hin und trat vom Tisch zurück. »Der Magen war völlig leer, was darauf hinweist, dass sie mehrere Tage lang nichts gegessen hat. Und sie ist mehrfach vergewaltigt worden. Ich nehme an, du erkennst ein Muster?«

»Entführt, irgendwo bis zu einer Woche lang gefangen gehalten, vergewaltigt und am Ende mit einem scharfen Messer durch einen Schnitt durch die Kehle ermordet. Leichnam gewaschen und unter einer Brücke ins fließende Wasser gelegt.« McLean hörte die Worte, als spräche sie jemand anderes. Er war weit, weit weg, in einer dunklen Nacht, in der am Himmel über ihm Feuerwerkskörper explodierten.

Sein Telefon klingelte, als er eine Stunde später zum Revier zurückging. Die Stadt lag bereits im Dunkeln, und die Büros hatten angefangen, ihre Arbeiter zurück auf die Straßen zu spucken. Er schaute aufs Display, erkannte aber die Nummer nicht. Beschloss, trotzdem dranzugehen. Viel schlechter konnte der Tag nicht werden.

»Ja?«

»Inspector McLean? Hier spricht Jo Dalgliesh.«

McLean fluchte leise. Das dreiste Miststück hatte sich eine neue Nummer zugelegt. Die meisten der aufdringlicheren Reporter in der Stadt waren bereits in seinem Telefonbuch, weil er auf diese Weise vermeiden konnte, mit ihnen zu sprechen, und Dalgliesh stand ganz oben auf seiner Liste. Er dachte daran aufzulegen, aber bevor er dazu kam, legte die Reporterin auch schon los.

»Beim Gladhouse-Stausee ist eine Leiche gefunden worden. Eine junge Frau. Der Mord weist Ähnlichkeiten mit unserem Freund Donald Anderson auf.«

»Auf Wiederhören, Ms Dalgliesh.« McLean nahm das Telefon vom Ohr und hörte, wie die metallische Stimme sich entfernte, während sein Daumen über der Ausschalttaste schwebte.

»Ihr Name ist Audrey …«

Er verpasste den Rest, als er eilig das Telefon wieder dorthin klemmte, wo es gewesen war. »Was haben Sie da gesagt?«

»Ah. Dachte ich mir's doch, dass das Ihre Aufmerksamkeit wecken würde. Sie haben sie als Unbekannte behandelt, was?«

»Wie zum Teufel können Sie wissen, wer sie ist? Sie haben sie ja nicht mal gesehen.«

»Doch, das habe ich. Ihr junger Constable MacBride hat vor ungefähr einer halben Stunde eine digitale Fahndungsskizze an alle Zeitungen gemailt. Der Nachrichtenredakteur hat es mir gerade auf mein Telefon geschickt. Glücklicher Zufall, dass ich mir die Mühe gemacht habe, sie anzusehen.«

»Glücklich?« McLean konnte sich andere Adjektive vorstellen. »Also, wer ist sie dann? Woher kennen Sie sie?«

»Also, Inspector, Sie wissen ja, wie das ist. Ich zeig Ihnen meins, Sie zeigen mir Ihrs. Was kriege ich dafür?«

McLean schauderte bei dem Gedanken. Joanne Dalgliesh hatte nichts an sich, was er jemals zu sehen wünschte, ohne dass es von ihrem alten Mantel bedeckt war.

»Muss ich Sie daran erinnern, dass wir hier in einem Mordfall ermitteln?«

»Bitte, nennen Sie mich doch Jo. Und aye, ich mache doch nur Witze. Sie war eine Streunerin, ein Straßenkind. Deshalb hat sich keiner die Mühe gemacht, sie als vermisst zu melden. Na ja, jedenfalls nicht bei uns.«

McLean rief sich die Leiche ins Gedächtnis, erinnerte sich an die Obduktion, an der er gerade teilgenommen hatte. Sie war dünn gewesen, sicher, aber nicht mager. Im Großen und Ganzen bei guter Gesundheit, hatte Angus gesagt. Wenn man von dem fehlenden Blut absah und davon, dass sie tot war.

»Sind Sie sich da sicher?«, fragte er. »Ich komme gerade von der Obduktion, und nichts hat auf Drogenmissbrauch hingewiesen.«

»Aye, gab es auch nicht. Das Stärkste, was Aud jemals angerührt hätte, war ein bisschen Koks. Sie hat nicht auf der Straße gelebt, weil sie musste, sondern weil sie wollte. Hat mir erzählt, dass sie eines Tages ein Buch darüber schreiben würde.«

»Hat sie Ihnen erzählt? Wann haben Sie sie zum letzten Mal gesehen?«

»Ungefähr vor einer Woche. Ich sollte sie letzten Dienstag wieder treffen, aber da ist sie nie aufgetaucht.«

»Und Sie haben nicht daran gedacht, sie als vermisst zu melden?«

Dalgliesh lachte. »Nein. Wenn ich jedes Mal die Polizei anrufen würde, wenn eine meiner Quellen nicht auftaucht, dann hätten Sie keine Zeit mehr für Ihre richtige Arbeit.«

McLean stellte fest, dass er stehen geblieben war. »Also, warum haben Sie sich mit dieser Audrey …«

»Carpenter. Audrey Carpenter. Ich wollte für die Sonntagsbeilage eines von diesen ausführlichen Porträts schreiben. Das werde ich wahrscheinlich immer noch tun, aber jetzt werde ich es etwas umschreiben müssen. Ein bisschen mehr Hintergrund reinbringen. Wissen Sie, Carpenter war nicht der Name, auf den sie getauft wurde. Nein, es war der Name ihrer Mutter. Aud hat ihn angenommen, um von ihrem Vater loszukommen.«

»Und das führt uns irgendwohin?« McLean kramte nach seinem Notizbuch, ließ es in den Rinnstein fallen, dann fiel ihm ein, dass er sowieso nichts hätte aufschreiben können.

»Sagt Ihnen der Name Jim MacDougal etwas?«

»Was, Razors MacDougal?«

»Genau der. Als er noch nicht damit beschäftigt war, draußen in Tong-Land sein winziges Imperium auszubauen, hat er seine Sandkastenliebe Jenny Carpenter geheiratet. Sie bekamen eine Tochter, Violet Audrey. Anscheinend gefiel es dem alten Jim ein bisschen zu gut, sich seine kleine Audrey auf den Schoß zu setzen, wenn Sie verstehen, was ich meine. Sie ist vor ungefähr zwei Jahren abgehauen. Hat seitdem in besetzten Häusern gelebt.«

»Scheiße.« McLean rieb sich mit der freien Hand übers Gesicht. Das Letzte, was er jetzt brauchte, war eine Verbindung zu einem Verbrecherkönig aus Glasgow. Aber es gab da ein mögliches Motiv, und er hatte jetzt wenigstens eine Identität, mit der er arbeiten konnte.

»Also, Ms Dalgliesh, Sie müssen wirklich aufs Revier kommen und eine Aussage machen. Alles, was Sie uns über Audreys Aufenthaltsorte vor ihrem Verschwinden sagen können, könnte für die Festnahme des Mörders ausschlaggebend sein.«

»Nun, das wird bis morgen warten müssen. Mein Zug fährt gerade in Dundee ein.«

»Dundee? Was machen Sie denn da?«

»Das weiß ich, und Sie müssen's raten, Inspector. Und jetzt, wo ich Ihnen eine anständige Spur geliefert habe, könnten Sie mir vielleicht ein paar Fragen beantworten.«

»Zum Beispiel?«

»Sie leiten diese Ermittlung, richtig?«

McLean gab zu, dass er das tat. Zumindest bisher.

»Es wird gemunkelt, dass alles ganz nach dem Christmas Killer aussieht. Stimmt das?«

»Ich weiß es nicht, Ms Dalgliesh. Da müssen Sie mir schon sagen, wer das munkelt.«

»Kommen Sie schon, Inspector. Sie sollten doch der Erste sein, der die Ähnlichkeiten erkennt.«

»Im Augenblick schließen wir nichts aus. Aber wir ziehen auch keine voreiligen Schlüsse.«

»Dann halten Sie es also für möglich, dass es sich um den wiedergekehrten Christmas Killer handelt. Dass Anderson vielleicht am Ende doch der Falsche war?«

15

Sie leugnen, Kirsty Summers entführt und ermordet zu haben, Mr Anderson, aber die Polizei hat in Ihrem Keller Hinweise darauf gefunden, dass sie dort gegen ihren Willen festgehalten wurde. Dass sie dort getötet wurde.«

Er sitzt auf der Galerie und starrt auf den alten Mann auf der Anklagebank hinunter. Das weiße Haar ist in einer beinah mönchischen Tonsur dicht an der Kopfhaut abrasiert, ein Tweedanzug hängt elegant um seinen schmalen Körper. Eine Hornbrille sitzt auf dem Ende einer langen, spitz zulaufenden Nase, dunkle, stechende Augen sind aufmerksam auf den Verteidiger gerichtet.

Er sollte Donald Anderson wirklich hassen. Er sollte einen beinahe unerträglichen, brennenden Drang verspüren, in den Gerichtssaal hinunterzuspringen und über das niedrige Geländer hinweg, um das Leben aus diesem bösen Mann herauszuquetschen. Aber alles, was er fühlen kann, ist Verzweiflung und Hilflosigkeit. Nichts, was er tun kann, wird sie zurückbringen, und nichts, was das Gericht tun kann, wird das Geschehene ungeschehen machen.

»Ich habe sie nicht getötet.« Andersons Stimme ist ruhig. Der geduldige Klang eines Lehrers, der seit Langem daran gewöhnt ist, weniger intelligenten Menschen etwas zu erklären. »Es mag sein, dass mein Körper diese schrecklichen Dinge getan hat, aber ich hatte keine Kontrolle über ihn. Das Buch hatte die Kontrolle. Es hat mich gezwungen, sie zu töten.«

»Dabei handelt es sich um das sogenannte *Liber animorum*, von dem Sie behaupten, es bei einem Räumungsverkauf gefunden zu haben.« Der Anwalt macht ein Schauspiel daraus, seine Notizen zurate zu ziehen. »Das Buch der Seelen.«

»Genau.« Andersons Lächeln sieht aus wie ein Spalt, durch den man ins Gesicht der Hölle blickt.

»Und dasselbe Buch hat Sie auch gezwungen, all die anderen Frauen zu entführen und zu töten? Laura Fenton, Diane Kinnear, Rosie Buckley, Jane Winston. Sie müssen es lange besessen haben, Mr Anderson.«

»Nein, nein, nein. Das war ich nicht. Es war das Buch. Es übernimmt die Kontrolle, wissen Sie. Damit es sich nähren kann.«

»Nähren?«

»Von anderen Seelen, Sir. Das ist, was es tut. Es nährt sich von Seelen.«

16

Jim MacDougal, den meisten bekannt unter dem Namen Razors, wohnte in einem besseren Viertel von Calton in einem Zweifamilienhaus, das früher der Gemeinde gehört hatte, was bedeutete, dass es ganz am Rand des Ortes lag und so tat, als gehöre es woandershin. Über die Jahre hatte es ein paar Versuche der Gentrifizierung gegeben, aber im Großen und Ganzen war es immer noch das Loch, das in den Sechzigern und Siebzigern der Tummelplatz der Tongs gewesen war. Nur, dass das Verbrechen jetzt niveauvoller geworden war, die Prostituierten sprachen jetzt mit osteuropäischem Akzent, und die Drogen kamen in Designerpackungen. Die Verbrecher, die den Laden schmissen, waren immer noch dieselben.

McLean saß auf dem Fahrersitz des Dienstwagens und war dankbar dafür, dass es sich um ein älteres Modell handelte, was einen Diebstahl nicht lohnte. Neben ihm fummelte Detective Constable MacBride am Saum seines nagelneuen Anzugs herum. Es war noch ungewohnt für ihn, Zivilkleidung zu tragen, und es bestand keine Gefahr, dass man ihm den Polizisten nicht ansah.

»Sie haben Strathclyde angerufen und denen gesagt, dass wir Verstärkung von hier brauchen, oder?« McLean blinzelte durch die schmierige Windschutzscheibe und suchte die Straße nach etwas ab, das auch nur die geringste Ähnlichkeit mit einem Streifenwagen hatte.

»Natürlich, Sir. Ich habe mit einem Detective Sergeant Coombes gesprochen. Habe ihm gesagt, dass wir um sechs hier wären. Er hat gesagt, es würde uns jemand erwarten.«

McLean sah auf die Uhr auf dem Armaturenbrett. Halb sieben, und sie saßen hier jetzt seit vierzig Minuten und warteten.

»Möchten Sie, dass ich ihn noch mal anrufe?« MacBride zog sein klobiges Funkgerät aus der Tasche.

»Nein. Ich hab Besseres zu tun, als darauf zu warten, dass ein blöder Weegie seinen Hintern in Bewegung setzt. Kommen Sie. Bringen wir's hinter uns.«

Die Haustür öffnete sich beinahe, bevor McLean anklopfte. Der Mann, der vor ihm stand, sah aus, als müsste er sich seitwärts drehen, um durch die Tür zu passen. Sein Brustkorb war riesig, seine Unterarme waren so breit wie der Bizeps eines Bodybuilders, und er musste mindestens zwei Meter groß sein.

»Ah, Mr MacDougal?«, fragte MacBride. McLean traute sich nicht, ihn zu berichtigen.

»Wer zum Teufel sind Sie?«

»Detective Inspector McLean, Lothian and Borders Police.« McLean hielt seinen Ausweis hoch. »Und das hier ist Detective Constable MacBride.«

»Hab ich mir doch gedacht, dass ich Bullen rieche. Warum beobachten Sie uns?«

»Ich habe darauf gewartet, dass unsere Kollegen vom Bezirk Strathclyde sich zu uns gesellen, aber es scheint, als hätten die sich verspätet. Hören Sie, es ist nicht das, wonach es aussieht. Es geht um Mr MacDougals Tochter, Audrey.«

Ein Quieken wie von einem kleinen Tier, das bei lebendigem Leib gehäutet wird, erklang aus dem Flur hinter dem riesigen Aufpasser. Er wurde von einem Ellbogen zur Seite gestoßen, und eine dünne, blasse Frau kam aus dem Haus geschossen.

»Meine Audrey! Haben Sie sie gefunden? Ist sie …?« Jenny MacDougals Blick zuckte von MacBride zu McLean und wieder zurück, wobei sie wie im Gebet die Hände rang. Doch sie sagte nichts mehr weiter, und der Aufpasser legte ihr überraschend sanft eine Hand auf die Schulter und führte sie zurück ins Haus.

»Dann kommen Sie wohl besser rein.«

»Bitte verzeihen Sie meiner Frau. Die letzten zwei Jahre waren nicht leicht für sie.«

Razors MacDougal war kleiner, als sein Polizeifoto und sein Ruf es nahelegten. Vielleicht lag es auch nur daran, dass er sich mit solch gigantischen Muskelmännern umgab, die im Vergleich jeden normalen Mann klein aussehen ließen. Außer dem Schwergewicht, das sie hereingelassen hatte, gab es noch drei andere, ebenso riesige Männer im Haus, ursprünglich ein Doppelhaus, dessen Zwischenwände herausgebrochen worden waren. Als er sich in dem großen Wohnzimmer umschaute, in das er geführt worden war, sah McLean eine Reihe professionell aufgenommener Porträtfotos einer außergewöhnlich schönen Frau und konnte nur zustimmen, dass Mrs MacDougal das Verschwinden ihrer Tochter schwer verwunden hatte. Außerdem konnte er die unübersehbare Ähnlichkeit zwischen Mutter und Tochter erkennen, was ihm seine Aufgabe nicht gerade erleichterte.

»Es tut mir sehr leid, Sir, Madam …«, McLean nickte Jenny MacDougal zu, die sich beinahe wie ein Embryo in einem übergroßen Sessel zusammengekauert hatte. »Es fällt mir nicht leicht, es Ihnen mitzuteilen, wirklich nicht. Aber wir glauben, dass Ihre Tochter möglicherweise tot ist. Wir glauben außerdem, dass ihr Tod kein Unfall war.«

»Soll das ein schlechter Scherz sein, Inspector McLean? Fällt mir nur verdammt schwer, ihn lustig zu finden.« MacDougals leises Grollen erinnerte McLean daran, woher er seinen Spitznamen hatte.

»Ich kann Ihnen versichern, Sir, das ist kein Scherz.«

»Wie meinen Sie das, ›Sie glauben, dass Violet ermordet worden sein könnte‹?«

Die Frage brachte McLean aus dem Konzept – einerseits wegen des fremden Namens, und andererseits, weil es Jenny MacDougal war, die sie gestellt hatte. Alle Farbe war aus ihrem Gesicht gewichen, sodass sie ihrer Tochter auf dem Seziertisch noch ähnlicher sah. McLean nickte MacBride zu. »Die Fotos bitte, Constable.«

Glänzende A4-Abzüge, frisch aus dem Drucker vom selben Nachmittag. Es war schwierig, den Kopf einer Leiche als etwas anderes erscheinen zu lassen, als es tatsächlich war, aber der Fotograf der Rechtsmedizin hatte sein Bestes gegeben.

»Diese junge Frau wurde am Montagabend in einem Kanal in der Nähe des Gladhouse-Stausees gefunden.« McLean händigte Razors MacDougal die Fotos aus und versuchte, das Zittern der Hände des Gangsters nicht zu bemerken, als er sie entgegennahm, und dem Blick des Mannes auszuweichen. MacDougal sah sie weniger als eine Sekunde lang an, bevor er sie zu Boden fallen ließ, die Hände vors Gesicht schlug und sich mit den Fingern durch das strähnige, ergrauende Haar fuhr.

»Im Wasser, sagen Sie. Ist sie ertrunken?«

»Nein, Sir. Sie wurde nach ihrem Tod dort hingelegt.«

Plötzlich war MacDougal auf den Beinen und sah gar nicht mehr so klein aus. Sein Gesicht war vor Wut leuchtend rot, die Adern traten unter der Haut hervor, die Augen waren weit aufgerissen. Er war zu nah. McLean konnte den Atem des Gangsters auf seinem Gesicht spüren, aber er blieb, wo er stand. Es gab zwei Möglichkeiten, wie das hier ausgehen konnte, und eine davon war ganz und gar nicht verlockend.

»Was wollen Sie damit sagen, Inspector? Dass sie ermordet wurde?«

McLean wollte gerade antworten, als ein kreischendes Jammern vom Boden her erklang. Er schaute nach unten und sah

Jenny MacDougal ausgestreckt auf dem Teppich liegen. Sie drückte die hinuntergefallenen Fotos an sich und schrie dabei unzusammenhängende Worte. Er beugte sich hinunter, um ihr zu helfen, aber Razors stieß ihn unsanft zur Seite, bückte sich und hob seine Frau auf.

»Bringt sie weg«, sagte er zu einem der Leibwächter. Jenny kämpfte und trat um sich, während sie mit Gewalt aus dem Raum geschleift wurde, aber es war nur ein schwacher Versuch, zermürbt wie sie war von zwei Jahren der Sorge.

»Mein Gott, Sie haben vielleicht Nerven!« MacDougal ging auf und ab, die übergroßen Hände zu Fäusten geballt. »Was verdammt noch mal haben Sie sich dabei gedacht, so was hierherzubringen?« Er ruderte mit einem Arm in Richtung der zerknüllten Fotos.

»Ich gehe davon aus, dass es sich um Ihre Tochter handelt, Mr MacDougal?«

»Aye, sie ist es.« Zum ersten Mal sah er aus, als würde er tatsächlich trauern. Tränen traten ihm in die Augen. Er zog lautstark die Nase hoch und wischte sich mit dem Ärmel übers Gesicht. »Also, was ist passiert? Und warum hat das so lange gedauert, bis Sie gekommen sind, um es uns zu sagen?«

»Als wir sie gefunden haben, war sie nackt und hatte keine persönlichen Gegenstände an oder bei sich. Die Vermisstenabteilung konnte niemanden finden, auf den die Beschreibung passte. Das tut mir leid, normalerweise hilft das weiter. Erst als wir eine E-Mail herumgeschickt haben, haben wir einen Namen bekommen. Sie nannte sich Audrey Carpenter.«

McLean konnte sehen, dass MacDougal nicht wirklich zuhörte. Er war zur Anrichte gegangen und hatte sich aus einer hässlichen Kristallkaraffe einen großen Scotch eingegossen. Warum dekantierten Verbrecher ihren Whisky immer? Wahrscheinlich, weil er billig war und weil sie so tun wollten, als sei er es nicht.

»Audrey wohnte in einem besetzten Haus irgendwo in Edinburgh«, fuhr McLean fort. »Sie hatte mit einer Reporterin des *Scotsman* gesprochen, hauptsächlich über ihr Leben auf der Straße, glaube ich.«

MacDougal mochte ein Schläger sein, aber er war nicht dumm. Zwei schnelle Schritte brachten ihn Angesicht zu Angesicht vor McLean, und er starrte ihn mit diesen wilden Augen an.

»Wer ist es? Diese Reporterin? Ich will ihren Namen.«

»Sie wissen, dass ich Ihnen den nicht sagen kann, Sir. Ich kann aber Ihre Bitte um ein Treffen weitergeben.«

»Reden Sie keinen Mist, Inspector. Den Namen.« MacDougal pikte McLean mit einem kurzen, dicken Finger in die Brust. Der Whisky in seiner anderen Hand schwappte im Glas herum und verströmte dabei ein unverkennbares, torfiges Islay-Aroma. So viel zu dieser Theorie.

»Wann haben Sie Ihre Tochter zum letzten Mal gesehen, Mr MacDougal?«

Einen Augenblick lang hingen die Worte einfach in der Luft, hallten in der Stille wider, während MacDougals Gesichtsfarbe sich verdunkelte. Dann knurrte er wie ein wütender Bär und zeigte auf die Tür.

»Raus!«

McLean hielt den Blick des Gangsters noch ein paar Sekunden länger, dann nickte er. »Constable«, sagte er, ohne sich umzudrehen. MacBride huschte aus dem Zimmer wie eine erschreckte Maus.

»Wir sprechen uns noch, MacDougal«, sagte McLean und ging dann gemächlich zur Tür.

»Sie sollten lieber in Deckung bleiben, Sir. Der alte Dagwood sucht Sie, und ich glaube nicht, weil er Ihnen einen Orden verleihen möchte.« Der Diensthabende lächelte hinter seinem Glasfenster, als er McLean hereinließ.

»Was hab ich denn diesmal ausgefressen, Pete?«

»Keine Ahnung, aber er hat jeden zur Sau gemacht, der ihm über den Weg gelaufen ist. Echt schlecht gelaunt, der Kerl.«

»Dann hat sich ja nicht viel geändert. Wissen Sie, wo er jetzt gerade sucht? Damit ich ihm aus dem Weg gehen kann.«

»Keine Ahnung. Halten Sie einfach die Ohren auf, dann wird das schon.«

McLean war sich da nicht so sicher, als er in die Eingeweide des Reviers hinunterging. Die paar Officers, an denen er auf seinem Weg vorbeikam, schienen ihn argwöhnisch anzusehen, als hielten sie ihn für ein Unheil auf zwei Beinen. Das CID-Großraumbüro war fast leer, nur eine einsame Gestalt hing auf einem Stuhl und hatte die Füße auf den Schreibtisch gelegt. McLean sah sich mit einem Hauch von Wehmut im Raum um. Erst vor ein paar Monaten war er hier aus- und in das Kabuff seines Inspector-Büros eingezogen. Es fehlte ihm jetzt schon.

»Arbeitest du heute Abend, Bob?«, fragte er. Detective Sergeant Laird gab eine überzeugende Darstellung eines Mannes, der aus tiefem Schlaf erwacht, und fiel dabei beinahe vom Stuhl.

»Scheiße, hast du mich aber erschreckt, Chef. Hast du Dagwood schon gesehen?«

»Nein, und je länger ich das hinauszögern kann, desto besser. Weißt du, was er von mir will?«

»Nein, aber eins kann ich dir sagen: Er ist nicht gerade froh.«

»Mir blutet das Herz. Hast du den Obduktionsbericht von Audrey Carpenter?«

»Von wem?« Grumpy Bobs Gesicht spiegelte seine Verwirrung.

»Das tote Mädchen, das wir draußen in Gladhouse gefunden haben. Audrey Carpenter. Oder Violet Audrey MacDougal, falls dir das lieber ist.«

»Ich wusste nicht, dass sie schon identifiziert ist. Wann ist denn das passiert?«

McLean stützte sich gegen einen der Schreibtische. »Kurz nach Mittag. Ausgerechnet Jo Dalgliesh hat sie identifiziert. Ich wäre ihr lieber nicht dankbar.«

»Weiß Dagwood schon davon?«

»Sollte er. Ich habe eine Nachricht auf seinem Anrufbeantworter hinterlassen, bevor ich losgefahren bin. Eigentlich hätte ich gedacht, dass er dir davon erzählt hat.« Und da fügten sich die Teile des Puzzles langsam zusammen. »Scheiße. Er war nicht in seinem Büro und hat auch seine Nachrichten nicht abgehört.«

»Wenn ich raten müsste, würde ich sagen, nein. Und das ist wohl auch der Grund, warum er jetzt auf dem Kriegspfad ist.«

»Na, dann geh ich wohl besser los und finde ihn, bevor er etwas noch Dümmeres tut als normalerweise. In der Zwischenzeit musst du den Ball ins Rollen bringen. Stell eine Einheit zusammen. Richte einen Einsatzraum her.«

»Ähm, da gibt's ein Problem«, sagte Grumpy Bob und setzte dann dazu: »Sir.«

»Was? Wir haben keine freien Räume mehr, die wir nehmen können?«

»Nein.«

»Nicht mal die Schublade, die wir für den Fall Smythe benutzt haben?«

»Die haben die Kriminaltechniker, bis der Keller trockengelegt ist.«

»Im ersten Stock auch nichts?«

»Alles voll mit der Drogenfahndung.«

»Fantastisch. Wie zum Teufel können wir unterbesetzt sein

und gleichzeitig nicht genug Räume haben? Nein, antworte nicht, Bob. Richte einfach einen ein, okay? Ich geh nachsehen, was Dagwood für ein Problem hat. Und dann, glaube ich, werde ich was zu trinken brauchen.«

17

McLean fand DCI Duguid in seinem Büro im zweiten Stock. Es war warm, drei Mal so groß wie McLeans winziges Loch, und bei Tageslicht hätte man einen beeindruckenden Ausblick auf Arthur's Seat gehabt. Privilegien des Ranghöheren, zweifellos.

»Ich glaube, Sie haben nach mir gesucht, Sir?«

Duguid grunzte etwas hinter seinem Schreibtisch hervor und blätterte durch einen Stapel Papiere. McLean konnte nicht übersehen, dass sein vorläufiger Bericht zu Audrey Carpenter sorgfältig zur Seite gelegt worden war.

»Sie haben also das tote Mädchen identifiziert«, sagte Duguid nach einer langen Pause. »Waren sogar schon bei den Eltern.«

»Wir brauchten die Bestätigung, Sir. Und …«

»Hat Ihnen noch niemand gesagt, dass es sowohl höflich als auch eine gute Idee ist, sich mit einer anderen Einheit in Verbindung zu setzen, wenn man in deren Zuständigkeitsbereich tätig wird?« Duguids Ton war neutral, was nie ein gutes Zeichen war.

»Wir haben Strathclyde benachrichtigt, Sir. Haben mit einem DS Coombes gesprochen, der sagte, dass er uns Unterstützung schicken würde.«

»Stimmt das? Dann verraten Sie mir doch mal, warum ich gerade eine Stunde am Telefon damit verbracht habe, mich bei einem Wichser von Detective Superintendent des Dezernats Organisierte Kriminalität mit einem absolut unverständlichen Glasgower Akzent zu entschuldigen, weil einer meiner

Beamten seine laufenden Ermittlungen ernsthaft beeinträchtigt hat?«

»Ermittlungen?«

»Was? Dachten Sie etwa, es sei okay, einfach hinzufahren und sich mal kurz mit einem von Glasgows bekanntesten Bossen zu unterhalten? Dachten, es sei in Ordnung, ihn des Mordes an seiner eigenen Tochter zu beschuldigen?«

»Ich hab nie …«

»Unterbrechen Sie mich nicht, McLean.« Duguid ging von seinem Stuhl hoch wie ein Vulkan und hieb mit den Händen auf seinen Schreibtisch. Jetzt war er wütend, und damit umzugehen war wesentlich einfacher. »Sie sind ohne jegliche Unterstützung zu MacDougal gegangen, richtig?«

»Ich hatte Constable MacBride dabei.«

»Brillante Idee. Warum nicht das Leben eines weiteren Nachwuchspolizisten aufs Spiel setzen. Kein Wunder, dass wir kein verdammtes Personal haben, wenn Sie ständig probieren, die Neuen um die Ecke zu bringen.«

Ruhig bleiben. Den Köder nicht schlucken. Sich anscheißen lassen und dann einfach weitermachen.

»Was hatten Sie da überhaupt zu suchen, Herrgott nochmal? Sie hätten die Fotos ans nächste Revier faxen können, damit die sich darum kümmern.«

Aye, und dann eine Woche lang auf Antwort warten. »Ich musste persönlich mit MacDougal sprechen, Sir.«

»Warum? Um ihm Beschuldigungen an den Kopf zu werfen? Sie wissen, warum er Razors genannt wird, oder?«

»Der Mann hat seine Tochter missbraucht. Deshalb ist sie weggelaufen. Deshalb lebte sie auf der Straße. Aber sie hat mit der Presse gesprochen. Es war nur eine Frage der Zeit, bevor alles herausgekommen wäre. Ich weiß nicht, was Sie darüber denken, Sir, aber für mich ist das Motiv genug für einen Typen wie MacDougal.«

Duguid ließ sich wieder auf seinen Stuhl fallen, und sein Ausdruck veränderte sich von Wut in Richtung von etwas, das eher nach Begeisterung aussah. Er sah zur Seite auf den Bericht, dann wieder zu McLean.

»Sie hätten nicht ohne jemanden von der Organisierten Kriminalität dahin gehen dürfen. Oder wenigstens vom CID Strathclyde. MacDougal ist ein Profi. Der weiß, wie man mit dem System spielt. Es ist bereits eine formelle Beschwerde wegen Ihres Verhaltens eingereicht worden.«

»Wenn die Dienstaufsicht mit mir sprechen will, stehe ich jederzeit zur Verfügung, Sir. Ich habe nichts falsch gemacht.«

»Aye, so viel habe ich schon gehört. Na gut, raus mit Ihnen, McLean. Wir reden morgen bei der Besprechung noch mal darüber. Wenn wir einen Verdächtigen haben, hält uns das zumindest die Presse vom Leib.«

»Sir, ich habe wirklich …«

»Morgen, McLean.« Duguid brachte ihn mit einer Handbewegung zum Schweigen. »Jetzt muss ich ein paar Leute in Glasgow anrufen.«

Die Menge der Weihnachtsgeschenkekäufer drängte sich auf den laternenbeleuchteten Bürgersteigen der Princes Street und dem oberen Ende des Leith Walk wie ein riesiges, unberechenbares Tier. McLean nahm zumindest an, dass es sich um Leute handelte, die Weihnachtsgeschenke kauften, auch wenn der Dezember gerade erst angefangen hatte. Es war beinahe neun, und die Läden sollten eigentlich jetzt geschlossen sein, aber das St. James Centre platzte aus allen Nähten. So viel zur vorweihnachtlichen Enthaltsamkeit.

Er zog die Schultern hoch, um sich gegen das Gedränge zu wappnen, und versuchte, sich den Weg in Richtung North Bridge zu erkämpfen. Es war ein langer, beschissener Tag gewesen, und er brauchte wirklich was zu trinken.

Tief in Gedanken versunken, brauchte McLean einen Augenblick, um zu bemerken, dass er durch die Glastüren des John-Lewis-Kaufhauses etwas gesehen hatte. Er konnte nicht genau sagen, was, aber was immer es gewesen war, hatte ihn abrupt stehen bleiben lassen, was die anderen Fußgänger, die sich plötzlich auf einen Felsen in ihrem Strom einstellen mussten, zu gemurmelten Flüchen veranlasste. Er machte einen Schritt zurück, blickte durch die Scheibe auf die Kauflustigen im Inneren, das Personal in seinen Uniformen, die irrsinnige Auswahl an Weihnachtsdekorationen und diversem, zur Jahreszeit passenden Plunder.

Und dann sah er ihn, zu Dreivierteln abgewandt. In Jeans und einer Leder-Fliegerjacke, untypisch für den Mann. Aber ansonsten unverkennbar.

»Anderson!«

McLean drängte sich durch das Gewühl, ohne darauf zu achten, wen er zur Seite stieß. Die Ladentüren waren langsame, sich drehende Glastüren, die jedes Mal anhielten, wenn jemand aus der kopflosen Menge ihnen zu nah kam. Und gerade in seiner Eile, hineinzukommen, waren sie alle kopflos. Er verschwendete lange Sekunden, in denen er ungeduldig von einem Fuß auf den anderen trat, versuchte, über Köpfe hinweg in den Verkaufsraum zu spähen, in dem verzweifelten Versuch, seine Beute nicht aus den Augen zu verlieren. Endlich öffnete sich das Rad und ergoss Menschen in die Wärme hinein. McLean drängte sich an ihnen vorbei, ignorierte das Grummeln und die halb gemurmelten Kommentare und rannte zu dem Stand, an dem er Anderson gesehen hatte.

»Kann ich Ihnen irgendwie helfen, Sir? Wir schließen in zehn Minuten.« McLean sah sich um und sah eine junge Verkäuferin, die ihn unsicher anlächelte.

»Also, ich suche jemanden. Einen alten Mann, ungefähr so groß.« Er hob die Hand auf halbe Höhe zwischen dem Oberkopf der Verkäuferin und ihrem Kinn. »Er trägt Jeans und eine braune Lederjacke. Graues Haar, aber nicht viel.«

»Es tut mir leid, Sir. Ich weiß wirklich nicht. Wir sind sehr beschäftigt, und hier war es schon den ganzen Abend so wie jetzt.«

»Was ist mit den Überwachungskameras?« McLean sah in die oberen Ecken des Verkaufsraums und erblickte mehrere, die alle auf die Drehtüren zeigten.

»Ich weiß nicht recht, ob es angebracht wäre …«

»Ich bin Polizist.« McLean zog seinen Ausweis hervor und bemerkte die augenblickliche Veränderung in der jungen Frau. Ihre Augen schnellten nervös von ihm weg und zu den Ladenkassen.

»Ich gehe den Abteilungsleiter holen«, sagte sie und flüchtete.

»Da. Halten Sie es an. Können Sie heranzoomen?«

McLean saß im verdunkelten Videoraum irgendwo in den Tiefen des Kaufhauses und blickte auf die leicht verschwommenen Bilder auf einer Reihe flackernder Bildschirme. Die Anlage war sehr viel moderner als der provisorische Videoraum im Revier, aber nicht zu vergleichen mit der Überwachungszentrale der Stadt, wo Überwachungskultur wirklich gepflegt wurde. Der Sicherheitsmanager unterdrückte ein Gähnen, während er an Knöpfen drehte und das Bild auf einen Mann fokussierte. Das Bild zerfiel in eine Reihe fleischfarbener Flecken, aber McLean konnte es trotzdem erkennen.

»Nein, tut mir leid. Das ist er nicht. Gehen Sie wieder ein bisschen weiter weg, bitte.«

»Wird das noch lange dauern, Sir?«, fragte der Manager. »Meine Schicht ist nämlich schon seit einer Stunde zu Ende.«

McLean sah auf die Uhr. Halb elf, und sie hatten gerade erst angefangen. Der Laden schien voller Kameras zu sein, die alle ein endloses Gewusel verzweifelter und leicht verschwommener Käufer zeigte. Es war eine Mammutaufgabe, und der vernünftige Teil seines Hirns teilte ihm bereits mit, was für ein Idiot er war. Es war nicht Anderson gewesen, es war jemand, der ihm ein bisschen ähnlich sah. Vielleicht hatte er nur überreagiert wegen des Begräbnisses. Und des toten Mädchens.

»Sie haben recht. Sorry.« McLean rieb sich die schmerzenden Augen. Er musste etwas tun, aber vielleicht nicht gerade stundenlang auf einen flackernden Bildschirm starren. »Könnte ich eine Kopie der Bänder von heute Abend bekommen? Nur die paar Stunden, bevor Sie zugemacht haben?« Oder ein paar Minuten. Er hatte bereits seine eigene hastige Ankunft im Kaufhaus gesehen, verewigt auf einem Band oder einer Festplatte oder was auch immer da heutzutage benutzt wurde.

»Ich weiß nicht. Ich würde denken ja, aber ich muss erst den Abteilungsleiter fragen. Wollten Sie die jetzt sofort?« Der Sicherheitsmanager sah ihn mit einem so völlig verzweifelten Blick an, dass McLean nachgeben musste.

»Nein, schon in Ordnung.« Er fischte in seiner Jacke nach einer Visitenkarte und gab sie ihm. »Es eilt nicht besonders, aber ich hätte sie gern irgendwann in den nächsten paar Tagen.«

Der Sicherheitsmanager nahm die Karte, als wäre sie ein Lotterielos, das er gewonnen hatte. »Aye, ich seh mal, was ich tun kann.«

18

McLean tippte die Nummer ein, während er durch den Personaleingang in die kalte Nachtluft hinaustrat. Wahrscheinlich hätte er sie im Telefonbuch des Handys einspeichern sollen, aber er wusste sie auswendig. Was er jetzt brauchte, war nur einen Drink entfernt und keine halbe Stunde Kampf mit irgendwelcher irritierender, aber grundlegender Technik.

»Hallo?« Eine weibliche Stimme am anderen Ende der Verbindung. Rachel. Verdammt, er hatte gehofft, nicht mit ihr sprechen zu müssen.

»Hi, Rae. Tony hier. Wie geht's?«

»Oh, du weißt schon. Wie immer. Ich hab inzwischen ein paar Modelle für die Kleider der Brautjungfern und muss noch das Menü fertigstellen. Die Band bringt auch alles durcheinander. Könntest du denen, ich weiß nicht, ähm, vielleicht einen Strafzettel verpassen?«

McLean lachte. »Rae, die Hochzeit ist doch erst in einem halben Jahr.«

»Ein halbes Jahr ist gar nichts, Tony. Das ist blitzartig vorbei. Ich muss alles rechtzeitig planen.«

»Du kriegst das schon hin. Ich dachte sowieso, dass Phil dich nach Las Vegas entführen und euch von einem Elvis-Imitator verheiraten lassen würde.«

»Fang bloß nicht damit an. Ich nehme an, du willst mit ihm sprechen.«

»Eigentlich hatte ich gehofft, dass ich ihn mir für heute Abend ausleihen kann.« Er blickte auf die dunklen Wolken, die leere, laternenbeleuchtete Seitenstraße. »Für das, was vom Abend noch übrig ist.«

»Bitte, nimm ihn. Hier steht er mir nur im Weg herum. Versprich mir nur, dass du ihn wieder zurückbringst.«

»Okay, Rae. Abgemacht. Sag ihm, ich bin in einer halben Stunde im Arms.«

Er steckte das Telefon ein und dankte Gott im Stillen dafür, dass er Rachel bei guter Laune erwischt hatte. In letzter Zeit, seit die Hochzeit allmählich näherrückte, hatte sie angefangen, ihn zu Unzeiten anzurufen und mit den dümmsten Fragen zu belästigen. Hatte er schon den Junggesellenabschied organisiert? Hatte er eine Partnerin für die Hochzeit? Was würde er anziehen? Er bedauerte Phil zutiefst. Sein ehemaliger Mitbewohner und bester Freund musste bestimmt zehn Mal so viel ertragen.

Obwohl er sich die Zeit genommen hatte, ein Kebab zu kaufen und es in der dampfenden Hitze des Ladens zu verzehren, kam McLean trotzdem als Erster im Pub an. Er hatte sein Pint schon halb ausgetrunken, als die Schwingtüren einen Stoß kalter Luft und die schlaksige, ungekämmte Gestalt hereinließen, auf die er wartete.

»Du bist spät dran.« McLean hielt das volle Glas hoch, das einstmals der Zwilling seines eigenen gewesen war. Phil nahm es und trank in einem einzigen langen Zug so viel aus, dass sie wieder gleich aussahen.

»Cheers, das hab ich jetzt gebraucht.« Er wischte sich den Schaum von der Oberlippe und lächelte. McLean fand, dass er müde wirkte und die Falten um seine Augen herum eher nach Schlafmangel aussahen als nach Lachfältchen. »Herrgott, manchmal frage ich mich wirklich, was in mich gefahren ist.«

»Ist Rachel so schlimm? Am Telefon hörte sie sich ganz in Ordnung an.«

»Nein, nicht Rachel. Ja, sie ist ein bisschen besessen, aber das gleicht sie auf andere Art wieder aus.« Phil grinste und ließ ein wenig von seinem alten Selbst durchblicken. »Nein, das Labor. Ich dachte, Professor zu sein würde bedeuten, den ganzen Tag Hausarbeiten lesend in meinem Büro zu sitzen, den Studenten das Leben zur Hölle zu machen und auf Einladungen zu internationalen Kongressen zu warten.«

»Und so ist es nicht?«

»Zur Hölle, nein. Ich habe ein Budget, das einer kleineren Bananenrepublik reichen würde, mein Personal besteht aus überbezahlten akademischen Primadonnen, deren Ego mindestens einmal täglich gestreichelt werden will, ganz zu schweigen von den Ausschüssen. Gesundheit und Arbeitssicherheit, Öffentlichkeitsarbeit, Ethik. Ich kann mich nicht erinnern, wann ich zum letzten Mal tatsächlich ein Reagenzglas in der Hand hatte. Was ist daran so lustig?«

»Du.« McLean schlug seinem alten Freund auf die Schulter. »Du hörst dich beinahe erwachsen an.«

»Ja, na ja, kann sein. Die Leute sind von mir abhängig.«

»Wem sagst du das. Hört sich sehr nach der Arbeit eines Detective Inspector an. Rein technisch gesehen bin ich einer, aber die Hälfte der Zeit verbringe ich damit, Sergeants und Constables zu sagen, was sie tun sollen.«

»Wenigstens nur die Hälfte der Zeit. Hier, ich hol das nächste.« Phil war mit seinem Pint fertig, und McLean trank auch seines leer, dann wartete er geduldig, bis es gegen ein frisches ausgetauscht wurde. Sie nahmen ihre Beute mit zu einem Tisch, der sich weit entfernt von der lärmenden Musikbox befand, aus der Oldies aus den Achtzigern dröhnten.

»Also, du hast deine Trauzeugen-Rede fertig, oder?«, fragte Phil.

»Kann ich das nicht aus dem Stegreif machen?«

»Das kommt darauf an, ob du den Tag überleben willst oder

nicht, mein Freund. Du hast Rachel noch nicht wütend erlebt.«

»Dann sollte ich vielleicht damit anfangen. Und dann ist da noch der Junggesellenabschied. Hast du eine Idee, was dir gefallen würde?«

»Alles, was nicht zu viele von deinen Polizistenfreunden einschließt.«

McLean tat, als wäre er gekränkt. »Was ist denn so verkehrt an denen?«

»Einzeln? Überhaupt nichts. Bob ist witzig. Der junge Kerl, Mac – was weiß ich – ein bisschen ernst, aber vielversprechend. Big Andy ist sehr nützlich für ein Quiz-Team im Pub. Aber weißt du, wenn sie alle zusammen sind, dann kann das leicht außer Kontrolle geraten. Ich dachte immer, es wären die Studenten, die zu viel trinken.«

McLean erinnerte sich an Big Andy Housemans Junggesellenabschied und wusste, wovon Phil sprach. Wenn man einen Haufen Polizisten außer Dienst in denselben Raum mit einer großen Menge Alkohol steckte, ergab sich für gewöhnlich nichts Schönes daraus.

»Ich werde nicht zu viele Uniformierte mitbringen, Phil. Vertrau mir.«

»Was planst du denn dann? Kegeln und Curry? Skaten in Murrayfield? Ein Lap-Dance-Club in Leith?«

»Das würde dir so passen.« McLean nahm sich im Geiste vor, demnächst mit der Organisation anzufangen. Schließlich war es erst ein halbes Jahr her, dass Phil ihn gebeten hatte, sein Trauzeuge zu werden. »Rachel bringt mich um, wenn ich irgendwas mache, was mit Frauen zu tun hat, weißt du.«

»Natürlich. Aber sie braucht es ja nicht zu wissen. Und außerdem hat Jenny schon was total Verrücktes für den Junggesellinnen-Abschied organisiert. Sie hat übrigens gefragt. Wollte wissen, ob sie Emma fragen soll, ob sie mit möchte, um ein paar von den Mädels kennenzulernen, weißt du. Damit sie nicht völlig verloren dasteht, wenn der Tag kommt.«

»Ich weiß nicht.« McLean trank einen großen Schluck von seinem Bier, er fühlte sich unbehaglich angesichts der Richtung, die das Gespräch genommen hatte, war sich aber nicht ganz sicher, warum. »Da muss ich sie fragen.«

»Was? Du meinst, du hast sie noch nicht gefragt? Hast du das wirklich nicht? Sag mir, dass du das gemacht hast. Rae geht die Wände hoch, wenn sie fürchten muss, dass der Trauzeuge allein kommt.«

»Ich mach es, Phil, versprochen.«

»Ich weiß nicht recht, Tony. Was ist mit euch beiden los? Eine Zeitlang sah es aus, als würdet ihr euch gut verstehen, vor einer Weile. Und dann … was ist passiert?«

»Der Schichtdienst. Der Job. Ich weiß es nicht, Phil. Vielleicht bin ich einfach zu sehr ans Alleinsein gewöhnt.«

»Du bist ein Dummkopf, Detective Inspector McLean.« Phil stemmte sich von seiner Bank hoch und ergriff die beiden leeren Gläser, die auf mysteriöse Weise die beiden vollen ersetzt hatten, mit denen sie sich hingesetzt hatten.

»Ich bin dran.« McLean griff nach seiner Brieftasche.

»Nee, du kannst die nächsten holen gehen. Ich muss sowieso auf die Toilette.« Phil machte sich auf den Weg und ließ ihn zurück, damit er darüber nachdenken konnte, warum er sich nicht mehr Mühe mit der Kriminaltechnikerin Emma Baird gegeben hatte, der einzigen Person in mehr als zehn Jahren, die außer ihm selbst in seinem Bett geschlafen hatte. Auch wenn sie sich betrunken hineingelegt und das Bewusstsein verloren hatte, während er bereits schlief.

»Weißt du, so was hier hätte ich gestern brauchen können«, sagte Phil, als er mit dem dritten Pint zurückkam.

»Du hättest anrufen sollen.«

»Das hab ich getan, aber du bist nicht drangegangen. Sinnlos, eine Nachricht auf dem Anrufbeantworter zu hinterlassen. Du hörst ihn nie ab.«

»Oh ja, stimmt. Ich war in Aberdeen. Bin erst spät zurückgekommen. Dann war da der Brand im Woodbury-Gebäude. Muss schon nach zwei gewesen sein, als ich nach Hause gekommen bin.«

»Der Brand, aye, das habe ich in den Nachrichten gesehen. Das ist ganz schön schnell abgefackelt, nicht? Ich dachte, jetzt reißen sie's ab und stellen stattdessen einen Wohnblock hin. Weiß nicht, was schlimmer ist, das oder aus einer Fabrik Luxuswohnungen für Leute mit zu viel Geld zu machen.«

McLean runzelte die Stirn. »Wie kommst du darauf?«

»Na ja, ich finde es einfach traurig zu sehen, wie diese großartigen Gebäude von gierigen Bauunternehmern vereinnahmt werden. Die Leute, die sie gebaut haben, waren Unternehmer. Die haben in der Stadt Wohlstand und Leben geschaffen. Diese Häuser, ich weiß nicht. Die ganzen Überwachungskameras und der Stacheldraht. Abgeschlossene Wohnanlagen. Die saugen der Stadt alles Leben aus.«

»Das ist komisch. Du bist schon der Zweite seit gestern, der das sagt.«

»Ach ja?«

»Ich habe mit dem Hauswart gesprochen, einem verrückten alten Kerl. Glaubte, dass das Gebäude sich lieber selbst abgefackelt hätte, als sich umbauen zu lassen. Eine Art Selbstmord.«

Phil verschluckte sich an seinem Bier und prustete Schaum aus Mund und Nase. McLean schlug ihm ein paar Mal auf den Rücken, bis der Husten verebbte und er wieder frei atmen konnte.

»Du hast immer noch ein Problem mit dem Trinken, wie ich sehe.«

»Ah, das ist unbezahlbar: Gebäude, die Selbstmord begehen. Du suchst dir wirklich immer die Richtigen raus, was, Tony?«

»Scheint so.«

»Was hat dich denn nach Aberdeen geführt?« Phils Stimme war immer noch eine halbe Oktave höher als normalerweise. McLean hatte gehofft, das Gespräch würde nicht auf dieses Thema kommen, aber das war wirklich Wunschdenken gewesen. Die Nachricht würde sich schnell genug verbreiten, und sein bester Freund hatte mehr Recht, davon zu erfahren, als die meisten anderen.

»Anderson ist tot«, sagte er, und dann erzählte er Phil alles darüber.

Die Stadt war so still, wie sie nur sein konnte, als er vom Pub nach Hause ging. Nur das eine oder andere Taxi, das durch die Maedows glitt, Fetzen vom Gegröle Betrunkener, das entfernte Dröhnen einer Dreiviertelmillion Menschen, die einfach nur existierten. McLean atmete die kalte Luft tief ein und versuchte, nicht über Donald Anderson oder Audrey Carpenter nachzudenken. Aber die Erde polterte immer noch auf den Sargdeckel auf dem Friedhof in Aberdeenshire. Das tote, bleiche Gesicht sah noch immer von der Tischplatte des Leichenschauhauses zu ihm auf. Und das Bier machte es schwieriger, an diesen schmalen, porzellanenen Zügen festzuhalten, formte sie zu einem anderen Gesicht, zu einer anderen Zeit.

Erst als er in seiner Tasche nach den Schlüsseln suchte, ging ihm endlich auf, was es war, das ihn den ganzen Weg die Straße entlang gestört hatte. Er sog schnuppernd die Luft ein. Etwas brannte mit einem vertrauten, stechenden Geruch, einem Geruch, der nicht sein durfte. Er schaute sich um und sah sonst niemanden. Ein später Bus fuhr am Ende der Straße vorüber, und im Windschatten seines Motorengedröhns hörte er das entfernte, gedämpfte Knistern von Flammen. Er trat von der Eingangstür zurück und sah zu den Fenstern seiner Wohnung hinauf. Sie waren leer, spiegelten das matte Orange der Wolken am Himmel über seinem Kopf wider. Aber eine Bewegung im Augenwinkel lenkte seine Aufmerksamkeit ein Stockwerk tiefer.

Es war die Studentenbude. Man sah dort nie zwei Monate hintereinander dieselben Gesichter, so schien es. Zumindest hielt die aktuelle Wohngemeinschaft die Haustür nicht mit Steinen offen. Sie neigten nicht dazu, spät in der Nacht die Musik laut aufzudrehen, und hielten die alten Holzläden an den Fenstern fast immer geschlossen. Sie waren auch jetzt geschlossen, aber durch einen kleinen Spalt drang Licht, es tanzte und flackerte dahinter.

Er schien zwei linke Hände zu haben, als er mit dem schweren Schlüsselbund rang und nach dem richtigen Schlüssel für die Haustür suchte. Die Schlüssel für das Haus seiner Großmutter am anderen Ende der Stadt hingen auch daran, und das Gesamtgewicht verschwor sich gegen ihn, sodass er ihn fallen ließ. Unter heftigen Verwünschungen seines Alkoholkonsums gelang es McLean endlich, die Haustür aufzuschließen, und er trat ins Dunkel.

Es war warm, viel zu warm für Dezember, und der Brandgeruch klebte hinten in seiner Kehle, sobald er einatmete. Als er nach oben sah, konnte er blassgrauen Rauch unter der Decke hängen sehen. Hinten im Flur schlängelte er sich die Treppe hinunter und durch das gusseiserne Geländer. Er zog das Telefon heraus und wählte 999, während er nach oben ging.

»Rettungsleitstelle, welchen Notdienst brauchen Sie?« Die Frau am anderen Ende der Leitung hörte sich gelangweilt an. Wahrscheinlich hatte sie schon zu viele Telefonscherze erlebt, als dass es sie noch kümmerte.

»Feuerwehr, Krankenwagen, Polizei.« McLean nahm gleich den Dreierpack. Er gab die Adresse durch, als er den Treppenabsatz erreichte. Zwei Türen: die Studentenbude und der Bankkaufmann, der im Augenblick in Übersee arbeitete, wenn er sich recht erinnerte. Das gläserne Oberlicht über einer Wohnung war dunkel, das andere kräuselte sich vor tanzendem orangefarbenem Licht und schwarzem Rauch. Er waberte durchs Schlüsselloch und unter der Tür hervor.

Den Rest der Treppe nahm er in großen Sätzen, bedeckte Mund und Nase mit dem Ärmel seines Mantels, während der Rauch immer dichter wurde. Er ignorierte seine eigene Eingangstür, ging direkt zur Wohnung gegenüber und hämmerte ans Holz.

»Mr Sheen? Können Sie mich hören? Mr Sheen, hier ist Tony McLean. Sie müssen aufwachen. Es brennt.« Er spürte eine merkwürdig süße Rauchfahne hinten in der Kehle, und noch während er redete, konnte er hören, wie dumm er sich anhörte. Er trat zurück, sah zum Oberlicht hinauf und wartete darauf, dass in der Wohnung das Licht anging. Nichts. Oder doch? Flackerte da ein Licht?

Ohne Bestätigung abzuwarten, trat McLean mit aller Kraft gegen die Tür. Die krachte, hielt aber stand. Er trat wieder zu, und ein Brett flog in die Wohnung dahinter. Als er hindurchschaute, konnte er nur wabernden Rauch erkennen, der innerhalb von Sekunden angefangen hatte, durch diesen neuen Spalt zu wallen. Er griff hinein, suchte nach der Klinke, in der Hoffnung, dass sein Nachbar keinen Riegel hatte. Das Glück war auf seiner Seite.

Die Hitze erdrückte ihn von allen Seiten, als er die Tür aufstieß. Rauch flutete auf den Treppenabsatz heraus. Er nahm einen Atemzug relativ frischer Luft und trat vorsichtig ein. Der Boden knackte unter seinem Gewicht, schien sich nach innen zu neigen, und plötzlich war er sich überdeutlich der wütenden Hölle unter ihm bewusst. Er sollte das hier wirklich der Feuerwehr überlassen, aber was, wenn sie zu spät kamen?

Er öffnete die Tür zu dem Raum, von dem er hoffte, dass es das Schlafzimmer war. Rauch schwebte im Zimmer herum und über den engen Flur. Mr Sheen war niemand, der mit offenem Fenster schlief. McLean wollte rufen, hatte aber Angst, dabei zu tief einzuatmen. Er eilte, so schnell er sich traute, zum Bett, griff nach der schlafenden Gestalt darin und schüttelte sie kräftig an der Schulter. Nichts.

Er beugte sich nach unten, um zu sehen, ob der Mann noch atmete, aber es war zu dunkel, der Rauch zu dicht. Tränen blendeten ihn. Rauch brannte in seiner Kehle. Er war sich vage des Lärms bewusst, des Dröhnens der Flammen, die sich endlich befreiten. Ihm blieb keine Zeit mehr. Er schlug das Bettzeug zurück, hob Mr Sheen aus dem Bett und warf ihn sich über die Schulter. Als er nach Atem rang, während er auf den Flur zurücktaumelte, war McLean froh, dass sein Nachbar ein dünner alter Mann war. Trotzdem ließ das Gewicht ihn taumeln, und die Hitze wurde immer unerträglicher. Die Wohnzimmertür ging vor seinen Augen in Flammen auf wie in einem billigen Horrorfilm. Das Licht, das sie auf den Wohnungsflur warf, enthüllte polierte Bodendielen, die schwarz wurden und sich verbogen. Die Flammen fraßen die Decke und die Balken in der Wohnung darunter auf. Bald würde alles nach unten krachen. Und wenn er es nicht rechtzeitig nach draußen schaffte, würde er das ebenfalls tun.

McLean hievte sich Mr Sheen in seinem Schlafanzug weiter auf den Rücken und wankte vorwärts. Er konnte hören, wie die Bodendielen unter seinem Gewicht ächzten, konnte spüren, wie der gesamte Boden sich bewegte und wölbte wie eine gruselige Hüpfburg, und entschied sich für die verrückteste Lösung, indem er losrannte. Im letzten Moment warf er sich nach vorn, krachte durch die offene Eingangstür und auf den relativ sicheren steinernen Treppenabsatz, bevor der Fußboden einbrach.

Ein riesiges Flammengewächs wogte über seinen Kopf hinaus, versengte ihm das Haar und setzte Mr Sheens Schlafanzug in Brand. Er fiel auf die Knie. Einen Augenblick lang war er zu erschöpft, um sich zu bewegen, sein Hirn verwirrt durch den Sauerstoffmangel. Hilflos starrte er auf die winzigen Flammen, die die Baumwolle anfraßen. Und dahinter, gerade außerhalb seines Blickfeldes, die Tür zu seiner eigenen Wohnung. Zu seinem ganzen Leben. Er musste da hinein und die wenigen Dinge retten, die er vielleicht noch hinaustragen konnte. Diese letzten Erinnerungen an das Leben, das man ihm gestohlen hatte.

Etwas explodierte unter ihm. Der Lärm drang durch den Nebel in seinem Kopf, und er wurde wach genug, um zu begreifen, was geschah. Er schlug die Flammen auf Mr Sheens Schlafanzug aus, dann taumelte er auf die Füße und schleppte den alten Mann mit sich. Zoll für Zoll tastete er sich die Treppe hinunter auf den nächsten Absatz, wo er sich mit seinem ganzen Gewicht an die Steinmauer lehnte. Die Tür zur Studentenbude stand in Flammen, Flammen leckten an der Unterseite des Treppenabsatzes, auf dem er einen Augenblick zuvor noch gekniet hatte. Durch das Oberlicht über der anderen Tür konnte er sehen, dass auch die Wohnung des Bankkaufmanns lichterloh in Flammen stand. Seine eigene Wohnung darüber würde bald ebenfalls Feuer fangen.

Die Hitze, die aus der Studentenbude drang, war beinahe unerträglich, aber er musste dicht an der lodernden Tür vorbei, um auf die Treppe zu gelangen. Er biss die Zähne zusammen, eilte vorbei, schirmte die bewusstlose Gestalt gegen das Schlimmste ab und betete, dass sein Mantel kein Feuer fing. Als er vorbei war, konnte er den Luftstrom auf seinem Gesicht spüren, während die Feuersbrunst durch die offene Haustür und das Treppenhaus hinauf Luft ansog. Der Luftzug war eine willkommene Erleichterung und gab ihm die Kraft, die letzten Stufen hinunterzuwanken und Mr Sheen dabei mitzuschleppen.

Das Heulen der Martinshörner wurde von den anderen Wohnhäusern zurückgeworfen, als McLean auf dem Bürgersteig auf der gegenüberliegenden Straßenseite zusammenbrach. Er sog hastig die süße, kalte Edinburgher Luft ein und war zu verstört, um sich um die reglose Gestalt neben sich zu kümmern. Überall auf der Straße wurde das Licht angeknipst, wie Irrlichter aus einer Kindergeschichte. Winzige Feengesichter starrten aus den Fenstern. Ein Feuerwehrauto raste mit quietschenden Reifen um die Ecke, bevor es zum Halten kam. Es hatte gerade erst seine Mannschaft aus gelben Männern ausgespuckt, als sich schon ein zweites dazugesellte. McLean mühte sich, auf die Beine zu kommen, und ging zurück über die Straße, als eine bekannte Gestalt auf ihn zugerannt kam. Jim Burrows, der Brandermittler, erkannte ihn offenbar nicht.

»Ist da sonst noch jemand drin?«

»Im Erdgeschoss.« McLean zeigte auf das nächstliegende Erkerfenster. »Die alte Mrs McCutcheon. Lebt allein. Passen Sie auf die Katzen auf.«

»Verdammt! Sind Sie in Ordnung, Sir?«

McLean blickte sich um und sah, wie zwei uniformierte Polizisten angerannt kamen. Er freute sich zu sehen, dass einer davon Sergeant Houseman war, aber noch bevor er etwas sagen konnte, knallte eine ohrenzerreißende Explosion durch die Nacht. Glas und Stücke von Fensterrahmen regneten auf sie herab und klimperten auf die Dächer der geparkten Autos. Dann landete etwas Schwereres zu McLeans Füßen, verkohlt und geschwärzt, das qualmend immer noch diesen merkwürdig süßen Geruch verströmte.

»Sichern Sie die Straße, Andy. Und holen Sie so viele Leute her wie möglich. Wir müssen alle Bewohner der benachbarten zwei Mietshäuser evakuieren. Und hinten auch.« Er beugte sich nach unten und stieß den Klumpen rauchenden Materials an, und als er das tat, bemerkte er, dass seine Hand voller Ruß war. Irgendwann bald würde er in Schock geraten. Vielleicht war er es schon.

»Wie geht es Mr Sheen?«

»Wem?«, fragte Houseman.

»Meinem Nachbarn.« McLean hob den Klumpen auf und klopfte den verkohlten Dreck auf der Außenseite ab. Unter einer dünnen Schicht war er kühl und unverbrannt. Er zerkrümelte ihn zwischen den Fingern, und während er sich in Richtung des gegenüberliegenden Bürgersteigs umdrehte, wo er den alten Mann liegen gelassen hatte, begann ein schrecklicher Gedanke in seinem Kopf Gestalt anzunehmen.

Eine Gruppe Leute hatte sich auf dem Bürgersteig versammelt, und ein paar Sanitäter hockten neben der liegenden Gestalt. Big Andy folgte McLean, schob die Neugierigen zur Seite, damit sie etwas Platz hatten, aber McLean konnte sehen, dass es keinen Sinn mehr hatte. Die Sanitäter kämpften nicht um Mr Sheens Leben, und ihre hängenden Schultern sagten alles.

»Er ist tot, oder?« McLean hockte sich neben den nächsten Sanitäter, wobei er immer noch den verkohlten Brocken in der Hand rieb.

»Wir konnten nichts mehr für ihn tun«, sagte der Sanitäter, ohne sich umzusehen. »Er war schon tot, als wir hier ankamen.«

McLean stand auf und stützte sich am nächsten Auto ab, um das Gleichgewicht zu halten, während die Welt sich um ihn zu drehen begann. In der Straße herrschte das Chaos: Feuerwehrautos in einer Reihe, zu viele, um sie zu zählen, Leitern und Schläuche und Lärm, der Geruch von Dampf, verkohltem Holz, brennendem Plastik und Fleisch.

»Geht es Ihnen gut, Sir?« Das war der Sanitäter, stellte McLean mit einem winzigen Teil seines Gehirns fest. Hauptsächlich war es auf den verbrannten Brocken konzentriert, der aus der Studentenbude geflogen gekommen war. Jetzt wusste er, was es war, jetzt verstand er endlich, was geschehen war.

»Andy?«, sagte er und sah sich nach dem großen Polizisten um.

»Ich glaube, wir müssen Sie untersuchen, Sir.« Der Sanitäter legte eine Hand auf McLeans Arm.

Er schüttelte ihn ab. »Ich bin Polizist.«

»So wie Sie aussehen, sind Sie ein Polizist, der gerade einen Schock erlitten hat.«

»Ich bin okay. Ein bisschen schwindlig, das ist alles. Ein bisschen zu viel Rauch.«

Eine große Gestalt tauchte neben ihm auf, und McLean brauchte eine Weile, um zu merken, dass es sich um Sergeant Houseman handelte.

»Andy? Da sind Sie ja. Benachrichtigen Sie das Revier. Schaffen Sie Dagwood hierher.«

»Es ist zwei Uhr morgens, Sir. Ich glaube nicht, dass er dort ist.«

»Na, dann wecken Sie ihn halt auf. Nein, wenn ich's recht bedenke, ist das keine gute Idee. Aber sagen Sie's ihm trotzdem.«

»Was soll ich ihm sagen, Sir? Meinen Sie nicht, Sie sollten mit den Sanitätern mitgehen?«

»Es geht mir gut, Andy.« McLean hielt den verkohlten Klumpen hoch und blätterte mit dem Daumen eine Ecke ab. Überall um ihn herum herrschte Chaos, sein gesamtes Leben war gerade in Flammen aufgegangen, und trotzdem traf es ihn, wie lächerlich doch alles war.

»Das hier ist Haschisch, Andy. Das Zeug, nach dem wir seit Monaten suchen. Die kleinen Schweinehunde haben es direkt unter meiner Nase gezogen.«

Und dann konnte er nicht anders. Das Lachen blubberte aus ihm heraus wie Kotze. Er würgte und rang nach Luft, seine

Lunge wehrte sich gegen den Rauch, den er eingeatmet hatte, aber er konnte einfach nicht aufhören. Auch nicht, als die Sanitäter ihm eine Sauerstoffmaske überstülpten.

19

Weißt du, was du bist, Tony McLean? Ein selbstsüchtiger Scheißkerl, das bist du.«

Er sitzt am Küchentisch, hat einen Kaffeebecher in der Hand und sucht nach einem Weg, sich zu verteidigen. Aber sogar als er die bekannte Antwort gibt, kann er nicht anders, als zuzugeben, ganz tief drinnen, dass sie recht hat.

»Sieh mal, Kirsty: Schließlich kann ich mir nicht aussuchen …«

»Hör auf damit. Fang gar nicht erst an.« Sie steht im Türrahmen, die Hände in die Hüften gestützt, das lange schwarze Haar heute offen über dem Rücken herunterhängend. Der Rock, den er ihr zum Geburtstag geschenkt hat, sieht gut aus, passt gut zum Grün ihrer Augen. Sogar jetzt, wo sie so wütend ist, kann er nicht anders, als es zu bemerken und zu lächeln, nur ein wenig.

»Hörst du mir überhaupt zu? Mein Gott, das ist, wie mit einem Kind zu reden. Wir haben dieses Wochenende schon seit Monaten geplant.«

Das wischt das Lächeln von seinem Gesicht. »Ich weiß, Kirsty. Ich hab mich auch darauf gefreut. Und es stand schon seit Juli in den Urlaubsplänen: Aber du weißt doch, wie Duff ist.«

Sie wirft sich auf einen Küchenstuhl. Er hat das noch nie jemanden so tun sehen, aber es gibt keine andere Art, es zu beschreiben.

»Ich weiß, was mit dir los ist. Du hast kein Rückgrat. Wenn du dich nicht bald gegen diese Bullies zur Wehr setzt, dann werden sie nie Respekt für dich aufbringen, weißt du.«

»Duff ist Detective Inspector, Kirsty. Du weißt, wie hart ich gearbeitet habe, um zur Kriminalpolizei zu kommen, und es ist nur ein befristeter Job, solange Keen wegen seines gebrochenen Beins krankgeschrieben ist. Wenn ich jetzt keinen guten Eindruck mache, wann bekomme ich jemals wieder so eine Chance?«

»Dann war's das also?« Der Stuhl fällt rückwärts auf den Boden, als sie aufspringt, genauso gewaltsam, wie sie sich hingesetzt hatte. »Lass alles stehen und liegen, wenn Herrchen pfeift? Leg dich auf den Rücken und lass dir den Bauch kraulen.«

»Kirsty, ich …«

»Vergiss es. Vergiss es einfach.« Sie ergreift ihren Mantel vom Ständer auf dem Flur und schlägt die Tür auf dem Weg nach draußen so fest zu, dass sie wieder aufspringt. Er läuft ihr nach, nach draußen auf den Treppenabsatz, wo ihr älterer Nachbar ihn mit einem verlegenen und zugleich überraschten Gesicht ansieht.

»Kirsty! Wo gehst du hin?«

Aber zur Antwort bekommt er nur ihr langes, schwarzes Haar zu sehen, wie es hinter ihr herwogt, als sie die Treppe hinunterrennt.

20

Kommen Sie herein. Bin gleich fertig.« Chief Superintendent McIntyre blickte nicht von ihrem Schreibtisch auf, wo sie wütend irgendeinen wichtigen Bericht kritzelte. McLean hatte es von der offenen Tür, an deren Rahmen er geklopft hatte, zu einem Punkt genau vor dem weitläufigen, vollbelegten Schreibtisch geschafft, als sie ihre Arbeit mit schwungvoller Unterschrift beendete. »Was kann ich für Sie tun … Tony! Was zum Teufel haben Sie denn hier zu suchen? Und was ist das für ein Anzug, den Sie da anhaben?«

»Es geht mir gut, Ma'am, danke. Wie geht es Ihnen?« McLean lächelte. Er schaffte es nicht oft, die Chefin zu überraschen.

»Tut mir leid.« McIntyre nickte ihm zu. »Es ist nur … na ja, das ist ein sehr auffälliger Nadelstreifenanzug.«

McLean zog an einem grellen Ärmel. »Ich glaube, das war in den 1920ern modern. Gehörte meinem Großvater. Das Einzige, was ich finden konnte, das mir auch nur annähernd passt. Wenn man ein paar von den alten Kleidern meiner Großmutter nicht mitzählt.«

»Eine gute Wahl, würde ich sagen. Waren Sie schon … Sie wissen schon … zurück?«

»Noch nicht, nein. Ich nehme an, der Brand ist gelöscht. Sah aus, als hätten sie's unter Kontrolle gehabt, als ich gestern Nacht gegangen bin.«

»Ja, Big Andy hat mir alles berichtet. Sie sollten wirklich nicht hier sein, wissen Sie. Es überrascht mich, dass die Ärzte Sie aus dem Krankenhaus entlassen haben. Die meinten, Sie hätten eine Menge Rauch eingeatmet.«

McLean versuchte, den Hustenreiz zu unterdrücken, schaffte es aber nicht ganz. »Was soll ich denn sonst machen? Herumsitzen und mich über die Ungerechtigkeit des Lebens beschweren?«

»Na ja, Sie hätten einkaufen gehen können, denke ich.« McIntyre lächelte.

»Machen Sie sich keine Sorgen, ich werde Urlaub beantragen. Aber ich musste wissen, was passiert ist.«

»Geben Sie uns eine Chance. Das Gebäude wurde erst vor ein paar Stunden abgesperrt. Charles ist schon ganz scharf darauf, hineinzukommen, aber die Feuerwehr lässt ihn nicht.«

»Ah, dann hat er also meine Nachricht bekommen. Was hält er davon?«

»Das können Sie ihn selbst fragen. Er will Sie über die Wohnung befragen, in der das Feuer ausgebrochen ist.«

»Was soll ich da sagen? Ich habe den Eigentümer nie kennengelernt, sie ist immer an irgendwelche Studenten vermietet worden. Die letzte Gruppe war angenehmer als die meisten. Wahrscheinlich hab ich nicht besonders auf sie geachtet.«

»Sie sind Detective, Tony. Sie sind dazu ausgebildet, aufzupassen. Wann sind die eingezogen?«

»Ich weiß nicht. Am Ende des Sommers vielleicht? Nach dem Festival.«

»Dann haben die also direkt unter unserer Nase mindestens drei Monate lang irgendeine Drogenoperation betrieben. Herrgott, die Presse wird ihren großen Tag haben.«

McLean rutschte das Herz in die Hose. Natürlich würde die Presse diese Geschichte in ihre schmutzigen kleinen Finger bekommen. Und sie würden nicht lange brauchen, um herauszufinden, dass in demselben Mietshaus, in dem eine Drogenfabrik eingerichtet worden war, auch ein Detective Inspector gewohnt hatte.

»Das sieht nicht gut aus, Ma'am, oder?«

»Nein, tut es nicht. Und DC Robertsons Unfall macht es noch schlimmer.« McIntyre rieb sich die Augen. »Die Dienstaufsicht will mit Ihnen sprechen«, sagte sie nach einer Weile.

»Das hatte ich erwartet«, sagte McLean, obwohl ihm trotzdem bange wurde.

»Zurzeit ist es noch informell, Tony. Niemand hat offiziell Beschwerde eingelegt.« McIntyre setzte ihr ernstes Gesicht auf. Das, was sie benutzte, um die neuen Constables einzuschüchtern. »Ich werde tun, was ich kann, damit es dabei bleibt. Ich stehe an Ihrer Seite. Allerdings kann ich nichts versprechen. Aber ich möchte, dass Sie sich vorläufig so gut wie möglich zurückhalten. Gehen Sie hin, und reden Sie mit Duguid, und dann will ich Sie bis zur Anhörung nicht mehr auf dem Revier sehen.«

»Aber ich stecke mitten in einem Mordfall, ich kann nicht …«

»Bis zur Anhörung, Tony. Oder ich lasse Sie suspendieren. DS Laird kann sich um Ihre Fälle kümmern, solange Sie nicht da sind. Wird ihm guttun, mal tatsächlich was zu arbeiten für sein Gehalt. Gehen Sie ein bisschen shoppen. Gehen Sie nach Hause.« McIntyre verstummte, und ihr Gesicht verlor etwas Farbe. »Scheiße, das war taktlos. Tut mir leid.«

»Schon in Ordnung, Ma'am. Ich weiß, was Sie sagen wollten.«

»Wo wohnen Sie denn jetzt? Nicht bei Grumpy Bob, hoffe ich.«

»Nein, ich bin im Haus meiner Großmutter. Oben in Braid Hills.«

»Na, dann sorgen Sie für eine Telefonnummer, unter der wir Sie erreichen können.«

McLean nickte, wandte sich zum Gehen und hielt dann inne. »Irgendwelche Neuigkeiten von DC Robertson?«

»Er wird wieder gehen können.« McIntyre rieb sich wieder die Augen. »Aber sie schätzen, dass er mindestens ein Jahr lang ausfällt.«

»Verdammter Mist. Und dabei sind wir schon so unterbesetzt. Irgendeine Möglichkeit, noch ein paar von den Uniformierten zu klauen?«

»Ich arbeite daran, Tony, aber ob Sie's glauben oder nicht: Heutzutage möchte nicht jedermann Detective werden.« McIntyre kratzte sich geistesabwesend im Gesicht. »Trotzdem, Aberdeen kommt uns zu Hilfe. Sie schicken uns jemanden befristet, aber mit der Option zur Übernahme.«

»Oh, aye. Jemanden, den ich kenne?«

McIntyre zog ein Blatt Papier aus dem Ausgangskorb ihrer Ablage und sah einen Moment lang darauf.

»DS Ritchie«, sagte sie. »Sie wird in vierzehn Tagen hier sein. Sie können sie einführen. Wenn Sie dann noch hier sind.«

McLean hatte keine große Lust, mit Duguid rumzubrüllen, und schon gar nicht bei den Halsschmerzen, die er immer noch hatte. Also machte er sich stattdessen auf die Suche nach Grumpy Bob. Der Detective Sergeant fand ihn zuerst.

»Ich hab nicht erwartet, dich heute zu sehen, Chef. Wie zum Teufel geht's dir denn?«

»Es geht mir gut, Bob, danke.« McLean hustete, und seine Lunge zog sich schmerzhaft zusammen. »Na, also, es geht. Was ich von meinem Nachbarn allerdings nicht sagen kann.«

»Aye. Hab davon gehört. Armer Kerl. Immerhin sagen die Ärzte, er wäre im Schlaf gestorben. Ich nehme an, das ist besser, als zu verbrennen.«

»Warst du schon vor Ort?«

»Ich war heute Morgen dort, gleich als Erstes. Ganz schöner Schlamassel. Hab's auf deinem Handy probiert, aber da geht direkt der Anrufbeantworter dran.«

McLean klopfte die Taschen seines Großvater-Anzugs ab, versuchte, sich zu erinnern, in welche er das Telefon gesteckt hatte. Als er es fand, zog er es heraus und sah auf das Display. Etwas darin schien geschmolzen zu sein, und jetzt, wo er darüber nachdachte, konnte er sich nicht erinnern, das Ding benutzt zu haben, seit er letzte Nacht die Rettungsleitstelle angerufen hatte.

»Sieht aus, als wäre da ein Upgrade fällig, Bob. Noch was für die Einkaufsliste. Hör mal, weißt du, wo Dagwood gerade ist?«

»Oben im Haupteinsatzbüro, glaube ich. Er beschäftigt alle damit, die Mieter zu finden, aber es ist schon schwer genug, den Vermieter ausfindig zu machen.«

»Dann ist er also nicht vor Ort. Was ist mit der Spurensicherung? Hat man die schon reingelassen?«

»Ich weiß es nicht genau. Aber wir können jederzeit hinfahren und es herausfinden.«

»Genau das, woran ich gedacht habe. Besorg uns einen Wagen. Wir treffen uns in zehn Minuten draußen. Erst mal brauch ich eine Tasse Tee, mein Hals bringt mich noch um.«

»Ha! Der Junge schuldet mir einen Zehner.« Grumpy Bob grinste, als sie zusammen den Flur hinuntergingen. »Er hat nicht geglaubt, dass du heute überhaupt aufkreuzen würdest.«

Die Kantine hatte nicht den besten Tee der Welt, aber in diesem Moment war das McLean ziemlich egal. Er brauchte nur etwas, um das Brennen in seinem Hals zu lindern. Vielleicht war es falsch gewesen, die Bitten des Arztes zu ignorieren und sich auf eigene Verantwortung selbst zu entlassen.

»Hier stecken Sie also, McLean. Gehen Sie eigentlich nie an Ihr verdammtes Telefon?«

McLean schwang sich träge in seinem Stuhl herum und machte sich nicht die Mühe, aufzustehen. Duguid war das schon an einem guten Tag nicht wert, und dieser hier sah nicht mal entfernt nach einem guten Tag aus.

»Ich fürchte, mein Telefon ist hinüber, Sir. In dem Feuer letzte Nacht ist wohl was geschmolzen, und ich hatte noch keine Gelegenheit, mir Ersatz zu besorgen.«

»Ja, na gut.« Duguid zog sich einen Stuhl heran und ließ sich darauf fallen. »Wegen dieser Sache. Das ist was Ernstes, wissen Sie. Wir suchen hier die gesamte Stadt ab, ohne irgendeine Spur zu finden, und die hocken die ganze Zeit genau vor Ihrer Haustür.«

»Danke, Sir, es geht mir gut. Abgesehen von einem rauen Hals und der Tatsache, dass meine weltlichen Güter und sämtlichen Besitztümer gerade in Rauch aufgegangen sind.«

Duguid sah einen Augenblick lang beschämt aus, bevor seine natürliche Wut sich in den Vordergrund drängte und das bleiche, sommersprossige Gesicht unter dem drahtigen Haar erröten ließ.

»Offensichtlich sind Sie gesund genug zum Arbeiten, sonst wären Sie ja nicht hier. Was ich gern wüsste, ist, warum Sie hier sitzen und Tee trinken, während Superintendent McIntyre Ihnen unmissverständlich mitgeteilt hat, dass ich Sie sprechen will.«

»Es tut mir leid, Sir. Sie hat mir nicht gesagt, dass es dringend ist. Sie hat mir allerdings gesagt, dass ich mir eine Zeitlang freinehmen soll, aber ich dachte mir, dass ich eine Tasse Tee trinken und ein paar Dinge mitnehmen kann, bevor ich gehe.«

»Wissen Sie, was geredet wird, McLean?« Duguids Ärger zu provozieren war nie eine gute Idee, aber im Augenblick war McLean das vollkommen egal.

»Nein, Sir. Bitte klären Sie mich auf.«

»Es wird behauptet, dass Sie ganz genau wussten, was nebenan los war. Dass Sie die gedeckt haben.«

McLean stellte seinen Becher ab und schob ihn von sich und auf den DCI zu. Er stand auf, und die Stuhlbeine kratzten über den Boden, als er den Stuhl sorgfältig wieder unter den Tisch stellte. Duguid sah ihn an, als würde er eine Antwort erwarten, deshalb beugte sich McLean vor, stützte die Knöchel auf beiden Seiten des Bechers auf die Resopalplatte, kam ganz nah an Duguids Ohr und flüsterte so leise, dass nur Duguid ihn hören konnte: »Sie sind wirklich ein Idiot, Sir.« Dann ging er.

21

Grumpy Bob war nicht der Einzige im Dienstwagen, als McLean auf den Beifahrersitz kletterte. DC MacBride saß am Steuer, während der alte Sergeant es sich hinten gemütlich gemacht hatte.

»Netter Anzug, Sir«, sagte MacBride, während er den Wagen in den Nachmittagsverkehr hineinlenkte.

»Fangen Sie gar nicht erst an, Constable. Der hat meinem Großvater gehört. Und war seinerzeit hochmodern.«

»Und heute auch wieder, Sir. Ein Freund von mir hat sich gerade was Ähnliches schneidern lassen. Hat ihn ein Vermögen gekostet.«

»Na, wenn er in den hier passt, kann er ihn als Ersatz haben. Er ist tierisch unbequem.« McLean rutschte in seinem Sitz umher und versuchte nicht an die Naht zu denken, die an seinen Weichteilen rieb. Kein Wunder, dass es sein Großvater nur zu einem einzigen Nachkommen gebracht hatte.

Es dauerte lange, bis sie die Gegend erreichten, in der seine Wohnung gewesen war, und als sie näher kamen, konnte McLean sehen, warum. Die gesamte Straße war abgesperrt, wodurch eine der Hauptausfallstraßen blockiert wurde. Nicht weit entfernt staute sich der Verkehr wegen des Einbahnstraßensystems, das eingeführt worden war, nachdem das Woodbury-Gebäude abgebrannt war. Noch ein Brand, und die ganze Südstadt würde zum Stillstand kommen.

»Das müssen Sie bald regeln.« DC MacBride zeigte einem Uniformierten, der am blau-weißen Absperrband stand, seinen Ausweis, dann fuhr er im Schneckentempo in die Straße hinein. Zwei Feuerwehrautos waren noch dort, wenn ihre Schläuche auch inzwischen verstaut waren. Der Wagen der Brandermittlung stand auch da, gegenüber von der Stelle, an der McLean in der vorigen Nacht Mr Sheen auf den Bürgersteig gelegt hatte. Ein halbes Dutzend Autos stand eher verlassen als geparkt da. Näher am Haus war der verbeulte, alte weiße Lieferwagen der Spurensicherung zu sehen, die hinteren Türen weit offen. Daneben wurde ein großer Tieflader langsam von einer Ladung Baugerüste befreit.

Sie parkten so weit wie möglich vom Geschehen entfernt, und als McLean aus dem Wagen stieg, sah er zu dem hoch, was für die letzten fünfzehn Jahre sein Zuhause gewesen war. Die Fassade des Gebäudes war noch intakt, aber keine der Fensterscheiben war mehr vorhanden. Schwarze Rußstreifen rannen aus jeder Öffnung wie Tränenspuren. Von ferne konnte er sehen, dass das Dach teilweise eingestürzt war und die kahlen Umrisse der Schornsteinkästen sich gegen den dämmrigen Abendhimmel abhoben.

»Scheiße. Ich meine … tut mir leid, Sir.« DC MacBride sah auf seine Schuhe.

»Nein, ich finde, Sie haben recht, Stuart. Scheiße trifft es ziemlich genau.« McLean sah hinauf zu dem, was einmal sein Wohnzimmerfenster gewesen war, als ein Flugzeug in der Ferne darüberflog, auf dem Weg nach Ingliston. Einen surrealen Moment lang konnte er es durch das Fenster und die fehlende Zimmerdecke dahinter sehen. Dann verschwand es außer Sicht.

»Weswegen sind wir hier, Chef?« Grumpy Bob war ohne Mantel gekommen, ging auf und ab, rieb sich die Hände und stampfte gelegentlich mit den Füßen auf. Als Einziger von ihnen dreien hatte er nicht zum Gebäude hinaufgesehen und schien es auch nicht vorzuhaben.

»Ich weiß es nicht genau, Bob«, sagte McLean. »Ich wollte nur sehen, was überlebt hat. Nicht viel, scheint mir.«

Er ging zum Wagen der Spurensicherung hinüber, auf der Suche nach einem bekannten Gesicht. Es tauchte Hals über Kopf und so quietschend auf, dass es beinahe klang, als würde ein Schwein erwürgt. Bevor er wusste, wie ihm geschah, war er in eine riesige, überwältigende Umarmung gezogen worden, die seine Lunge zum Brennen und seine Kehle zum Schreien brachte.

»Bitte, Emma. Ich krieg keine Luft mehr.« McLean entzog sich der Umarmung der Kriminaltechnikerin, und sie trat zurück, plötzlich verlegen.

»Als ich es gehört habe … die Adresse … dachte ich …«

McLean nahm ihre Hände in seine. »Es ist okay, Emma. Ich war nicht hier, als es anfing.«

»Aber sie haben gesagt, du wärst im Krankenhaus.«

»Ich hab ein bisschen Rauch abbekommen, als ich versucht habe, jemanden rauszuholen.« Er hustete, als wollte er seine Aussage bekräftigen. »Also mach dir keine Sorgen. Ich komme in Ordnung. Erzähl mir, was los ist. Habt ihr schon was gefunden?«

»Wir kommen nicht rein. Sie versuchen noch, das Gebäude zu stabilisieren.«

McLean ging am Spurensicherungswagen vorbei und suchte sich seinen Weg durch den auf der Straße herumliegenden Schutt, bis er den Bürgersteig erreichte. Ein Bautrupp hatte angefangen, an der gesamten Vorderseite des Gebäudes ein Gerüst zu errichten, wobei man mit wesentlich größerer Vorsicht zu Werke ging, als er es jemals gesehen hatte. Beim Hinaufschauen schien es, als würde sich die gesamte Sandsteinmauer nach außen neigen, aber das war nur wegen der Wolken, die hoch oben vorüberzogen. Merkwürdigerweise war die Haustür noch vollständig und wurde mit einem Stück abgebrochenem Bürgersteig offen gehalten, so wie die vorigen Studenten es immer getan hatten, und dahinter war im Licht der starken Bogenlampen nur ein enger Tunnel zu sehen.

Etwas streifte seine Beine. McLean sprang beinahe zur Seite, dann sah er nach unten auf eine schwarze Katze, die sich mit einer Seite ihres rußverschmierten Gesichts an seinem Hosenbein rieb. Er beugte sich hinunter und hielt ihr die Hand hin, dann kraulte er das Tier hinter den Ohren. Als er sich wieder zum Mietshaus umwandte, konnte er durch das Erkerfenster an der Vorderseite dort hineinsehen, wo die alte Mrs McCutcheon abends immer gesessen und die Welt hatte vorüberziehen sehen. Auf seiner Suche nach jemandem, den er fragen konnte, entdeckte er einen Feuerwehrmann, der aus dem Tunnel im Eingang kam.

»Die alte Dame, die unten gewohnt hat«, sprach er den Feuerwehrmann an. »Hat sie es nach draußen geschafft?«

»Kann ich Ihnen nicht sagen, Kumpel. Jetzt ist aber keiner mehr drin. Sprechen Sie mit Jim. Der weiß es.«

McLean bedankte sich bei dem Mann und ging dann zum Brandermittlungswagen, die Katze im Gefolge. Jim Burrows sah von seinem Schreibtisch auf, als er an die Tür klopfte.

»Inspector. Gut, Sie auf den Beinen zu sehen. Gestern Nacht sahen Sie nicht so gesund aus.«

»Ein bisschen zu viel Rauch. Ich weiß nicht, wie Ihre Leute das aushalten.«

»Wir tragen Atemschutzmasken. Und wir rennen normalerweise nicht ohne Plan in ein brennendes Gebäude hinein. Sie haben Glück, dass Sie noch am Leben sind, wissen Sie.«

»Ich weiß.« McLean unterdrückte einen Schauder. »Und ich hätte es besser wissen müssen. Ich habe eine Grundausbildung in Brandschutz.«

»Was hatten Sie da drin überhaupt zu suchen? Sind einfach vorbeigekommen und haben beschlossen, den Helden zu spielen?«

»Das hat Ihnen niemand gesagt?« McLean war überrascht. Aber andererseits gab es wahrscheinlich keinen Grund, warum jemand das getan haben sollte. »Ich wohne hier. Oberster Stock, hinten. Also, ich habe hier gewohnt, besser gesagt.«

Burrows sah ihn mit undurchdringlicher Miene an.

»Oh, das tut mir leid. Der alte Mann …«

»Mr Sheen. Er hat seit über fünfzehn Jahren hier gewohnt. Ich habe nie erfahren, wie er mit Vornamen hieß.«

»Wir haben noch mehr Leichen gefunden. Vier auf der rechten Seite, im zweiten Stock. Alle übel verbrannt. Je zwei in jeder der Wohnungen im ersten Stock. Und dann war da eine in der Haustür. Die war klein, unter einer Menge Schutt begraben, also wahrscheinlich aus dem Erdgeschoss, vielleicht erster Stock.«

»Die Wohnungen im ersten Stock gehörten beide berufstätigen Paaren. Sie haben gemietet, glaube ich. Die Kleine …« McLean ließ sich auf den nächsten Stuhl fallen, mit einem Schlag jeglicher Kraft beraubt. Die Katze, die ihm in das fahrbare Büro gefolgt war, sprang auf seinen Schoß und stieß mit dem Kopf gegen seine Hand, bis er anfing, sie zu streicheln.

»Sie wissen, wer es war.« Burrows Stimme war sanft und klang besorgt.

»Mrs McCutcheon. Mein Gott, sie war alt. Ist wahrscheinlich in dieser Wohnung geboren. Sie war eine neugierige alte Hexe, aber das hat sie nicht verdient. Niemand hat das verdient.«

Sie saßen eine Weile still da. Er streichelte immer noch die Katze, als ihn Grumpy Bob und DC MacBride fanden.

»Wir haben uns gefragt, wo du wohl abgeblieben bist, Chef.« Grumpy Bob kletterte in den winzigen Raum, dann bemerkte er die Katze. »Wer ist denn dein neuer Freund? Oh.«

»Alle, die in diesem Mietshaus gewohnt haben, sind letzte Nacht gestorben, Bob. Zehn Tote. Alle außer mir.«

»Nicht alle, Chef. Die Katze hat noch mindestens eines ihrer Leben übrig.«

McLean hielt das schnurrende Tier hoch, sah ihm in die Augen und fragte sich, was er mit ihm machen sollte. Wahrscheinlich sollte er den Tierschutzverein anrufen, damit sie es abholten. Aber irgendwie erschien ihm das respektlos.

»Wie ist der Status, Mr Burrows?«, fragte er schließlich.

»Wir haben alle Leichen herausgeholt. Da bin ich mir ziemlich sicher. Das Gerüst aufzubauen wird noch ein paar Stunden dauern, aber sie werden die Nacht durcharbeiten. Solange das nicht geschehen ist, können wir die Straße nicht freigeben, und das Straßenverkehrsamt schreit mich schon den ganzen Nachmittag an, dass ich das regeln soll.«

»Was ist mit dem Spurensicherungsteam? Wann können die rein?«

»Wozu? Die werden nicht viel finden.«

»Sie müssen es versuchen.«

»Na ja, auf keinen Fall vor morgen, so viel ist sicher.«

»Okay.« McLean setzte die Katze wieder auf den Boden und stand auf. Sie wand sich wieder um seine Beine und schnurrte unaufhörlich. »Und danke, dass Sie es versuchen.«

»Nichts zu danken. Das ist mein Job.«

Die Luft draußen roch nach feuchtem, verkohltem Holz. McLean hatte es zuvor nicht bemerkt. Die Fremdartigkeit der ganzen Szenerie hatte ihn zu sehr in Anspruch genommen. Nach und nach nahm er mehr Einzelheiten wahr, als würde er langsam aus einem Traum erwachen. Die Autos, die auf der Straße vor dem Mietshaus geparkt hatten, wurden von ein paar Abschleppwagen entfernt. Auf einer Seite waren sie glänzend und sauber, auf der anderen war der Lack blasig und rissig von der Hitze des Feuers. Eines hatte selbst Feuer gefangen, und die Reifen waren geschmolzen wie Schokolade, die auf einer sonnigen Fensterbank vergessen worden war. Sie würden zur Untersuchung ins Spurensicherungslabor gebracht werden, bevor ihre Besitzer sie zurückbekamen. Mit etwas Glück könnte eines davon den Drogenhändlern gehört haben – vielleicht lieferte es sogar den einen, bisher fehlenden Hinweis, der den ganzen Fall aufklärte.

Aber es war nicht sein Fall. Sondern der von Duguid. Er hatte den DCI heute schon einmal verärgert, da war es besser, das nicht noch einmal zu wiederholen.

»MacBride, ich fürchte, Sie haben den Kürzeren gezogen, weil Sie gerade erst den geheiligten Rängen des CID beigetreten sind.« McLean berichtete dem Detective Constable alles, was er von Burrows erfahren hatte, dann legte er ihm nahe, einen feinsinnigen Weg zu finden, um die Information weiterzugeben. »Sagen Sie ihm bloß nicht, dass ich hier war. Sie wissen ja, wie er ist. Oh, und Sie müssen wohl zum Revier zurücklaufen.« Er streckte die Hand nach den Schlüsseln des Dienstwagens aus.

MacBride sah aus, als wollte er sich beschweren, hielt sich aber zurück. Zweifellos dachte er sich, dass in der Zeit, die er brauchte, um ins Büro zurückzukommen, Duguid wahrscheinlich schon nach Hause gegangen sein würde. Oder vielleicht sogar beschlossen hatte, sich den Tatort persönlich anzusehen.

»Was werden Sie tun, Sir?« Er händigte McLean die Schlüssel aus, und der reichte sie an Grumpy Bob weiter.

»Ich? Ich sollte heute und mindestens bis zum Wochenende eigentlich Sonderurlaub nehmen. Bob hier wird mich also nach Hause fahren. Dann wird er anfangen, alle Fälle durchzusehen, an denen ich zur Zeit arbeite. Komm, Bob.«

Er ging zum Wagen zurück und war nicht überrascht darüber, dass die Katze beschlossen hatte, ihm zu folgen. Grumpy Bob brauchte ein bisschen länger, um ihn einzuholen.

»Wie meinst du das, ›deine Fälle durchsehen‹?«

»Wie ich es gesagt habe, Bob. Und die Dienstaufsicht wird

mich durch den Fleischwolf drehen. Irgendjemand wird meine Arbeit übernehmen. Die Chief Super meinte, du wärst der Richtige, um in meine Fußstapfen zu treten.«

Sie erreichten das Auto, und McLean setzte sich auf die Beifahrerseite. Bevor er die Tür schließen konnte, war die Katze auf seinen Schoß gesprungen. Sie drehte sich einmal um, dann rollte sie sich zu einem schwarzen, haarigen Ball zusammen, während Grumpy Bob die Fahrertür aufzog und einstieg.

»Kennst du dich mit Katzen aus, Bob?«, fragte McLean.

»Frag lieber nicht.«

»Dann sieht's wohl so aus, als käme die hier mit mir nach Hause.«

Genau da hörte McLean das Klatschen rennender Füße. Bevor er sich umdrehen und nach hinten sehen konnte, wurde die hintere Tür aufgerissen, und jemand sprang hinein.

»Ich hoffe, du hast nichts dagegen.« Emma war etwas atemlos, trug aber keinen Spurensicherungsoverall mehr.

»Ähm, was hast du vor, Emma?«, fragte McLean.

»Was hast du vor?«

»Ich fahre nach Hause. Also, ins Haus meiner Großmutter, aber es sieht aus, als wäre das jetzt mein Zuhause. Und dann gehe ich in die Stadt und kaufe mir was Frisches zum Anziehen.«

»Genau.« Emma grinste. »Und nach diesem Anzug zu urteilen brauchst du dabei alle Hilfe, die du bekommen kannst.«

22

Warten Sie einfach vor dem Büro, Tony. Es wird nicht lange dauern.«

Die Worte hallten in McLeans Ohren wider, als er in seinem stapelbaren Plastikstuhl saß. Er fühlte sich wie ein ungezogener Schuljunge, der zur Direktorin gerufen wird; aber wenn das der Fall war, wusste er nicht, was Sergeant Dunstone neben ihm angestellt hatte. Der Gewerkschaftsvertreter konnte nicht ruhig sitzen, spielte ständig mit seinen Händen, sah auf die Wanduhr, öffnete den Mund, als ob er etwas sagen wollte, und klappte ihn dann lautstark wieder zu. Hinter Superintendent McIntyres Tür, die ausnahmsweise verschlossen war, konnte man die unmissverständlichen Geräusche eines Streitgesprächs hören, Stimmen, die sich hoben und fielen wie Wellen. Die Worte waren unverständlich, die Gefühle dahinter nur allzu klar.

Sergeant Dunstone sprang so plötzlich auf die Füße, dass McLean noch einen Augenblick brauchte, um zu merken, dass die Bürotür sich geöffnet hatte. Bevor er sich auch nur aufrichten konnte, marschierte Chief Inspector Callard aus dem Zimmer und verschwand. Seinem Gesichtsausdruck nach zu urteilen waren die Dinge nicht ganz nach seinem Geschmack gelaufen.

»Alles in Ordnung, John.« McIntyre wandte sich an Sergeant Dunstone, bevor er fragen konnte. »Es wird kein Disziplinarverfahren geben.«

McLean sah, wie sich Erleichterung auf dem Gesicht des Sergeant ausbreitete. »Kein Disziplinarverfahren« bedeutete kein ermüdender Papierkrieg. Keine Änderung in den Schichtplänen. Keine Einarbeitung für einen nagelneuen Detective Inspector, der noch nicht trocken hinter den Ohren war. Sich selbst überraschte er damit, eine Spur von Enttäuschung unter seine Erleichterung gemischt zu finden, doch das hielt nicht lange an. Vielleicht konnte er jetzt wieder an die Arbeit gehen. Vielleicht konnte er jetzt damit weitermachen, herauszufinden, wer Audrey Carpenter ermordet hatte.

»Ich muss kurz mit Ihnen sprechen.« McIntyre zeigte auf ihre jetzt offene Tür und zog sich dahinter zurück. Er sah Dunstone an, dankte ihm mit einem Nicken und indem er sagte: »Wir sehen uns in der Kantine«, folgte er der Chefin in ihren Bau.

»Es wäre gut, wenn Sie die nächste, sagen wir mal, Lebenszeit lang nichts tun würden, um die Dienstaufsicht zu verärgern.« McIntyre setzte sich hinter ihren Schreibtisch, bedeutete McLean aber nicht, den anderen Stuhl zu nehmen. Stattdessen blieb er stehen und hoffte, dass dies bedeutete, dass es nicht lange dauern würde, was immer sie zu sagen hatte.

»Ich weiß ja nicht, wie Sie ihn herumgekriegt haben, Ma'am, aber …«

»Ich bin ein Risiko für Sie eingegangen, Tony. So habe ich das gemacht. Der Chief Inspector wollte, dass Sie zum Sergeant degradiert und aus dem CID genommen werden. Aber ehrlich gesagt, habe ich schon, ohne dass ich einen erfahrenen Detective an die Verkehrspolizei verliere, nicht genug Personal.«

McLean kämpfte die Versuchung nieder, einen Kommentar zu Chief Inspector Callards ziemlich extremer Strafmaßnahme abzugeben, aber etwas von dem, was er fühlte, musste auf seinem Gesicht erkennbar gewesen sein.

»Rab Callard ist Charles Duguids bester Freund, seit sie zusammen am Tulliallan waren, Tony. Das erklärt wahrscheinlich ein paar der eher dummen Beschuldigungen, die er gegen Sie erhoben hat.«

»Sie können doch nicht glauben, dass ich tatsächlich von der Drogenoperation gewusst habe. Ich …«

»Natürlich nicht. Aber Sie haben Duguid ins Gesicht gesagt, er wäre ein Idiot. Und Sie haben einen sehr mächtigen Gangster aus Glasgow beinahe direkt beschuldigt, seine eigene Tochter umgebracht zu haben.« McIntyre lächelte müde. »Callard hat das Vertrauen wichtiger Leute, einschließlich des Deputy Chief Constable. Am besten halten Sie sich so gut wie möglich unterhalb seines Radars. Okay?«

»Ich verstehe, Ma'am.« McLean wandte sich zum Gehen.

»Und noch etwas, Tony.«

Er hielt an und drehte sich wieder um. So einfach würde er nicht davonkommen. »Ja?«

»Ich musste ihm etwas dafür geben, das wissen Sie. Sonst hätte Callard auf einer vollständigen Untersuchung bestanden. Sie wären mindestens so lange freigestellt gewesen, bis Charles' Ermittlung abgeschlossen gewesen wäre, und wir wissen beide, wie lang das gedauert hätte. Sie werden sich für eine weitere Woche beurlauben lassen müssen. Technisch sind Sie suspendiert wegen laufender interner Ermittlungen, aber wir nennen es krankgeschrieben, um die Presse nicht misstrauisch zu machen.«

Es hätte schlimmer kommen können. Grumpy Bob war sowieso regelmäßig zu ihm nach Hause gekommen, um ihn bei seinen Fällen auf dem Laufenden zu halten. Es gab keinen Grund, warum das nicht noch eine Weile so weiterlaufen sollte.

»Und ich musste ein paar psychotherapeutischen Sitzungen für Sie zustimmen.«

»Sie haben *was?*« McLean kippte auf die Fersen, als hätte er einen Schwinger versetzt bekommen. »Warum denn das?«

»Stress, Tony. Was sonst?«

»Aber ich …«

»Dies ist immer eine schwierige Jahreszeit für Sie. Umso

schwerer, seit Andersons Tod ständig in den Nachrichten war. Denken Sie nicht, ich hätte Ihre Muster nicht bemerkt. Nehmen Sie dazu noch den Verlust Ihres Heims und alles, was das für Sie bedeutet, dann ist es kaum überraschend, dass Sie anfangen, kleine Fehler zu machen.«

»Aber ich …«

McIntyre hob die Hand. »Ich weiß, ich weiß. Aber wie gesagt, ich musste denen einen Knochen hinwerfen. Kann ja nichts schaden, zu ein paar Therapiesitzungen zu gehen. Vielleicht tut's Ihnen sogar ganz gut.«

Mrs McCutcheons Katze saß auf dem Tresen neben dem alten Aga-Herd, leckte sich die Pfoten und bedachte ihn ab und zu mit einem herrschaftlichen Blick. McLean fläzte sich auf einen Holzstuhl vor dem großzügigen Küchentisch, einen Becher Tee in der einen und einen dicken Bericht in der anderen Hand, und starrte in die Ferne, während er versuchte, die Erbschaft seiner verstorbenen Großmutter in allen Einzelheiten zu begreifen. Bei der Polizeiarbeit genoss er es, die kleinsten Details aufzustöbern, um das Puzzle zusammenzusetzen, das Chaos des täglichen Lebens in eine Art Ordnung zu zwingen. Aber das hier war etwas vollkommen anderes. Auch Monate nach ihrem Tod gab es noch keine Anzeichen einer Lösung. Konten, Aktien, Erbschaftssteuer und Treuhandfonds. Irgendwo in all diesen tanzenden Zahlen musste es ein Fazit geben, da war er sich sicher. Er musste nur die Kraft aufbringen, es zu finden.

Die Türklingel war eine willkommene Ablenkung. Zweifellos Grumpy Bob, der vorbeikam, um ihn aufs Laufende zu bringen. Er trank den letzten Schluck Tee, verschluckte sich beinahe an dem schlammigen Matsch aus Keksen auf dem Grund der Tasse, dann ging er auf Socken über den Flur zur Haustür.

Ein Zweimeterschrank aus Muskeln und Tätowierungen verdeckte das Licht. Nicht Grumpy Bob.

»Mr MacDougal will mit Ihnen sprechen.«

McLean wollte dem Mann die Tür vor der Nase zuschlagen. »Ich bin beurlaubt. Er muss sich an DCI Duguid wenden.«

Die Tür wurde wieder aufgestoßen, und der große Mann kam herein. »Mr MacDougal will mit *Ihnen* sprechen. Jetzt.«

McLean sah zu dem übergroßen Gesicht hinauf. Die Augen standen einfach zu weit auseinander, um irgendeinen Eindruck von Intelligenz zu vermitteln.

»Ich hole meinen Mantel.«

»Nicht nötig.« Der große Mann schob die Tür noch weiter auf und trat zur Seite. Razors MacDougal stand auf dem Kies der Einfahrt und sah am Haus hinauf. Er bedachte McLean mit einem bösen Grinsen.

»Ich nehme an, es hat nicht viel Sinn, Sie bestechen zu wollen.«

»Also, das macht schon was her, wirklich. Die Dekoration gefällt mir auch.«

MacDougal drehte sich um und sah sich in dem großen, vorderen Wohnzimmer um, wohin McLean ihn und seinen riesigen Bodyguard geführt hatte. Das gesamte Mobiliar war unter Abdecktüchern verborgen, und die Fensterläden waren schon länger geschlossen, als er sich erinnern konnte, um zu verhindern, dass die scheußliche Tapete ausblich. Es war ungefähr so einladend wie eine unbenutzte Gruft, was ihm jetzt sehr gelegen kam.

»Was wollen Sie, Mr MacDougal?« McLean zog ein Tuch von einem uralten, weichen Sofa und bat seinen ungeladenen Gast, Platz zu nehmen.

»Ah, die berühmte Edinburgher Gastfreundschaft.« MacDougal setzte sich vorsichtig hin. »Danke, ich habe schon Tee getrunken.«

»Was Sie hier wollen.«

»Sie haben mich gefragt, wann ich meine Tochter zum letzten Mal gesehen habe. Sie und ich, wir wissen beide, worum es dabei ging. Aber Sie verstehen mich falsch. Ich habe Violet geliebt.«

McLean unterdrückte den Drang, zu murmeln: Ja klar, davon hab ich auch schon gehört. Stattdessen lehnte er sich an den Kaminsims und verschränkte die Arme.

»Ich habe mich ein bisschen umgehört, wissen Sie«, fuhr der Gangster fort. »Seit Ihrem Besuch. Anscheinend haben Sie jemanden verloren, der Ihnen nahestand. Ist unter ähnlichen Umständen aufgetaucht wie mein kleines Mädchen, habe ich gehört. Sind Sie deshalb auf diesen Fall angesetzt worden? Dachten die, Sie hätten einen besonderen Zugang zu dem Fall?«

McLean unterdrückte zähneknirschend die Wut, die ihm heiß in die Wangen stieg. Er sah zu dem Bodyguard auf mit seinen Schweinsäuglein und den Oberarmmuskeln wie Baumstämme. Idiotisch, auch nur daran zu denken, zuzuschlagen.

»Sie sollten wissen, dass ich nicht über laufende Fälle sprechen kann, nicht einmal mit einem Verwandten des Opfers.«

»Ach, kommen Sie schon, Inspector. Seien Sie realistisch. Mit einem einzigen Anruf kann ich über Ihre Ermittlung rausfinden, was ich will. Aber es ist mein kleines Mädchen, das da im Leichenschauhaus liegt. Irgendein Sauhund hat sie eingesperrt und vergewaltigt, hat ihr die Kehle durchgeschnitten und sie dann in einen Kanal geworfen. Sie können sich vorstellen, dass ich darüber nicht glücklich bin.«

Deshalb war er also hier. Keine besonders feine Art, McLean wissen zu lassen, über wie gute Verbindungen er verfügte.

»Was wollen Sie von mir, Mr MacDougal? Oder sind Sie nur hier, um die Vernehmung zu Ende zu bringen, die ich vor einer Woche angefangen habe? Wenn's darum geht, müssen Sie mit Sergeant Laird unten im Revier sprechen. Ich kann ihn anrufen, wenn Sie möchten.« McLean zog sein Handy aus der

Tasche, aber bevor er irgendetwas tun konnte, war MacDougal schon aufgesprungen, hob eine Hand, um ihn aufzuhalten, und ergriff seinen Arm auf eine Weise, die eher verzweifelt war als gewalttätig.

»Ich will, dass Sie ihn erwischen, Inspector. Ich will, dass Sie ihn fangen und einsperren.« MacDougals Stimme war leise, aber stählern. »Danach kümmere ich mich um ihn.«

23

Der Sonntagnachmittag hätte einfach friedlich dahingehen sollen, bevor er sich wieder in den Mahlstrom seiner Arbeit stürzte. Er hatte im Keller etwas Kohle gefunden und es nach ein paar Fehlversuchen geschafft, in der Bibliothek Feuer zu machen. Jetzt waren es nur er, ein Buch und Mrs McCutcheons Katze, die Gefallen an ihrem neuen Heim zu finden schien. Er hatte keine Ahnung, was aus dem anderen mindestens halben Dutzend Tieren geworden war, die die alte Dame gehalten hatte. Aber ihm reichte es schon, sich um diese hier zu kümmern.

Es gab immer noch Momente, in denen McLean spürte, wie die Welt sich unter seinen Füßen zu drehen begann und außer Kontrolle zu geraten drohte. Das Haus war zu groß, einerseits, andererseits stieß er in jedem Winkel auf Erinnerungen an seine Großmutter. Durch die leeren Räume zu gehen erinnerte ihn an alles, was geschehen war, all die Menschen, die ihn verlassen hatten. All die Menschen, die er im Stich gelassen hatte. Deswegen hatte er das Haus all die Monate, seit sie gestorben war, gemieden, deswegen hatte er es die eineinhalb Jahre, die sie im Koma gelegen hatte, vernachlässigt. Immer hatte er es aufgeschoben, sich damit zu befassen. Und jetzt war er dazu gezwungen.

Das Telefon klingelte und riss McLean aus seinen ausufernden Grübeleien. Er legte das Buch weg, ging um die Katze herum und schaffte es zu dem eleganten Sekretär, bevor der Anrufbeantworter sich einschaltete.

»McLean«, sagte er in die Stille am anderen Ende.

»Ah, Chef. Ich hatte gehofft, dass du zu Hause bist.« Grumpy Bob hörte sich an, als meinte er genau das Gegenteil.

»Ich bin beurlaubt, Bob. Was gibt's?«

»Ich glaube, wir haben noch eins.«

»Noch ein was?«

»Noch ein Opfer des Christmas Killers. Draußen in den Pentlands ist eine Leiche gefunden worden. Beim Flotterstone Inn.«

»Es kann nicht der Christmas Killer sein, Bob. Der mordet nur einmal im Jahr. Und außerdem ist er tot.« McLean presste den Handballen in die Augenhöhle und rieb fest. Das war nicht das, womit er sich an seinem ersten Tag im Büro befassen wollte. Abgesehen davon, dass der überhaupt erst in sechzehn Stunden beginnen sollte. Er sah zum Fenster hinaus. Die Dämmerung würde bald hereinbrechen und schnell vorüber sein, so kurz vor Weihnachten. Es gab jemanden, der keine besonders festliche Zeit haben würde.

»Wer ist schon draußen?«

»Der Junge ist vor Ort, zusammen mit Leuten von Penicuik.«

»Niemand Dienstälteres?«

»Dagwood ist auf irgendeiner Konferenz, DI Randall hat schon wieder Grippe. Alle anderen haben plötzlich zu tun. Ich war zu Hause, aber als ich gehört habe, worum es ging, dachte ich, ich sollte dich besser benachrichtigen. Ich fahr jetzt gleich los.«

»Okay, Bob. Wir sehen uns dort.« McLean notierte sich, wo er hinfahren sollte, und legte auf. Der Korridor war kalt im Gegensatz zur Wärme des Feuers in der Bibliothek, aber es war etwas anderes, das ihn erschauern ließ, als er den Mantel anzog und die Taschen nach seinem Notizbuch und seinen Schlüsseln durchsuchte. Erst dann ging ihm auf, dass er nicht mal eben ins Revier hinuntergehen konnte, um sich einen Wagen zu nehmen. Und ein Taxi würde ewig brauchen, um an einem

Sonntagnachmittag hierherzukommen. Da gab's nur eins: Er musste den Wagen seiner Großmutter nehmen.

Im Sommer war das Flotterstone Inn voller Touristen, von denen einige sogar mit der Absicht herkamen, es zu besuchen, und nicht nur zufällig hier landeten, nachdem sie sich im Netz der kleinen Landstraßen verirrt hatten, die im Zickzack über die Midlothian-Hochebene führten und an den Hängen der Pentland Hills endeten. Ein paar hundert Meter weiter die Schlucht hinauf, auf der einspurigen Straße, die zum Glencorse-Stausee und zu den anspruchsvolleren Mountain-Bike-Strecken hinaufführte, gab es einen zweiten, größeren Parkplatz für Tagesausflügler und Wanderer aus der Stadt. So kurz vor Weihnachten und angesichts des Schnees oben am Scald Law lag der ziemlich verlassen da. Wenn man die drei Streifenwagen, den Spurensicherungswagen und den Krankenwagen nicht zählte, die sich am hinteren Ende zusammendrängten, als wollten sie sich gegenseitig wärmen. Ein junger uniformierter Constable stiefelte herbei, als McLean auf dem Parkplatz hielt. Ein Officer aus der Gegend, nahm er an, da er ihn nicht kannte.

»Ich fürchte, Sie können hier nicht parken, Sir«, sagte der Constable, als McLean die Tür aufdrückte und aussteigen wollte. »Polizeiangelegenheiten.«

McLean fischte seinen Ausweis hervor und hielt ihn hoch. »Schon in Ordnung, Constable. Ich muss hier sein.«

»Tut mir leid, Sir.« Der Constable sah von dem Ausweis auf McLeans Gesicht, dann auf den leuchtend roten Sportwagen. »Ich dachte nicht, dass …«

»Schon klar, das ist kein gewöhnlicher Wagen für einen Detective Inspector.«

»Ähm, was ist es denn?«, fragte der Constable, und fügte dann hinzu: »Sir?«

»Es ist ein 1969 Alfa Romeo GTV, und er mag wirklich keine

gestreuten Straßen.« Aber man tat, was man musste, auch wenn er förmlich aus dem Grab heraus das missbilligende Schnalzen seiner Großmutter hören konnte.

»Eine echte Schönheit, Sir. Haben Sie sie schon lang?«

»Sie?« McLean hob eine Augenbraue. So hatte er noch nie über ein Auto nachgedacht, aber es erschien ihm merkwürdig passend. »Mein Vater hat sie neunundsechzig gekauft, man könnte also sagen, dass sie schon eine Weile in der Familie ist. Also, war da nicht was mit einer Leiche?«

Das Gesicht des Constable verdunkelte sich. »Ja, natürlich, Sir. Ein Stück den Bach hinauf.«

McLean folgte ihm über den Parkplatz und dann einen kurzen Pfad entlang, der parallel zur Straße verlief. Unterhalb konnte er Wasser über Steine blubbern hören, und voraus sah er durch eine Lücke in den dürren Winterbäumen, dass ein schmales Bauwerk aus Beton und Stahl das Wasser überbrückte. Direkt davor hatte jemand einen provisorischen Pfad durch das Gehölz geschlagen und ihn mit blauweißem Polizeiband abgesperrt.

»Da unten, Sir. Ich bleibe hier oben.«

»Ist es so schlimm?«

»Es ist … na ja … es ist nicht viel Platz.«

McLean nickte verständnisvoll. Der junge Constable konnte noch nicht lange von der Akademie abgegangen sein, also war es durchaus möglich, dass es sich um seine erste Leiche handelte. Wenn er in einem ruhigen Revier wie Penicuik stationiert war, war es unwahrscheinlich, dass er überhaupt jemals viele davon zu sehen bekäme. Der Glückliche.

Der Pfad war glatt vom letzten Regen. McLean musste sich an Ästen festhalten, um nicht abzurutschen und ins kalte, braune Wasser zu fallen. Seine neuen Schuhe mochten bequem sein, aber sie hatten kein nennenswertes Profil an den Sohlen. Durch das Gebüsch sah er eine kleine Gruppe von Leuten und erkannte Detective Constable MacBride darunter. Und dort, zu ihren Füßen, das Opfer.

Sie lag auf dem Rücken, das Gesicht starrte blicklos in den dämmrigen Himmel, das Haar trieb wie Algen im Strom, die Arme wie in einer Parodie der Kreuzigung ausgestreckt. Seine Augen waren wie gelähmt durch den bekannten, erschreckenden Anblick, und so dauerte es eine Weile, bis McLean den sauberen Schnitt durch die Kehle bemerkte, der beinahe mit Sicherheit die Todesursache war.

»Nicht die angenehmste Art, den Nachmittag zu verbringen, Tony.« Angus Cadwallader rückte etwas beiseite, damit er besser sehen konnte. »Aber das ist der Preis, den man für seinen Beruf zahlt.«

»Wer hat sie gefunden?«, fragte McLean.

»Ein Angler, auf dem Weg hinauf zum See«, antwortete MacBride.

»Was? Im Winter?«

»Aye, er wartet oben am Parkplatz, falls Sie mit ihm sprechen wollen.«

»Haben Sie ihn schon vernommen?«

MacBride nickte.

»Dann können Sie ihn gehen lassen. Versichern Sie sich nur, dass wir ihn kontaktieren können. Und bitten Sie ihn, morgen ins Büro zu kommen, um eine offizielle Aussage zu machen.«

Der Detective Constable eilte, offensichtlich erleichtert, davon, und McLean trat vorsichtig an die Stelle am Ufer, an der er gestanden hatte. Cadwallader trug ein Paar Watstiefel, Tracy hatte beinlange Gummiüberschuhe an, die gerade hoch genug reichten, um im Strom zu stehen. Sie sahen beide bis auf die Knochen durchfroren aus, aber nicht halb so schlimm wie die tote Frau.

»Wie lang seid ihr schon hier?«, fragte McLean.

»Ungefähr eine halbe Stunde. Wir sind sofort losgefahren.«

Cadwallader beugte sich hinunter, um die Leiche genauer in Augenschein zu nehmen, dann richtete er sich wieder auf. »Wo sind die verdammten Lampen? Ich kann kaum was sehen.«

Wie zur Antwort erwachten zwei gleich aussehende Bogenlampen direkt über ihnen zum Leben, und eine Stimme rief hinunter: »So besser, Doc?«

McLean hörte nicht, was Cadwallader zur Antwort murmelte, seine Aufmerksamkeit war ganz auf die Frau gerichtet. Wie lang erloschenes Feuerwerk über ihm blitzten die Details in seinem Gedächtnis auf. Plastikkabelbinder fixierten ihre Handgelenke an zwei rostigen Eisenstangen, die ins Flussbett geschlagen worden waren. Eine dritte, zu ihren Füßen, wankte gefährlich im Strom. Wasser schäumte zwischen ihren weißen Beinen und dem sorgfältig gezupften, dunklen Dreieck auf. Wusch über den flachen Bauch und ihre kleinen Brüste hinweg. Gurgelte um die rohe, klaffende Wunde in der Kehle. Ließ ihr Haar um sie herum wogen wie einen rotbraunen Heiligenschein.

»Ich kann dir hier nichts sagen, Tony.« Cadwallader kletterte aus dem Wasser und half seiner Assistentin zu sich aufs Ufer herauf. »Sie ist schon zu lang im Wasser, als dass sie uns einen genauen Todeszeitpunkt liefern könnte, aber es ist mindestens zwölf Stunden her.«

24

Er sitzt weit vorn im Gerichtssaal. Die Aufmerksamkeit der Presse hat nachgelassen, und die Öffentlichkeit hat den Appetit auf das Spektakel verloren. Zweifellos werden sie zur Verkündung von Urteil und Strafmaß zurückkommen, aber derzeit wird dieses absurde Drama nur vor dem Richter, den Geschworenen und nur wenigen weiteren aufgeführt. Donald Anderson sitzt mit ausdruckslosem Gesicht auf der Anklagebank. Zwei stämmige Constables stehen hinter ihm, aber es ist unvorstellbar, dass dieser schlanke, sanftmütige Mann irgendetwas Ungehöriges tun könnte. Niemals könnte er Frauen entführen, zehn Jahre lang jährlich eine, sie im Keller unter seinem respektablen Antiquariat vergewaltigen und foltern und sie dann ermorden, wenn er ihrer müde geworden war. Niemals könnte er ihre zerschlagenen Körper waschen und sie dann in schnell fließendem Wasser an Pfähle binden, unter einer Brücke, wo sie leicht zu finden waren.

»Die Psychose ist nicht so ungewöhnlich, wenn sie natürlich auch nicht in so extremer Ausprägung zu beobachten ist.«

Er konzentriert sich auf den Mann im Zeugenstand. Professor Matthew Hilton. Ein Psychologe, den die Polizei gelegentlich beauftragt, um die Profile von Mördern zu erarbeiten. Wenn ihn seine Erinnerung nicht im Stich lässt, hatte Hilton anfangs behauptet, der Christmas Killer sei Mitte vierzig, ein frustrierter Versager von unterdurchschnittlicher Intelligenz, der entweder mit einem alten, dominanten Elternteil lebte oder von einem solchen missbraucht worden war, der dann verstorben war. Irgendwie passt das nicht ganz zu dem über sechzigjährigen, wohlhabenden Buchhändler, der auf der Anklagebank sitzt.

»Der Auslöser für das Verhalten ist häufig unklar, tief im Unterbewusstsein verborgen. Vielleicht wurde ein traumatisches Geschehen in der Kindheit lange verdrängt und dann von einem zufälligen Ereignis im späteren Leben aufgedeckt. Die Gewalt ist zusammen mit der unterdrückten Erinnerung abgeschottet, und daher hat der Patient wirklich das Gefühl, dass diese Taten von einer anderen Person verübt werden.«

Der Patient. Ha. Wohl eher mordender, vergewaltigender Schweinehund. Oder gehört das alles zu Hiltons Vorstellung? Bezeichne den Angeklagten als bekloppt, und du hast die Geschworenen schon halb davon überzeugt, dass er es ist.

»Angesichts der Realisierung des wahren Schreckens seiner Verbrechen, wenn ihm klar wird, was er getan hat, reimt er sich eine falsche Wirklichkeit zurecht, basierend auf seinem Leben und seiner Arbeit. Daher hier die Fixierung auf ein altes Buch, das irgendwie die Seele jedes Menschen in Besitz nimmt, der es liest, und ihn zwingt, Unaussprechliches zu tun. Es ist schon ein Wunder, wie einfallsreich das menschliche Gehirn sein kann.«

Er lässt sich auf seinen harten Plastikstuhl zurückfallen und blickt von Hiltons selbstzufriedenem Gesicht auf Anderson, auf den Richter, dann auf die Geschworenen. Fallen sie auf diesen Mist rein? Werden sie ihn wegen verminderter Schuldfähigkeit freisprechen?

»Also, Ihrer Einschätzung nach, Professor Hilton, kann Donald Anderson nicht für seine Taten zur Verantwortung gezogen werden. Er ist, kurz gesagt, geistesgestört.« Dies vom Anwalt der Verteidigung. Hinterhältiger, kleiner Scheißer von einem Anwalt. Wie kann der nachts schlafen mit dem Wissen, dass er ein Monster verteidigt?

»Er ist psychotisch und wahnhaft. Ich würde sagen, klassisch schizophren.« Hilton wendet sein Gesicht den Geschworenen zu, lässt ein Lächeln über seine Züge spielen. »Ich mag das Wort nicht, aber die meisten Laien verstehen es – also ja, ich würde sagen: Donald Anderson ist geistesgestört.«

25

»Sie wirken ziemlich angespannt, Inspector. Kann es sein, dass Sie wegen meines Berufes so auf der Hut sind?«

McLean saß in Superintendent McIntyres Büro in einem der gemütlich aussehenden, aber überraschend harten Sessel auf der informellen Seite des Zimmers. Die Chefin selbst war zu einer Besprechung ins Hauptquartier gegangen, und ihre Tür, die gewöhnlich allen offen stand, war fest geschlossen. In dem anderen Sessel, mit dem Mund lächelnd, aber nicht mit den Augen, tippte Professor Matt Hilton mit einem unbenutzten Bleistift gegen seine Hand.

»Ich weiß nicht, ob Sie das wissen«, sagte McLean. »Aber wir haben gestern Abend eine Leiche draußen in den Pentland Hills gefunden. Junge Frau, durchgeschnittene Kehle, in einem fließenden Bach an Pfähle gebunden, unter einer Brücke.«

»Ja, davon habe ich gehört. Und vor vierzehn Tagen haben Sie schon eine gefunden.« Hilton war ein bisschen rundlicher geworden, seit sie sich das letzte Mal gesehen hatten. Sein Haar war unmodern lang, zu einem ergrauenden Pferdeschwanz gebunden, der ihm auf den Rücken hing und sein ganzes Gesicht nach hinten zu ziehen schien, als hätten die Schulhoftyrannen zu oft daran gezogen.

»Und da wundern Sie sich, dass ich etwas angespannt bin?«

»Ah. Sie sehen die Taten eines Nachahmers, der Donald Anderson kopiert. Ich kann mir vorstellen, dass das alle möglichen unangenehmen Erinnerungen weckt. Wie fühlen Sie sich dabei, Inspector? Oder darf ich Tony sagen?«

»Nein, Inspector ist mir ganz recht.« McLean zwang sich,

sich zu entspannen, obwohl alle Instinkte in seinem Körper ihm zuschrien, aufzustehen und den Raum zu verlassen.

»Dann fühlen Sie sich also isoliert. Verfolgt.«

»Ich glaube, das Wort, das Sie suchen, Hilton, ist frustriert. Ich sollte eigentlich in einem Doppelmord ermitteln. Ich weiß nicht einmal, wer das zweite Opfer ist, und ich bin hier mit Ihnen eingesperrt, weil meine Vorgesetzten meinen, ich stünde unter unerträglichem Stress. Ich bin zwei Wochen lang zwangsweise beurlaubt gewesen. Das sind zwei Wochen, in denen ich möglicherweise den kranken Sauhund hätte schnappen können. Dann wäre es nur ein Paar verstörter Eltern gewesen, denen ich das hätte erklären müssen. Da haben Sie Ihren Stress. Dass ich meine Arbeit nicht machen kann.«

»Und Sie glauben, Sergeant …« Hilton blätterte einen Moment lang in seinen Notizen. »… Sergeant Laird kriegt das nicht hin? Ich dachte, Sie hätten früher schon gut mit ihm zusammengearbeitet.«

»Bob ist ein guter Detective, aber ich glaube, dass zwei Paar Hände mehr schaffen als eines. Außerdem hat er nicht am Fall Anderson gearbeitet. Ich schon.«

»Er hat auch seine Verlobte nicht an den Christmas Killer verloren. Sie schon.« Hiltons Bleistift hörte auf zu tippen. »Und jetzt, nur ein paar Tage, nachdem Anderson gestorben ist, fängt jemand an zu morden und verwendet seine Methoden. Ich frage noch einmal, Tony: Wie fühlen Sie sich dabei?«

»Es macht mich verdammt wütend, dass Leute Bücher veröffentlichen können, in denen sie der ganzen Welt beschreiben, welche Methoden das sind. Woher, meinen Sie, wusste der neue Mörder, wie Anderson gemordet und sich der Leichen entledigt hat? Woher, meinen Sie, wusste er, was Anderson mit seinen Opfern getan hat, bevor er sie ermordete? Aus dem verdammten Buch, das Sie und die verdammte Jo Dalgliesh zusammengeschustert haben.«

»Wut, gut.« Hilton zog sein Lächeln ein wenig höher, aber es erreichte die Augen immer noch nicht. »Und dann, an dem Tag, an dem das erste Opfer gefunden wird, fangen Sie an, in Menschenmengen Andersons Gesicht zu sehen. Obwohl Sie wissen, dass er tot ist. Sie waren bei seiner Trauerfeier, habe ich gehört.«

»Bei seiner Beerdigung. Das ist ein Unterschied.«

»Tatsächlich. Sagen Sie, warum sind Sie zu Andersons … äh, Beerdigung gegangen?«

»Vielleicht wollte ich mir nur sicher sein, dass der Sauhund wirklich tot ist. Ich glaube, ihr Psychoschwätzer nennt es ›einen Abschluss suchen‹.«

»Hm. Und haben Sie einen Abschluss gefunden? Ich würde behaupten, nein, wenn man sich an Ihr ziemlich unvernünftiges Verhalten an dem Abend im Kaufhaus erinnert.«

McLean unterdrückte den Drang zu schreien. Versuchte, sich daran zu erinnern, dass diese Sitzungen ihm helfen sollten. Und dass sie, wenn er nicht mitspielte, noch sehr lange weitergehen würden.

»Was würden Sie denn machen?«, fragte er. »Sie haben gerade herausgefunden, dass jemand auf genau dieselbe Art gemordet hat, wie es ein bekannter Serienmörder getan hat, der gerade verstorben ist. Dann sehen Sie jemanden auf der Straße, der genauso aussieht wie dieser Serienmörder. Würden Sie ihm nicht nachjagen?«

»Auf der Straße? Ihm nachjagen?« Hilton blätterte wieder in seinen Papieren. »Ich dachte, Sie sagten, Sie hätten ihn im John-Lewis-Kaufhaus gesehen. In der Abteilung für Weihnachtsschmuck. Sehr passend, wirklich.«

McLean knirschte mit den Zähnen, um nicht noch mehr zu sagen. Er hatte völlig vergessen, dass er niemandem vom ersten Mal, als er Anderson gesehen hatte, erzählt hatte.

»Nun denn«, fügte Hilton hinzu, »und dann brennt auch

noch Ihre Wohnung ab. Ich habe gehört, das Feuer ging von einer Nachbarwohnung aus, in der Cannabis angebaut wurde. Das muss ein bisschen peinlich gewesen sein, oder?«

»Sehr.«

»Ich will damit natürlich nicht andeuten, dass Sie davon gewusst hätten. In mancher Hinsicht könnte es allerdings besser sein, wenn dem so wäre.«

»Ist das relevant?« McLean würgte den Rest dessen, was er sagen wollte, zurück.

»Ich weiß nicht. Ist es das? Ich versuche, Ihren Gemütszustand festzustellen, Tony. Sind Sie arbeitsfähig?«

»Na ja, ich arbeite. Oder würde es zumindest tun, wenn ich nicht hier bei Ihnen säße.«

»Also, nun zu dem Brand. Sie haben alles verloren. Das muss sehr traumatisch gewesen sein. So, wie einen geliebten Menschen zu verlieren.«

»Es war ein Ort, an dem ich gegessen, geschlafen und geduscht habe. Ich habe mehr Zeit hier verbracht als jemals zu Hause, wenn ich nicht gerade draußen in der Stadt damit beschäftigt war, Verbrecher zu fangen.«

»Und trotzdem war die Wohnung doch voller Erinnerungen. Ich habe gehört, Sie hätten schon zu Ihren Studienzeiten da gewohnt. Das ist eine lange Zeit in einer einzigen Wohnung. Und dann ist es natürlich auch der Ort, an dem Kirsty und Sie zusammen ein Heim gegründet hatten.«

Ein leises Klopfen an der Tür war das Einzige, was Hilton noch das Leben rettete. Oder zumindest die Nase. Der Professor guckte etwas missmutig und sah auf die Uhr, bevor er sagte: »Mein Gott, wir sitzen schon über eine Stunde hier.« Das gab McLean Zeit, sich zusammenzureißen, bis zehn zu zählen und aufzustehen. Jayne McIntyre steckte den Kopf zur Tür herein.

»Es tut mir so leid, Matt«, sagte sie. »Aber Sie sagten, eine

Stunde, und wir haben in einer Viertelstunde eine Besprechung anberaumt.«

»Natürlich, Jayne«, sagte Hilton, ohne McLean anzusehen, als er hinzufügte: »Ich glaube, wir machen sehr gute Fortschritte. Aber wir haben noch viel Arbeit vor uns. Vielleicht sollten wir diese Sitzungen zwei Mal im Monat machen.«

»Und Sie erklären Tony für arbeitsfähig?«

»Für's Erste ja«, sagte Hilton, und McLean kam sich dabei vor wie ein Kind, über dessen Kopf hinweg sich zwei Erwachsene unterhalten, denen es vollkommen egal ist, ob es sie hören kann. »Aber ich kann ihn ja auch im Auge behalten. Weil ich ja mit dem Team arbeiten und das Profil unseres Serienmörders erstellen werde.«

»Das sorgfältige Beachten der Details weist auf eine ritualistische Haltung gegenüber dem Tod hin. Unser Mörder erlebt höchstwahrscheinlich irgendeinen Aspekt seines frühen Lebens wieder, die ihn einerseits traumatisiert, ihm andererseits Trost gespendet hat.«

McLean saß in der Ecke des CID-Großraumbüros und ließ die bedeutungslosen Worte über sich hinwegrauschen, während er dem Schauspiel zusah. Matt Hilton sah aus, als wäre er in seinem Element, stand vor der wandgroßen Tafel, als hielte er eine Vorlesung für Psychologiestudenten im ersten Semester. Das Wort »arschig-arrogant« kam ihm in den Sinn, zusammen mit einem anderen, das auch mit »A-« begann. Arsch allein tat's im Grunde auch.

»Unser Mörder arbeitet allein, wahrscheinlich in einem Job mit minimalen Sozialkontakten. Ich denke da an Nachtwächter, Wachmann, etwas in der Richtung.«

Er hatte nicht gut geschlafen. Fast gar nicht, um ehrlich zu sein. Und der Schlaf, den er bekommen hatte, war von Träumen von Kirsty erfüllt gewesen, mit ihrem langen, schwarzen

Haar, das im Strom wogte. Das und die frühmorgendliche Therapiesitzung hatten ihn ausgelaugt. McLean machte keine Anstalten, das Gähnen, das seinen ganzen Körper erschauern ließ, zu unterdrücken, während der Professor weiter seinen Vortrag herunterleierte. Er hatte gehört, dass es da draußen Profiler gab, die ihre Zielpersonen bis auf den Kleidungsgeschmack, das Lieblingsessen und das Haustier genau beschreiben konnten, aber Hilton zählte nicht dazu. Vieles von dem, was er sagte, war so stark relativiert, dass es praktisch nutzlos war.

»Nun, ich denke, ich habe jetzt genug erklärt.« Hilton kam zum Schluss. »Natürlich ist es noch früh, und ich werde das Profil weiter verfeinern, sobald mehr Informationen auftauchen. In der Zwischenzeit übergebe ich an die Chief Superintendent.«

McIntyre stand auf, um seinen Platz einzunehmen, und Hilton sah kurz verwirrt aus, so, als hätte er eigentlich Applaus erwartet und könnte nicht ganz verstehen, warum die Zuhörerschaft sein Genie nicht zu schätzen wusste. Wenn man sich das Team so ansah, das sie mit Mühe und Not hatten zusammenkratzen können, war es nicht schwer zu sehen, warum. Ein Dutzend uniformierter Constables, die McLean das Gefühl gaben, kurz vor der Pensionierung zu stehen, ein paar Beamte in Zivil zur Unterstützung, die es vielleicht schafften, eine Tasse Tee zuzubereiten, wenn es hart auf hart kam, DC MacBride, der rosig und frisch geschrubbt aussah, Grumpy Bob ganz das Gegenteil. Und nervös auf einem Stuhl neben dem sitzend, den die Chefin gerade verlassen hatte, die frisch aus Aberdeen eingetroffene Detective Sergeant Ritchie. Keine Spur von DCI Duguid, der dem Namen nach die Ermittlungen leitete. McLean konnte nicht anders, als das für eine gute Sache zu halten.

»Danke, Matt«, sagte McIntyre ohne jede Spur von Ironie. »Ich bin mir sicher, dass es dazu beigetragen hat, ein schärferes Bild zu erhalten. Nun, ich weiß, das hier ist ein kleines Team für die Ermittlung in einem Doppelmord, aber ich versichere Ihnen, dass Sie mehr Unterstützung bekommen, sobald ich sie auftreiben kann. Also, Fragen?«

»Dann behandeln wir also die beiden Todesfälle definitiv als miteinander verknüpft?«, fragte DC MacBride. McIntyre nickte zu McLean hinüber, der sich zögernd aus seinem Stuhl erhob und nach vorn ging.

»Im Moment, ja. Die Vorgehensweisen sind zu ähnlich, um es nicht zu tun. Und die Opfer sind beide weiblich, Anfang zwanzig. Ähnliche Größe, ähnliche Figur, ähnliche Haarfarbe.«

»Was ist mit den Gemeinsamkeiten mit dem Christmas Killer?«, fragte einer der Baby-Sergeants.

»Wir werden das natürlich berücksichtigen«, sagte McLean. »Unser Mörder kopiert Andersons Methoden ziemlich genau. Dass sich da draußen ein Buch über ihn verkauft wie warme Semmeln, macht es nicht besser. So ziemlich jeder x-Beliebige weiß jetzt, was Anderson getan hat und wie.«

»Ich glaube, wir können die meisten von Jos Lesern ausschließen, Inspector.« Hilton warf ihm ein kleines, albernes Lächeln zu, das McLean daran erinnerte, wer es gewesen war, der an Andersons Hagiographie mitgeschrieben hatte. »Halten Sie sich an das Profil, das ich Ihnen skizziert habe, das werden wir verdammt schnell einengen. Und je mehr Informationen hereinkommen, umso detaillierter das Profil.«

»Danke, Professor, aber ich würde lieber nicht warten, bis die nächste Leiche auftaucht, bevor Sie uns sagen können, welche Zahnpasta der Mörder benutzt.«

26

Heftiger Regen schlug ans Fenster, und sein Büro fühlte sich dadurch noch kälter an, als es war. McLean fühlte sich einen Augenblick lang schuldig, dass Grumpy Bob draußen war, damit beschäftigt, die Durchsuchung der Gegend um den Flotterstone-Inn-Parkplatz herum zu organisieren. Dann ging ihm auf, an wen er da dachte. Grumpy Bob würde warm eingepackt im Lieferwagen sitzen und die Dinge hinter einer Tasse Tee regeln. Es waren die armen Kerle in Uniform, die sein Mitgefühl verdienten.

Mitten auf seinem Schreibtisch stand ein großer Aktenkarton und erwartete seine Aufmerksamkeit. Die alten Akten aus dem Anderson-Fall. Sie riefen nach ihm mit Sirenengesang. Und wie eine Sirene, wusste er, würden ihn darin Schmerz und Trauer erwarten, Fotografien, die er wirklich in seinem Leben nie wieder sehen wollte. Es war ein Teil seines Lebens, den er nichts lieber als hinter sich lassen wollte. Und doch hob er jedes Mal, wenn er dachte, es sei jetzt vorbei, wieder seinen hässlichen, boshaften Kopf. Krallte sich eiskalt in sein Herz.

Er holte tief Luft und machte sich daran, den Karton zu öffnen. Da erst bemerkte er den Klebezettel, der lose oben auf einem anderen Haufen Papier hing, der ebenfalls darauf wartete, sofort bearbeitet zu werden. Er nahm ihn und versuchte das merkwürdig ordentliche, aber spinnenhafte Gekritzel zu lesen, dessen Handschrift er nicht kannte:

*Tel*RM: *Obd14h / c(_)* KR

Er brauchte eine Weile, aber schließlich bekam McLean es heraus. Es war der erste Morgen ihres ersten Tages in einem neuen Job, und DS Ritchie nahm bereits seine Anrufe entgegen. Er hob den Styroporbecher auf seinem Schreibtisch hoch, nahm den Deckel ab und betrachtete den schaumigen Schlamm darin. Er war kalt und nicht einladend, genau wie das dazugehörige halb gegessene und inzwischen erstarrte Bacon Buttie. Er warf das Brot in den Papierkorb und zog mit dem Becher los, um ihn neu zu füllen.

Grumpy Bobs von einer Schimpfkanonade begleitetes Eintreffen hielt McLean auf, als er zu seinem Büro zurückging, in der Hand etwas, das nach Kaffee aussah. Wasser tropfte von seinem Polizei-Regenmantel, als der alte Sergeant mit gesenktem Kopf auf die Umkleideräume zuging, ohne irgendjemand anderen im Haus wahrzunehmen.

»Verdammter, verdammter Regen. Ich schwöre, das Land hasst mich.«

»Guten Tag, Bob. Solltest du nicht woanders sein?«

Grumpy Bob sah sich um, überrascht. »Oh, Sir. Ich hab dich gar nicht gesehen.«

»So scheint's mir auch. Wie ist die Lage oben am Flotterstone?«

»Verdammt übel, so ist sie.« Bob zog sich den Mantel aus und schüttelte ihn über den blauen Teppichfliesen aus. »Seit ungefähr fünf Uhr früh schüttet es wie aus Eimern, und jetzt herrscht so dicker Nebel, dass man damit einen Rentner ersticken könnte. Hab ich schon erwähnt, dass es außerdem eiskalt ist? Lausig, mein Gott.«

»Und die Suche?«

»Überhaupt gar nichts. Den ganzen verdammten Morgen lang haben mir zwanzig Constables die Ohren vollgejammert, und wofür? Da wäre sowieso nichts gewesen. Da war auch vorher nichts.«

»Wir mussten trotzdem nachsehen, Bob. Und wir wussten

es nicht. Das hier ist nicht Anderson. Der ist tot. Schon seit fast einem Monat.«

»Na, egal. Im Umkreis von ein paar hundert Metern vom Fundort der Leiche gibt es nichts. Der normale Müll ist eingetütet und der Spurensicherung zum Spielen übergeben worden. Sind nur Zigarettenpackungen und solcher Mist. Noch nicht mal ein verdammtes benutztes Kondom.«

»Dann seid ihr fertig?«

»Verdammt richtig. Es ist unmöglich, bei diesem Wetter noch irgendwas zu finden. Und selbst wenn wir was finden würden, wäre es nutzlos. Das weißt du doch auch. Verschwendung von Arbeitskraft, diese Constables noch länger da draußen rumlaufen zu lassen. Und außerdem grausam.«

»Du hast recht, Bob. Trotzdem danke, dass du's gemacht hast. Ich weiß, wie du es hasst, auf dem Land zu sein, aber MacBride ist noch nicht erfahren genug, um eine Suche zu leiten, und den Kollegen in Penicuik traue ich nicht zu, sich an einem Tatort zurechtzufinden.«

»Was ist mit der Neuen?«

»Sie sollte jetzt gerade im Einsatzraum sein und etwas Fleisch auf die Knochen von MacBrides Bericht bringen. Wo ist der überhaupt?«

»Das Letzte, was ich gehört habe, war, wie er seinen Kopf ausgewrungen hat.« Grumpy Bob fuhr mit einer Hand durch sein dünnes, ergrauendes Haar und spritzte mit reichlich Wasser um sich. »Ich mein's ernst, Sir. Es pisst mordsmäßig da draußen.«

McLean ging zur Hintertür und sah durch die beschlagene Scheibe auf den vollen Parkplatz dahinter hinaus. Und es stimmte, es schiffte richtig. Drüben auf der anderen Seite war sein leuchtend roter Alfa hinter so viel hochspritzendem Wasser kaum noch zu sehen. Nun ja. Das sollte ihn zumindest sauber halten. Und das ganze Salz von den Straßen wegwaschen.

»Okay, Bob. Hol dir ein Tässchen. DS Ritchie und ich gehen in …«, er sah auf die Uhr, »… ungefähr einer Stunde zur Obduktion. In der Zwischenzeit mach, dass du zu den Vermisstenmeldungen kommst, und sieh nach, ob wir irgendjemanden haben, auf den unsere Beschreibung passt.«

»Richten wir jetzt einen Einsatzraum ein, Chef?«

»Weißt du, ob einer frei ist? Das Letzte, was ich gehört habe, ist, dass Dagwood alle größeren Räume in Beschlag genommen hat.«

»Scheiße, ich will nicht da unten in dem feuchten, winzigen Kasten bei den Klos eingesperrt sein.«

»Also, dann nehmen wir eben in der Zwischenzeit weiter das CID-Büro«, sagte McLean. Er klammerte sich an Strohhalme. »Wir haben so wenige Detectives, dass wir sicher niemandem im Weg sind.«

Der Regen hatte eine Stunde später merklich nachgelassen, hielt aber weiter an. Daher waren auch alle Dienstwagen ausgetragen, als McLean und eine merkwürdig stille DS Ritchie versuchten, einen aufzutreiben, mit dem sie in die Rechtsmedizin fahren konnten.

»Haben Sie einen Wagen?«, fragte er Ritchie. Sie schüttelte den Kopf.

»Tut mir leid, Sir. Ich bin heute Morgen zu Fuß gegangen. Es ist nicht weit, und solchen Regen hatte ich nicht erwartet.«

Angesichts der beiden Möglichkeiten, entweder zu Fuß zu gehen und nass zu werden oder aber seinen eigenen Wagen zu nehmen und den Verkehrspolizisten erklären zu müssen, warum er auf einer gelben Linie geparkt hatte, entschied sich McLean für Letztere. Die Verkehrspolizei schuldete ihm sowieso noch einen Gefallen.

»Dann kommen Sie.« Er drückte die Hintertür auf und hielt sie dann für Ritchie. »Da hinten. Das rote Ding.«

Als er den Wagen erreicht hatte, beide Türen aufgeschlossen und die auf der Fahrerseite geöffnet hatte, stand sie noch immer in der Mitte des Parkplatzes, stocksteif, und starrte nur. Der Regen spritzte von ihrem Haar auf die Schultern ihres langen, schwarzen Mantels, aber sie schien es nicht zu merken.

»Beeilen Sie sich. Ich will nicht, dass die Sitze nass werden.«

McLean stieg ein und ließ den Motor an, dann drehte er die Heizung und den Ventilator voll auf, um die Scheiben freizupusten. Ein paar Momente später öffnete DS Ritchie vorsichtig die Beifahrertür, stieg ein und schloss sie beinahe unhörbar wieder.

»Ist das …? Ich hätte nie gedacht …« Sie sah ihn fassungslos an.

»Das verdreckte Ding, das ich in Aberdeen dabei hatte, war ein Leihwagen.«

»Aber das hier?« Ritchie fand offensichtlich keine Worte. »Das ist ja wie bei Inspector Morse. Macht man sich nicht über Sie lustig? Sir?«, fügte sie nach einer Weile hinzu.

»Ehrlich gesagt ist das hier das erste Mal, dass ich ihn herbringe.« McLean lugte durch die sich langsam klärende Windschutzscheibe, stellte die Scheibenwischer an und entschied, dass er genug sehen konnte, um loszufahren. »Ich musste bisher noch nie zur Arbeit fahren. Ich habe den Wagen vor ungefähr einem Jahr sozusagen geerbt, und es ist das einzige Auto, das ich habe.«

»Es ist schön. Alfa Romeo GT Veloce, Serie 105. Ist es der 1750?«

»Sie kennen sich mit Autos aus, Detective Sergeant Ritchie.« McLean kroch vorsichtig vom Parkplatz auf die Straße.

»Aye, na gut. Entweder das oder Fußball, wenn ich im Job ernst genommen werden wollte. Fußball hab ich noch nie verstanden.« Ritchie lehnte sich in ihrem Sitz zurück, ließ einen

Finger leicht über das Armaturenbrett gleiten. »Und ich heiße übrigens Kirsty.«

McLean trat fester als beabsichtigt auf die Bremse, sie kamen ruckelnd zum Stehen und wurden beide nach vorn geschleudert, was ein wütendes Hupen eines Autos hinter ihnen zur Folge hatte.

»Entschuldigung. Was?«

»Kirsty. Mein Name. Oder Sie können mich Ritchie nennen. Das ist mir egal. ›Detective Sergeant‹ ist so formell, finden Sie nicht?«

McLean antwortete nicht. Schließlich war es nur ein Name. Sollte kein Problem sein. Aber warum musste sie ihn auf diese Weise aussprechen?

27

Angus Cadwallader war bereits vorbereitet und wartete ungeduldig darauf, anzufangen, als McLean DS Ritchie in den Sektionssaal führte. Sie waren beide von dem kurzen Gang vom Auto zur Leichenhalle durchnässt, und der kalte Dezemberregen hatte den dünnen Stoff von McLeans neuem Mantel durchdrungen. Sein alter wäre ein bisschen robuster gewesen, natürlich. Aber sein alter war jetzt nur noch Asche.

»Du bist spät dran, Tony«, sagte der Rechtsmediziner. »Das wird allmählich zur Gewohnheit.«

»Wir mussten erst einen Parkplatz finden.« McLean wischte sich das Gesicht mit einem Taschentuch ab.

»Regnet es etwa schon wieder?« Cadwallader sah sich die beiden an und hielt sich ein bisschen länger, als höflich gewesen wäre, bei DS Ritchie auf, bevor er in ein breites, einladendes Lächeln verfiel und hinzufügte: »Da der unhöfliche Detective Inspector uns nicht vorgestellt hat, lassen Sie mich das übernehmen. Angus Cadwallader, städtischer Rechtsmediziner.«

»Äh, Detective Sergeant Ritchie«, sagte sie etwas unsicher.

»Detective Sergeant?« Cadwallader blickte McLean an. »Hast du Geheimnisse vor mir, Tony?«

»Das kommt darauf an, Angus. DS Ritchie hat erst heute Morgen angefangen, hier zu arbeiten. Vorher war sie oben in Aberdeen.«

»Aberdeen«, echote Cadwallader. »Nun, ich fürchte, mein einfaches Leichenhaus lässt sich nicht mit Ihrer Anlage da oben vergleichen, aber ich werde mir Mühe geben, Ihren hohen Standards gerecht zu werden. Wollen wir anfangen?«

Die Leiche der ermordeten Frau lag auf dem kalten, stählernen Untersuchungstisch wie eine narzisstische Sonnenbadende, die sich unter den harten Strahlen der Deckenlampe ausstreckte. Nach ihrem Aufenthalt im Fluss abgetrocknet und gesäubert, sah sie jünger aus, als McLean zuerst angenommen hatte, und tragisch schön. Ihr Körper war straff, trotz seiner Totenblässe und der gelbgrauen Blutergüsse. Lebend wäre sie sowohl durchtrainiert als auch attraktiv gewesen.

»Ich würde ihr Alter auf Anfang zwanzig schätzen.« Cadwallader begann mit einer genauen Untersuchung des Körpers des Opfers. McLean hatte seinen Freund schon viel öfter arbeiten sehen, als ihm lieb war. Meist war er dabei allein gewesen, von einem Vorgesetzten zu dieser grausamen Aufgabe abkommandiert. Gelegentlich hatte ihn Grumpy Bob oder ein anderer Kollege begleitet. Aber jetzt, mit DS Ritchie neben sich, fühlte er sich merkwürdig verlegen. Vielleicht hatte das damit zu tun, dass die tote Frau jung, nackt und, nun, eine Frau war, aber diesmal kam ihm die Obduktion entwürdigender vor als gewöhnlich.

Er sah zu Ritchie hinüber, die die Untersuchung mit intensivem Blick beobachtete. Abgesehen von ihrer offensichtlichen Konzentration war ihr Gesichtsausdruck unmöglich zu definieren. McLean stellte sich fest auf beide Füße, verschränkte die Arme vor der Brust und machte sich bereit für das unangenehme Schauspiel.

Zu lange Zeit später war Tracy damit beschäftigt, die Unbekannte wieder zusammenzunähen. McLean und Ritchie folgten Cadwallader, als der auf das kleine Büro neben dem Hauptsaal zuging, wobei er seine OP-Kleidung auszog und sie auf dem Weg in einen Wäschekorb warf.

»Todesursache ist eindeutig die Wunde an ihrem Hals«, sagte er. »Das ist irgendwann vor vierundzwanzig bis achtundvierzig Stunden geschehen, bevor sie gefunden wurde. Ich würde schätzen, dass sie nicht länger als sechs Stunden im Wasser gelegen hat und dass sie davor mit einer Art Seife gewaschen wurde. Sie hat Blutergüsse an Hand- und Fußknöcheln, was darauf hinweist, dass sie mindestens ein paar Tage lang gefesselt war. Und sie hatte Geschlechtsverkehr. Unfreiwillig, nach den Blutergüssen und Schrammen zu urteilen. Ungefähr einen Tag, bevor sie gestorben ist. Der Magen ist leer, sie hat also in den letzten zwei Tagen vor ihrem Tod nichts gegessen. Möglicherweise länger.«

»Was ist mit der Toxikologie? Irgendetwas Brauchbares da?«

»Wir warten noch auf die Ergebnisse der letzten Leiche. Ich glaube, dass wir mit dieser hier nicht viel mehr Glück haben werden. Sie ist ausgehungert worden, dann beinahe ausgeblutet. Da gibt's nicht viel, womit wir arbeiten können.«

»Keine Chance, dass es sich nicht um dieselbe Person handelt, die Audrey Carpenter ermordet hat?« McLean kannte die Antwort, fragte aber trotzdem.

Cadwallader schüttelte den Kopf. »Die Chance besteht immer, Tony. Aber sie ist verschwindend gering.«

Als sie wieder im Büro ankamen, hatte sich McLean beinahe selbst überzeugt.

»Es kann nicht Anderson sein«, sagte er. »Anderson ist tot.«

»Was ist mit Dalgliesh?«

McLean blieb so unvermittelt stehen, dass DS Ritchie ein paar Schritte weitergegangen war, bevor sie es merkte.

»Sie glauben, sie könnte es gewesen sein? Aber warum?«

»Nein, ich meinte nicht, dass sie das Mädchen getötet haben könnte. Was ich meinte, war, was ist mit ihrem Buch? Stehen da so viele Einzelheiten drin, über die unser Mörder Bescheid zu wissen scheint? Wenn nicht, dann haben wir einen Ansatz, mit dem wir arbeiten können.«

»Ich weiß nicht«, sagte McLean. »Ich habe es nie gelesen.«

»Haben Sie nicht? Ich hätte gedacht …«

»Was? Dass ich an alles erinnert werden will, was geschehen ist? Ich war dabei, Detective Sergeant. Ich war Augenzeuge. Ich habe meine Verlobte selbst gefunden, wie sie am verdammten Hogmanay auf dem Rücken im Water of Leith trieb. Ein Riesenspaß war das.«

»Es … es tut mir leid, Sir.« DS Ritchie sah auf ihre Füße hinunter, und McLean kam sich ein bisschen dumm vor, weil er sie so angeschnauzt hatte.

»Sehen Sie … Ritchie.« Er merkte, dass er sich nicht sicher war, wie er sie ansprechen sollte. »Wir hatten keinen guten Start. Heute hätten Sie eine Einführung bekommen sollen, hätten dem Team vorgestellt werden sollen. Es war einfach Pech, dass Sie zur gleichen Zeit hier angekommen sind wie das hier.«

»Ich verstehe, Sir.« Ritchie blieb an der Hintertür stehen. »Um ehrlich zu sein, fange ich viel lieber gleich mit ernsthafter Arbeit an, als einen Monat mit Training und Einführungskursen zu verschwenden. Und, wie ich schon sagte, ich heiße Kirsty.«

»Was?« McLeans Magen zog sich bei der Nennung des Namens erneut zusammen.

»Mein Name. Kirsty. Aber Ritchie ist in Ordnung. So haben mich die meisten in Aberdeen auch genannt. Es stört mich nicht.«

McLean starrte sie an, und ihm fiel nichts ein, was er sagen könnte. Die peinliche Pause wurde erst unterbrochen, als DC MacBride sie einholte. Er umklammerte ein Blatt Papier und sah aus, als wäre er den ganzen Weg von der Kriminalabteilung hergerannt.

»Sir. Ich glaube, wir haben sie gefunden.« Er hielt McLean das Papier hin. Es war ein Fax von der Vermisstenabteilung drüben im Hauptquartier, und der Großteil des Blatts wurde von der körnigen Fotografie des Gesichts einer jungen Frau eingenommen. McLean las den Namen und die Einzelheiten, bevor er es Ritchie übergab und auf ihre Meinung wartete. Er brauchte sie nicht. Obwohl die Qualität des Fotos schlecht war, konnte man ihr Opfer nicht verwechseln. Und jetzt hatte sie einen Namen.

Kate McKenzie.

28

Das Mietshaus war so gespenstisch wie sein eigenes, nur ohne den ausgedehnten Brandschaden. Edinburgh war voll von diesen Straßen: Behausungen, die in viktorianischen und edwardianischen Zeiten für die wachsende Mittelklasse gebaut worden waren und die die Stadt genauso stark prägten wie die Princes Street oder die Burg. Ein ausgedehntes soziales Experiment, in dem Menschen dicht an dicht zusammenlebten und das hier irgendwie funktionierte. Was man weder von den Wohnblocks in den Slums von Glasgow noch von der neueren Variante des Experiments, den Hochhäusern von Craigmillar, Trinity und Ähnlichem behaupten konnte.

Kate McKenzie hatte in der Nähe von Jock's Lodge gewohnt, wo sie sich eine ordentliche kleine Mietwohnung mit Debbie Wright geteilt hatte, die ihre Mitbewohnerin vor einer knappen Woche als vermisst gemeldet hatte. Die beiden jungen Frauen hätten unterschiedlicher nicht sein können. Kate war schlank, durchtrainiert und dunkelhaarig gewesen, wogegen Debbie rund, klein und rotwangig war und einen widerspenstigen Schopf wasserstoffblonder Locken hatte. Sie warf einen Blick auf McLeans Ausweis und brach in Tränen aus.

»Es geht um Katie, nicht? Ich wusste, dass etwas passiert ist, als sie nicht nach Hause kam.«

»Es tut mir sehr leid, Ms Wright. Könnten wir vielleicht hereinkommen?« McLean ließ DS Ritchie vorangehen, während Debbie sie ins Wohnzimmer führte. Er sah sich im Vorbeigehen auf dem Flur um, sah offene Türen, die zu einem Schlafzimmer führten, zu einem Badezimmer und einer Küche, und eine geschlossene zu einem Hauswirtschaftsraum, wie er annahm. Es war alles sehr ordentlich, sehr heimelig.

»Ist sie … ist sie tot?« Debbies Stimme zitterte. Sie stand mitten im Zimmer, als wüsste sie nicht, was sie mit sich anfangen sollte. McLean setzte sich auf das niedrige Ledersofa, das an einer Wand stand.

»Warum setzen Sie sich nicht, Debbie?« Er wandte sich an DS Ritchie. »Könnten Sie eine Tasse Tee machen, Sergeant?«

Ritchie warf ihm einen finsteren Blick zu. Debbie wollte aufstehen und ihr helfen, aber Ritchie hielt sie davon ab, indem sie eine Hand leicht auf ihren rundlichen Arm legte.

»Sie bleiben hier, okay? Setzen Sie sich. Ich finde mich schon zurecht.« Sie drückte Debbie sanft in einen Sessel und verließ dann den Raum.

McLean zog ein Foto aus der Tasche, zögerte kurz, bevor er es an die aufgelöste junge Frau weitergab. Der Mörder hatte Kates Gesicht nicht angetastet, aber man konnte nicht leugnen, dass es sich um das Bild einer Toten handelte.

»Ist das Kate?« Er brauchte ihre Antwort eigentlich nicht. An den Wänden und auf dem Kaminsims waren Fotografien von beiden zusammen an allen möglichen Orten. Immer lächelnd, sich an den Händen haltend, einander umarmend. Beste Freundinnen. Lebendig.

»Sie sieht so friedlich aus.« Debbie schniefte, dann rieb sie sich die Nase mit dem zerknautschten Ende ihres Ärmels. »Ich hätte mich nie mit ihr streiten sollen. Es war so dumm.«

»Sie hatten Streit?« McLean versuchte, seine Stimme trotz des plötzlichen Schauderns neutral klingen zu lassen.

»Es war so albern. Sie wollte das ganze Zeug loswerden. Es war ihr egal, was es wert war. Sie sagte, sie wollte nichts von dem elenden Schwachkopf behalten.«

»Ein bisschen langsamer, Debbie. Was für Zeug? Wer ist ein elender Schwachkopf?«

»Ihr Vater.«

McLean holte sein Notizbuch heraus und wünschte sich, dass die Dinge ein einziges Mal unkompliziert wären.

»Wo wohnt er, ihr Vater?« Er fragte sich, ob er jemand anderen dazu überreden könnte, hinzugehen und die schlechte Nachricht zu überbringen. Debbie sah ihn an, als wäre er schwachsinnig.

»Er ist tot, darum geht's doch. Er hat ihr alles vermacht, aber sie wollte nichts davon haben. Er hatte ihr, solange er lebte, immer nur Kummer bereitet.«

»Und was ist mit ihrer Mutter?«

»Nonna ist gestorben, als Kate erst zehn Jahre alt war.« Debbie sah zu McLean auf, ihre Augen waren rot gerändert und voller Tränen. »Was ist daran fair, Inspector? Jemanden auf diese Weise zu verlieren, und dann nur noch einen besoffenen Schweinehund zum Vater zu haben, der einen aufziehen soll?«

»Hatte sie … hatte Kate sonst noch Familie?«

»Ich bin ihre Familie. Wir wollten heiraten.« Debbie hielt eine zitternde Hand hoch, um ihm einen schmalen Silberring am Ringfinger zu zeigen. »Wir mussten für die Hochzeit sparen. Deshalb war ich so wütend auf sie, als sie das Zeug ihres Vaters weggeworfen hat. Ein paar Sachen waren etwas wert, aber sie hat sie einfach verschenkt.«

Er hätte es erkennen müssen, nahm McLean an. Zweizimmerwohnung, nirgendwo ein Anzeichen eines Klappbetts. Aber was wusste er schon von modernen Beziehungen? Gar nichts, so schien es. Seufzend zog er das andere Foto aus der Tasche.

»Hören Sie zu, Debbie. Ich weiß, es ist schwer. Aber kann ich Sie bitten, sich etwas anzusehen?« Er gab ihr das andere Bild, nur zu gewahr, wie ähnlich Audrey Carpenter und Kate McKenzie sich sahen. Und wie unähnlich. »Kennen Sie diese Frau vielleicht?«

Debbie schniefte laut und wischte sich die Nase mit dem Ärmel ab, während sie die Fotografie betrachtete. Ihre Augen waren bereits rot und verquollen, doch jetzt füllten sie sich zum Überlaufen mit neuen Tränen. Aber McLean sah kein Aufleuchten des Erkennens darin. Sie schüttelte einmal den Kopf, bevor sie ihm das Bild zurückgab.

»Ist sie … ist sie auch tot?«

McLean nickte.

»Oh mein Gott. War es derselbe? Oh, Gott. Katie.«

Dann kam DS Ritchie mit dem Tee herein, und Debbie brach wieder in Tränen aus.

Orangerotes Zwielicht herrschte am Himmel, als endlich eine Opferschutzbeamtin erschien, um eine bleiche Debbie Wright zur Identifizierung ins Leichenhaus zu bringen. Der Berufsverkehr verstopfte bereits die Straßen, und McLean konnte nur frustriert zusehen, wie die Nadel der Temperaturanzeige des Alfa Romeo in den roten Bereich wanderte. So viel zum romantischen Bild vom Detective im klassischen Sportwagen. Die Fahrzeuge schlängelten sich mit wütend aufleuchtenden Bremslichtern in einer Reihe bis zu den Toren von Holyrood Park.

»Was halten Sie von Debbie Wright, Sergeant?«

Ritchie, die unbehaglich kerzengerade neben ihm auf der Kante des Beifahrersitzes hockte und aussah, als hätte sie große Angst, etwas zu zerbrechen, antwortete nicht sofort.

»Entweder ist sie ehrlich verzweifelt oder eine sehr gute Schauspielerin«, sagte sie nach einer Weile. »Aber sie hat eine Ausgabe von Dalglieshs Buch.«

»Sie haben also herumgeschnüffelt, während Sie den Tee gemacht haben?«

»Nein. Nun … ja. Aber es stand im Wohnzimmer. Sie hat eine ganz hübsche Sammlung von Büchern über wahre Verbrechen, und auch ein paar Romane.«

»Sie meinen also, ein Verbrechen aus Leidenschaft, das so verschleiert wurde, dass es aussah wie die Rückkehr eines berühmten Monsters?«

»Das ist immer möglich.« Ritchie hörte sich nicht an, als glaubte sie das wirklich.

»Nein, nicht wirklich. Kate McKenzie wurde vergewaltigt. Das schließt Debbie so ziemlich aus. Und es gibt keine Anzeichen dafür, dass sie zufällig die Treppe hinuntergestoßen oder auch nur während eines Kampfes erstochen wurde. Wer auch immer sie entführt hat, hat das Ganze minutiös geplant. Er wusste, was er tun würde, und auch, wie er hinterher die Leiche loswerden würde.«

»Dann sind wir also mit der Fahndung nicht viel weiter als heute Morgen.«

»Im Gegenteil«, sagte McLean. »Wir kennen den Namen unseres Opfers, und wir kennen die Adresse, wo sie höchstwahrscheinlich gewohnt hat. Wir haben einen Zeitrahmen für ihre Entführung. Jetzt müssen wir nur noch herausfinden, wo es passiert ist und wer es getan hat.«

»Hört sich ja ganz einfach an, Sir.« Ritchies Stimme troff vor Sarkasmus.

»Es ist nie einfach, Sergeant. Aber wir müssen es weiter versuchen. Und wir wissen mehr über Kate McKenzie, als wir in über zwei Wochen über Audrey Carpenter herausfinden konnten.«

Der Stau löste sich auf, als sie in den Park hineinfuhren. McLean fuhr ein wenig schneller in der Hoffnung, ein leichter Luftzug über dem Kühler würde den Motor davon abhalten, zu explodieren.

»Das ist nicht der Weg zurück zum Revier«, sagte DS Ritchie nach einer Weile.

»Sehr gut beobachtet. Wir sind noch nicht fertig.« McLean navigierte durch die beiden winzigen Verkehrskreisel des

Holyrood Parks und hielt dann quietschend hinter der nächsten Autoschlange an.

»Wo fahren wir denn hin?«

»Nach Gracemount«, sagte McLean. »Das liegt ganz oben auf dem Liberton Brae, wenn ich mich nicht täusche. Da hat Kate McKenzies Vater gelebt, und dorthin ist sie am wahrscheinlichsten gegangen, nachdem sie ihre Freundin verlassen hatte.«

»Brauchen wir nicht eine Genehmigung, um da reinzugehen?«

»Und wem sollten wir die vorlegen? Vater und Tochter sind beide tot.«

»Und dann? Wie kommen wir rein?«

McLean lächelte, wobei er den Blick auf die Straße gerichtet hielt, während der Verkehr wieder voranruckelte. »Ich hab nicht die geringste Ahnung.«

29

Die Lifford Road war eine ziemlich nichtssagende Vorortstraße, die östlich des Liberton Brae lag, ein Schleichweg für den Pendlerverkehr nach Moredun und Gilmerton. Nummer 31, Wohnort des verstorbenen Donald McKenzie, hatte das vernachlässigte Aussehen, das leere Häuser so schnell annehmen. Der Vorgarten war kaum mehr als ein paar Meter wuchernden, struppigen Grases und toter Beetpflanzen, bestreut mit Abfall, hereingeweht vom unablässigen Wind, der vom Firth of Forth durch die Stadt heulte. McLean parkte auf der gegenüberliegenden Straßenseite, an einer kleinen, nassen Grünanlage, die, abgesehen von einem alten Mann, der einen arthritischen Westie ausführte, wie leergefegt war.

»Das ist es also?« DS Ritchie blickte durch das sich schnell beschlagende Autofenster.

»Wenn Debbie uns die Wahrheit gesagt hat, ja. Das ist es.« McLean erhob sich nicht aus seinem Sitz und nahm auch den Sicherheitsgurt nicht ab. Stattdessen sah er sich die Nachbarhäuser von Nummer 31 an.

»Worauf warten wir?« Ritchie setzte an, ihre Tür zu öffnen, aber McLean beugte sich hinüber und hielt sie auf.

»Nur eine Minute. Sehen Sie.« Er zeigte auf das Haus zur Linken, und tatsächlich bewegte sich da der Vorhang ganz leicht. In der kurzen Einfahrt vor dem Haus stand ein älterer Honda Civic. Ein vernünftiger Wagen, wahrscheinlich neu gekauft und dann nie öfter als einmal die Woche für die Fahrt zum Einkaufen benutzt. »Okay, gehen wir.«

Ritchie ging auf Nummer 31 zu, aber McLean rief sie herüber, als er die Einfahrt zum Nachbarhaus hinaufging: Nummer 29, obwohl auf der anderen Straßenseite gar keine Häuser standen. Oder auch »Dunroamin«, wenn man der schmiedeeisernen Tafel Glauben schenken durfte, die neben der Haustür aus Milchglas an der Wand hing. Er drückte auf die Klingel, erwartete halb, den Ton irgendeines schrecklichen Musicals zu hören, aber es erklang nur ein schwermütiges Ding-Dong im Flur dahinter. Irgendwo tief drinnen im Haus begann ein Terrier zu jaulen.

»Warum hier, Sir?« DS Ritchie sah aus, als wäre sie sich nicht sicher, was vorging.

»Wenn wir nebenan herumschnüffeln, wird sie nur die Polizei rufen.«

»Woher wissen Sie, dass es eine ›Sie‹ ist?«

»Nennen Sie's Intuition. Falls Sie nicht drauf wetten wollen.«

Der Lärm von Riegeln, die zurückgezogen wurden, unterband jegliche Chance, die Wette abzuschließen. Durch das Milchglas konnte McLean eine kleine Gestalt erkennen, die sich hinunterbeugte. Dann öffnete sich die Tür einen winzigen Spalt breit vor einer dünnen goldenen Kette. Der bläulich gefärbte Kopf einer älteren Dame lugte auf Schulterhöhe durch den Spalt, und ein schwarz-lohfarbenes Gesicht mit haariger Nase auf Knöchelhöhe. Letzteres kläffte und knurrte.

»Ich kaufe nichts. Mein Barry hat mir gesagt, ich soll niemandem trauen.«

»Ihr Barry ist sehr weise, Madam. Mein Name ist Detective Inspector McLean, und das hier ist Detective Sergeant Ritchie.« McLean zeigte seinen Ausweis, den die alte Dame mit überraschend scharfen Augen musterte. »Darf ich Ihnen ein paar Fragen stellen?«

»Natürlich, natürlich.« Die alte Dame machte die Tür zu, um die Kette auszuhaken. Durch das Glas konnten sie sehen, wie sie sich nach unten beugte und den winzigen Hund hochhob, dann öffnete sie die Tür weit. »Warum kommen Sie nicht herein? Reg dich nicht auf, Archie. Er versucht zu beißen, aber er hat keine Zähne mehr.«

McLean ließ DS Ritchie vorgehen, dann folgte er den beiden Frauen ins Wohnzimmer mit den Gardinen. Es war perfekt geputzt, und jede nur mögliche Oberfläche war vollgestellt mit Gegenständen, die man nur als Schottenkitsch bezeichnen konnte. Es gab kleine Dudelsackpfeifer und Tänzer, Westies und Skye Terrier. Die Wände waren voller Bilderrahmen, die Zitate von Burns und billige Kopien von Landseer-Gemälden enthielten.

»Hätten Sie vielleicht gern eine Tasse Tee?« Die kleine alte Dame zeigte auf das makellose rote Sofa und forderte sie auf, sich hinzusetzen. McLean dachte an die Tasse, die er vor Kurzem in Debbie Wrights Wohnung getrunken hatte.

»Das wäre nett, Mrs …?«

»Stokes. Doris Stokes. Wie das berühmte Medium, wissen Sie. Bitte, Inspector. Setzen Sie sich. Es wird nicht lange dauern.« Und bevor er noch etwas sagen konnte, war sie aus dem Raum geschlurft, den Terrier immer noch unter den Arm geklemmt.

McLean sah sich um, erspähte die wenigen Fotos auf dem Kaminsims. Es gab zwei von Hunden und eins von einem kahl werdenden Mann, der sich die letzten Haarsträhnen im Stil von Bobby Charlton über die Glatze gekämmt hatte.

»Was genau machen wir hier, Sir?« DS Ritchie stand direkt hinter ihm, sodass er beinahe umfiel, als er sich umdrehte, um sie anzusehen. Sie trat zurück und verfehlte gerade eben den Beistelltisch.

»Könnten Sie versuchen, das Haus nicht zu verwüsten?« McLean lächelte über ihr plötzliches Erröten. »Wir sind hier, weil der Vorhang sich bewegt hat. Mrs Stokes weiß alles, was in dieser Straße vor sich geht, wette ich. Sie hat gesehen, wie

Kate gekommen und gegangen ist, und ich glaube, dass sie sich genau erinnert, wann das war.«

»Können wir sie nicht einfach fragen, Sir?«

»Das könnten wir, ja. Aber wir würden nicht sehr weit kommen. Vertrauen Sie mir, ich kenne den Typ. Sie muss sich einbezogen fühlen.«

Es dauerte ein paar Minuten, bevor Mrs Stokes ins Zimmer zurückkehrte, ein Tablett voller Teezubehör in den Händen. Der kleine Terrier kam hinter ihr hereingetrottet und ging dann zu DS Ritchie, um an ihren Knöcheln zu schnüffeln. Geistesabwesend hielt sie ihm ihre Hand zum Lecken hin und fing an, ihm den Kopf zu streicheln. McLean nahm der alten Dame das Tablett ab und stellte es auf den Tisch, während sie sich in einen besonders hässlichen Sessel daneben setzte. Als sie sich daran machte, den Tee einzugießen, wandte er sich wieder dem Kaminsims zu.

»Ist das Ihr Barry, Mrs Stokes?«

»Ach, nein. Das ist Norman. Gott hab ihn selig. Er ist, oh, vor fünf Jahren verstorben. Barry ist mein kleiner Neffe. Der Sohn von Normans Bruder. Barry ist ein guter Junge. Passt auf sein altes Tantchen auf.«

»Sie haben Glück, so jemanden zu haben. Und es tut mir leid wegen Ihrem Mann.«

»Sehr freundlich von Ihnen, das zu sagen, Inspector.« Mrs Stokes goss den Tee ein und reichte DS Ritchie eine Tasse. »Hier nehmen Sie, Mädchen. Einen Keks?«

McLean nahm seine eigene Tasse und zog sich auf das Sofa neben der Sergeant zurück, den Beistelltisch benutzte er als Barrikade zwischen sich und der alte Dame. Ein Teller auf dem Tablett bot Hobnobs dar, also nahm er eines und biss schuldbewusst hinein. Es war weich, alt und, wenn man genauer hinsah, von einem weißen, rissigen Belag überzogen, von dem er hoffte, dass es sich nicht um Schimmel handelte. Er legte den

Rest vorsichtig auf dem Rand seiner Untertasse ab, kaute den Mundvoll, den er bereits abgebissen hatte, und schluckte ihn unter größeren Schwierigkeiten hinunter.

»Nun, also, Inspector. Ich kann nicht behaupten, dass es nicht schön wäre, ab und zu mal einen Polizisten hier zu sehen, aber ich nehme an, Sie sind nicht nur zum Tee gekommen. Ich habe mir doch nichts zuschulden kommen lassen, oder?«

»Natürlich nicht, Mrs Stokes. Es geht um nebenan.« McLean nickte in Richtung Nummer 31.

»Oh, aye, Donny McKenzies Haus? So schade, dass er gestorben ist. Er hatte den Garten immer so schön in Ordnung. Aber das ist jetzt Monate her. Ist etwas passiert?«

»Haben Sie in letzter Zeit seine Tochter gesehen?«

»Die kleine Katherine? Ja, sie ist vor ungefähr einer Woche ein paar Mal rein- und rausgegangen. Ein armes, kleines Mädchen, das ohne Mutter aufwachsen musste. Ich weiß, dass Donny sein Bestes gegeben hat, aber sie war immer schon schwierig. So jähzornig als kleines Mädchen.«

»Ist sie im Haus geblieben? Ich meine, über Nacht?«

»Ein paar Mal, ja.« Mrs Stokes stellte ihre eigene Tasse mit der Untertasse aufs Tablett zurück, stand auf und ging auf die andere Seite des Zimmers. Einen Moment lang dachte McLean, sie würde mit einem Tagebuch zurückkommen, in dem Kate McKenzies Bewegungen lückenlos verzeichnet waren, aber stattdessen entfaltete sie auf ihrem Schoß eine Ausgabe der *Radio Times*, dann zog sie an der Kette um ihren Hals eine Brille nach oben, die ordentlich in der Vorderseite ihrer Strickjacke verstaut gewesen war.

»Lassen Sie mich mal sehen.« Sie blätterte die Seiten um. »Ich habe gerade eine Sendung über Eisbären angesehen, als sie am ersten Abend ankam. Aye, das war Dienstag. Dann war sie am Mittwochnachmittag da. Als ich den Staubsauger gehört habe. Ja, das stimmt. An dem Abend ist sie ungefähr um sieben weggegangen, und das war das letzte Mal, dass ich sie gesehen habe.«

Mrs Stokes blätterte schnell durch den Rest der Zeitschrift, als könnte Kate McKenzie darin auftauchen, dann ließ sie sie plötzlich in ihren Schoß fallen.

»Oh Gott. Sie ist verschwunden, oder?«

»Ich fürchte, es ist noch schlimmer, Mrs Stokes. Kate … Katherine ist tot.«

Der kleine Terrier beendete beinahe gleichzeitig mit McLeans Worten sein Schnüffeln um DS Ritchies Füße. Still kehrte er zu seiner Besitzerin zurück und sprang ihr mit erstaunlicher Behändigkeit auf den Schoß. Sie streichelte mit langen, rhythmischen Bewegungen seinen Kopf und sagte eine Weile, die sich wie Stunden anfühlte – obwohl es wahrscheinlich nur eine Minute war – nichts.

»War es … war es ein Unfall?«, fragte sie schließlich. »Ich weiß, dass die Straßen heutzutage schrecklich sein können.«

»Ich fürchte, sie ist ermordet worden, Mrs Stokes.«

»Ermordet? Ach du meine Güte. Wer würde denn so was machen?«

»Das ist es, was wir herauszufinden versuchen.«

»Hier? Es ist doch nicht hier in der Gegend passiert, oder?«

»Nein, das glaube ich nicht. Wir haben sie … außerhalb der Stadt gefunden. Wir versuchen jetzt nachzuvollziehen, wo sie zuletzt war. Um herauszubekommen, was sie getan hat, wo sie hingegangen ist.«

»Oh, ich verstehe.« Mrs Stokes setzte den Terrier wieder auf den Boden und stemmte sich noch einmal aus ihrem Sessel. Sie ging zurück in die Zimmerecke, aus der sie die *Radio Times* geholt hatte. »Wissen Sie, sie hat ihre eigene Wohnung am anderen Ende der Stadt. Teilt sie mit einem netten jungen Mädchen. Es ist so viel sicherer, so zusammen zu wohnen. Nicht wie diese Studentenwohnungen, wo Jungen und Mädchen alle zusammengepfercht leben. Ich habe die Telefonnummer hier irgendwo.«

McLean stellte seine Tasse wieder auf das Tablett, stand auf und trat zu der alten Dame, die ein Adressbuch durchsuchte.

»Ist schon in Ordnung, Mrs Stokes. Wir haben bereits mit Debbie gesprochen. Sie war es, die uns gesagt hat, dass Kate vermisst wurde.«

»Oh, richtig.« Jetzt, wo sie keine Hilfe mehr anbieten konnte, sah sie eher verloren aus. Ihre Augen glitten langsam über das Zimmer, so als würde es die Summe ihrer gesamten Existenz repräsentieren. Der Besuch an diesem Nachmittag war höchstwahrscheinlich seit Jahren das Aufregendste, was sie erlebt hatte.

»Nun, ich glaube, wir haben genug von Ihrer Zeit in Anspruch genommen, Mrs Stokes.« McLean zog eine Visitenkarte aus der Tasche und reichte sie ihr. »Herzlichen Dank für den Tee. Und die Kekse. Und wenn Ihnen noch etwas einfällt, dann rufen Sie mich bitte an.«

»Ach, keine Ursache, wirklich. Es ist schön, ab und zu ein bisschen Gesellschaft zu haben.«

»Geht es Ihnen gut?« McLean trat vom Wohnzimmer auf den Flur hinaus und fiel beinahe über den Hund, als der beschloss, mit seinen Füßen zu spielen. »Ich weiß, das muss ein großer Schock für Sie sein. Ich kann Ihnen für eine Weile ab und zu einen Constable schicken, wenn Sie das möchten.«

Er konnte in ihren Augen sehen, dass das ein verlockendes Angebot war, aber schließlich lehnte sie ab. »Nein, nein. Barry kommt in etwa einer Stunde zum Tee. Vorher gehe ich einfach noch mit Archie spazieren.«

»Gut, nochmals vielen Dank, Mrs Stokes. Sie haben uns wirklich sehr geholfen.« McLean hatte es inzwischen nach draußen geschafft, DS Ritchie vor ihm. Die Straßenlaternen waren an, schwärzten die fallende Dämmerung und verliehen allem eine seltsame Schwermut. Die alte Dame sah ihnen von der offenen Eingangstür aus nach, als sie die kurze Auffahrt hinunter und dann den Gartenweg von Nummer 31 hinaufgingen. Erst dann sagte sie es ihnen.

»Falls Sie hineinwollen, ich habe einen Schlüssel.«

30

Lifford Road Nummer 31 stand in deutlichem Kontrast zu seinen Nachbarn. Das Haus war ziemlich ordentlich, aber es war seit vielen Jahren nicht neu eingerichtet worden. Die Möbel waren alt und abgenutzt wie die ergrauten Teppiche. Im Erkerfenster des Wohnzimmers bildete sich Schimmel, und die Resopalflächen der Küchenmöbel schälten sich schon seit geraumer Zeit. Es roch nach einem Haus, in dem seit Monaten niemand mehr wohnte.

»Suchen wir nach irgendwas Besonderem?«, fragte DS Ritchie und nahm eine zusammengefaltete Ausgabe des *Scotsman* vom Küchentisch.

»Ich weiß nicht. Von wann ist die Zeitung?«

»Von letztem Mittwoch.« Sie bückte sich und zog einen Mülleimer unter der Spüle hervor. »Hier ist noch eine. Dienstag. Hamburgerschachtel. Ein paar Coladosen.«

»Dann war sie hier, wie die Alte gesagt hat.« McLean rasselte mit dem Schlüsselbund, den er schließlich von Mrs Stokes bekommen hatte, ohne dass sie mitkam und im Weg stand. Es war unwahrscheinlich, dass sie hier etwas finden würden, was darauf hinwies, wer Kate entführt hatte. Er war sich ziemlich sicher, dass sie nicht aus dem Haus heraus entführt worden war. Aber er wollte nicht, dass ein wohlmeinendes Mitglied der Gesellschaft, das zu viele Folgen von *Miss Marple* gesehen hatte, einen potenziellen Tatort versaute.

»Sir, hier entlang«, rief DS Ritchie aus der Abstellkammer hinter der Küche. Ein Wäschekorb stand vor der Waschmaschine, die voller sauberer Wäsche war. Das Programm war zu Ende, aber die Maschine war noch eingeschaltet.

»Das können wir genauso gut untersuchen«, sagte McLean.

Ritchie beugte sich nach unten, öffnete die Tür und holte eine kleine Ansammlung Kleider heraus. Sie rochen etwas modrig, weil sie zu lange feucht in der Maschine gelegen hatten.

Oben gab es drei Zimmer und ein Bad. Das kleinste Schlafzimmer war in Schattierungen von Babyrosa eingerichtet, wie ein Kinderzimmer, obwohl das Bett reichlich groß genug für einen Erwachsenen war. Es war das einzige, das aussah, als hätte jemand darin geschlafen. Ein kleiner Waschbeutel lag auf dem Ankleidetisch, sein Inhalt war wahllos vor dem Spiegel verstreut. Lippenstift, Tagescreme, Deo, eine Haarbürste, eine Flasche Chanel No. 5. Daneben ein kleiner Silberrahmen mit einem Foto von Kate und Debbie darin, die einander Wange an Wange umarmten und wie schwachsinnig grinsten. Am Ende des Betts lag offen ein kleiner grauer Rollkoffer mit ausziehbarem Griff, die Kleidungsstücke waren unordentlich verstreut. McLean sah zu, wie Ritchie Unterwäsche hochnahm, für die er keinen Namen hatte. Er verließ das Schlafzimmer für den Fall, dass sie noch Intimeres finden könnte. Das war nichts, was er gern mit ihr teilen wollte.

Das Bad gab noch mehr Geheimnisse preis. Eine Zahnbürste und Zahnpasta – eine neue Tube, offen und der Inhalt kaum trocken. Nun, wahrscheinlich war es weniger als eine Woche her, dass sie zum letzten Mal benutzt worden war. In der Wanne ein Damenrasierer und eine Tube Rasierschaum, die an den Wasserhähnen lehnte. In seinem Kopf fügte sich alles zusammen. Er trat wieder auf den Flur hinaus, wo DS Ritchie wartete.

»Dann sind wir hier fertig?«

»Ich nehme es an.« McLean tappte die Treppe hinunter und blieb nur kurz im Flur stehen, bevor er wieder nach draußen in die Dunkelheit zurückging. Das Haus war so tot wie seine Besitzer.

Er überließ es DS Ritchie, abzuschließen. Er ging über die Straße zu seinem Wagen und starrte über den Park hinweg zur Liberton Brae. Nicht weit entfernt waren das Mortonhall-Krematorium und der Friedhof, wo er die Asche seiner Großmutter neben der seiner Eltern zur letzten Ruhe gebettet hatte.

»Zurück zum Revier, Sir?«

McLean drehte sich um und sah DS Ritchie an der noch verschlossenen Beifahrertür stehen.

»Nein, noch nicht«, sagte er. »Jetzt gehen wir in den Pub.«

So früh am Abend war der Balm Well fast leer, nur zwei alte Männer, die in der Ecke ihre halben Pints und ihren Ärger hinunterspülten, und ein dicker Mann, der an einem Tisch am Fenster sich über seinen Burger mit Pommes hermachte. Gegenüber der Bar war ein riesiger Flachbildschirm barmherzigerweise schwarz, und das einzige Geräusch in der Bar war ein gelegentliches elektronisches Zirpen, wenn der Spielautomat einen weiteren epileptischen Anfall erlitt.

McLean näherte sich dem Barmann, der mit einem Geschirrtuch Gläser polierte und sie prüfend ins Licht hielt. Er hielt inne, als er die beiden Polizisten sah.

»Guten Abend, Sir, Madam. Was darf ich Ihnen bringen?«

McLean blickte auf die Zapfhähne und dachte an ein Pint Deuchars. Dann erinnerte er sich, dass er hierhergefahren war. Dennoch, es war sechs und damit sicher spät genug.

»Hätten Sie gern was zu trinken?«, fragte er DS Ritchie. Sie war überrascht und brauchte einen Moment, um zu antworten.

»Bin ich noch im Dienst?«

»Nein. Technisch gesehen endet Ihre Schicht um fünf.«

»Dann hätte ich gern eine Weißweinschorle.«

McLean bestellte und quälte sich wegen des Biers, bevor er

sich mit einem frischen Orangensaft abfand. Sie trugen ihre Getränke und ein paar Tüten Chips zu einem ruhigen Tisch in der Ecke.

»Auf meinen ersten Tag bei Lothian and Borders.« Ritchie hob ihr Glas zu einem angedeuteten Toast. McLean tat es ihr nach.

»Er ist noch nicht vorbei«, sagte er, als sie einen Schluck trank.

»Nein?« Sie sah nervös auf ihren Drink.

»Was halten Sie von dem Haus?« McLean nickte zum Fenster hinüber, das auf den Park hinausging, durch den sie gerade gegangen waren.

»Na ja. Sie war offensichtlich dort. Das ist einleuchtend, wenn sie einen Schlüssel hatte. Sie hatte nicht viel eingepackt, deshalb die Wäsche. Ich würde denken, dass sie wahrscheinlich vorhatte, ein paar Tage dort zu verbringen, bevor sie zurückkehrte. Ich an ihrer Stelle hätte wahrscheinlich bei einer Freundin auf dem Sofa gepennt.«

»Häufiger mal Schluss gemacht?«

»Ich … nein.« Ritchies Gesicht wurde rot, und die Sommersprossen auf ihren Wangen dunkelten nach.

McLean grinste sie nur an. »Tut mir leid, das war nicht nötig. Ich hoffe, ich werde jetzt nicht der sexuellen Belästigung beschuldigt.«

»Was ist mit Ihnen, Sir?«, fragte Ritchie und fügte dann eilig hinzu: »Was denken Sie über das Haus?«

»Wie Sie schon sagten, sie war dort. Es war ihr Unterschlupf nach dem Streit. Ich weiß nicht, ob sie zurückgegangen wäre, um die Dinge wieder ins Lot zu bringen, oder ob das der letzte Tropfen war, der das Fass in einer problematischen Beziehung zum Überlaufen gebracht hat. Was ich weiß, ist, dass sie sich am Mittwochabend zurechtgemacht hat und auf irgendeine Party gegangen ist, von der sie nie wieder nach Hause kam.«

»Wie kommen Sie darauf?«

»Sie hat sich die Beine rasiert, sich geschminkt und ziemlich gewagte Unterwäsche getragen. Das hört sich nicht nach einem Mädchen an, das mal eben zum Kiosk geht, um sich einen Mikrowellenburger und eine Cola zu holen. Und es muss ziemlich in der Nähe gewesen sein, wo sie hingegangen ist. Sie hat Debbie am Montag verlassen, und ihr Handy ist seit Dienstagabend nicht mehr benutzt worden. Das Telefon im Haus war abgeschaltet, sie hat sich also nicht mit einer Freundin verabredet und auch kein Taxi gerufen.«

»Und deshalb sind wir im Pub?«

»Genau. Das ist der einzige Ort, der zu Fuß zu erreichen ist. Und Mittwochabend war es kalt und nass, wenn ich mich recht erinnere.«

»Eine Schande. Und ich dachte, Sie wären nett zu mir, weil's mein erster Arbeitstag ist.«

McLean ignorierte den Spott, trank seinen Orangensaft aus und brachte das Glas an die Bar zurück.

»Darf's noch einer sein, Sir?«, fragte der Bartender.

»Eigentlich frage ich mich, ob Sie mir vielleicht weiterhelfen können.« McLean zog seinen Ausweis hervor und das Foto von Kate McKenzie. »Wir versuchen herauszufinden, wo diese junge Frau während der letzten Woche gewesen ist. War sie vielleicht am Mittwochabend hier?«

»Keine Ahnung, lassen Sie mich mal sehen.« Der Barmann nahm das Foto und sah es sich genau an. »Am Mittwoch geht's hier immer etwas hektisch zu, da kommt der Frauenrugbyclub und so.«

»Sie hatte sich für den Abend schick gemacht. Sie wissen ja, wie junge Frauen heutzutage sind.«

»Warten Sie einen Moment. Ich frage Sian.« Der Barmann steckte den Kopf durch eine offene Tür hinter der Bar und rief. Kurz darauf kam eine dunkelhaarige Frau zum Vorschein.

»Was gibt's, Mike?«

Der Barmann zeigte ihr das Foto. »War die Mittwochabend hier?«

Sian betrachtete das Foto lange und gründlich. »Ja, ich glaube schon. Sie hatte ein gelbes Top an. Hat den ganzen Abend mit diesen Rugbymädchen geredet.«

»Haben Sie eine Ahnung, wann sie gegangen ist?«, fragte McLean.

»Spät, das auf jeden Fall. Vielleicht nach Mitternacht.«

»War sie allein? Mit jemand anderem?«

»Kann ich ehrlich nicht sagen. Mittwochs ist es immer voll hier mit den Rugbyleuten. Bei so vielen Gesichtern ist es schwer, sich jeden zu merken.«

McLean bedankte sich bei beiden und nahm das Foto wieder an sich. DS Ritchie hatte ihre Schorle ausgetrunken und das Glas an den Tresen zurückgebracht. Auf dem Weg nach draußen erzählte er ihr, was er herausgefunden hatte.

»Was ist mit Aufnahmen aus den Überwachungskameras?«, fragte sie. »Wäre es möglich, dass wir sie darauf finden?«

»Da drin gibt es keine Kameras, ich habe nachgesehen.«

Ritchie lächelte ein triumphierendes, kleines Grinsen. »Aye, aber sie haben eine auf dem Parkplatz, die zur Straße hin zeigt. Und wir sind genau neben dem Polizeirevier Howden Hall.«

31

Ein aufgeregter Grumpy Bob erwartete McLean und DS Ritchie später, als sie, beladen mit Videokassetten, zum Revier zurückkamen.

»Wo warst du, Chef? Wir versuchen seit Stunden, dich zu kontaktieren.«

»Was ist los, Bob?«

»Die Medien. Sie haben uns den ganzen verdammten Nachmittag belästigt. Dan von der Presseabteilung speit Feuer. Sagt, er hätte in den Halb-sechs-Nachrichten eine Stellungnahme abgeben müssen, ohne jegliches Briefing.«

McLean grub sein Telefon hervor, erinnerte sich daran, dass er es abgestellt hatte, bevor sie Debbie Wright besucht hatten. Er hatte vollkommen vergessen, es wieder einzuschalten.

»Mist. Was hat Dan gemacht, die übliche ›Wir müssen erst noch mit den Angehörigen sprechen‹-Nummer?«

»Nicht mal die. Wir wussten ja nicht, ob du ihre Identität schon bestätigt hattest oder nicht.«

»Scheiße, dann konnte er also nicht mehr sagen, als dass wir eine Leiche gefunden haben. Ganz toll. Ich glaube, ich rede besser mit ihm und versuche, ihn zu beruhigen.«

»Er ist es nicht, um den du dir Sorgen machen solltest. Es ist die Chief Superintendent.«

McLean blieb stehen. »Was hat die denn damit zu tun?«

»Sie wurde von der Menge bedrängt. Du hättest sehen sollen, was vorhin hier los war. Da waren rudelweise Kameraleute, die die Straße vor der Eingangstür blockiert haben.«

»Mein Gott, warum denn?«

Grumpy Bob sah sehr beunruhigt aus. »Die setzen auf Anderson, Chef.«

»Anderson ist tot, Bob.«

»Aye, ich weiß. Aber die verdammte Jo Dalgliesh hat detaillierte Informationen zu beiden Morden aufgetrieben. Sie reitet darauf herum, dass Anderson reingelegt worden wäre und dass wir dumm wie Stroh wären. Du kannst dich darauf verlassen, dass es morgen in allen Zeitungen steht.«

McLean sah auf die Handvoll Videokassetten hinunter. Er hatte vorgehabt, sie an DC MacBride zu übergeben, damit der sie durchsah, aber im Augenblick war der Gedanke, sich in einem dunklen Projektionsraum zu verstecken, sehr verlockend. Oder noch besser, sich da zu verkriechen und bis zum Frühling nicht mehr herauszukommen. Er sah auf die Uhr, es war kurz vor acht. Dreizehn Stunden, seit er heute Morgen angefangen hatte. Grumpy Bob war schon genauso lang auf den Beinen, wenn nicht länger. Nun, es wäre nicht das erste Mal, dass sie Überstunden machten.

»Okay, Bob, dann lass uns gehen und bei der Chefin reinschauen. Dann können wir den Anschiss gleich hinter uns bringen.«

Mrs McCutcheons Katze blickte ihm vom Küchentisch aus entgegen, als er endlich durch die Hintertür nach Hause kam. McLean versuchte, sie zu verjagen, aber alles, was sie tat, war, sich um seine Beine zu winden und darauf zu warten, gefüttert zu werden. Er grub einen Messbecher voller Trockenfutter aus dem Sack in der Speisekammer, kippte es in die Schüssel auf dem Boden und ging dann, um das Katzenklo zu überprüfen. Es gab eine Katzenklappe in der Hintertür, aber er hatte sie in den Wochen, seit er das Tier adoptiert hatte, geschlossen gehalten. Irgendwer hatte ihm mal erzählt, dass man Katzen in ihrem neuen Zuhause eine Weile einschließen müsste, weil sie sonst einfach zu ihrem alten zurückliefen. So sehr er sich auch bemühte, er konnte sich nicht daran erinnern, wie lange man das tun sollte, aber als er auf den Kalender blickte, der beim Telefon an die Wand geheftet war, sah er zu seinem Ärger, dass es einerseits schon drei Wochen her war, dass seine Wohnung abgebrannt war, und dass es andererseits nur noch drei Tage bis Weihnachten waren.

Wahrscheinlich hätte er es bemerken sollen. Es war ja nicht, als wären die Geschäfte nicht voller Lametta und Plunder, und die Straßendekoration hing seit mindestens sechs Wochen. Vielleicht konnte er sich selbst etwas vormachen und sich einreden, dass seine Arbeit ihn so in Anspruch genommen hatte, dass die Zeit einfach verstrichen war, aber die Wahrheit war, dass er sich jedes Jahr vor der Weihnachtszeit versteckte.

Die Katze strich wieder um seine Beine, während er dastand und auf den Kalender starrte. Es stand nichts darin, nur eine leere Ansammlung beinahe abgelaufener Tage. Bald würde er losziehen müssen und sich einen fürs nächste Jahr aussuchen.

»Du willst wohl raus, was?« McLean öffnete die Hintertür für Dunkelheit und kalten Wind. Die Katze blickte nach draußen, schnüffelte ein wenig in der Luft und wandte sich dann wieder der Wärme der Küche zu.

»Kluges Tier.« Er schloss die Tür, dann beugte er sich hinunter und nahm die Abdeckung von der Katzenklappe. Zumindest konnte sie jetzt kommen und gehen, wie sie wollte. Wenn sie wusste, wie man so etwas benutzte, natürlich. Er konnte sich nicht erinnern, ob Mrs McCutcheon eine gehabt hatte, ihre Katzen hatten einfach ein offenes Fenster genommen. Nun ja, dann würde er es ihr eben zeigen, oder sie würde es selbst herausfinden.

Der Kühlschrank gab wenig zu essen her, aber es stand noch eine halbe Flasche Riesling darin, die eindeutig geleert werden musste. Er goss sich ein Glas ein und wollte gerade den Pizzaservice anrufen, als die Türklingel bimmelte.

McLean erstarrte. Er erwartete keinen Besuch. Nicht, dass überhaupt viele auf der Arbeit wussten, wo er jetzt wohnte. Grumpy Bob und MacBride waren hier gewesen, und Emma natürlich. Schuldgefühle wärmten seine Wangen, wenn er an sie dachte. Wenn er daran dachte, wie er sie behandelt hatte. Er war nicht direkt grausam gewesen, eher abweisend, und er kam beim besten Willen nicht darauf, aus welchem Grund. Abgesehen davon, dass sie freundlich und warm war, ihn offensichtlich genug mochte, um seine vielen Fehler in Kauf zu nehmen, und dass er sich wirklich nicht noch einmal so sehr auf jemanden einlassen wollte.

Die Türklingel bimmelte noch einmal, und einen Moment lang dachte er darüber nach, sich zu verstecken, so zu tun, als wäre niemand da. Es war albern, das wusste er. Das Licht der Küchenlampe malte ein breites, verzogenes Quadrat draußen auf die Einfahrt. Für jeden, der sich dem Haus näherte, wäre es nicht zu übersehen, dass jemand zu Hause war. Und wenn es nun etwas Wichtiges war?

Seufzend stellte er das noch leere Glas wieder hin und machte sich auf den Weg über den Flur, wobei er das Licht auf der Veranda anknipste. Kaum hatte er die Haustür geöffnet, brachen ein Dutzend oder mehr fröhliche Stimmen in Gesang aus.

Guter König Wenzeslaus schaut am Stephansfeste,
Schnee lag tief und hart ums Haus,
weiß war'n Strauch und Äste …

Und sie hörten nicht auf, sangen alle Strophen, während er mit offenem Mund dastand, wie bescheuert. Weihnachtssänger. Die hatte er schon seit Jahren nicht mehr gehört. Nicht mehr, seit er ein Schuljunge gewesen war. Als er die dick eingemummelte Truppe musterte, glaubte er, einige der Nachbarn seiner Großmutter zu erkennen. Bei ein paar von den Jüngeren konnte es sich unmöglich um Leute handeln, die er als Kind gekannt hatte.

Das Weihnachtslied kam zum Schluss, und mehr oder weniger alle hörten zur gleichen Zeit auf zu singen, und da erst erinnerte sich McLean, dass er ihnen etwas geben sollte. Seine Brieftasche war in der Küche, in der Tasche seiner Jacke, die über dem Stuhl hing.

»Ah, das war … toll«, sagte er, zeigte so viel Enthusiasmus, wie es ihm bei dem heulenden, eisigen Wind möglich war, der durch den Garten und zur Tür hineinpfiff. »Also, es ist ja eiskalt hier draußen. Warum kommen Sie nicht rein? Ich bin sicher, ich kann etwas finden, was Sie alle aufwärmt.«

Die Worte waren gesagt, bevor er die Konsequenzen seines Angebots bedacht hatte. Die Weihnachtssänger murmelten verzweifelte Dankesworte und traten alle in die Eingangshalle. McLean ging zurück in die Küche, zog seine Brieftasche hervor und nahm dann eine Flasche Malt-Whisky aus dem Regal. Als er schließlich genug Gläser gefunden hatte, einen Krug mit Wasser gefüllt und das Ganze auf einem Tablett hinausgetragen hatte, starrten die meisten seiner unerwarteten Gäste auf die Fotos, wobei sie ernsthaft versuchten, nicht neugierig zu erscheinen.

Es handelte sich um eine merkwürdige Auswahl von Menschen, entdeckte er, als er die stärkenden Schlückchen verteilte. Nur eine Person lehnte das Angebot ab, ein älterer Herr mit einem ziemlich verkniffenen Ausdruck, schütterem weißem Haar und einem dichten weißen Bart. Er trug einen langen Mantel und dicke Handschuhe und hielt sich etwas abseits von den anderen. McLean hätte sich wahrscheinlich mehr bemüht, eine Unterhaltung anzufangen, aber da waren andere, die seine Aufmerksamkeit erregen wollten, ungeduldige Hände, die nach den großzügig gefüllten Whiskygläsern griffen.

Als er bei der letzten Sängerin ankam, hatte sie ihren Mantel geöffnet, sodass die schwarze Bluse mit dem eingearbeiteten weißen Kragenband der Episkopalkirche zu sehen war. Sie war vielleicht Ende vierzig, auch wenn das schwer zu schätzen war. Ihr Gesicht hatte das verlebte Aussehen von jemandem, der viel erlebt hatte, und ihr schulterlanges, schwarzes Haar war von Grau durchzogen. Aber sie hatte kaum Falten um Augen und Mund.

»Ich glaube nicht, dass wir uns kennen.« Sie streckte die Hand aus. »Mary Currie.«

»Tony McLean. Sind Sie schon lange in dieser Gemeinde, Ms Currie?«

»Mary, bitte. Lang genug, um Ihre Großmutter gekannt zu haben. Es tat mir leid zu hören, dass sie gestorben ist. Wir hatten ein paar ordentliche Auseinandersetzungen, Esther und ich. Sie sah Gott nicht wirklich genauso wie ich.«

McLean fragte sich, warum seine Großmutter nie erwähnt hatte, dass der hiesige Vikar eine Frau war. Oder vielleicht hatte sie das, und er hatte es vergessen.

»Trotzdem freue ich mich, dass Sie eingezogen sind«, fuhr Mary fort.

»Ich fürchte, ich werde kein Zuwachs Ihrer Gemeinde werden. Religion ist nicht so meins.«

»Nun, es lässt sich immer noch etwas verbessern.« Sie lächelte, dann trank sie ihren Whisky aus. »Herzlichen Dank dafür. Nicht jeder pflegt noch die alte Tradition der Gastfreundschaft. Aber Sie könnten ein bisschen Weihnachtsschmuck aufhängen, um das Haus etwas fröhlicher zu gestalten.«

McLean wurde sich unangenehm der Tatsache bewusst, dass an seinem Haus absolut nichts Festliches war. Abgesehen von den üblichen Weihnachtsschreiben hatte er nicht einmal Karten bekommen. Was nicht überraschend war, weil er selbst nie welche schrieb.

Die Vikarin rief ihren Chor zusammen, sie sangen noch schnell »In the Bleak Midwinter«, dann gingen sie einer nach dem anderen wieder in die kalte Nacht hinaus. Er sah ihnen nach, wie sie den Kiesweg entlanggingen und dann auf die Straße verschwanden. Sie unterhielten sich miteinander, lachten und machten Witze, belebt von dem unerwarteten Drink. Bis auf den weißhaarigen alten Mann, der ein wenig zurückblieb und die Einfahrt hinaufblickte, bis McLean die Tür schloss.

Nachdem er all die leeren Gläser aus ihren verschiedenen Verstecken in der Halle eingesammelt hatte, kam ihm das Haus plötzlich sehr groß und sehr leer vor.

32

Er wusste nicht genau warum, aber da war etwas an einem Meer von Journalisten, das ihm Albträume bereiten konnte. Vielleicht waren es die gierigen, auf langen Hälsen nach vorn gereckten Köpfe, die ihn an die Horrorcomics erinnerten, die er als Kind gelesen hatte. Oder vielleicht der Geruch, der von ihnen ausging – zum Teil Angst, zum Teil von Testosteron befeuerte Gier. Was auch immer, McLean hasste Pressekonferenzen mehr als alles andere an seiner Arbeit. Einschließlich der Aufgabe, Hinterbliebenen die schlechte Nachricht zu überbringen.

Als Strafe für sein Verschwinden am Vortag hatte er sich dazu bereit erklärt, an diesem besonderen Briefing teilzunehmen und Fragen zum Stand der Ermittlungen zu beantworten. Um es noch schlimmer zu machen, wurde er auf einer Seite von Pressesprecher Sergeant Dan Hwei und auf der anderen von Chief Superintendent McIntyre flankiert. Er brauchte kein Psychologiediplom, um zu wissen, dass im Moment keiner von beiden allzu gut auf ihn zu sprechen war. DCI Duguid lauerte mit einem bösartigen Grinsen im Gesicht im Hintergrund.

»Meine Damen und Herren«, fing McIntyre an. »Danke, dass Sie gekommen sind. Ich bin sicher, Sie haben alle von diesem schrecklichen Verbrechen gehört. Gestern Abend konnten wir noch nicht viele Informationen herausgeben. Angesichts der wilden Spekulationen, die bereits die Runde machen, halte ich es nur für recht und billig, Sie auf den neuesten Stand über unsere Ermittlungen zu bringen.«

»Chief Superintendent, können Sie bestätigen …« Eine Stimme von hinten, weiblich, englischer Akzent. McLean spürte, wie die Luft um ihn herum zum Stillstand kam und die Temperatur schätzungsweise um ein paar Grad sank.

McIntyre schnitt der Journalistin mit einem vernichtenden Blick das Wort ab. »Sie werden später Zeit für Fragen bekommen. Jetzt möchte ich Ihnen den leitenden Beamten in diesem Fall vorstellen, Detective Inspector McLean.«

Das Stimmengewirr, das aus der Menge aufstieg, war zu einem gewissen Grad befriedigend, da es bedeutete, dass ihnen sein Name bekannt war. Aber es war auch ein wenig deprimierend, dass diese Leute, die da im Hintergrund murmelten, ihn nicht erkannt hatten, als er seinen Platz auf dem Podium eingenommen hatte. McLean beugte sich vor und tippte ein paar Mal gegen sein Mikrofon, bevor er zu sprechen anfing.

»Ich bin sicher, Sie alle wissen, dass wir am späten Sonntagnachmittag in der Nähe des Flotterstone Inn die Leiche einer jungen Frau gefunden haben. Ich kann bestätigen, dass wir das Opfer inzwischen als Miss Katherine McKenzie identifiziert haben, wohnhaft in Jock's Lodge. Und ich kann außerdem bestätigen, dass die Obduktion der Leiche, äh … bestätigt, dass sie ermordet wurde. Wir haben ihre … Bewegungen bis ungefähr Mitternacht letzten Mittwoch rekonstruiert.«

Dank DS Ritchie und DC MacBride, die lang aufgeblieben waren, um einen faszinierenden Film anzusehen, in dem sie schließlich Kate erblickten, wie sie allein den Pub verließ und die Liberton Brae in Richtung ihres Hauses ging.

»Wir haben Grund zu der Annahme, dass sie um diese Zeit irgendwo in Nähe von Mortonhall entführt wurde. Derzeit konzentrieren sich unsere Ermittlungen darauf, festzustellen, wohin sie danach gebracht wurde, obwohl wir natürlich auch noch anderen Spuren nachgehen. Es gibt bereits Spekulationen über eine Verbindung zwischen diesem Mord und dem an Audrey Carpenter vor zwei Wochen. Zwar bestehen oberflächliche Gemeinsamkeiten, aber es gibt auch wichtige Unterschiede. Wir ermitteln in beiden Fällen parallel, in enger Zusammenarbeit zwischen beiden Teams.«

Weil es dieselben verdammten Leute sind. McLean lehnte sich zurück und wartete auf den Ansturm. Es dauerte nicht lange, bis aus dem Meer der Gesichter ein Wald aus Waffen wurde. Da mischte sich Sergeant Hwei ein und wählte die ersten beiden Frager aus, die er kannte.

»Inspector McLean, es heißt, der jungen Frau wurde die Kehle durchgeschnitten. Stimmt das?«

»Es war ein gewalttätiger Übergriff«, sagte McLean. »Aber ich möchte keine Einzelheiten bestätigen, die entweder unsere Ermittlungen oder eine darauf fußende Anklage in Gefahr bringen könnten.«

»Inspector, stimmt es, dass das Opfer an einem anderen Ort ermordet und dann zu dem Stausee transportiert wurde, um es loszuwerden?«

»Noch einmal: Wir können das nicht bestätigen. Die Leiche wurde hinter dem Touristenparkplatz am Südrand des Stausees gefunden.«

»Ist Miss McKenzies Familie informiert worden?«

»Miss McKenzies Eltern sind beide tot, und sie hatte keine weitere Familie. Wir haben bisher mit ihrer … Verlobten zusammengearbeitet.«

»Haben Sie schon einen Verdacht, wer es getan haben könnte?«

»Wir verfolgen mehrere Hypothesen, aber wir stehen noch ganz am Anfang. Sie haben sicher Verständnis dafür, dass ich, falls wir bereits jemanden verdächtigen sollten, diese Information nicht mit Ihnen teilen kann.«

»Inspector McLean, haben Sie ein Problem damit, dass es so viele Gemeinsamkeiten zwischen diesen beiden Morden und dem an Kirsty Summers im Winter 1999 gibt? Ich glaube, Sie waren der Detective, der schließlich den Mörder vor Gericht gebracht hat.«

»Danke, Ms Dalgliesh. Wir alle kennen Ihre Theorien«, mischte sich Chief Superintendent McIntyre ein, bevor McLean antworten konnte. Wenn er das gekonnt hätte. Die Frage hatte ihn wortwörtlich auf seinen Stuhl zurückgeworfen, obwohl er die Stimme der Frau erkannt hatte, die sie gestellt hatte.

»Aber es ist doch sicher eine wichtige Ermittlungslinie, oder nicht?«, insistierte Dalgliesh. »Wenn es die geringste Möglichkeit gäbe, dass Anderson nicht …«

»Anderson hat sie ermordet. Und die anderen vor ihr. Er hat sie alle ermordet.« McLean war überrascht von der Vehemenz in seiner Stimme, der Wut dahinter. Wie konnte dieses dürre Stück Scheiße herkommen und auch nur andeuten, dass er den Falschen erwischt hatte? Und warum ausgerechnet jetzt?

»Und dennoch stehen wir jetzt hier, mehr als zehn Jahre später, vor den Leichen zweier junger Frauen, die auf genau dieselbe Weise abgelegt wurden wie all die anderen vor ihnen. Auf genau dieselbe Weise ermordet. Werden Sie wenigstens die alten Akten durchsehen?«

McLean stellte sich den ungeöffneten Pappkarton auf seinem Schreibtisch vor. Er konnte spüren, wie sich McIntyre neben ihm bereit machte, die Pressekonferenz zu beenden. Ihre Wut war wie eine Mauer, die zwischen ihm und den versammelten Journalisten wuchs. Aber bevor die Chefin das Wort ergreifen konnte, beugte er sich vor, sah einzig und allein die schmuddelige Frau in ihrem Ledermantel an, die in einer der mittleren Reihen saß.

»Ms Dalgliesh, Donald Anderson war schuldig. Ein Schwurgericht hat ihn schuldig gesprochen. Wir hatten unleugbare Beweise für seine Schuld. Er hat sogar gestanden, auch wenn das nur ein Versuch war, mit verminderter Schuldfähigkeit davonzukommen. Aber Sie haben recht, es gibt verstörende

Gemeinsamkeiten zwischen diesen Morden und denen von Anderson. Ich werde diesen Ähnlichkeiten sehr genau nachgehen.« Er sah Joanne Dalgliesh unverwandt an. »Natürlich hätte es meine Arbeit erheblich erleichtert, wenn sein Vorgehen nicht so detailliert öffentlich gemacht worden wäre.«

McLean sah von der relativen Sicherheit des Flurs aus zu, wie die Reporter einer nach dem anderen aus dem Konferenzraum kamen. Nur Besucher mit Zugangsberechtigung konnten ihn hier antreffen, wie er durch das mit Maschendraht verstärkte Glasfenster sah. Und, natürlich, Polizisten im Dienst.

»Das lief so gut, wie es laufen konnte, denke ich.«

Er wandte sich um und sah McIntyre hinter sich stehen, die ihre Uniform nur trug, um ihren höheren Rang zu unterstreichen.

»Meinen Sie? Ich war kurz davor, Dalgliesh da drin zu erwürgen. Was zum Teufel hat sie sich dabei gedacht, Kirstys Namen hier mit reinzuziehen?«

McIntyre lehnte sich an die Wand, vielleicht, um das Gespräch etwas informeller zu gestalten. »Sie wissen so gut wie ich, dass sie nur versucht, mehr Zeitungen zu verkaufen. Und natürlich gibt es eine neue Auflage dieses Buches. Anderson ist tot. Ihr ist es egal, wessen Gefühle sie verletzt, solange sie Geld dafür bekommt.«

»Aber Sie haben sie gehört, Ma'am. Sie hat ganz klar gesagt, wir hätten einen Unschuldigen angeklagt.«

McIntyre fixierte McLean mit einem merkwürdig verwirrten Blick, als versuchte sie, eine Entscheidung zu treffen. McLean konnte nur finster nach hinten schauen, um festzustellen, dass sich die letzten Journalisten verabschiedeten. Zweifellos würden einige draußen auf der Straße in Kameras sprechen, aber zumindest war ihm erspart worden, dass das Fernsehen die eigentliche Pressekonferenz gefilmt hatte.

»Kommen Sie mit, Tony«, sagte McIntyre endlich. Er musste sich beeilen, um mit ihr Schritt zu halten, als sie ihn zurück in ihr Büro führte. Als sie ankamen, erwartete er, dass sie direkt zu ihrem Stuhl auf der anderen Seite des Schreibtischs gehen würde, aber sie ging zu dem Bücherregal in der »informellen« Ecke mit den unbequemen Sesseln und der Kaffeemaschine. Sie sah aus wie jemand, der versuchte zu entscheiden, was sie heute Abend in der Badewanne lesen möchte, dann zog sie endlich ein dickes, gebundenes Buch hervor, das McLean schweren Herzens erkannte. Der Einband zeigte ein schauriges Foto von Donald Anderson, und darüber die Überschrift *Der Christmas Killer* mit dem Untertitel »Donald Anderson und das Buch der Seelen«.

»Sie wissen also wirklich nicht, worum es Dalgliesh geht.« McIntyre drückte das Buch an ihre Brust. »Und ich kann's verstehen, Tony. Von einem persönlichen Standpunkt aus. Aber Sie sind Polizist. Detective. Ich weiß, das tut weh. Mein Gott, ich kann mir nicht einmal ansatzweise vorstellen, wie schmerzlich es gewesen sein muss, Ihre Verlobte auf diese Weise zu verlieren. Aber Sie können den Kopf nicht länger in den Sand stecken. Es gibt mehr als eine Meinung, wenn's um Anderson geht.«

»Ma'am, Anderson war schuldig. Er hat all diese Frauen ermordet. Nicht nur meine …«

»Ich weiß, Tony. Ich habe die Beweise gesehen und vertraue Ihren Fähigkeiten als Detective.« McIntyre streckte das Buch aus und hielt es ihm hin. »Aber das tut nicht die ganze Welt.«

McLean machte keine Anstalten, das Buch entgegenzunehmen, also drückte McIntyre es ihm mit Gewalt in die Hände.

»Nehmen Sie es, Tony. Lesen Sie es. Ich weiß, es wird wehtun, und ich weiß, es wird Sie zornig machen. Aber Sie müssen verstehen, was Leute wie Jo Dalgliesh denken.«

33

Menschlich hatte McLean Jo Dalgliesh nie besonders leiden können. Nach fünfzig Seiten des Buches fühlte er sich auch in seinem Abscheu für sie als Autorin voll bestätigt.

Aus irgendeinem unerfindlichen Grund hatte die Reporterin es auf sich genommen, Anderson zu verteidigen, ihn als Opfer eines schrecklichen Justizirrtums und gleichzeitig einer Geisteskrankheit darzustellen, die aus seiner Kindheit herrührte. Sie leugnete nicht, dass er im Winter 1999 Kirsty Summers getötet hatte, aber der Hauptteil des Buches bestand in einer detaillierten Erörterung der Möglichkeit, dass er die anderen neun Opfer des Christmas Killers vielleicht nicht getötet hatte.

Das Buch umging geschickt die greifbaren Sachbeweise, die Anderson ins Gefängnis gebracht hatten, und konzentrierte sich stattdessen auf die Erinnerungsstücke an seine Opfer, die er sorgfältig aufbewahrt hatte. Dalgliesh schien zu glauben, dass, da keines davon allein als Beweis schlüssig war, die vorangegangenen Morde Anderson untergeschoben worden waren und die Polizei Andersons Festnahme dazu benutzt hatte, um sich einer beschämenden Reihe ungeklärter Verbrechen zu entledigen. McLean wusste selbst, dass keines der Souvenirs für sich etwas bedeutete. Laura Fentons heiliger Christophorus war ein Stück industrieller Massenware, das jedermann gehören konnte. Rosie Buckleys Ring war billiger Schund von Ratners gewesen, einer von Millionen. Und genauso war es mit all den anderen Gegenständen, die im Büro hinter dem Laden gefunden worden waren.

Sogar der Streifen Stoff vom Kleid seiner Verlobten hätte von überall her stammen können – der Rest ihrer Kleider war nie gefunden worden. Aber er hatte ihn wiedererkannt, als er zwischen den Seiten des alten Buches in Andersons Laden gelegen hatte. Es hatte für einen Durchsuchungsbefehl gereicht, und was das Team im Keller gefunden hatte, hatte die längste Menschenjagd in der Geschichte der Lothian and Borders Police zum Abschluss gebracht. Damit hätte es genug sein sollen, aber für Jo Dalgliesh war das erst der Anfang.

Während er das Buch durchblätterte, traf es McLean, wie wenig Respekt die Reporterin für die Opfer und ihre Familien aufzubringen schien. Sie konzentrierte sich auf die Details der ersten neun Morde, zeichnete oberflächliche Porträts der Opfer, die beinahe andeuteten, es sei ihre eigene Schuld gewesen, dass sie entführt worden waren, und dann beschrieb sie ihr Martyrium und ihre Schicksale, als schriebe sie an einem Drehbuch für einen Slasher-Film. Kein Detail aus den Obduktionsberichten blieb unerwähnt, jeder Schnitt und jeder Bluterguss wurde liebevoll zu einem schrecklichen Szenario herausgeputzt.

Es bereitete ihm Übelkeit, das zu lesen, und noch mehr Übelkeit, zu wissen, dass viele tausend Menschen, vielleicht Millionen, solche Schilderungen zur Unterhaltung lasen.

Dann kam er im Jahr 1999 und bei der zehnten Entführung an. Interessanterweise überging Dalgliesh diesmal die forensischen Details; entweder, weil sie es nicht geschafft hatte, den Obduktionsbericht in die Finger zu bekommen, oder weil in diesem letzten Fall Andersons Schuld unzweifelhaft war. Schließlich war Kirstys Blut überall in seinem Keller gewesen. Stattdessen konzentrierte sie sich auf Anderson selbst. Es gab nichts, was McLean nicht bereits wusste: der einsame Junge, der während der deutschen Bombenangriffe im Zweiten Weltkrieg seine Eltern verloren hatte; die Evakuierung nach Wales und die grausame Erziehung in den Händen eines strengen Methodistenpfarrers; der Militärdienst in Ostasien und die unaussprechlichen Schrecken, die er dort zu sehen bekam; der Rückzug in ein Kloster auf den Western Isles, das dann unter mysteriösen Umständen niederbrannte; und schließlich das Antiquariat in Edinburghs Canongate.

An dem Punkt wandelte sich das Buch plötzlich von einer Reportage zur Schilderung einer Heiligenlegende, als hätte Dalgliesh so etwas wie Ehrfurcht vor ihrem Thema. Als sie dann schließlich in grellen, konstruierten Details die unmögliche Szene ausmalte, in der Anderson eine junge, unschuldige Kirsty Summers von der Straße auflas und sie eine Woche lang quälte und vergewaltigte, bevor er ihr brutal die Kehle durchschnitt, schlug McLean das Buch zu und schleuderte es quer durch den Raum. Seine Hände zitterten, und sein gesamter Körper erschauerte, als hätte er Fieber. Er stand auf und tigerte in dem winzigen Büro hin und her. Sah aus dem Fenster in die sich ausbreitende Winterdunkelheit und wieder zurück zu dem Buch auf dem Boden.

McIntyre hatte recht, er musste es lesen. Aber davon wurde es nicht leichter.

So wie das Whiteboard im CIP-Großraumbüro aussah, war es DS Ritchie weitaus besser gelungen, Kate McKenzies Leben zu rekonstruieren als das von Audrey Carpenter. Mehrere unterschiedliche Fahndungslinien streckten ihre Spinnenbeine von der Fotografie der Toten zu verschiedenen Kästchen, die mit ordentlich per Hand geschriebenen Notizen gefüllt waren. McLean sah sich das mit »Arbeit« überschriebene Kästchen genauer an und fand eine Namensliste, vermutlich Kollegen. Über einem anderen Kästchen stand »Fitness-Studio«, über einem dritten »College«, und ein viertes trug den Titel »Schwulen-Lesben-Szene«. Unter jedem stand eine Liste mit

Namen. Die alle zu vernehmen würde eine Mordsarbeit werden.

»Sie waren fleißig«, sagte er zu Ritchie, als sie den Hörer auflegte.

»Das war nicht nur ich, Sir. DC MacBride ist den ganzen Nachmittag am Telefon Namen nachgejagt. Wir haben vereinbart, morgen ihren Arbeitsplatz zu besuchen und mit den Kollegen zu sprechen.«

»Am College?« McLean zeigte auf die andere Liste.

»Ja, sie hat im Abendstudium Jura gehört. Ich habe mit ihrem Tutor gesprochen, Dr. McGillivray. Er wirkte sehr betroffen, als er davon hörte. Meinte, sie hätte es weit bringen können. Sie sei sehr fleißig gewesen.«

»Sieht ganz so aus.« McLean sah sich wieder die Wandtafel an, versuchte herauszufinden, was fehlte. »Haben Sie noch mal mit Debbie gesprochen?«

»Das war sie gerade, am Telefon«, sagte Ritchie. »Ich hatte vorhin eine Nachricht hinterlassen. Sie ist zu ihren Eltern nach Balerno gefahren. Ich habe ihr gesagt, ich würde morgen hinfahren.«

»Wissen Sie, wo das ist?«

»Oh ja. Ich habe in Heriot Watt studiert. Ein halbes Jahr habe ich in einer hässlichen alten Sozialwohnung in Currie verbracht.«

»Ah, ich hatte mich schon gewundert, wie ein Mädchen aus Aberdeen sich in Edinburgh so gut zurechtfinden kann.«

»Fünf Jahre Jobben in der Kneipe und in den billigsten Studentenbuden wohnen, die ich finden konnte – da lernt man eine andere Seite der Stadt kennen.«

»Fünf Jahre? Was ist schiefgegangen?«

»Schiefgegangen? Ein Abschluss mit Auszeichnung und ein Master of Science – was soll daran schiefgegangen sein?« Ritchie sah ihn mit verletztem Ausdruck an, dann fügte sie hinzu:

»Oh, ich verstehe, Sie dachten, ich wäre sitzengeblieben und hätte ein Jahr wiederholt. Na, herzlichen Dank aber auch.«

»Das ist nicht …« McLean hielt inne, musste zugeben, dass genau das ihm durch den Kopf gegangen war. »Was haben Sie denn studiert?«

»Soziologie und Anthropologie. Ich wollte nach Borneo gehen und dort einen Stamm studieren, aber dann bekam ich das Geld nicht. Dann saß ich wieder zu Hause bei meinen Eltern und fragte mich, was ich mit meinem Leben anfangen sollte. Dad war Streifenpolizist und meinte, ich sollte mich um die abgekürzte Ausbildung bewerben.«

»Und der Rest, wie man so sagt, ist Geschichte.« McLean zeigte mit der offenen Hand auf das Whiteboard. »Nun, der Verlust der Anthropologen ist unser Gewinn, nehme ich an. Aber es wird uns Wochen kosten, mit all diesen Leuten zu reden. Sagten Sie nicht, MacBride wäre hier?«

»Oh, das war er auch bis vor ein paar Minuten. Wir haben für heute so ziemlich jeden kontaktiert, den wir konnten. Ein ganzes Team war da dran.«

»Und wo sind die jetzt alle?«

Ritchie nickte zur Uhr, die über dem Eingang hing. »Schichtwechsel. Grumpy Bob hat was davon gemurmelt, dass er was zu trinken bräuchte. Ich habe noch nie gesehen, dass sich ein Raum so schnell geleert hätte.«

»Und Sie sind nicht mitgegangen?« McLean zog skeptisch eine Augenbraue hoch.

Ritchie schenkte ihm ein Elfenlächeln. »Oh, ich stoße später dazu. Sobald ich meinem Vorgesetzten mitgeteilt habe, wo wir hingehen.«

McLean ging gerade zur Hintertür hinaus, als hinter ihm ein bekanntes Gesicht auftauchte. Emma Baird trug eine große Segeltuchtasche über der Schulter, an der sie sich abschleppte, als enthielte sie ihre gesamten weltlichen Besitztümer.

»Man könnte denken, du magst uns lieber als die Spurensicherung.« Er hielt ihr die Tür auf. »Du scheinst eine Menge Zeit hier zu verbringen.«

»Ich glaube, das hat damit zu tun, dass ich die Neue bin«, sagte sie. »Ich bin anscheinend immer diejenige, die Zeug ins Archiv schleppen muss. Wahrscheinlich, weil ich ja sowieso in der Nähe wohne.«

»Ach, ich bin sicher, es versüßt Needy den Tag, wenn er ab und zu mal ein hübsches Gesicht zu sehen bekommt.«

Emma grinste frech. »Also, vielen Dank, Inspector McLean. Hört sich ja fast nach einem verkappten Kompliment an.«

McLean wollte eine launige Bemerkung über die Gepflogenheiten bei den weiblichen Constables machen, als ihm gerade noch rechtzeitig auffiel, dass sie weder zutreffend noch lustig gewesen wäre. »Dann bist du auf dem Heimweg?«, fragte er stattdessen.

Sie waren über den Parkplatz zu einem alten blauen Peugeot gegangen, der zwischen zwei Streifenwagen geparkt war, und jetzt war Emma immer noch dabei, in ihrer geräumigen Tasche nach den Schlüsseln zu wühlen.

»Na ja, eigentlich schon«, sagte sie und gab die Suche auf. »Aber wenn du ein besseres Angebot hast …«

34

Jayne hat mir erzählt, dass Sie Jos Buch gelesen haben, Tony. Was halten Sie davon?«

McLean saß in dem unbequemen Sessel in McIntyres Büro. Ein weiterer trostloser Tag, eine weitere sinnlose Therapiesitzung. Keines von beidem half ihm über den Kater hinweg, der ihn jeden Augenblick zu überwältigen drohte. Es war ein guter Abend im Pub gewesen – viel besser, als nach Hause zu gehen und über das Buch zu grübeln, das er am Ende doch noch fertig gelesen hatte –, aber sein Kopf dankte es ihm gerade nicht.

Er sah Hilton direkt an. »Um ehrlich zu sein, ich verstehe nicht, wie Sie es zulassen können, in irgendeiner Form damit in Verbindung gebracht zu werden. Sie dachten wenigstens noch, Anderson wäre vor allem verrückt. Sie scheint zu denken, dass wir ihn für neun Morde beschuldigt haben, die er nicht begangen hat. Das ist ein Haufen Müll, schlimmer noch: ein Haufen gefährlicher Müll.«

»Gefährlich? Wie denn das?«

»Sie beschreibt ganz genau, in allen grässlichen Einzelheiten, was Anderson mit seinen Opfern gemacht hat.«

Die Stille, die folgte, war lang. McLean begnügte sich damit, dazusitzen und auf das Bücherregal hinter Hiltons Sessel zu starren, die Sammlung durchzusehen, die McIntyre angehäuft hatte. Hauptsächlich Biografien, aber es gab darunter auch ein paar Management-Handbücher und Leitfäden für die Polizeiarbeit. Und ab und zu etwas Belletristik. Eine Lücke zeigte, wo Dalgliehs Buch gestanden hatte, zwischen einer eselsohrigen Ausgabe von *Das Dilbert-Prinzip* und dem *Police Training Ma-*

nual von 1985, schottische Ausgabe. Er versuchte herauszufinden, ob darin eine tiefere Bedeutung verborgen lag, als Hilton endlich das Schweigen brach.

»Sagen Sie mir, Tony, wie kommen die Ermittlungen voran?«

McLean wandte seine Aufmerksamkeit widerstrebend wieder dem Psychologen zu. »Welche?«

Hilton lächelte. »Sie wissen, welche. Der Christmas Killer.«

»Sehen Sie, Sie ziehen schon wieder voreilige Schlüsse.« McLean wusste, dass es eine Stichelei war, konnte aber nicht anders, als hinzuzufügen: »Und ich dachte, Ihre Aufgabe wäre es eigentlich, unvoreingenommen Tatsachen auszusieben.«

»Und was sind die Tatsachen?«

»Wir haben zwei junge Frauen, die tot sind, wahrscheinlich ermordet von derselben Person. Ganz sicher eine Nachahmung von Andersons Methoden. Nur dass Anderson nur ein Mal im Jahr gemordet hat.«

»Anderson war … einzigartig, sagen wir's mal so.« Hilton tippte mit seinem Stift gegen seine Wange, was ein hohles Klopfen hervorbrachte. »Aber das Trauma seiner prägenden Jahre hat ihm eine gute Grundlage für seine Psychose geliefert.«

»Und trotzdem hätte das Profil, das Sie für Ihren Christmas Killer angelegt haben, nicht unterschiedlicher sein können. Sehr hilfreich, nicht wahr?«

»Sie wissen genauso gut wie ich, dass es sich beim Profiling nicht um eine exakte Wissenschaft handelt, Tony.« Hilton fixierte ihn mit einem frechen Grinsen, das förmlich darum bettelte, dass man ihm eine reinhaute. »Ich glaube, wenn Sie den Fall überprüfen, würden Sie sehen, dass meine Arbeit zum Christmas Killer gar nicht so weit am Ziel vorbeigeht. Alle Anzeichen waren vorhanden, ich habe nur das Alter und die Intelligenz unterschätzt.«

»Wie Sie meinen. Was ist mit dem neuen Fall? Wie weit sind

Sie damit, das Profil dieses Christmas Killers zu erstellen, den Sie ja offenbar unbedingt so nennen wollen?«

»Ihn? Und Sie bezichtigen mich, voreingenommen zu sein. Woraus schließen Sie, dass wir nicht nach einer Frau suchen? Wenn ich recht verstehe, war das zweite Opfer lesbisch. Haben Sie die sexuelle Orientierung des ersten schon abgeklärt?«

»Sie wurden beide mehrfach vergewaltigt«, sagte McLean. »Zugegeben, Sie sind hier der Experte für sexuelle Dysfunktion, aber für mich deutet das auf einen Mann hin.«

Hilton legte herablassend den Kopf schief. »Rein zufällig stimme ich Ihnen da zu, wenn auch nicht aus demselben Grund. Weibliche Serienmörder sind sehr selten, und die richten ihre Gewalttätigkeit normalerweise gegen Männer.«

»Dann sind wir uns also einig. Wir suchen nach einem Mann. Und nach einem, der lesen kann, ein wenig zumindest.«

»Touché, Inspector.« Hilton lächelte wieder sein nervtötendes kleines Grinsen. »Jetzt lassen wir den Fall mal einen Moment beiseite und konzentrieren uns auf Sie. Schließlich sind wir deswegen hier. Es kann nicht leicht sein, das alles wieder auszugraben.«

»Es wäre entschieden leichter, wenn Sie und die Chief Superintendent und die Presse und alle anderen, die auch eine Meinung dazu haben, mich nicht ständig daran erinnern würden.«

»Das ist eine Menge Feindseligkeit von jemandem, der über seinen Verlust hinweggekommen ist und nach vorn schaut.«

»Nach vorn schaut?« McLean konnte spüren, wie seine Wut wieder hochkam. »Wer sagt, dass ich nach vorn schaue? Das ist nichts, was man einfach so hinter sich lässt, Hilton. Die Art Mensch, die so was einfach hinter sich lassen kann, ist genau die Art Mensch, die auch ohne Reue zwei Frauen entführen, vergewaltigen und ermorden kann. Ich dagegen muss täglich mit Kirstys Tod leben. Das ist ein wichtiger Teil meines Lebens, der bestimmt, wer ich bin. Aber ich weiß das. Ich komme damit klar. Ich kann nicht nach vorn schauen. Nicht so, wie Sie das meinen. Aber ich kann damit umgehen.«

»Indem Sie sich in die Arbeit stürzen? Indem Sie sich weigern, sich auf etwas anderes als nur oberflächliche Beziehungen einzulassen? Ist das ›damit umgehen‹, Tony? Oder nicht vielleicht eher: den Kopf in den Sand stecken?«

»Ich weiß nicht, wovon Sie reden.« McLean schlug die Beine übereinander und richtete sich in dem unbequemen Sessel auf, obwohl er wusste, dass ihn das aussehen ließ, als müsse er sich verteidigen.

»Hören Sie sich doch mal selbst zu, Tony.« Hiltons selbstzufriedenes Lächeln war wieder da. »Ich habe Ihre Personalakte gelesen. Sie gehen auf die vierzig zu und sind weder verheiratet, noch haben Sie Kinder. Ich habe mich umgehört, und soweit ich weiß, sind Sie auch nicht schwul. Warum also kein romantisches Interesse? Ein gutaussehender Kerl wie Sie, da dächte ich doch, Sie müssten sich eher Ihrer Haut erwehren.«

»Ich glaube wirklich nicht, dass mein Privatleben Sie irgendetwas angeht, Hilton. Wenn ich recht verstehe, sind Sie hier, um festzustellen, ob ich arbeitsfähig bin. Stimmt irgendwas nicht mit meiner Leistung?«

»Na ja, Sie haben einen Ihrer Untergebenen in eine gefährliche Situation gebracht, die direkt zu einer schweren Verletzung führte.« Hilton linste auf sein Notizbuch hinunter, während er sprach. »Und Sie sind ohne Vorwarnung in eine laufende Ermittlung des Dezernats Organisierte Kriminalität hineingetrampelt.«

»Und die Dienstaufsicht war sehr zufrieden mit mir, weil ich mich in keinem der beiden Fälle unangemessen verhalten habe. Strathclyde war vorgewarnt, dass wir kommen würden, sie hatten nur beschlossen, keine Konsequenzen daraus zu ziehen. Und was den Unfall angeht, so hatte der Feuerwehrmann den Ort gesichert. Er war ebenso überrascht wie ich, als der Boden einbrach.«

»Und wann haben Sie Detective Sergeant Robertson zum letzten Mal besucht? Meines Wissens liegt er immer noch im Western General Hospital.« Hilton sah von seinem Notizbuch auf und fixierte McLean mit unbeweglichem Starren. Jetzt lächelte er nicht.

»Ich … ich hab zu tun gehabt.«

»Zu tun? Sie waren drei Wochen lang beurlaubt, Tony. Und trotzdem haben Sie sich nicht einmal dazu aufgerafft, Ihren Kollegen zu besuchen. Was meinen Sie, was das über Sie aussagt?«

In der Kantine herrschte eine Atmosphäre festlicher Kumpanei, die überhaupt nicht zu seiner eigenen Stimmung passte. Die Bedienung hatte überall Lametta und Papierschmuck aufgehängt, und aus den Lautsprechern tröpfelte eine metallisch klingende Sammlung kitschiger Weihnachtslieder. McLean achtete auf das alles nicht und versuchte gewaltsam, die Überspanntheit abzuschütteln, die ihn nach Hiltons Therapiesitzung erfüllte. Es war schon schlimm genug, dass er den Mann für reine Platzverschwendung hielt, aber noch viel schlimmer war, dass er in so vielem recht hatte.

»Hab ich mir schon gedacht, dass du hier auftauchen würdest, Chef. Ich hab dir einen Platz freigehalten«, rief Grumpy Bob von einem Tisch an der Heizung hinüber. McLean bezahlte seinen Kaffee und sein Bacon Buttie, dann ging er und setzte sich zu dem Sergeant.

»Mein Gott, das brauchte ich jetzt«, sagte er, nachdem er ein paar Bissen gegessen und sie heruntergespült hatte.

»Ist Hilton wirklich so schlimm?«

»Schlimmer. Und nein, ich will jetzt nicht darüber reden.«

Grumpy Bob hob in gespieltem Erschrecken die Hände. »Nichts läge mir ferner, Chef. Das ist strikt für die Nachtsitzungen reserviert, die mit Curry, Bier und feinem Single Malt.«

McLean lächelte und ließ etwas von der aufgebauten Spannung des Morgens aus sich heraussickern. Bald würden die Therapiesitzungen zu Ende sein, versprach er sich. Bald.

»So, wo stehen wir denn in unserem Fall, Bob?«

»Also, wir könnten mehr Leute brauchen, aber daraus wird im Moment nichts. Die Allerhöchsten schreien nach Ergebnissen, aber sobald man Arbeitskräftemangel erwähnt, fangen sie an, Unsinn über Budgetkürzungen auszuspucken.«

»Ganz fantastisch.«

»Aye, das hab ich auch gesagt.« Grumpy Bob zog eine Augenbraue hoch. »Jedenfalls haben wir so ziemlich alles vorliegen, was wir aus der Rechtsmedizin bekommen sollten. Unser Mann wusste, was er tat, als er die Leichen in fließendes Wasser gelegt hat.«

»Aber er hat sie nicht dort getötet, oder? Anderson hat das jedenfalls nicht getan. Und wenn unser Mann es gemacht hätte, hätte die Spurensicherung was gefunden.«

»Schon möglich.«

»Wohin hat er sie dann verschleppt? Wo hat er sie ermordet?«

»Keine Ahnung. Es könnte überall sein, nehme ich an.« Grumpy Bob rieb mit dem Daumen über den Rand seines Bechers.

»Also, wo wurden sie zum letzten Mal gesehen? Kate McKenzie ging die Liberton Brae hoch, bei Mortonhall. Audrey ist in der Gegend von Grassmarket verschwunden, wo sie auf der Straße lebte. Keine Chance, dass sich daraus ein Muster ergibt, fürchte ich.«

»Bei Anderson gab's auch nie eins. Er hat sich seine Opfer überall in der Stadt gesucht.«

»Aber er hat sie in seinen Laden in Canongate geschleppt.« McLean erinnerte sich mit Schaudern daran. »Was ist eigentlich mit dem Laden passiert? Das letzte Mal, als ich ihn gesehen habe, war er verbarrikadiert.«

»Das ist er immer noch, soweit ich weiß. Wahrscheinlich haben wir sogar noch die Schlüssel. Schließlich hatte Anderson ja keine Familie, der man sein Zeug hätte übergeben können. Needy hat bestimmt alles ordentlich in seinem kleinen Königreich unter der Erde verstaut.«

McLean sah auf die Überreste seines Bacon Roll und die dünne Fettschicht auf dem, was von seinem Kaffee übrig war. Er merkte, dass ihm der Appetit auf beides vergangen war.

»Tu mir einen Gefallen, Bob. Geh mal hin und sieh nach, ob du nicht diese Schlüssel finden kannst, bitte. Gott weiß, dass ich versucht habe, es zu vermeiden, aber wenn unser Mörder so von Anderson besessen ist, dann werde ich mich wieder mit dem kranken Schweinehund befassen müssen. Da kann ich auch gleich bei ihm zu Hause anfangen.«

35

Vor achtzehn Jahren, als Donald Anderson seinen Laden gekauft hatte, war Canongate ein schmutziger, verwahrloster Teil der Stadt gewesen. Das war, bevor Donald Dewar beschlossen hatte, genau gegenüber das neue Parlament zu errichten. Jetzt bekam man für eine Wohnung hier in der Gegend ein Heidengeld, und die meisten der heruntergekommenen Läden waren in trendige Cafés, Weinbars und Delikatessenläden umgewandelt worden. Aber Antiquariate hatte es hier immer gegeben, Verlage auch, und ein paar davon boten der fortschreitenden Yuppiefizierung dieses Winkels der Stadt noch die Stirn. Trotzdem sah der verbarrikadierte Laden, in dem Donald Anderson seinen beiden Beschäftigungen nachgegangen war, aus wie aus einem anderen Zeitalter.

Am Anfang, kurz nach dem Prozess, war der Laden ein Mekka für Randalierer gewesen, aber wegen der schweren Sperrholzbretter und der dicken Metallgitter, die sich, wie McLean wusste, auf der Innenseite der Fenster befanden, hatte es niemand geschafft, hineinzukommen. Enttäuscht hatten sie stattdessen obszöne oder bedrohlich aussehende Graffiti auf die Vorderseite gesprüht, als würde das Ziel ihrer Wut jemals zu sehen bekommen, was sie geschrieben hatten. Mit der Zeit hatte die Öffentlichkeit Donald Anderson mehr oder weniger vergessen, und jetzt waren die Graffiti von vielen Lagen Plakaten überdeckt, die für unbedeutende Rockbands auf Tour und lang vergessene Veranstaltungen des *Fringe* warben.

»Was wollen wir hier eigentlich, Chef?«, fragte Grumpy Bob und stampfte gegen die Kälte mit den Füßen auf.

»Ich bin mir nicht ganz sicher.« McLean ging den Schlüsselbund durch, suchte nach einem, der in das große Vorhängeschloss passte, das mit einer schweren Haspe an der Eingangstür befestigt war. Er fand ihn. Dann musste er nach einem anderen Schlüssel suchen, der in das Türschloss selbst passte. Er drehte sich leicht, jüngst geölt, und die Tür schwang geräuschlos auf. McLean hatte erwartet, dass es drinnen nach Feuchtigkeit und Schimmel roch, aber es war trocken. Er versuchte es mit den Lampen und war überrascht, dass sie funktionierten, wodurch die Reihen leerer Bücherregale skelettartige Schatten warfen. Needy hatte gesagt, dass nicht lange nach Andersons Tod eine Auktionsfirma gekommen war und sämtliches Inventar mitgenommen hatte, das sich nicht im Keller des Polizeireviers befand. Und sobald jemand entschied, dass Letzteres nicht länger gebraucht würde, würden sie auch das abholen.

Im Laden herrschte eine seltsame Atmosphäre, nachdem er all der alten Leder- und der staubigen Leinenbände beraubt war. Trotzdem war er auf unheimliche Weise vertraut und ließ McLean schaudern, als er über die Schwelle trat.

Hinter dem eigentlichen Laden sah das kleine Büro, an das sich der hintere Flur und die Treppe zur Wohnung oben anschlossen, noch verlassener aus, als ein Raum aussehen sollte, in dem seit über zehn Jahren niemand mehr gearbeitet hatte. Der alte Schreibtisch stand da und auch der Stuhl. Zwei Aktenschränke standen in der Ecke bei einem Fenster, das auf den betonierten Hinterhof hinter dem Gebäude hinausgegangen wäre, wäre es nicht ebenfalls verrammelt gewesen. Alles hier war mit einer dünnen Staubschicht bedeckt, seit Langem unberührt. McLean zog ein paar Schreibtischschubladen auf, aber sie waren leer. Alles, was möglicherweise hätte Beweismaterial sein können, war während der Ermittlungen mitgenommen worden.

Durch das Büro sah McLean die Holztreppe mit ihrem abgetretenen Teppichboden bis zum Absatz hinauf. Die Fenster im ersten Stock waren nicht verbarrikadiert worden, sie waren aber auch nicht mehr geputzt worden, seit Anderson vor all diesen Jahren vom Gefängniswagen abgeholt worden war. Jetzt waren sie außen schmutzverkrustet und innen voller Spinnweben und toter Fliegen. Er ging hinauf, dann von Zimmer zu Zimmer, ohne wirklich zu wissen, was er erwarten sollte. Er hatte das Haus bereits durchsucht, und seitdem hatte sich nicht viel verändert. Nur der Geruch war anders: Wo es früher nach Lederöl und Klebstoff, nach Kochgerüchen und billigem Rasierwasser gerochen hatte, war es jetzt nur leer, staubig und etwas schimmelig.

Grumpy Bob war nicht mit nach oben gegangen. Er stand immer noch in dem kleinen Flur und sah in den Laden zurück, als McLean herunterkam. Es war komisch. Wenn irgendjemand in diesem Laden die Nerven verlor, dann sollte er es sein, nicht der alte Sergeant. Aber er empfand nur tiefe Traurigkeit, während er sich umsah.

»Du wirst da runtergehen, oder?« Grumpy Bob nickte zu der verschlossenen Tür unter der Treppe.

Zur Antwort drehte McLean den Türknauf. Es war abgeschlossen, und obwohl er alle Schlüssel ausprobierte, die man ihm gegeben hatte, passte keiner. Er ging in die Hocke, spürte die hölzernen Bodenbretter unter den Füßen. An den Rändern, nah an den Fußleisten, waren sie mit dickem Staub bedeckt. Aber in der Mitte, wo man gehen konnte, lag keiner. Von der Hintertür zum Keller war ein Pfad getreten worden, und zwar erst vor Kurzem.

»Hilf mir mal hier, Bob.« McLean drückte mit der Schulter gegen die Tür. Sie war dünn, nur mit einem einzigen Steckschloss versehen. Eigentlich keine große Herausforderung, aber in dem schmalen Korridor war nicht viel Platz zum Manövrieren. Am Ende mussten sie ihr gemeinsames Gewicht einsetzen, damit der Rahmen aufbrach.

Der Geruch schlug ihnen entgegen, sobald die Tür aufschwang. McLean würgte ein wenig und bedeckte Nase und Mund mit einer Hand, während er nach dem Lichtschalter tastete. Der hing an einem Band an der Tür, und er wollte gerade danach greifen, als sein Hirn ihn endlich einholte. Er fischte in seinen Taschen nach einem Paar Latexhandschuhe. Neben ihm tat es ihm Grumpy Bob nach. Dann ergriff er das Band so weit oben wie möglich und zog.

Licht durchflutete den Keller unter ihnen, aber alles, was sie von ihrem Standort aus sehen konnten, waren ein kleines Stück Fliesenboden und die Treppe. McLean kniete sich noch einmal hin, suchte die Stufen nach Staub ab und fand sie beunruhigend sauber.

»Hältst du das aus, Bob?«

»Sollte nicht ich es sein, der *dir* diese Frage stellt?«

»Ja, na ja. Warte hier oben, bis ich unten bin. Nicht, dass diese Treppe unter uns beiden zusammenbricht.«

Die Stufen quietschten unter seinen Schritten, aber nicht mehr als erwartet. Er erreichte den Boden ohne Zwischenfall, dann bedeutete er Grumpy Bob, ihm zu folgen. Die Erinnerungen fluteten jetzt zurück. Hier war der kleine Raum, der Steinboden und die niedrige, weiß gestrichene Decke aus Ziegelbögen. Dann ging es durch eine weiträumige Öffnung, ein Gewölbe, das sich über die gesamte Länge des Ladens darüber erstreckte und dahinter noch weiter unter den Hof reichte. Dies war der Raum, in den Anderson seine Opfer gebracht hatte, wo er ihnen Unaussprechliches angetan hatte, bevor er sie endlich ermordete. Eine im Jahr, immer zu Weihnachten, zehn schreckliche Jahre lang.

Wie die Wohnung oben, war der Raum weitgehend unverändert geblieben, nachdem die Spurensicherung ihn vor all diesen Jahren verlassen hatte. Sie hatten die Zinkwanne entfernt, aber die Wasserhähne und Abflüsse waren noch vorhanden. Eine steife Bürste an einer langen Stange lehnte an der Wand daneben, ein Eimer mit einer Plastikflasche voll billigem Bodenreiniger aus dem Supermarkt nahebei. Das Bettgestell stand immer noch am anderen Ende des Raumes, erleuchtet von einer einzigen nackten Glühbirne, die fast am höchsten Punkt des zentralen Ziegelbogens angebracht war. Aber irgendetwas stimmte nicht. Vor zehn Jahren war die Matratze zur forensischen Untersuchung mitgenommen worden, aber jetzt lag an ihrer Stelle eine andere, die mit einer dicken, rauen Decke bedeckt war, dunkelbraun und fleckig. Eine Seilschlinge lag auf dem Lager, ein Ende war zu Boden gefallen. Das lenkte McLeans Aufmerksamkeit auf die Steinplatten darunter, und da sah er das Blut. Und als seine Wahrnehmung sich darauf eingestellt hatte, stellte er fest, dass die Decke nicht dunkelbraun war. Oder dass sie es zumindest nicht immer gewesen war.

»Raus hier!«, sagte er zu Grumpy Bob, eine Hand noch immer auf den Mund gedrückt und mit der anderen zur Treppe weisend, die sie gerade heruntergekommen waren. Der Sergeant ließ sich das nicht zwei Mal sagen. Sie eilten beide auf dem Weg zurück, den sie gekommen waren, alle Sorge wegen der Treppe war in der Aufregung vergessen. Sie wollten nur noch hinaus, ohne wichtige Spuren zu kontaminieren.

Erst als sie wieder im Flur waren und an relativ frischer Luft, nahm McLean die Hand von Nase und Mund.

»Wir brauchen ein Spurensicherungsteam hier, und zwar so schnell wie möglich.« Er zog sein Handy heraus, als eine fette Schmeißfliege aus den verborgenen Tiefen dort unten die Treppe hinaufschwirrte und träge hinaus in den Flur summte.

36

Dir ist schon klar, dass dich jetzt alle hassen, Tony.«

»Äh? Was?« McLean erwachte aus seiner Benommenheit und sah Emma Bairds kleine Gestalt vor sich stehen. Zumindest sie schien nicht unter den üblen Nachwirkungen der letzten Nacht im Pub zu leiden. Ihr weißer Einweg-Overall, die Überschuhe und die Haube standen in scharfem Kontrast zu der schwarzen und teuer aussehenden Kamera, die an einem dicken Riemen um ihren Hals hing.

Sie standen in Andersons Laden, wo ein paar ähnlich bleiche Gestalten nach Fingerabdrücken suchten und eine Menge fanden. Hoffentlich sprach DS Ritchie jetzt gerade mit der Auktionsfirma und bat sie um eine Liste aller Angestellten, die damit zu tun gehabt hatten, Andersons Bücher wegzuschaffen. Er bezweifelte, dass einer davon schließlich als der Mörder entlarvt würde, das wäre viel zu einfach. Aber in jedem Fall mussten sie ausgeschlossen werden. Genau wie die Anwälte, die für den Laden zuständig gewesen waren, während Anderson im Gefängnis saß. Und jeder andere, der in den letzten zehn Jahren Zugang gehabt haben könnte.

»Hörst du mir überhaupt zu?«

»Tut mir leid, Em. Ich versuche nur, das hier zu verstehen.« Er überlegte, was sie gesagt hatte. »Warum hassen mich jetzt alle?«

»Weil heute Weihnachtsabend ist. Über Weihnachten werden keine Verbrechen aufgedeckt. Das ist ein ungeschriebenes Gesetz.«

»Ja, nun. Das tut mir jetzt echt leid. Aber denk mal an die Überstunden.«

Emma knurrte leise und ging zur Tür.

»Seid ihr oben schon fertig?«, fragte McLean.

»Oben?« Die Frage echote zwischen Emma und ihrem Vorgesetzten, der gerade aus der Kellertür kam. Seine Schritte klackerten auf dem metallenen Laufsteg, den sein Team ausgelegt hatte, um McLeans und Grumpy Bobs Fußspuren nicht zu verwischen. Die beiden anderen Kriminaltechniker, die dabei waren, alles auf der Suche nach Fingerabdrücken einzustauben, hielten inne und starrten ihn ebenfalls an. Keiner lächelte.

»Was? Denken Sie, dass jemand den Keller als Folterkammer benutzt hat und nie nach oben gegangen ist?«

Der Officer von der Kriminaltechnik seufzte müde und schlurfte in den Keller zurück, wobei er seinem Team Instruktionen zurief.

Emma stapfte schäumend an ihm vorbei. »Jetzt hasse ich dich auch«, sagte sie.

Er hoffte, dass sie das nicht ernst meinte.

Torschlusspanik hielt die Stadt im Griff, als wären die letzten drei Monate Werbung nur Übung für das Hauptereignis gewesen. Leute wimmelten herum wie Ameisen, die von einem gigantischen, unsichtbaren Ameisenigel aufgescheucht worden waren. Jeder schleppte sein eigenes Körpergewicht in Tüten herum, und manche zerrten zudem noch schreiende kleine Kinder an der Hand mit sich. Es war wie eine Vision der Hölle, so wirklich, wie man es sich nur vorstellen konnte. Selbst wenn man gerade aus dem Schlachtraum kam, der Andersons Keller war.

McLean hatte sich mit DS Ritchie vor der Sozietät von Carstairs Weddell, Anwälte und Notare, verabredet. Sie wartete an der Tür auf ihn, fünf Minuten zu früh, den langen Mantel gegen die Kälte dicht um sich gezogen.

»Guten Tag, Sir.« Sie stampfte mit den Füßen auf. »Und ich dachte, Aberdeen wäre kalt.«

»Sie finden das schlimm? Warten Sie mal, bis es in den Pentlands schneit, dann wissen Sie, was Kälte ist. Wie kommen Sie mit den Auktionatoren voran?«

»Die meisten haben diese zwei Wochen frei, aber ich habe eine Liste mit Namen und Adressen des Teams, das den Laden ausgeräumt hat. Ich habe mit dem Angestellten gesprochen, der für antiquarische Bücher zuständig ist. Er war die meiste Zeit mit dabei und sagt, er hätte sonst niemanden ins Haus gehen sehen. Sie haben den Laden so ziemlich komplett auf einen Lastwagen geladen und sind weggefahren.«

»Und die Schlüssel?«

»Von hier.« Ritchie nickte der Tür zu.

»Na, dann gehen wir wohl besser rein und reden mit denen.«

Das Lächeln der Empfangsdame sah müde aus. Vielleicht hatte sie es bei der Weihnachtsfeier etwas übertrieben. Sie führte sie in ein elegant eingerichtetes Büro, in dem ein Mann in dunklem Anzug sie erwartete, der ganz sicher zu jung war, um Seniorpartner in einer der ältesten Anwaltskanzleien der Stadt zu sein.

»Detective Inspector McLean? Jonathan Weddell.« Er streckte ihm die Hand hin. »Und Sie müssen Detective Sergeant Ritchie sein. Ich würde Ihnen ja fröhliche Weihnachten wünschen, aber angesichts des Anlasses, aus dem Sie hier sind, könnte das etwas unpassend sein. Was kann ich für Sie tun?«

»Wir versuchen, jeden zu finden, der in den letzten paar Monaten Zugang zu Donald Andersons Laden und Wohnung gehabt haben könnte. Meines Wissens haben Sie die Schlüssel?«

»Ja, natürlich, Detective Sergeant. Wir waren beauftragt, uns um Mr Andersons Besitz zu kümmern, während er im Gefängnis war, und sind als Testamentsvollstrecker ernannt.«

»Können Sie mir sagen, was mit seinem Besitz geschehen wird?«

»Alles soll verkauft werden. Wie Sie wissen, waren die Auktionatoren bereits im Laden. Es soll alles verkauft werden, und der Erlös soll an das Kinderkrankenhaus gehen. Eine etwas zweischneidige Angelegenheit, wage ich zu sagen, aber ich bin zuversichtlich, dass sie das Geschenk annehmen werden.«

Nichts für die zehn verwaisten Familien. Nicht einmal auf dem Totenbett eine Entschuldigung.

»Na ja, wenigstens etwas, nehme ich an. Er konnte es ja nicht mitnehmen.«

»Das kann keiner von uns, Inspector, wie Sie sicher wissen.«

»Ja, nun. Wegen Andersons Laden: Ich muss jeden sprechen, der Zugang hatte oder die Schlüssel.«

Weddell nahm einen dünnen Hefter von seinem Schreibtisch. »Das habe ich vermutet, daher habe ich bereits eine Liste vorbereitet. Würden Sie sie gern hier vernehmen?«

Als sie die Sozietät von Carstairs Weddell verließen, war Dunkelheit über die Stadt hereingebrochen. Sie hatten es nur geschafft, ungefähr zwanzig Leute zu befragen. Die Hälfte der Firma hatte sich wohl über die Feiertage freigenommen, und viele der Verwaltungsangestellten waren nach dem Mittagessen nach Hause gegangen. Immerhin, es war ein Anfang.

»Ich glaube nicht, dass wir große Chancen haben, den Rest in den nächsten paar Tagen zu schaffen«, sagte DS Ritchie, als sie über die Princes Street zurückgingen, gegen den Strom des letzten Aufgebots der Käufermassen. Ihr Atem vernebelte das orangefarbene Glühen der Straßenlaternen, sie zog den Mantel enger um sich.

»Wie, Sie freuen sich gar nicht darüber, die Weihnachtsschicht arbeiten zu dürfen?«

»Oh, mir ist das egal. Aber Sie werden keine besonders hilfreichen Antworten bekommen, wenn Sie bei Leuten vor der Tür stehen, die gerade den Truthahn anschneiden wollen.«

»Oder die Ansprache der Queen hören. Dann sind Sie also kein Weihnachtsmensch?«

»Nein. Ich kann nicht verstehen, wozu das ganze Theater, wirklich. Klar, als Kind habe ich es geliebt. Na ja, solange meine Eltern noch zusammen waren. Nachdem er sich davongemacht hatte, war alles ein bisschen weniger fröhlich.«

»Wie das?«

»Na ja, einerseits hatte Mum nicht viel Geld übrig. Und dann tauchte der gute, alte ›Onkel‹ Derek auf.« Ritchie zeichnete die Anführungszeichen mit ihren schwarz behandschuhten Fingern in die Luft.

»War er gewalttätig?«

»Nein, eigentlich nicht. Er wollte nur Mum, nicht die Kinder.«

»Kinder? Haben Sie Geschwister?«

»Ja, einen kleinen Bruder. Jamie.«

McLean verstaute die Information und bemerkte, wie wenig er eigentlich über den neuesten Zuwachs seines Teams wusste. »Wo ist er? Besucht er seine große Schwester nicht?«

»Er ist ein Skihase. Nein, das ist ungerecht. Er ist Skilehrer. Er reist dem Schnee nach. Im Moment ist er in Kanada. In Whistler, glaube ich.«

»Und Ihre Mum?«

»Hängt zu Hause rum, mit Onkel Derek und einer Flasche Whisky.«

»Und Ihr Vater?«

Ritchie blieb unvermittelt stehen. »Werde ich gerade verhört, Sir?«

McLean kam sich ein bisschen dumm vor, dass er so taktlos gewesen war. Um ehrlich zu sein, war er ein bisschen außer Übung, was oberflächliches Geplauder anging.

»Tut mir leid. Die Macht der Gewohnheit.«

»Ich nehme an, so wird man Inspector.« Ritchie lächelte, und sie setzten ihren Rückweg fort.

McLean kam nicht umhin zu bemerken, dass sie die Frage nicht beantwortet hatte.

»Also, was ist der nächste Schritt?«, fragte sie. »Noch mehr Gespräche mit Anwälten? Die müssen wenigstens keinen Anwalt dabeihaben.«

»Ich bin mir sowieso nicht sicher, ob es etwas bringt, wenn wir sie bei der Arbeit vernehmen. Wir suchen nach jemandem, der dermaßen von Anderson besessen ist, dass er sein Opfer in dessen Keller schleppt und dort ermordet. Diese Art Mensch könnte im täglichen Leben völlig normal und gesund erscheinen. Ich müsste sehen, wo sie wohnen, um mir ein besseres Bild von ihnen machen zu können.«

»Sie meinen also, es könnte jemand aus der Kanzlei sein?«

»Sie hatten die Schlüssel. Und wo könnten wir sonst anfangen?«

»Das wird nicht leicht, so viele Leute zu Hause zu befragen.«

»Ich weiß, und deshalb brauche ich alle Detectives, die ich zu fassen bekommen kann, und dann wird die Liste in Angriff genommen. Mit etwas Glück schaffen wir sie alle an einem Tag. Aber das muss bald passieren. Ich möchte nicht, dass sie anfangen, miteinander zu reden.«

»Dann machen wir's also morgen? Das Eisen schmieden, solange es heiß ist?«

»Ja, könnte man so sagen.« Abgesehen davon, dass er die Überstunden vor der Chief Superintendent rechtfertigen müsste und eine Menge Leute dazu überreden, ihr Weihnachtsfest aufzugeben, war das vollkommen einleuchtend.

»Wo werden Sie die Leute auftreiben?« Ritchie sprach genau das vertrackte Problem an, das McLean schon vor Augen hatte, seit er gesehen hatte, wie umfangreich Carstairs Weddells Gehaltsliste war.

»Möge Gott mir beistehen, ich werde Dagwood bitten müssen«, sagte er. »Und danach brauch ich was zu trinken.«

Der Pub schloss früh. Nun, es war schließlich Weihnachten. Er konnte nicht erwarten, dass das Personal der Bar die ganze Nacht arbeitete. Regelrecht in die kalte Nacht hinausgeworfen, stand ein harter Kern von Trinkern herum und debattierte darüber, was sie als Nächstes tun sollten, bevor sie alle beschlossen, nach Hause zu gehen. Grumpy Bob schaffte es irgendwie, ein Taxi anzuhalten, und er, Ritchie und zwei Detective Constables stiegen ein.

»Sollen wir dich mitnehmen, Chef?«, fragte Bob.

McLean sah die vier an und merkte, dass er lieber allein sein wollte.

»Nein, danke. Ich glaube, ich gehe zu Fuß. Wir sehen uns morgen früh. Besprechung um neun, nicht vergessen.«

Er sah zu, wie das Taxi den Berg hinauftuckerte, dann wandte er sich heimwärts, wobei er die Schultern gegen die Kälte hochzog. Es war eine kalte Nacht, die Wolken hingen tief und zogen schnell im Wind vorüber. Vielleicht würde es später regnen, vielleicht sogar schneien, aber alles, woran McLean denken konnte, während seine Füße einen nicht sehr gleichmäßigen Rhythmus auf den Bürgersteig schlugen, war der wirre Knoten von Umständen, der die Todesfälle von Audrey Carpenter und Kate McKenzie mit Donald Anderson verband. An Jo Dalgliehs Buch und ihre verrückten Theorien. An Matt Hilton und all die bequemerweise verdrängten Gedanken, die er aus ihm herauskitzelte.

Seufzend angesichts der Kompliziertheit des Ganzen griff

McLean nach den Schlüsseln in seiner Tasche, als er am Ende seiner Straße um die Ecke kam. Und blieb dann plötzlich stehen. Er schüttelte den Kopf, versuchte nachzuspüren, ob er vielleicht doch zu viel getrunken hatte, aber da war nicht mehr als das gewöhnliche Summen, das er nach einer relativ ruhigen Veranstaltung und etwas Alkohol nach der Arbeit erwartete.

Und trotzdem hatte er es irgendwie geschafft, zu der ausgebrannten Hülle seiner Wohnung in Newington zurückzugehen.

37

Die Straße war ruhig, aber nicht leer. Ein paar Leute gingen an ihm vorbei, während er gaffend dastand, überwiegend Paare, Arm in Arm. Überall um ihn herum flackerte und schimmerte Licht aus Fenstern voller Weihnachtsdekoration, oder es glühte nur hinter Vorhängen, die zugezogen waren, um die Winterkälte auszuschließen. Überall, das hieß mit Ausnahme des einen Blocks direkt vor ihm.

Das Baugerüst hing daran wie Efeu an einem kranken Baum. Absperrband flatterte warnend im Wind. Die Fenster im Erdgeschoss waren zugenagelt worden, aber im obersten Stockwerk, seinem ehemaligen Wohnzimmer, konnte er noch durch die augenlosen Höhlen und in die Nacht dahinter sehen. Es war das erste Mal seit dem Brand, dass er sich dem Gebäude genähert hatte. Nichts von seinem weltlichen Hab und Gut hatte in einem Zustand überlebt, dass es des Bergens wert gewesen wäre.

Er ging über die Straße und auf die Haustür mit der abblätternden Farbe zu. Die Schalttafel der Sprechanlage hing noch an der Wand, aber die Lämpchen hinter den Knöpfen leuchteten nicht mehr. Im gebrochenen Schein der Straßenlaterne konnte er gerade die Namen von oben nach unten lesen: McLean/Summers, Sheen, Polson, ein zerbrochener und zerkratzter Knopf, wo Heerscharen von Studenten zehn Jahre lang ständig versucht hatten, das kleine Papier darin auszuwechseln, zwei leere Knöpfe für die vermieteten Wohnungen, McCutcheon. Ohne zu wissen, warum, steckte er seinen Schlüssel ins Schloss. Er war überrascht, dass kein großes Vorhängeschloss an der Tür hing, und noch mehr, als die Tür sich öffnen ließ. Dahinter begann eine andere Welt.

Die Bauarbeiter hatten hart gearbeitet, sie hatten die tragenden Mauern gesichert und den Schutt beseitigt. Die alten, schweren Steinplatten fühlten sich vertraut unter seinen Füßen an, aber als er aufsah, konnte McLean hoch über seinem Kopf Wolken sehen. Als er die Tür hinter sich zufallen ließ, schloss sie den Lärm der Straße aus und ihn von der Wirklichkeit ab.

Er ging bis ans Ende des Flurs, wo die steinerne Treppe immer noch in einer weiten Spirale nach oben führte. Das eiserne Geländer war entfernt worden, aber das störte ihn nicht weiter. Zum ersten Mal, seit er sich erinnern konnte, stank es hier nicht nach Katzenpisse, sondern roch nur nach einer feuchten Mischung von Kohle und Schimmel. Er stieg bis zum ersten Absatz hoch, wobei er sich dicht an der Wand hielt. Oben hielten die Steinplatten noch stand, da sie von den Wänden gesichert wurden, die die Eingangshalle unten abgrenzten. Das war der Kern des Gebäudes, der vom Brand unberührt geblieben war. Auf beiden Seiten, wo die einzelnen Wohnungen gewesen waren, war alles verschwunden.

Die nächsten Stufen, und jetzt stand er vor seiner eigenen Wohnungstür. Nur war nichts mehr übrig von dem Holz, von dem er sich erinnerte, es abgeschmirgelt und mit solchem Stolz gestrichen zu haben. Nur ein leeres Loch, das sich zu einem selbstmörderischen Abgrund öffnete. Auf Höhe der Decke war jetzt freier Himmel, und hier oben pfiff der Wind und trug die Laute des Lebens ganz leise von draußen herein. Er ignorierte sie, stand einfach an seiner Türschwelle, über die er nicht mehr treten konnte, und stellte sich den bekannten Anblick vor.

Da waren die polierten Bodendielen, leicht verzogen und knarrend. Da der Kleiderständer neben der Badezimmertür, der Abstellraum mit seinem merkwürdigen Schnitt, damit er Tageslicht bekam. Die Küche war drüben rechts, hinten in der Wohnung, zu dem winzigen, ungepflegten Stück Garten hin ausgerichtet. Daneben sein Schlafzimmer mit all seinen Kleidern und Schuhen, den Manschettenknöpfen, die seinem Vater gehört hatten, dem Hochzeitsbild seiner Mutter in einem Silberrahmen auf der Ankleide. Vorn in der Wohnung drei Zimmer. Das kleine Gästezimmer, wo Grumpy Bob in den dunklen Nächten nach seiner Scheidung geschlafen hatte, und davor sein bester Freund und ehemaliger Mitbewohner Phil. Daneben sein Büro, voll unnützer Korrespondenz und Müll in Aktenschränken, ein Computer, den er kaum benutzte, Regale voller Bücher, die er nie mehr lesen würde.

Und dann schließlich das Wohnzimmer mit seinem kunstvoll verputzten Kaminsims, dem offenen Kamin und dem tiefen Erkerfenster. Das Bügelzimmer mit der herausgenommenen Tür, wo seine umfangreiche Plattensammlung alphabetisch geordnet stand. Der gemütliche Ledersessel, den er bei einem Trödler gefunden hatte. Seine unvorstellbar teure Linn-Stereoanlage.

Die Erinnerungen wurden stärker. Er dachte an die glücklichen Zeiten, die er hier verbracht hatte. In seinem Heim. Er konnte hören, wie Phil unter der Dusche schräg sang, konnte die Küche voller Studenten sehen, die Rotwein tranken und anspruchsvoll über kognitive Verhaltenstherapie gesprochen hatten oder darüber, ob Morrissey Verrat begangen hatte, als The Smiths auseinandergegangen waren. Er sah zu, wie Kirsty, in ein großes Handtuch gehüllt, aus seinem Schlafzimmer getappt kam und barfuß ins Wohnzimmer hinüberging, um Musik aufzulegen. Etwas Klassisches, das er nicht sofort erkannte, dann tappte sie zurück. An der Tür nahm sie das Handtuch ab, ließ es auf den Boden fallen, bevor sie nackt in der Dunkelheit dahinter verschwand.

Und dann konnte er sie auf dem Bett liegen sehen. Keine Laken, keine Decken, nur eine fleckige alte Matratze mit spitzen Metallfedern, die aus abgewetzten Ecken hervorstachen. Sie lag ausgestreckt auf dem Rücken, ihre Arme waren über ihrem Kopf in einer merkwürdigen, unbequemen Stellung ans Bettgestell gefesselt, die Beine weit gespreizt wie im feuchten Traum eines widerlichen alten Pornographen. Ihre Brüste platt und leblos, die Haut so bleich wie der Wintermond. Ihr Haar aufgefächert wie ein dunkler Heiligenschein.

Schwindel überkam ihn wie eine Welle und ließ ihn beinahe in den Abgrund stürzen. McLean hielt sich an den verbrannten Überresten des Türrahmens fest, spürte, wie der bröckelte und nachgab. Instinktiv warf er sich nach hinten. Er taumelte, krachte schwer auf den Steinboden des Treppenabsatzes und rollte gefährlich nah an den Rand, wo das Geländer abgebaut worden war. Er krabbelte zurück, bis er seinen Rücken an die sichere Steinmauer pressen konnte, zog die Knie an die Brust und schlang die Arme darum. Versuchte, das schreckliche Bild aus seinem Kopf zu verbannen.

Irgendwo in der Ferne konnte er einen kleinen Jungen weinen hören. Es dauerte lange, bis er bemerkte, dass er selbst dieser Junge war.

38

Das Polizeigebäude war so still wie eine Kirche zu Gebetszeiten, als McLean gerade noch rechtzeitig am Weihnachtsmorgen dort ankam. Er fühlte sich nicht besonders gut, obwohl er nicht wusste, ob das an zu viel Bier oder dem Schock lag, den ihm der Anblick seiner ausgebrannten Wohnung versetzt hatte. In jedem Fall war es nicht schlimm genug, um ihn von der Arbeit abzuhalten.

Falls er dachte, es ginge ihm nicht gut, dann sah DC MacBride zehn Mal schlimmer aus. McLean fand den Detective Constable zusammengesackt an seinem Schreibtisch vor, wie er mit trüben Augen auf den Monitor seines Laptops starrte.

»Guten Morgen, Constable. Fröhliche Weihnachten.« McLean sprach ziemlich leise, aber der junge Mann zuckte trotzdem zusammen.

»Was ist daran so fröhlich, Sir?«

McLean dachte einen Augenblick lang darüber nach, dann sagte er: »Da ist was dran.« Er zog sich vom nächsten Schreibtisch einen Stuhl heran und setzte sich neben den Detective Constable.

»Ich dachte, Sie wären nach dem Pub gestern Abend nach Hause gegangen.«

MacBride wandte ihm langsam den Kopf zu, seine bleiche Stirn glänzte vor Schweiß. »Das dachte ich auch, Sir, aber Kir… Detective Sergeant Ritchie hat uns zu sich nach Hause eingeladen. Hat gesagt, sie hätte noch eine Flasche Tequila, die ausgetrunken werden müsste. Ich wusste nicht, dass die noch gar nicht angebrochen war.«

McLean wusste nicht, ob er gekränkt oder dankbar sein sollte, dass er zu der spontanen Party nicht eingeladen worden war, aber bevor er Zeit hatte, lang darüber nachzudenken, flog die Tür zum Einsatzraum auf, und das Objekt seiner Unschlüssigkeit kam mit einem Tablett mit Kaffee herein. Wie immer sah sie sehr ordentlich gekleidet aus. Falls sie selbst verkatert war, sah man es ihr nicht an.

»Oh, Sir, Sie sind schon hier. Fröhliche Weihnachten.« Ritchie lächelte und stellte das Tablett auf ihrem Schreibtisch ab. Es gab auch eine fettige Papiertüte, und McLean fragte sich, wo in aller Welt sie einen offenen Laden gefunden hatte, um Frühstück zu besorgen. Oder hatte sie es selbst gemacht und mitgebracht? Als sie die Tüte aufmachte und der Duft von frisch gebratenem Speck die Luft füllte, war es ihm auch wirklich egal.

»Bitte, sagen Sie, dass Sie genug für alle mitgebracht haben«, sagte er.

»Schon in Ordnung, Sir. Sie können meins haben.« Ritchie kam zu ihm, Tüte und Kaffee in der Hand.

»Danke.« McLean schnappte sich die ihm dargebotene Beute und wandte sich von MacBride ab, um dessen Unwohlsein zu lindern. »Ist Grumpy Bob schon da?«

»Aye, er ist unten in der Kantine und sammelt mit DC Johnson Constables ein. Ich dachte, wir sollten besser anfangen.« Ritchie ging zu ihrem Schreibtisch zurück und hob einen Stapel Papiere hoch. »Ich habe die Liste in zwei geteilt: die, die normalerweise Zugang zu dem Aktenschrank hatten, in dem die Schlüssel aufbewahrt wurden, und die, die nur im Büro gearbeitet haben.«

McLean überflog die erste Liste und war dankbar, dass sie nicht so lang war, wie er erwartet hatte.

»Okay«, sagte er. »Wir teilen uns in Teams auf. Jeweils ein Detective und ein Uniformierter. Mit ein bisschen Glück sollten wir es schaffen, vor dem Mittagessen mit allen fertig zu werden.«

»Was, wenn sie nicht zu Hause sind?«, fragte Ritchie.

»Dann versuchen wir's morgen noch mal.«

»Und wenn sie sauer auf uns sind, dass wir ihnen das Weihnachtsfest vermasseln?« Diesmal war es MacBride, der sich an einem Becher Kaffee festhielt und den Dampf inhalierte.

»Sagt ihnen, dass nicht sie es sind, die arbeiten müssen.«

Als sie bei der zweiten von fünf Adressen ankamen, fing McLean an, sich zu wünschen, allein losgezogen zu sein. Er konnte nicht ganz glauben, dass PC Sandra Gregg – oder Sandy, wie sie unbedingt genannt werden wollte – tatsächlich die Führerscheinprüfung bestanden hatte, ganz zu schweigen vom Fortgeschrittenen-Kurs, den man obligatorisch absolvieren musste, bevor man einen der Dienstwagen benutzen durfte. Es war zwar gut, dass die Straßen relativ ruhig waren, aber sie redete ständig beim Fahren und nahm dabei häufig den Blick von der Straße, um ihn anzusehen, und hin und wieder nahm sie auch die Hände vom Lenkrad, um zu gestikulieren. Er hätte es als Gespräch bezeichnet, aber das hätte bedeutet, dass es sich um einen gleichberechtigten Austausch handelte.

Der Großteil von PC Greggs atemlosen Monolog schien von der Empörung befeuert zu sein, am Weihnachtstag arbeiten zu müssen, obwohl sie zugeben musste, dass ihr die Überstunden gelegen kamen, da ihr Kevin gerade keine Arbeit hatte und schließlich alle essen wollten und die Hypothek auch nicht billiger wurde. McLean gab sein Bestes, sie zu überhören, während er sich auf eine weitere Begegnung mit der Festtagsstimmung vorbereitete.

Es war schon merkwürdig. Das hier war das – was: zehnte, elfte? – Weihnachtsfest in Folge, an dem er arbeitete. Und genau dasselbe am zweiten Feiertag. Er war es gewöhnt, die Festtage allein oder mit einem oder zwei Arbeitskollegen zu verbringen, mit dem Durchpflügen von Papieren, die sich über die Vormonate angesammelt hatten. Manchmal gab es einen Fall, der dringend bearbeitet werden musste, so wie heute. Aber meistens bedeutete das, einen frischen Tatort zu besuchen. Heute sollte er fünf Heime besuchen, fünf Familien, die feierten, was auch immer es war, worum es heutzutage an Weihnachten ging. Und zu jeder brachte er ein wenig Trostlosigkeit, sogar, wenn sie nichts mit Donald Anderson, Audrey Carpenter oder Kate McKenzie zu tun hatten. Es reichte, dass ein Polizist auf der Türschwelle erschien, um einen Schatten auf den Rest des Tages zu werfen. Besonders heute. Er fühlte sich ein bisschen wie der Anti-Weihnachtsmann.

Der Familienvater, den sie gerade befragt hatten, Matthew Power, war eindeutig nicht das, wonach er suchte: viel zu beschäftigt mit seinen kleinen Kindern und seiner schönen Frau. Vielleicht passte ja der Nächste auf der Liste, Mike Ayre, besser. Falls der Mörder überhaupt bei Carstairs Weddell arbeitete.

Die Tür zur Maiden Avenue Nummer 15 wurde von einer dicklichen Frau mittleren Alters mit ergrauendem Haar und rotem Gesicht geöffnet. Sie trug eine grün gestreifte Schürze vor dem Bauch und hielt einen Holzlöffel in der Hand wie eine Angriffswaffe. Als sie Constable Greggs Uniform sah, sackten ihre Schultern nach unten.

»Was hat er jetzt wieder angestellt?« In ihrer Stimme schwang eine Mischung aus Resignation und Wut.

»Ähm, Mrs Ayre?« McLean versuchte, seine Überraschung nicht zu zeigen. Mit einem solchen Auftakt der Vernehmung hatte er nicht gerechnet.

»Aye?«

»Ich hatte gehofft, ich könnte mal kurz mit Michael Ayre sprechen.«

Mrs Ayres Gesichtsausdruck verwandelte sich in Verwirrung. »Mike? Nicht Peter?«

»Mike Ayre. Er arbeitet bei Carstairs Weddell, der Kanzlei.«

»Dann hat Peter also nichts angestellt?«

»Nicht, dass ich wüsste, Mrs Ayre. Ist Mike zu Hause?«

»Aye, kommen Sie rein. Ich ruf ihn.« Sie trat zur Seite und ließ sie in einen engen Flur ein, der mit einem halluzinogenen Teppichboden aus lila Wirbeln ausgelegt war und tapeziert mit einem Spritzmuster, das Migräne auslösen konnte und aus den frühen Achtzigern entkommen sein musste.

»Setzen Sie sich, da drin.« Sie zeigte auf etwas, das sich als die Wohnzimmertür herausstellte. »Sie bleiben doch nicht lang, oder? Muss nämlich noch das Weihnachtsessen kochen.«

McLean wollte Mrs Ayre gerade versichern, dass es überhaupt nicht lang dauern würde, da wandte sie sich von ihnen ab, blickte die Treppe hinauf und schrie: »Michael? Michael! Die Polizei ist da, die wollen mit dir reden.« Erst dann wandte sie sich wieder um und fragte: »Hätten Sie beide gern 'ne Tasse Tee?«

Kurz darauf tauchte unten an der Treppe ein junger Mann in schmutzigen Jeans und einem zerrissenen T-Shirt mit dem Logo einer Band auf, von der McLean noch nie etwas gehört hatte. Er war barfuß, und seine Frisur sah aus, als wäre er rückwärts durch einen Ginsterbusch geschleift worden. Er sah die beiden Polizeibeamten aus verschlafenen Augen an.

»Oh, hallo? Was hat Pete denn diesmal angestellt?«

»Ich nehme an, Pete ist Ihr Bruder.« McLean bedeutete dem jungen Mann, er solle sie ins Wohnzimmer führen, und folgte ihm. Eine cremefarbene Sofagarnitur aus drei Teilen dominierte das kleine Zimmer und war so gedreht, dass sie vor einem großen Flachbildfernseher stand. Mike ließ sich in einen Sessel fallen, fuhr sich mit der Hand durchs Haar und sagte: »Aye. Und außerdem 'n fauler kleiner Scheißer.«

»Ist er öfter in Schwierigkeiten?«, fragte Constable Gregg zu McLeans Ärger. Er konnte niemanden brauchen, der keine Ahnung von Vernehmungen hatte und ihn unterbrach.

»Sagen Sie mir das, Officer. Das letzte Mal haben sie ihn wegen Ladendiebstahl verhaftet, aber bei der Gesellschaft, in der er sich rumtreibt, würd's mich nicht überraschen, wenn's diesmal was Schlimmeres wäre.«

»Eigentlich sind Sie es, mit dem wir sprechen möchten.« McLean machte sich in Gedanken eine Notiz, Peter Ayre zu überprüfen, wenn er ins Büro zurückkam. »Über Carstairs Weddell.«

Mike Ayre setzte sich aufrecht in seinen Sessel, die nackten Füße in den dicken, orangefarbenen Teppich gepresst. »Ah, ja?«

»Sie arbeiten im Archiv, richtig?«, fragte McLean.

»Hauptsächlich, ja. Ich hol auch die Post und so.«

»Sind Sie jemals gebeten worden, den alten Buchladen unten in Canongate zu überprüfen?«

»Andersons Laden? Nein. Ich hätte auch keine große Lust dazu gehabt. Gruselig, oder?«

»Aber Sie wussten, wo die Schlüssel waren.«

»Klar, in der Aktenbox. Ich musste sie erst gestern Morgen für Mr Weddell holen. Warum?«

»Spielt keine Rolle«, sagte McLean, obwohl er nicht so sicher war, dass Ayre die Wahrheit über Andersons Buchladen sagte. »Wie lange arbeiten Sie schon für Carstairs Weddell?«

»Seit ungefähr einem halben Jahr, würde ich sagen. Ich war im Sommer mit der Schule fertig, und die haben mich genommen. Die Bezahlung ist nicht gerade toll, aber es ist immerhin ein Job, was?«

»Und in all diesen Monaten sind Sie nie zusammen mit jemandem vom Büro zu Andersons Laden gegangen, um die Post abzuholen? Sind nie deshalb dort hingeschickt worden?«

»Nein.« Ayre legte die Hände aneinander und verschränkte nervös die Finger.

»Woher wissen Sie dann, dass es da unheimlich ist?«

»Hören Sie mal, worum geht's hier wirklich? Ich hab nichts Falsches gemacht.«

»Das hab ich auch nicht behauptet, Mr Ayre.« McLean fixierte den jungen Mann mit einem unangenehmen Blick, der daraufhin wegsah, auf seine Füße, zum Fernseher hinüber, und dann auf den Teppich starrte, als wäre der das Faszinierendste, was er je gesehen hatte.

»Sie waren da, Michael, oder?« Mc Lean hielt seine Stimme gleichmäßig und ruhig. »Was war es, eine Mutprobe?«

»Sie erzählen's nicht Mr Weddell, oder?« Ayre sah zu McLean auf, ein verzweifeltes Betteln im Blick. Plötzlich sah er sehr jung aus, einfach nur ein Junge, der gerade die Schule verlassen hatte. Vielleicht hatte er etwas zu verbergen, aber nicht Kate McKenzies Mord.

»Falls es sich nicht um etwas Illegales handelt, wüsste ich nicht, warum ich das tun sollte.«

»Es war, ich weiß nicht … wie Sie sagen, eine Mutprobe. Ich wusste von den Schlüsseln, alle wussten davon. Mr Barnes sieht normalerweise dort nach dem Rechten. Aber da ist dieses Mädchen, wissen Sie, Shanna. Sie mag komisches Zeug. Gruftiezeug, wissen Sie. Ich hab ihr von Anderson erzählt, und sie fand, es wäre … also, na ja, irgendwie cool.«

Nachdem er seine anfängliche Zurückhaltung aufgegeben hatte, fuhr Mike Ayre damit fort, McLean seine gesamte kurze Lebensgeschichte zu erzählen, angefangen damit, wie er zuerst vor all diesen langen Monaten eine Anstellung bei Carstairs Weddell gefunden hatte, dann von seiner hilflosen Verliebtheit in eine Verwaltungsangestellte in der Immobilienabteilung. Er erzählte von betrunkener Prahlerei und davon, wie er an einem Freitagnachmittag die Schlüssel gestohlen hatte. Dass sie an dem Abend zusammen aus waren und dass sie die Nerven verloren hatten, bevor sie, Sie wissen schon was, machen konnten.

McLean hörte nur halb zu, wartete auf den passenden Augenblick, um die Befragung zu Ende zu bringen. Noch ein Name von der Verdächtigenliste gestrichen. Er sah sich in dem schrecklich eingerichteten Wohnzimmer um, nahm die billigen Schränke mit den Glastüren auf, die mit DVDs und CDs vollgestopft waren, den Kaffeetisch, auf dem Klatschzeitschriften verstreut lagen, den übertrieben verzierten, nachgemacht viktorianischen Kamin mit seinem geschmacklosen elektrischen Feuer mit den Flammeneffekten, den Kaminsims mit zwei großen Porträtfotos, einem von Mike, das andere von einem jungen Mann, der Peter sein musste.

Er nahm Mikes Geplapper kaum noch wahr, als er aufstand und zum Kaminsims ging. Er nahm das Foto in die Hand und sah es an. Das Gesicht war unverkennbar, wenn auch jünger als das letzte Mal, dass er es gesehen hatte, und sauberer.

»Das ist Peter, richtig?«, sagte McLean, als er sah, dass Mike aufgehört hatte zu sprechen.

»Ja, das ist er.«

»Haben Sie ihn in letzter Zeit gesehen?«

»Vor ein paar Wochen.« Mike Ayres Schulterzucken bezeugte, wie wenig er an seinen älteren Bruder dachte. Aber »vor ein paar Wochen« reichte.

»Wissen Sie, wo er ist?«

»Irgendwo unten in Leith, hab ich zuletzt gehört. Ich hab aufgehört, danach zu fragen.«

McLean suchte in seiner Tasche und zog eine Visitenkarte hervor. »Können Sie mir einen Gefallen tun? Es könnte auch Ihrem Bruder helfen. Wenn er sich meldet, hier auftaucht, was auch immer – sagen Sie ihm nicht, dass wir hier waren. Rufen Sie mich einfach nur an, ja?«

»Und was ist mit … also, mit den Schlüsseln und so?«

»Ihr Geheimnis ist bei mir sicher, Mike.« McLean versuchte zu lächeln. Es schien zu funktionieren.

»Aye, okay dann.« Mike tippte sich mit der Karte auf die Hand. »Sind wir fertig?«

McLean nickte. »Ja. Ich rufe an, wenn's noch was gibt.« Er wartete, bis Constable Gregg sich aus dem zu weichen Sofa gehievt hatte, und widerstand dem Drang, eine Hand auszustrecken, um ihr zu helfen. »Wir finden schon hinaus. Fröhliche Weihnachten.«

Erst als sie wieder im Dienstwagen saßen, wurde McLean bewusst, dass Mrs Ayre gar nicht mit dem Tee zurückgekommen war. War aber auch egal. Er war froh, dass Mike Ayre kein Mörder war. Sein Bruder Peter hingegen, das war etwas anderes.

»Worum ging's da, Sir?«, fragte Constable Gregg. »Sie haben ihn gar nicht gefragt, wo er in der Woche war, in der Kate McKenzie entführt wurde. Und das Zeug mit dem Mädchen: Glauben Sie das? Er hat uns nicht mal gesagt, wann das war.«

»Was? Oh ja, Constable, ich glaube ihm. Und es ist unwichtig. Aber ich möchte, dass Sie sich mit der Zentrale in Verbindung setzen. Schicken Sie eine Suchmeldung nach dem Bruder raus. Wenn er vorbestraft ist, müssten wir ein aktuelles Foto von ihm haben.«

»Okay.« Gregg hörte sich an, als zögerte sie. »Warum suchen wir nach ihm?«

»Weil er noch vor einem Monat in Newington in der Wohnung unter mir gewohnt hat.«

39

Die anderen drei Männer auf Mcleans Liste interessierten ihn nicht im Geringsten. Sie passten sowieso nicht in das Profil, und es reichte, den Truthahnbraten zu riechen oder die glücklichen Kindergesichter zu sehen, um jeden Gedanken daran, dass einer von ihnen Kate McKenzies Mörder sein könnte, zu zerstreuen. Er war begierig darauf, ins Büro zurückzukommen und Peter Ayre aufzuspüren. Die Drogenermittlung stagnierte seit Monaten. Das hier könnte ihre erste handfeste Spur sein.

Sie kamen viel früher zurück als die anderen Teams. McLean schickte PC Gregg in die Kantine, um etwas zu finden, das einem Weihnachtsessen ähnelte, und ging zu Duguids Einsatzraum hinüber, in der Hoffnung, vielleicht Neuigkeiten zu ihrem Fall zu erfahren. Er war überrascht, den Raum beinahe leer vorzufinden, nur zwei verloren aussehende Constables, die hinter Schreibtischen saßen und Papiere hin und her schoben.

»Ist der Chief Inspector heute nicht da?« McLean hätte schwören können, einen der Constables kichern gehört zu haben.

»Am Weihnachtstag, Sir? Sie machen wohl Witze. Er ist gestern Abend ausgeflogen. Kommt erst nach Silvester vom Skifahren zurück.«

»Aber Sie haben die Information über Peter Ayre bekommen?«

»Aye, die haben wir, Sir. Aber ich weiß nicht, was wir im Moment damit anfangen können.«

»Wieso nicht? Sie sollen nach diesem Kerl suchen.«

Der jüngere der beiden Constables schaute blöd aus der

Wäsche, aber der ältere – Cameron oder so ähnlich – hatte offensichtlich mehr Rückgrat.

»Bei allem Respekt, Sir, wir arbeiten hier nicht gerade mit voller Kapazität. Sie wissen, was um diese Jahreszeit mit den Schichtplänen passiert.«

Es traf ihn wie ein Schlag in die Magengrube. Als ob sich in seinem Kopf eine kleine Blase der Erregung gebildet hätte und gewachsen wäre, bis sie platzte und den Großteil seiner Vernunft mitgenommen hätte. Irgendwie schaffte McLean es, seinen Weg zu einem Stuhl zu finden und sich darauf fallen zu lassen, bevor seine Beine unter ihm wegsackten. In den Worten des Constable lag nichts, das ihn so hätte mitnehmen sollen, aber er fühlte sich, als säße er plötzlich wieder draußen vor seiner Wohnung, die Knie an die Brust gezogen, den Rücken an die kalte Steinwand gelehnt, während der Nachthimmel über ihm vorübertrudelte. Und er war in der Wohnung selbst, Jahre früher, hielt sich am Rahmen des weit geöffneten Fensters fest, starrte auf den Gehweg weit unten, und fragte sich, ob der Sturz reichen würde, um allem ein Ende zu machen, dem nagenden, leeren Schmerz ein Ende zu machen, der alles war, was er noch kannte. Und er kniete in dem langsam fließenden, eiskalten Wasser, schleimbedeckte Steine hart an seinen tauben Knien, und bemerkte die Explosionen aus Licht nicht, die über seinem Kopf die Dämmerung eines neuen Jahrtausends ankündigten, war sich nur des steifen Körpers bewusst, den er an seine durchnässte Brust presste.

»Alles in Ordnung, Sir?«

Die Stimme des älteren Constable, definitiv Cameron. Martin Cameron, genau. Solider Polizist, zuverlässig. Hätte es schon zum Sergeant gebracht haben sollen.

»Sir?«

McLean blickte auf und holte tief Luft, um sich in den Griff zu bekommen. Die beiden Constables waren aufgestanden, gingen in Zeitlupe um ihre Schreibtische herum, um zu ihm zu kommen. Eine weitere Stimme gab ihrer Sorge Ausdruck, aber die kam von hinten.

»Tony? Was um Himmels willen machen Sie denn hier?«

Er sah sich um, den Blick an den Rändern verschleiert. Beweg dich langsamer. Kann nicht ganz verstehen, was hier los ist. Was hat die Chief Superintendent hier zu suchen?

»Ma'am.« McLean versuchte aufzustehen, merkte aber, dass seine Beine nicht mitspielten.

»Sie sehen ja aus wie eine wandelnde Leiche, Inspector McLean. Was ist hier los, Constable?« Die Aufmerksamkeit der Chief Superintendent wandte sich nur einen Augenblick lang von ihm ab. McLean versuchte, sich zusammenzureißen, und fragte sich müßig, ob sich so eine Panikattacke anfühlte.

»Wir wollten gerade eine neue Spur in diesem Fall besprechen, Ma'am. Der Detective Inspector hat jemanden von der Bande identifiziert, die in dem Mietshaus in Newington Drogen angebaut hat.«

»Exzellent. Ich bin mir sicher, dass der DCI hocherfreut sein wird, wenn er aus dem Urlaub zurückkommt.« McIntyres Augen hielten McLeans Blick fest, beinahe, als wollte sie ihm befehlen, da sitzen zu bleiben, wo er saß. Ohne den Blick von ihm abzuwenden, fügte sie hinzu: »Constables, könnten Sie uns einen Augenblick allein lassen? Ich bin sicher, dass der Einsatzraum nicht plötzlich von Anrufen überschwemmt wird, wenn Sie kurz mittagessen gehen.«

Das musste man ihnen nicht zwei Mal sagen. Die Tür schlug zu, und zwei Paar Füße gingen den Flur entlang, in der Hoffnung auf gebratenen Truthahn mit Füllung. McIntyres Blick folgte der Richtung, aus der ihr Abgang die lange Wand des Einsatzraums entlang zu hören war, dann legte sie eine Hand mütterlich auf McLeans Stirn. Für ihn fühlte sie sich kalt und trocken an. »Was ist da eben passiert? Tony, Sie glühen ja.«

»Mir war nur ein bisschen schwindelig.« McLean wich ihrer Berührung aus. Er war froh, dass sie die Constables weggeschickt hatte, aber er hegte kaum Hoffnung, dass sein merkwürdiger Zusammenbruch nicht vor dem Ende des Tages auf dem ganzen Revier bekannt sein würde. »Weiß nicht, warum, ehrlich.«

»Es könnte nicht zufällig etwas mit den anderthalb Stunden zu tun haben, die Sie gestern in Ihrem alten Heim verbracht haben?«

McLean blickte erstaunt zu seiner Vorgesetzten auf. »Wie haben Sie …?«

»DCI Duguid lässt dieses Haus seit dem Brand rund um die Uhr überwachen. Reine Zeitverschwendung, wenn Sie mich fragen, aber ich muss meine Detectives ihre eigenen Fälle selbst leiten lassen. Sie haben Sie kommen sehen und es gemeldet. Duguid ist für die gesamten Feiertage nach Kanada geflogen, und alle anderen haben einen draufgemacht, deshalb habe ich die Meldung angenommen. Ich habe ihnen gesagt, sie sollten Sie in Frieden lassen und nur reingehen, wenn Sie in zwei Stunden noch nicht wieder draußen sind.«

McLean wusste nicht, was er sagen sollte. Er erholte sich jetzt schnell, der Schwindel verging. Aber McIntyres detaillierte Kenntnis seiner Bewegungen erstaunte ihn. Sie zog sich einen Stuhl heran und setzte sich neben ihn.

»Ich kann mir nicht ansatzweise vorstellen, was Sie durchmachen, Tony. Sie haben bei diesem Feuer alles verloren. Alle Verbindungen zur Vergangenheit. Das muss so schlimm sein wie einen Elternteil zu verlieren.«

»Es geht mir gut. Ehrlich. Es war nur ein … ich weiß nicht. Mir war nur ein bisschen schwindelig. Bin zu schnell aufgestanden. Sie wissen ja, wie das ist.«

»Ich weiß, dass Sie mich gerade anlügen. Hören Sie mal, es ist kein Zeichen von Schwäche, wenn man ab und zu überfordert ist. Sie haben viel um die Ohren. Zu viel eigentlich. Ich hätte nie zulassen dürfen, dass Sie den Fall Audrey Carpenter übernehmen, ganz zu schweigen von Kate McKenzie. Und jetzt haben wir die Verbindung zu Anderson.«

»Anderson ist tot und begraben. Er ist weg.«

»Nicht hier oben.« McIntyre streckte die Hand aus und tippte McLean sanft auf die Stirn. »Da lebt er noch. Und ganz besonders um diese Zeit. Ich brauche nicht mal Matts Zwischenbericht zu lesen, um das zu wissen. Meinen Sie, ich hätte nicht gemerkt, dass Sie immer die Weihnachts- und Silvesterschichten arbeiten?«

»Ich bin Inspector, Ma'am. Ich arbeite nicht mehr in Schichten.«

»Und was ist dann mit all den Detective Constables und Sergeants unten in der Kantine? Arbeiten die freiwillig? Und was wollten Sie damit erreichen, wenn Sie Leute am Weihnachtstag vernehmen?«

»Ich wollte sie zu Hause sehen, mit ihren Familien.« Zu dem Zeitpunkt war ihm das sinnvoll erschienen. Tat es immer noch, auf eine verrückte Weise.

»Und wenn jemand von denen sich beschwert? Sie sind diesen Monat bei der Dienstaufsicht nicht gerade gut angeschrieben, wissen Sie.«

»Ich halte mich nicht zurück, weil jemand findet, er hätte ein gottgegebenes Recht darauf, beleidigt zu sein. Im Leichenschauhaus liegen zwei tote Frauen, und deren Familien haben ein viel schlimmeres Weihnachten als irgendjemand von denen, die ich vernommen habe.«

»Ich weiß. Aber Sie übertreiben es, Tony. Früher oder später ist Schluss.«

McLean schaute auf und sah, dass die Chief Superintendent ihn anlächelte, aber es war ein trauriges, entnervtes Lächeln. Die Art Lächeln, mit dem ihn seine Großmutter angesehen hatte, als er noch ein Kind war. Sie hatte immer gewusst, wenn er es übertrieb. Lange bevor er es sich selbst eingestanden hatte.

»Ich komme schon klar, Ma'am. Und danke auch.«

»Wofür?«

»Dafür, dass Sie die beiden Constables weggeschickt haben.«

»Sie glauben, das war Ihretwegen? Ich wollte bloß nicht, dass sie den Plumpudding verpassen.«

Scherzen half, fand McLean. Er konnte lachen, und einen Augenblick lang linderte das die Schwärze. »Dann geh ich wohl lieber auch mal gucken, ob noch welcher übrig ist«, sagte er und erhob sich vom Stuhl. Seine Füße schienen immer noch ganz weit weg zu sein. »Wollen Sie mitkommen?«

»Zum Mittagessen? Warum nicht. Aber dann gehen Sie nach Hause, Tony. Und wenn ich Sie persönlich fahren muss.«

McLean war gerade dabei, das Feuer in der Bibliothek anzuschüren, als es klingelte. Er zog diesen Raum dem formelleren Salon vor, und die Stühle waren bequemer als in der Küche, obwohl der Aga-Herd sie zumindest immer warm hielt. Einen Moment lang dachte er, es wäre die Chefin, die sich versichern wollte, dass er wirklich zu Hause war und nicht heimlich Verbrechen aufklärte.

Er öffnete jemandem die Tür, den er nicht gleich erkannte. Ein alter Mann mit einem bleichen, verkniffenen Gesicht, flaumigem weißem Haar und einem Bart. Er trug einen langen dunklen Mantel und dicke, schwarze Lederhandschuhe.

»Guten Tag, Inspector. Und fröhliche Weihnachten«, sagte der Mann. Und da fiel der Groschen. Er war einer der Weihnachtssänger gewesen. Der, der sein Angebot eines Schlückchens abgelehnt hatte.

»Ähm, fröhliche Weihnachten auch Ihnen, Mr ...«

»Anton. Father Noam Anton. Es tut mir leid, wenn ich störe,

besonders an diesem Tag. Ich wohne bei Mary. Im Pfarrhaus. Sie hat erwähnt, dass Sie Detective sind. Darf ich?«

»Entschuldigen Sie, bitte. Kommen Sie herein.« McLean öffnete die Tür weit, um den alten Mann hereinzulassen, weil er nicht wusste, was er sonst tun sollte. »Kommen Sie mit in die Küche. Ich setze Wasser auf.«

»Mir ist aufgefallen, dass Sie heute Morgen nicht in der Kirche waren«, sagte Father Anton, als McLean sich daran machte, Tee zuzubereiten.

»Ich war auf der Arbeit.« McLean stellte den Herd an. »Aber ich wäre auch sonst nicht in die Kirche gekommen.«

»Aber Sie haben uns als Weihnachtssänger willkommen geheißen.«

»Das ist was anderes. Ich konnte Sie ja nicht einfach wegschicken. Und ich mag die Musik, sogar den Gesang. Aber das kann ich auch, ohne den Text zu glauben.«

»Sie glauben, auf Ihre eigene Weise.« Father Antons Akzent war merkwürdig. Er hörte sich ausländisch an, aber McLean konnte ihn nicht genauer einordnen.

»Tu ich das?«

»Die Dinge, die Sie gesehen haben, die Dinge, die Sie ertragen haben, da können Sie gar nicht anders, als zu glauben.«

»Sind wir uns schon mal begegnet?« McLean zermarterte sich das Hirn in dem Versuch, sich zu erinnern, ob der alte Mann jemals bei seiner Großmutter zu Gast gewesen war.

»Ich glaube nicht, nein. Aber Mary hat mir von Ihnen erzählt. Und natürlich habe ich Ms Dalgliesh's Buch gelesen.«

McLean erstarrte mitten in der Bewegung, als er die Zuckerdose hinüberreichte. »Worum geht's hier?«

Father Anton knöpfte endlich seinen Mantel auf und zog aus dessen Falten ein dickes Bündel Papiere. Auf dem Titelblatt stand der bekannte Name einer angesehenen Auktionsfirma aus Edinburgh und die Worte »Bevorstehender Verkauf einer

Antiquarischen Büchersammlung – Entwurf«. Gelbe Klebezettel kennzeichneten mehrere Stellen.

»Ich habe Donald Anderson 1970 kennengelernt«, sagte Father Anton. »Er kam aus der Stadt, um sich unserer Gemeinde anzuschließen. Er war ein netter Mann, ruhig, nachdenklich, sehr intelligent. Wir hießen ihn willkommen, obwohl er noch sehr jung war.«

McLean sah den alten Mann an, der ihm gegenübersaß. Er hätte ihn auf über siebzig geschätzt, aber nicht auf so viel älter als Anderson.

»Unser Kloster war klein«, fuhr Anton fort. »Leicht zu übersehen, was genau das war, was wir wollten. Jetzt ist nicht mehr viel davon übrig, nach dem Brand. Aber ich greife voraus. Wissen Sie etwas über den St.-Herman-Orden?«

McLean zuckte mit den Schultern. »Eine Eremitensekte?«

Father Anton lächelte über den Scherz. »Schön und gut. Sie halten sich nicht für einen religiösen Menschen, und schon unter den Gläubigen gibt es wenige, die von uns wissen. Wir sind ein kleiner Orden, und unsere Zuflucht sollte verborgen bleiben. Gelegentlich kamen neue Mitglieder, um sich uns anzuschließen, aber wir haben nie geworben. Unsere Mission war es immer, unbemerkt zu bleiben.«

»Ihre Mission? Ich dachte, dass Sie alle damit betraut wären, die gute Nachricht auf der ganzen Welt zu verbreiten.« McLean drehte den Katalog auf der Tischplatte herum und schlug ihn an der ersten Markierung auf. Lot 42: ein illustriertes mittelalterliches Tierbuch. »Und was hat es hiermit auf sich?«

»Diese Markierungen, Inspector McLean, sind alles Bücher, die Donald Anderson aus unserem Kloster gestohlen hat, als es vor vierundzwanzig Jahren bis auf die Grundmauern niederbrannte. Wir hatten eine große Bibliothek, vielleicht die wertvollste Sammlung seltener, früher religiöser Werke außerhalb des Vatikans. Der einzige Zweck unseres Ordens war, diese Bücher zu bewahren. Als der Brand sie zerstörte, waren diejenigen von uns, die überlebten, vollkommen verzweifelt. Wir spalteten uns auf, gingen getrennte Wege. Bereisten die Welt, wie Sie sagen, um Gottes Wort zu verbreiten und so zu versuchen, für unsere Sünden zu büßen.«

»Außer Anderson. Er kam hierher, eröffnete seinen Buchladen und begann, Frauen zu ermorden. Das hört sich für mich nicht besonders heilig an.«

Father Anton seufzte. »Ich mochte Donald, wirklich. Er war mir viele Jahre lang ein Freund. Ich hätte die Veränderung in ihm erkennen müssen, hätte merken müssen, was in ihm vorging. Er kannte die Risiken, mehr als jeder andere von uns. Aber sein Herz war rein, und deshalb hatte man ihm die Aufgabe überhaupt auferlegt.«

»Was für eine Aufgabe? Was sollte Anderson tun? Sie sagen, er hat Bücher aus Ihrer Bibliothek gestohlen. Glauben Sie, er hat das Feuer gelegt?« McLean überkam der Drang, laut zu schreien. Das hier war wirklich nicht das, womit er sich jetzt befassen wollte. Nicht nach allem, was bisher am Tag geschehen war.

Father Anton antwortete nicht gleich, also ließ McLean die Frage im Raum stehen. Diese Technik funktionierte gut bei Kriminellen, aber nicht so gut bei alten Exmönchen.

»Es fällt mir schwer«, sagte Father Anton endlich. »Ich habe ein Schweigegelübde abgelegt. Ich habe einen Eid vor Gott geschworen. Den zu brechen ist nicht leicht.«

»Wenn es hilft, kann ich Ihnen versprechen, niemandem etwas davon zu sagen, wenn es nicht absolut notwendig ist.« McLean wunderte sich, warum er dem Alten plötzlich so entgegenkam.

»Sie müssen das verstehen, Inspector. Einige Bücher, wie diejenigen, die hier im Katalog gekennzeichnet sind, sind seltene und schöne Exemplare. In ihnen steckt die ganze Hingabe der

Mönche, die sie vor Jahrhunderten verfasst haben. Bei manchen hat es Jahrzehnte gedauert, sie zu vollenden. Lebenszeiten. Sie sind etwas ganz Besonderes. Sie können Menschen zu großen Taten inspirieren. Aber es gibt auch andere Bücher, die ihre Leser viel direkter beeinflussen. Nicht die Worte darin, nicht die Bedeutung. Da es kein besseres Wort dafür gibt, könnte man es auch Magie nennen. Aber sie beinhalten keine Zaubersprüche. Sie *sind* der Zauber.«

McLean konnte absehen, wohin das führen würde, merkte, wie er wütend wurde, während sein Kopf das Bild vervollständigte. Aber in der Stimme und in der Ernsthaftigkeit im Gesicht des alten Mönchs war etwas, das ihn zurückhielt.

»Eines dieser Bücher ist das *Liber animorum*«, sagte Father Anton. »Das Buch der Seelen. Es war unser größter Schatz und unser größter Fluch. Manche sagen, der Teufel selbst habe es einem Mönch diktiert, andere sagen, es bestehe aus abgeschriebenen Worten, die in Blut geschrieben an den Mauern der großen Krypta unter dem Tempel Salomos gefunden wurden. Was auch immer die Wahrheit sein mag, es ist eine schreckliche Sache. Wer es liest, wird entweder verrückt oder gesegnet ohnegleichen. Es wiegt die Seele, wissen Sie, Inspector. Und wenn Ihre Seele für unvollkommen befunden wird, dann behält das Buch sie ein. Und mit jeder neuen, fehlerhaften Seele wird es dunkler, mächtiger und unbarmherziger.«

Father Anton ließ sich gegen die Stuhllehne fallen, als hätte es ihn erschöpft, dieses Kindermärchen zu erzählen. Er griff nach dem Becher schwarzem, ungesüßten Tee vor sich und trank geräuschvoll einen großen Schluck.

»Und Sie meinen, Anderson hätte dieses Buch gestohlen.«

»Gestohlen, ja. Gelesen auch. Und er wurde für unvollkommen befunden. Deshalb wurde er böse. Es hat seine Seele verzehrt.«

McLean sah den alten Mann an, der in seiner Küche saß, ein

vollkommen Fremder. Er war sich nicht ganz sicher, warum er ihm seine Zeit schenkte, ganz zu schweigen davon, dass er seinen verrückten Geschichten zuhörte. Er war müde, gereizt von tagelanger Frustration, Schlafmangel und dem allmählichen Aufreißen alter Wunden.

»Ich kann nichts für Sie tun«, sagte er.

»Aber Inspector …«

»Es tut mir leid, aber Sie müssen jetzt gehen. Ich habe genug von Leuten, die Entschuldigungen für Anderson finden. Er war nicht verrückt, er war nicht von irgendeinem dämonischen Buch besessen. Er war einfach böse, und jetzt ist er tot.«

Father Anton rührte sich nicht, saß einfach nur am Tisch, die Hände um den Becher gelegt, und fröstelte leicht, als könnte die Wärme des Tees ihn nicht erreichen.

»Sehen Sie, wenn Anderson Ihre Bücher gestohlen hat, dann müssen Sie sich nur mit den Auktionatoren in Verbindung setzen. Sie werden den Verkauf verschieben, bis alles aufgeklärt ist.«

»Diese Bücher sind jetzt unwichtig.« Anton nickte in Richtung des Katalogs, der auf dem Tisch lag. »Ehrlich gesagt, waren sie nie so wichtig, obwohl ihr Wert unermesslich ist. Nennen Sie sie eine Tarnung, wenn Ihnen das hilft. Sie waren da, um zu verbergen, was wir eigentlich bewahren sollten. Was zu beschützen uns misslungen ist.«

Anton nahm den Katalog und schlug ihn auf, blätterte viel zu schnell durch die maschinengeschriebenen Seiten, als dass McLean irgendwelche Einzelheiten hätte erkennen können.

»Wenn bei der Versteigerung etwas Gutes herauskommt, dann soll es geschehen. Zumindest werden die Leute, die es sich leisten können, wissen, wie sie sich darum kümmern müssen.«

»Warum sind Sie dann hergekommen? So gut ist mein Tee bestimmt nicht.«

Anton gelang kein Lächeln, aber er änderte seine Blickrichtung und sah McLean direkt in die Augen.

»Ich bin diese Liste ein Dutzend Mal durchgegangen. Donald hat nie ein Buch, das er von uns gestohlen hat, verkauft, sie sind alle noch da. Bis auf eines. Es fehlt, Inspector. Das *Buch der Seelen* ist verschwunden.«

40

Der Großteil des Landes lag am frühen Morgen des zweiten Weihnachtsfeiertags wahrscheinlich noch im Bett, schlief seinen Kater aus oder versteckte sich vor der Enttäuschung. McLean saß am Küchentisch und hatte die Hände um einen Becher Kaffee gelegt, während er aus dem Fenster in die Morgendämmerung blickte. Kaltes Sonnenlicht wurde vom knisternden Eis auf jeder vorhandenen Oberfläche reflektiert. Mrs McCutcheons Katze lag zusammengerollt auf einem Teppich vor dem Aga-Herd und schnurrte, ohne jemand Besonderen zu meinen. Alles andere war Stille.

Er nahm das neue Handy in die Hand, das vor ihm auf dem Tisch lag. Es sah überraschend glatt aus, mit einem riesigen Display und zu wenig Tasten. Er drückte abwesend darauf herum, ging die Menüs durch, an die er sich nur noch halbwegs von der Vorführung im Laden her vor all den Wochen erinnerte. Was er wirklich brauchte, war ein Teenager, der ihm zeigte, wie es funktionierte. Oder, falls das nicht ging, Detective Constable MacBride, der auch nicht viel älter war.

Die Kontaktliste war jämmerlich kurz: Grumpy Bob, das Revier, MacBride, die Leichenhalle. Mit einem schiefen Lächeln bemerkte er, dass Emmas Handynummer auch darunter war. Sie musste sie eingegeben haben, als sie alle im Pub dieses Stück neuester Technologie beäugt hatten. Ganz schön direkt von ihr, oder war das berechtigt? Sie hatte schließlich in seinem Bett geschlafen, wenn er sie auch nicht dazu eingeladen hatte. Er hatte sie sogar ein paar Mal zum Essen eingeladen, und sie hatte ihm einen Nachmittag lang dabei geholfen, seine Garderobe zu erneuern, was die Aufgabe, einkaufen zu gehen, mit Sicherheit erträglicher gemacht hatte. Aber jeglicher Funke, der hätte da gewesen sein können, war unter seiner einstudierten Gleichgültigkeit verpufft. Matt Hilton sagte, dass er mit Absicht tiefere persönliche Beziehungen vermied, und der lästige kleine Scheißer hatte wohl recht damit.

Natürlich könnte es sich auch um die Nummer von jemand anderem handeln und Teil eines raffinierten Scherzes sein. Leuten wie Grumpy Bob traute er das durchaus zu.

Mit einem Seufzer legte er das Telefon auf den Tisch zurück, dann bemerkte er, dass der Bildschirm die Farbe geändert hatte. Irgendwie hatte er es geschafft, auf »Wählen« zu tippen, ohne es zu merken. Er ergriff das Telefon, suchte nach dem Ausschalter, fand ihn und drückte ihn mit dem Daumen. Hoffentlich war der Anruf nicht durchgegangen, schließlich war es noch ziemlich früh. Besonders für den zweiten Weihnachtstag.

Er wäre ins Büro gegangen und durch die stetig steigende Flut aus Papierkram gewatet, die sein Büro zu verschlingen drohte, hätte er nicht eindrückliche Warnungen von Chief Superintendent McIntyre erhalten, was sie mit ihm anstellen würde, wenn sie ihn auch nur in der Nähe des Gebäudes aufgriff. Was bedeutete, dass er etwas anderes zu tun finden musste. Höchstwahrscheinlich, durch die stetig steigende Flut aus Papierkram zu waten, die der Tod seiner Großmutter ausgelöst hatte.

Das Trillern seines Telefons überraschte ihn. Sogar Mrs McCutcheons Katze hörte auf zu schnurren und blickte mit einem angewiderten Blick auf. Der Bildschirm teilte ihm hilfreich mit: »Anruf von Emma Baird«, also würde er zumindest herausfinden, ob es ein Scherz war oder nicht.

»Hallo?«

»Mit wem spreche ich?« Kein Scherz. Emma, und sie hörte sich wirklich sehr schlecht gelaunt an.

»Äh … Emma?«

»Ja. Mit wem spreche ich? Weißt du eigentlich, wie spät es ist?«

»Tut mir leid, hier spricht Tony McLean. Ich wollte dich nicht wecken.«

»Schon in Ordnung. Ich war sowieso wach.«

Sie kann nicht gut lügen, erinnerte sich McLean.

»Warum rufst du an?«

»Ja, das … entschuldige, das war aus Versehen. Ich dachte, ich hätte aufgelegt, bevor es klingelte.«

»Ich verstehe trotzdem nicht, warum … Oh, richtig. Ich hab meine Nummer in deinem Handy gespeichert, oder?«

»So was in der Richtung, aye.«

»Na, der Schuss ist ja wohl nach hinten losgegangen, was?« Im Hintergrund hörte er ein Geräusch, wie wenn jemand das Telefon von einer Hand in die andere wechselte. »Also, warum bist du um – Himmel, ist es wirklich so früh? – schon wach? Wahrscheinlich arbeitest du an irgendeinem wichtigen Fall.«

»Also, eigentlich hab ich heute frei. Weiß nicht so ganz, was ich damit anfangen soll.« Schon als er die Worte aussprach, zuckte McLean zusammen. Er hatte sie doch nicht so anbaggern wollen, oder?

»Also, wenn das so ist, Inspector, gibt es nicht weit von hier einen Platz, der sogar heute und zu diesen unchristlichen Zeiten geöffnet hat. Lofty's Café, kennst du das?«

»Klar kenne ich Lofty's. Bin aber schon seit einer Weile nicht mehr da gewesen.«

»Ich glaube nicht, dass es sich groß verändert hat. Treffen wir uns da in einer halben Stunde, dann kannst du's dir persönlich ansehen. Und mich zum Frühstück einladen.«

Die Geschichte überlieferte nicht, wer der ursprüngliche Lofty gewesen war. Sicherlich nicht der jetzige Inhaber, der sich

Alphonse nannte und dem mindestens 15 Zentimeter fehlten, um die einsfünfzig Körpergröße zu erreichen. Schottisch-italienischer Abstammung in der dritten Generation, servierte Alphonse schon, solange sich McLean erinnern konnte, feinen Kaffee und einfaches Essen, und man musste schon sehr früh aufstehen, um das Café geschlossen vorzufinden, sogar am zweiten Weihnachtsfeiertag. Als er, vierzig Minuten nachdem er mit Emma gesprochen hatte, dort ankam, war über die Hälfte der Tische besetzt. Keiner von ihr.

McLean bestellte einen Kaffee und ein Bacon Buttie, setzte sich an einen Tisch am Fenster und überprüfte dann sein Handy, um nachzusehen, ob er Nachrichten hatte. Ein Pärchen am Nebentisch hielt Händchen und sah einander tief in die Augen, selbstvergessen und sich ganz sicher nicht des alten Mannes in seinem schlammbespritzten Mantel bewusst, der sie mit merkwürdiger Intensität aus einer entfernten Ecke ansah. Dem Aussehen nach zu urteilen waren die meisten anderen Gäste des Cafés Schichtarbeiter, die unglückliche Masse, die in der Weihnachtslotterie verloren hatte. Und dort, in der Ecke am anderen Ende, zwei Streifenpolizisten seines eigenen Reviers. Anscheinend hatten sie ihn noch nicht bemerkt, aber das war nur eine Frage der Zeit. McLean dachte kurz daran, sich sofort davonzumachen. Er war zu allem bereit, um die unvermeidlichen Kommentare zu verhindern, die folgen würden, wenn er hier mit Emma gesehen wurde.

Aber es war zu spät. Die Tür öffnete sich mit Glockenklingeln, und ein langer, schwerer Mantel mit einem daraus hervorragenden Schopf stacheliger, schwarzer Haare trat ein.

Auf den ersten Blick gab es keinen wirklichen Grund, sich dafür zu schämen, sich mit einer Kollegin zum Frühstück zu treffen, und trotzdem konnte McLean nicht anders als zusammenzuzucken, als Emma ein paar Mal mit den Füßen aufstampfte, Mantel und Schal auszog und Alphonse zurief:

»Verdammte Saukälte da draußen, Al.« Alle Augen richteten sich auf sie, sogar das verträumte Paar unterbrach sein Love-in und schaute sich um, um herauszufinden, wer den Aufruhr verursacht hatte.

»Ich mag die Kälte«, gab Alphonse mit seinem komischen Edinburgh-Mailand-Akzent zurück. »Sie treibt die schönen Damen in mein kleines Café.«

»Deine Schmeichelei wird dich noch weit bringen, Al, aber heute Morgen muss jemand ein Versprechen einlösen. Jemand schuldet mir Frühstück.« Emma sah sich um, während sie sprach. »Ah, da bist du ja, Tony.«

Wenn sie wild mit den Armen gewedelt hätte und auf und ab gesprungen wäre, hätte es kaum offensichtlicher sein können. Er lächelte trotzdem, stand auf und bot ihr einen Stuhl an. Sie ließ sich mit der Grazie eines toten Schwans darauffallen.

»Einen Moment lang dachte ich, du würdest nicht kommen«, sagte McLean.

»Einen Moment lang dachte ich das auch.« Emma zog ein Paar Fausthandschuhe aus, die aus einer Orgie Primärfarben gestrickt waren, und steckte sie in die Tasche. »Es ist nicht nett, ein Mädchen morgens um diese Zeit aufzuwecken.«

»Es tut mir leid, das war ein Versehen. Die neue Technologie und all das.« McLean nahm sein Handy vom Tisch, wo er es abgelegt hatte. »Und außerdem, wenn du deine Nummer nicht ins Adressbuch eingegeben hättest …«

»Oh, jetzt ist es plötzlich meine Schuld, was?« Emma schmollte, ging dann aber zu einem breiten Grinsen über. »Ich nehme an, dann würdest du jetzt mit Grumpy Bob statt mir hier sitzen.«

»So gesehen war's gut, dass du das gemacht hast.«

Betretenes Schweigen breitete sich aus, das erst durch Alphonse unterbrochen wurde, der mit Kaffee und einem Bacon Roll an den Tisch kam. Emma bestellte das Gleiche, dann wandte sie sich wieder an McLean. »Also, was hat dir der Weihnachtsmann dieses Jahr beschert?«

Er brauchte einen Moment, um sich klar zu werden, was sie meinte. Er hatte lange keine Karten mehr geschrieben und in den letzten beiden Jahren auch keine Geschenke bekommen. Es gab niemanden mehr, der ihm welche machen könnte.

»Ach, das Übliche. Und dir?«

»Mittelprächtig.« Emma machte eine unverbindliche Geste mit einer Hand. Dieses Gesprächsthema war so ziemlich erschöpft.

»Dann bist du zu Weihnachten nicht nach Hause nach Aberdeen gefahren.« McLean bemerkte, wie dumm seine Feststellung war, noch während er sie von sich gab, und fügte hinzu: »Offensichtlich.«

»Ich konnte nicht.« Emma wühlte in ihrer Tasche herum und zog ihr eigenes Handy hervor. »Rufbereitschaft. Der Fluch der Kinderlosen, nicht wahr. Wir müssen immer die unsozialen Schichten übernehmen.«

Sie legte das abgenutzte Telefon auf den Tisch und griff nach McLeans neuem, glänzendem. »Trotzdem, manche von uns bekommen bessere Sonderzulagen als andere: Ich nehme an, das ist der Vorteil davon, Inspector zu sein, statt nur eine niedere Technikerin.«

McLean wollte gerade klarstellen, dass er das Handy von seinem eigenen Geld gekauft hatte, und vielleicht noch etwas in der Art hinzusetzen, dass daran, Techniker zu sein, nichts Niederes war, aber bevor er den Mund aufmachen konnte, klingelte das Telefon in Emmas Hand. Sie tippte auf den Bildschirm und hielt es ans Ohr.

»Hallo? Detective Inspector McLeans Handy.« Sie runzelte die Stirn über das, was am anderen Ende gesagt wurde, dann gab sie ihm das Telefon. »Für dich, Grumpy Bob.«

»Was gibt's, Bob?«, fragte McLean.

»Ich wollte dir von dem Brand erzählen, aber ich nehme an, du bist schon da, wenn Emma bei dir ist. Warum ist sie an dein Handy gegangen?«

McLean fühlte, wie seine Wangen sich röteten, und fragte sich, warum. »Ähm, von welchem Brand redest du, Bob?«

Es gab eine Pause, bevor der Detective Sergeant antwortete. Genug Zeit, dass ein Groschen fallen konnte.

»Ach so. Drüben in Slateford. Eine alte Fabrik, die zu Wohnungen umgebaut wird. Hat gegen zwei Uhr heute Morgen angefangen. Die Feuerwehr hat jetzt gelöscht, aber es sieht aus wie – na ja, wieder eine von unseren mysteriösen Brandstiftungen.«

»Wenn's nach der Chefin geht, hab ich heute frei, Bob.«

»Aye, davon hab ich gehört. Und ich hätte dich auch nicht belästigt. Aber ich dachte, du würdest es wissen wollen. Diesmal gab's ein paar Todesfälle. Obdachlose, die aus der Kälte geflüchtet waren.«

»Die haben das Feuer nicht selbst gelegt?« Das schien ihm die wahrscheinlichste Ursache und wäre ein Unterschied zu den anderen leerstehenden, verschlossenen Gebäuden, die er bisher untersucht hatte.

»Nicht nach Aussage des Brandermittlers, nein. Ich bin selbst gerade erst auf dem Weg.«

»Dann treff ich dich dort. Sind die Toten schon identifiziert?«

»Ein Mann, eine Frau. Und nein, noch nicht. Aber wir könnten Glück haben.«

»Ach ja?«

»Ein dritter Obdachloser war in dem Feuer eingeschlossen und hat überlebt.«

41

Grumpy Bob war noch nicht am Tatort, als McLean und Emma in ihrem alten, verbeulten Peugeot dort ankamen. Sie hatte ihn mitgenommen, als ihr Telefon nicht lange nach seinem ebenfalls klingelte und sie zum Ort einer gewissen Brandstiftung beordert hatte. Es war ein peinlicher Moment, als sie beide im Auto saßen und durch das Fenster auf die ausgebrannten Überreste einer alten Fabrik blickten, die von Feuerwehrautos und Streifenwagen umgeben war.

»Ich glaube, rein technisch betrachtet, schulde ich dir immer noch ein Frühstück«, sagte er.

»Das stimmt, Inspector. Möglicherweise sogar ein Abendessen. Ich ruf dich an.« Sie machte die universelle Handbewegung fürs Telefonieren, dann war sie aus dem Auto und trottete auf den weiß-und-rostfarbenen Spurensicherungs-Wagen zu, bevor er die Gelegenheit bekam, etwas zu erwidern.

McLean fand Jim Burrows, den Brandermittler, drüben beim Eingang zu dem alten, steinernen Fabrikgebäude. Die Vorderseite war kaum beschädigt. Das einzige offensichtliche Anzeichen des Feuers war die rußige Verkohlung über den ausgebrannten Fenstern. Auch das Dach war noch vorhanden, zumindest in der Mitte, wo ein gedrungener Turm über die Dachlinie herausragte. Zweifellos ein architektonischer Schnörkel, der Kamine oder Ähnliches tarnen sollte. Ein großes, an die Wand genageltes Schild war verbogen und geschwärzt, in der Hitze halb geschmolzen, aber es war noch genug davon übrig, um das bekannte Firmenlogo von Randolph Developments zu erkennen. Er versuchte, sich zu erinnern, ob es sich um eines der Modellgebäude handelte, die er in den Büros in Loanhead gesehen hatte, aber seitdem war zu viel geschehen.

»Morgen, Inspector.« Burrows begrüßte ihn mit einem müden Grinsen. »Ich hatte schon angefangen zu hoffen, dass diese Serie vorbei ist.«

»Sind Sie sicher, dass es dasselbe ist wie bisher? Ich habe gehört, es waren Leute drin.«

»Na ja, das ist ein Unterschied, das stimmt. Aber ich glaube nicht, dass die es gelegt haben. Hier.« Burrows gab ihm einen Schutzhelm und ging auf die großen Stahltüren zu, die sich in das Gebäude dahinter öffneten. Sie waren zugezogen, aber eine kleinere Tür, die darin eingelassen war, stand offen, und noch mehr schwarzer Ruß ergoss sich nach oben, als wäre die Schwerkraft umgekehrt worden.

»Sie haben schon nach versteckten Kellern gesucht, nehme ich an?«

»Aye, wir sind sicher hier drin.« Burrows trat ein, und McLean folgte ihm. Was dahinter lag, war ein Chaos aus verkohlten, heruntergefallenen Balken, Holzkohle unter ihren Füßen und der schreckliche, nasse Geruch eines kürzlich gelöschten Feuers. Und über dem allen lag ein leichter, schwelender Geruch nach verbrannter Wolle, der sich wie ein billiger Hamburger mit Pommes hinten im Hals festsetzte.

»Wir waren schnell genug hier, um das Dach zu retten. Mehr oder weniger.« Burrows sah zu den gekreuzten Balken hoch über ihren Köpfen hinauf. Ein paar Schieferplatten fehlten, und die Oberlichter waren alle zerbrochen, hatten ihr Glas unten auf den Müll auf dem Boden fallen lassen, um ihnen das Leben schwer zu machen.

»Wo waren die Leichen?«, fragte McLean. Burrows zeigte auf die vordere Ecke des Gebäudes, wo eine kleine Tür in einen Trakt führte, in dem wahrscheinlich die Büros gewesen waren, bevor die Fabrik geschlossen wurde. Ein Kriminaltechniker in weißem Overall, der eine schwere Aluminiumkiste trug, erschien im Durchgang.

»Sie haben sie weggebracht?«

»Wir dachten, sie wären noch am Leben. Einer war's auch, wie sich herausstellte.«

»Dann sind sie nicht verbrannt?«

»Nicht schlimm, nein. Hauptsächlich oberflächlich – Gesicht und Hände. Sie sind Obdachlose, waren gut eingepackt. Nein, ich denke, der Rauch hat sie erwischt.«

»Wo sind die Leichen jetzt?« McLean sah sich um, suchte nach einem freigeräumten Platz, an dem die Toten abgelegt worden waren, damit der diensthabende Arzt ihren Zustand bestätigen, die Uhrzeit angeben und sich wieder davonmachen konnte.

»Im Krankenwagen da vorn. Der Überlebende ist schon ins Krankenhaus gebracht worden.«

»Und Sie glauben wirklich nicht, dass die den Brand gelegt haben?«

»Nein. Die hatten sich da hinten häuslich eingerichtet.« Burrows zeigte auf das kleine Büro. »Da ist ihr ganzes Zeug.«

»Zeug?«

»Schlafsäcke, Plastiktüten. Einer von ihnen hatte einen alten Rucksack.«

»Das leuchtet ein, nehme ich an«, sagte McLean. »Wo hat das Feuer denn angefangen?«

»Hier drüben.« Burrows suchte sich seinen Weg durch den Schutt. McLean passte auf, dass er nur in die Spuren des Brandermittlers trat. Sie gingen tiefer in das Gebäude hinein, wobei sie von allen Seiten von sackenden Holzbalken und zerbrochenen Schieferplatten umgeben waren, und schließlich erreichten sie einen großen, freien Raum in der Mitte. Als er aufsah, konnte er den verzierten Turm sehen, der das gesamte

Gebäude krönte, sichtbar geworden durch die eingebrochene Decke. Uralte Leitungen führten von den vier Seiten aus weiter in das Gebäude hinein.

»Danach, wie sich das Feuer ausgebreitet hat, und von dem Schaden hier ausgehend« – Burrows zeigte auf mehrere schmiedeeiserne Säulen, deren Lackierung blasig verbrannt war –, »müsste ich sagen, dass das Feuer hier ausgebrochen ist. Was ich nicht sagen kann, ist, *wie* es ausgebrochen ist. Es gibt keine sichtbaren Hinweise auf Brandbeschleuniger, keine Stromkabel, die einen Kurzschluss hätten auslösen können. Es ist beinahe, als wäre eine Flamme aus dem Nichts spontan aufgetaucht.«

»Genau wie bei den anderen also.« McLean drehte sich langsam im Kreis, versuchte, sich den Ort vorzustellen, bevor das Feuer ihn ausgeweidet hatte, und schaffte es nicht. Burrows zuckte vielsagend, wenn auch nicht hilfreich, mit den breiten Schultern.

»Genau wie bei den anderen, aye.«

Das Western General Hospital gehörte nicht zu McLeans Lieblingsorten. Zu viele Erinnerungen, und keine davon war schön. Als er die Eingangstür passierte, erinnerte er sich außerdem daran, dass er DC Robertson immer noch nicht besucht hatte, der im Streckverband lag, während der Rest der Welt Weihnachten genoss. Noch etwas, was er tun musste. Wenn er Zeit dafür hatte.

Auf der Station lag ein halbes Dutzend Männer im Alter von neunzehn bis neunzig. Alle hatten sie die fahle, kränkliche Gesichtsfarbe, die jeder bekam, der zu viel Zeit in einem Krankenhaus verbrachte, und sie alle sahen ihn misstrauisch an, als er den Vorhang um das Bett zuzog, in dem der gerettete Obdachlose schlief. McLean war darauf eingestellt zu warten, bis er wieder aufwachte, aber als er sich einen Stuhl heranzog und sich setzte, flatterten die Augenlider des Mannes, und seine Hand begann zu zucken.

»Wie heißen Sie?«, fragte McLean leise.

Der Obdachlose öffnete die Augen, erst langsam, dann weit vor Angst. Er kämpfte darum, sich aufzusetzen, und würgte bei dem Versuch. Der Infusionsschlauch in seinem Arm schlug umher, und einen Augenblick lang dachte McLean, er würde sich lösen.

»Beruhigen Sie sich. Sie sind im Krankenhaus. Erinnern Sie sich? Sie sind in Sicherheit.«

Nach und nach hörte der Mann auf, sich herumzuwerfen, aber seine Augen huschten immer noch umher, als versuchte er herauszufinden, wo er war. Mit der freien Hand fasste er den Schlauch in seinem Arm, das Pulsmessgerät an seinem Finger flatterte wild.

»Es ist alles in Ordnung.« McLean streckte den Arm aus und berührte die Hand des Mannes leicht. Etwas an der Berührung musste funktioniert haben, denn er blickte McLean sofort an, und jede andere Bewegung hörte auf.

»Wer sind Sie? Wo bin ich? Wo ist mein ganzes Zeug?« Die Stimme des Obdachlosen war heiser, es war schwer zu sagen, ob das an der Rauchvergiftung lag oder an lebenslangem Drogenmissbrauch. Jetzt, wo er nicht mehr um sich schlug, konnte McLean sein Gesicht genau sehen. Er war nicht wirklich hübsch. Man hatte ihn gewaschen, aber sein grauweiß meliertes Haar war immer noch strähnig und fettig. Er trug die Art Stoppelbart, die man bekommt, wenn man sich nicht häufiger als alle zwei Wochen rasiert. Er war nicht dicht genug, um die tiefen Linien und Falten loser Haut eines dünnen Mannes zu verstecken, der früher einmal fett gewesen war.

»Wie heißen Sie?«, fragte McLean noch einmal.

»Wer will das wissen?«

»Tony McLean.« Er sah keinen Grund, dem Mann zu sagen,

dass er Polizist war. Zumindest noch nicht. Dann würde er gar nichts von ihm erfahren.

»Ich heiße Tapper. Haben Sie 'ne Kippe?« Der Obdachlose zog die Nase hoch, und einen Moment lang dachte McLean, er würde auf den Boden spucken.

»Das ist ein Krankenhaus, Mr Tapper. Hier können Sie nicht rauchen.«

»Tapper. Einfach Tapper. Heutzutage darf man nirgends mehr rauchen. Wie bin ich hierhergekommen?«

»Sie waren in einem brennenden Haus. Das alte Fabrikgebäude oben in Slateford. Was haben Sie dort gemacht, Tapper?«

»Was glauben Sie denn? Mich warm gehalten.«

»Und was ist mit Ihren Freunden? Wer waren die?«

Tapper zuckte mit den Schultern. »Weiß nicht. Einfach Leute. Es gibt heutzutage nicht mehr viele Plätzchen, wo man sich aufs Ohr hauen kann. Wenn man eines findet, dann beschwert man sich nicht darüber, dass schon jemand dort ist.«

»Also, was ist passiert? Haben Sie ein Lagerfeuer gemacht und bei einer Flasche Methylalkohol gemütlich drumherum gesessen?«

»Lecken Sie mich, Meth. Sie erwischen mich nicht dabei, so'n Scheiß zu trinken. Davon wird man blind.«

McLean lehnte sich in seinem Stuhl zurück und dachte einen Augenblick nach.

»Aber Sie haben Feuer gemacht.«

»Sie sind von der Polente, was?« Tapper schnüffelte in der Luft, als ob nicht sein eigener Geruch jeglichen anderen auf der Abteilung überdecken würde, auch wenn die Schwester ihn gewaschen hatte. »Das riech ich kilometerweit.«

»Sie haben recht«, sagte McLean. »Ich bin Detective Inspector, falls Sie das interessiert. Aber wie Sie sehen, bin ich allein. Kein Constable, der Notizen macht, keine Rechtsbelehrung. Das hier ist nur ein informelles Gespräch. Wenn

Sie mir helfen, werde ich dafür sorgen, dass es auch so bleibt.«

Tapper lachte hustend auf. »So läuft das nicht.«

»Mit mir schon.« Mc Lean fixierte Tappers Blick. »Sehen Sie: Ich weiß, dass das Gebäude leerstand. Sie haben niemandem Schaden zugefügt, als Sie da drin geschlafen haben. Aber Sie sind unbefugt eingedrungen, und das Gebäude, in dem Sie sich aufgehalten haben, ist abgebrannt. Ihre beiden Freunde sind in dem Feuer umgekommen.«

»Das waren keine Freunde von mir«, sagte Tapper, aber Mc-Lean konnte ein unsicheres Flackern in seinen Augen sehen.

»Vielleicht, vielleicht auch nicht. Aber Sie sind derjenige, der überlebt hat. Das Ganze könnte sich zu einem Haufen Probleme summieren. Wenn wir uns Ihre Vergangenheit ansehen, was werden wir dann finden?«

McLean hatte Mitleid mit dem alten Mann. Und wie ein alter Mann sah er jetzt auch aus, nicht wie jemand, der auf der Straße lebte, nicht wie jemand, der sich hinter einem Spitznamen versteckte. Er war alt, und das Leben, das er führte, war schwer. Er ließ sich auf die weichen, weißen Kissen zurückfallen, als ob ihn das alles schließlich überwältigt hätte.

»Was wollen Sie, Bulle?«

»Sie haben gesehen, wie es da aussah, bevor das Feuer ausgebrochen ist. Erzählen Sie mir davon.«

»Dazu kann ich nicht viel sagen, wirklich. Es war dunkel.«

»Okay. Wie sind Sie hineingekommen?«

»Hintenrum. Da gab's eine Tür, die nicht richtig verbarrikadiert war. Kann sein, dass ich sie mit etwas Gewalt geöffnet habe. Und wenn schon.«

»Dann sind Sie also hineingekommen. Sie haben sich ein wenig umgesehen und dann entschieden, dass Sie hinten schlafen würden. Warum nicht in der Haupthalle?«

»Weil es da einen verdammten Kamin gab, deshalb. Und außerdem war die Halle voll mit allem möglichen Scheiß, der nur darauf wartete, in Flammen aufzugehen.«

»Was für ein Scheiß?«

»Weiß nicht. Paletten, Kartons. Baumaterial. Da hab ich zum alten Clunie gesagt: ›Das hier wartet ja nur darauf, dass was passiert.‹ Da hatte ich wohl recht, was?«

»Wie ist denn dann alles in Brand geraten? Wenn es nicht Sie und Ihre Freunde waren?«

»Sie sind die Polizei. Sagen Sie's mir. Alles, was ich weiß, ist, dass es höllisch kalt war, als ich zum Pinkeln rausgegangen bin. Und dann brannte plötzlich alles. Hab noch nie was so schnell in Flammen aufgehen sehen. Wir saßen in dem kleinen Büro in der Falle. Der einzige Weg nach draußen war durch die Halle, und man hätte schon verrückt sein müssen, um das zu probieren.«

»Und Sie haben keine Ahnung, wie alles angefangen hat?«

Der alte Landstreicher hustete, sah sich nach etwas um, wo er hineinspucken konnte, und schluckte dann widerwillig. »Das ging nicht mit rechten Dingen zu. So viel kann ich Ihnen sagen. Erst ist es so kalt wie in 'ner verdammten Kühltruhe. Und im nächsten Moment ist's, als wär ich gestorben und direkt in die Hölle gefahren.«

42

Sie ist wütend auf sich selbst, tritt nach den Rissen im Asphalt, als sie versucht, sich die Wut abzulaufen. Was zum Teufel hat sie sich gedacht? Jedes verfluchte Weihnachten dasselbe. Sie wusste ganz genau, was passieren würde. Diese Hexe von seiner Mutter würde auftauchen, würde überall ihre Nase hineinstecken und würde selbige über alles und nichts rümpfen. Käme nur zum Kontrollieren, ob sie auch gut für ihren »kleinen Buben« sorgte. Scheiß auf den »kleinen Buben«. Harry war nie »klein« gewesen. Jetzt war er ein fetter Sauhund, und wenn man nach den Fotos gehen konnte, war er schon als fetter Sauhund geboren worden.

Nasse, träge Flocken klatschen ihr ins Gesicht, als sie mit großen Schritten den Hügel hinaufgeht. Schnee. Einfach fantastisch. Sie kann jetzt nicht nach Hause gehen, nicht, solange die hinterlistige Kuh noch dort ist. Wahrscheinlich kocht sie gerade noch mehr Essen für ihren ekelhaften Sohn. Aus welchem Scheißgrund sie den geheiratet hat, das weiß sie einfach nicht.

Die Scheinwerfer eines Autos, das sich den Berg hinaufkämpft – schalt runter, du Idiot – streichen über ihren Rücken. Werfen ihren Schatten an die Mauer. Achte nicht darauf, so wie bei allen anderen. Kommen jetzt eh nicht viele. Nicht so spät. Nicht heute. Alle sind schon im Bett. Müssen morgen wieder zur Arbeit. Wenn sie nicht die ganze Woche freihaben. So wie Harrys Harpyie von Mutter. Warum kann sie sich nicht wieder nach Glasgow verpissen und sie in Ruhe lassen?

Stimmen. Nein, eine Stimme. Ein Mann, der nach ihr ruft.

Aus dem Auto. Achte nicht darauf, dann wird er wegfahren. Verdammter Nuttenaufreißer. Was glaubt der eigentlich, wer sie ist, eine Hure? Sie will einfach nur mal eine Runde um den Block laufen. Vielleicht auch um zwei Blocks. Also den Kopf freibekommen und versuchen, ruhig zu bleiben.

»Ich sagte, kann ich Sie mitnehmen?«

Nicht herumdrehen, nicht umsehen … Oh, Scheiße.

»Mir geht's gut, okay?« Sie kann im Dunkel des Autos sein Gesicht nicht richtig sehen. Lächelt er, oder grinst er anzüglich? Na ja, kann er beides machen, wenn er will.

»Gut. War nur ein Angebot.« Er kurbelt das Fenster hoch. Eleganter Wichser mit elektrischen Schaltern und allem Scheiß. Angeberkarosse. Sie hat sogar zwei Auspuffrohre, die Dampf in die Nachtluft stottern, als er wegfährt. Der Schnee wirbelt ein bisschen herum, dann nimmt er wieder seinen Rhythmus auf. Mein Gott, das ist aber auch kalt. Sie hätte einen dickeren Mantel anziehen sollen.

Sie hasst den Winter, und das nicht nur, weil Weihnachten ihnen immer Harrys Mama beschert. Die kurzen Tage und der eiskalte Regen machen es nicht besser. Hindern einen dran, aus dem Haus zu gehen. Und dann ist da dieser riesige Fettklops, der wie ein gestrandeter Wal im Sessel hängt und in seinen gigantischen Fernseher starrt. Was hat sie nur an dem gefunden? Sie hätte sich was viel Besseres angeln können, so viel ist mal sicher.

Am Straßenrand steht eine Reihe Autos geparkt. Weißer Schnee bleibt darauf liegen. Sie mag den Schnee eigentlich, auch wenn sie den Winter hasst. Vielleicht ruft sie morgen Shelley an, und sie können in den Park gehen, wenn die Sonne scheint. Harry und seine Mama zurücklassen. Vielleicht nie wieder zurückkommen.

Ein Wagen, am Ende der Reihe. Kein Schnee darauf, nur geschmolzenes Wasser, das die Seiten heruntertröpfelt. Ist das nicht der, der eben gerade langsamer gefahren ist? Oh Mist. Das Letzte, was sie jetzt braucht, ist Ärger mit einem Wichser, der auf Nutten aus ist. Das hier ist kein Rotlichtviertel, du Arschloch. Und ich bin niemandes Hure.

Sie beugt sich hinunter, um zu sehen, ob der Mann noch auf dem Fahrersitz sitzt, aber der Wagen ist leer. Vielleicht ist er am Ende doch kein Arschloch. Vielleicht wohnt er hier in der Gegend. Aye, bestimmt. Warum hat er dann angeboten, sie mitzunehmen? Wahrscheinlich versteckt er sich gerade im Gebüsch und holt sich einen runter, der dreckige Schweinehund. Nun gut. Dann geht sie eben jetzt nach Hause. Einfach umdrehen und …

Ein Mann genau hinter ihr. Mein Gott, wie hat er … Wo war er …? Seine Hand greift nach oben, hält etwas. Spray schlägt ihr ins Gesicht, kalt und nass wie der Schnee. Es riecht nach Marzipan. Sie hasst verdammtes Marzipan.

Und dann wird es dunkel.

43

McLean hatte immer das Gefühl, dass der Winter nicht wirklich angefangen hatte, solange nicht eine anständige Schicht Schnee auf dem Boden lag. Im Stadtzentrum verwandelte der sich schnell in Schneematsch, aber man konnte ja nach Süden hin zu den Pentlands schauen oder zu Arthur's Seat hinüber und das Weiß in seiner Reinheit bewundern. Dann schmeckte die Luft. Auch wenn das vielleicht nur an der Kälte lag.

Die Stadt lief in der Woche zwischen Weihnachten und Silvester auf halber Geschwindigkeit, was ihm gut passte. Es gab auch so genug zu tun. Seine Befragung der Verwaltungsangestellten bei Carstairs Weddell hatte nicht wirklich Besseres erbracht als Mike Ayre und seine Gothic-Freundin. Die Spurensicherung hatte ihre Fingerabdrücke im Laden gefunden, aber nicht im Büro dahinter, was darauf hinwies, dass sie es gerade so eben über die Schwelle geschafft hatten, bevor sie weggelaufen waren. McLean konnte es ihnen nicht verdenken, ihm war es dort auch unheimlich.

Er blätterte durch die Protokolle der Vernehmungen, die der Rest seines Teams am Weihnachtstag durchgeführt hatte. Sie sagten alle so ziemlich dasselbe, und er kam bald zu dem Schluss, dass der Mörder dort nicht zu finden war. Dasselbe galt für das Personal des Auktionshauses. Auch wenn sie noch nicht alle verhört hatten, war es unwahrscheinlich, dass, wer auch immer Andersons Keller benutzt hatte, so dumm war, sich so leicht damit in Verbindung bringen zu lassen. Aber dann hätte derjenige irgendwie an die Schlüssel kommen müssen. Keines der Schlösser war aufgebrochen worden.

»Haben Sie mal eine Minute, Sir?« Das Klopfen an der offenen Tür zu seinem Büro kam gleichzeitig mit der Frage. McLean blickte auf und sah DC MacBride, der wie ein nicht sehr überzeugender Vampir darauf wartete, über die Schwelle geladen zu werden. Er hielt einen schmalen Hefter an die Brust gedrückt. Noch mehr Papierkram. Fantastisch.

»Was ist, Constable?«

»Vorläufiger Bericht über den Brand in der alten Fabrik drüben in Slateford.« MacBride nahm die Frage als Erlaubnis, einzutreten, und übergab den Hefter, wobei er sich schnell in dem kleinen Büro umsah. Wenn er hoffte, sich irgendwo hinzusetzen, würde er enttäuscht werden.

»Haben Sie ihn gelesen?« McLean schlug die Akte auf und überflog den in dichten Zeilen getippten Bericht darin. Ein paar technische Ausdrücke stachen ins Auge und schmerzten in seinem Hirn.

»Hinten steht die Zusammenfassung. Im Grunde ist es dasselbe wie bei den anderen. Keine offensichtlichen Hinweise auf Brandstiftung und gleichzeitig unmöglich, dass es zufällig passiert ist.«

Es hat sich selbst angesteckt, als wollte es verbrennen. Nein, das war die verrückte Rede eines alten Mannes, der senil geworden war. *Als wär ich gestorben und direkt in die Hölle gefahren.* Das Gefasel eines besoffenen Obdachlosen, der kurz vor dem Delirium tremens stand. McLean wühlte in den Aktenhaufen auf seinem Schreibtisch, bis er die anderen Brandermittlungsberichte fand, die ordentlich gestapelt unter einem Berg von dringenderen Sachen gelegen hatten. Irgendwie schaffte er es, sie herauszuziehen, ohne dass alles auf den Boden rutschte. Er legte den neuen Bericht obenauf und gab den ganzen Stapel an MacBride zurück.

»Ich habe gehört, Sie wären ein Zauberer mit dem Internet und solchem Zeug, Stuart«, sagte er.

Der Detective Constable nahm den Stapel entgegen und sah ihn an wie jemand, der dachte, er wäre seine Sorgen losgeworden, um dann festzustellen, dass sie sich stattdessen verzehnfacht hatten.

»Ähm, ich glaube schon, Sir.«

»Nun, ich möchte, dass Sie ein bisschen was über all diese Gebäude herausfinden.«

»Das ist alles schon hier, Sir. Wem sie gehören, Planungsanträge, alles.«

»Nein, mich interessiert nicht, was jetzt da ist. Ich will mehr über die Standorte wissen. Wir wissen bereits, dass das Woodbury-Gebäude auf einem alten Privatbesitz stand. Es hat Geschichte. Finden Sie was über die anderen heraus.«

»Meinen Sie, dass uns das weiterhilft?«

»Ich weiß nicht, aber im Moment haben wir nichts anderes.« McLean war sich nicht sicher, was er über MacBrides Gesicht zucken sah. Es sah ein bisschen nach Unglauben aus. Nun, der Junge würde sich noch daran gewöhnen müssen, seine Illusionen zerschellen zu sehen. DIs waren auch nicht unfehlbarer als Constables, wirklich nicht. Nur älter und besser darin, sich den Rücken freizuhalten.

»Entweder das, oder Sie gehen zurück zu Dagwoods Team. Es sei denn, Sie hätten irgendwelche Spuren von Kate McKenzie und Audrey Carpenter?«

MacBride drückte die Hefter an seine Brust, als wären sie seine wertvollsten Besitztümer. »Ich fange sofort an. Was werden Sie tun, Sir?«

McLean lächelte. »Ich gehe nach unten in den Keller. Muss mit jemandem wegen eines Buches sprechen.«

Auf seinem Weg zu den Schließfächern für Beweismaterial stieß McLean mit DS Ritchie zusammen. Es war Zufall, sie kamen im selben Augenblick an derselben Ecke an, nur aus verschiedenen Richtungen. Er war in Gedanken an brennende Gebäude versunken, was sie im Kopf hatte, wusste er nicht. Da er einen Kopf größer war als sie und beträchtlich mehr Masse vorzuweisen hatte, kam er bei dem Zusammenstoß besser davon.

»Oh, Gott. Tut mir leid. Sind Sie okay?« Er beugte sich nach unten, um ihr vom Boden aufzuhelfen, und begann dann, die Papiere aufzulesen, die sie überall verstreut hatte. Gleichzeitig bückte auch sie sich, und ihre Schädel prallten mit einem komödiantenhaften Knall aufeinander.

»Au! Entschuldigung, Sir.« DS Ritchie richtete sich wieder auf, rieb sich den Kopf und ließ McLean das Papier aufsammeln. »Ich wollte Sie übrigens gerade suchen.«

»Ach, ja?«

»Dag… ähm, DCI Duguid wollte mit Ihnen sprechen.«

»Ich dachte, der wäre Ski fahren.«

»Offenbar hat sich Mrs Duguid das Bein gebrochen, sodass sie früher nach Hause gefahren sind. Ich glaube nicht, dass er sehr glücklich darüber ist. Schwer zu sagen, allerdings. Er ist auch zu besten Zeiten nicht gerade freundlich.«

Ganz toll. Nicht nur, dass Duguid früher zurück war, er war obendrein besonders schlechter Laune.

»Ich nehme nicht an, dass Sie wissen, was er von mir will?«, sagte er.

»Hat was mit dem Mann zu tun, den Sie in dem Drogenfall identifiziert haben. Peter …« Ritchie fing an, ihre Papiere zu durchwühlen, und fand sie zweifellos in völlig falscher Reihenfolge vor.

»Ayre. Peter Ayre. Ich dachte, ich hätte ihm genug Informationen geliefert, dass er damit arbeiten kann. Der Mann hat ein Vorstrafenregister so lang wie mein Arm.«

»Nun, Sie wissen ja, wie der DCI so ist, Sir.«

»Okay.« McLean seufzte. Noch nicht einmal einen Monat

an der Dienststelle, und Ritchie hatte Duguid bereits durchschaut. Selbsterhaltung stand über jeglicher anderen Loyalität. »Ich gehe zu ihm. Aber erst muss ich meinen eigenen Auftrag erledigen.«

Ritchie sah ihn auf eine Weise an, die man für bittend halten konnte. »Sie können nicht sofort hingehen?«

»Nein, Sergeant, das kann ich nicht. Aber wenn Sie wollen, können Sie mit mir ins Asservatenlager kommen. Wenn ich fertig bin, können wir dann beide zusammen Dagwood besuchen gehen.«

McLean fröstelte, als er durch die schwere Tür zum Asservatenlager ging. Es war kühler im Keller als im restlichen Gebäude. Direkt vor ihm erschauerte DS Ritchie ebenfalls.

»Ein bisschen unheimlich hier unten, oder?«

»Ach, man gewöhnt sich dran.« McLean ging zu dem Tresen, an dem man gewöhnlich Sergeant Needham vorfand, wie er Bestandsaufnahme machte. An seinem Platz war nichts von ihm zu sehen, und die Tür zu seinem kleinen Büro war geschlossen. McLean klopfte, probierte die Klinke und fand sie abgeschlossen.

»Nicht da?«

»Könnte hinten sein, nehme ich an. Needy schließt sein Büro immer ab, wenn er nicht im Vorderzimmer ist.«

»Needy?«

»Zu Ihren Diensten, Madam. Was auch immer Sie brauchen, Needy kann Ihnen helfen.«

McLean und Ritchie drehten sich beide um und sahen den Sergeant in seiner makellosen Uniform in der Tür stehen, durch die sie gerade gekommen waren. Er hinkte durch den Raum zu ihnen.

»Sie haben Geheimnisse vor mir, Inspector. Wer ist dieses reizende Wesen?«

»Ach, hören Sie auf, Needy. In diesem Haus passiert nichts, ohne dass Sie davon wissen.« McLean sah, wie der Sergeant eine schmerzliche Miene aufsetzte. »In Ordnung, wie Sie wollen. Detective Sergeant Ritchie, das hier ist Sergeant John Needham.«

Needy nahm Ritchies ausgestreckte Hand und umfing sie mit seinen beiden. »Erfreut, Sie endlich kennenzulernen«, sagte er. »Und darf ich hinzufügen, dass es ein aufrichtiges Vergnügen ist, solchen Liebreiz hier unten in meinem dunklen Bau zu sehen. Nun, womit kann ich dienen?«

»Ich muss einen Blick auf Andersons Sachen werfen«, sagte McLean.

»Ich dachte, das hätten Sie schon.« Needy zog einen Schlüsselbund aus der Tasche und schloss die Bürotür auf. »Ihr junger Detective Constable hat sie vor Weihnachten ausgetragen.«

»Es waren nicht die Akten, die mich interessiert haben«, sagte McLean. »Wir haben doch noch das Beweismaterial, oder? Das Zeug, das wir für den Prozess brauchten?«

»Natürlich. Ich gehe und hole es.«

Needy hinkte in die Tiefen des Lagers und ließ McLean und Ritchie allein.

»Ist er immer so?«, fragte Ritchie.

»So ziemlich. Manche Leute beachtet er einfach nicht. Ich glaube, Sie mag er.«

»Aye, das habe ich gemerkt.«

»Da habt ihr's.« Needham war zurück und trug einen einzigen großen Karton. Er ließ ihn vor ihnen auf den Tresen fallen. »Sonst noch was?«

»Nein. Das reicht.«

»Okay. Ich überlasse es euch, wenn's Ihnen recht ist. Ich muss noch eine Kleinigkeit erledigen.« Needy humpelte überraschend schnell davon und ließ die beiden mit dem ungeöffneten Beweismittelkarton zurück.

»Wonach suchen Sie?«, fragte Ritchie, während McLean den Deckel abnahm.

»Inspiration? Ein bisschen Glück? Ich weiß es nicht.«

Darin lagen eine Menge Gegenstände in Plastiktüten mit Reißverschluss. Die persönlichen Besitztümer Donald Andersons, einschließlich der Kleidung, die er getragen hatte, als McLean ihn verhaftet hatte; ein rostiges Paar Handschellen, die zuletzt von einem eisernen Bettgestell gehangen hatten; mehrere Quadrate fleckigen Stoffs, die vorsichtig aus einer alten Matratze herausgeschnitten worden waren, zusammen mit ein paar Büscheln Pferdehaarfüllung; Küchenmesser, die nach all diesen Jahren noch immer die Spuren der forensischen Untersuchung aufwiesen; ein langes, dünnes, rechteckiges Stück Stoff mit einem sich wiederholenden Blumenmuster.

McLean hob die durchsichtigen Plastikbeutel einen nach dem anderen aus dem Karton und legte sie auf den Tisch vor sich. Und da, auf dem Grund der Kiste, lag das alte Buch.

Der Ledereinband war dunkel und fleckig, die vergoldeten Punzierungen von der Berührung unzähliger unachtsamer Finger und dem Schweiß zahlloser Hände abgenutzt. Er hob es hoch und staunte über das Gewicht. Er drehte es um und sah durch den Beweismittelbeutel die ausgefransten Ränder der Pergamentseiten. Der Rücken war rissig, aber der Titel war in Gold aufgeprägt: *Codex Enterius.*

Er ließ das Buch aus dem Plastikbeutel gleiten – man musste keine Angst mehr haben, Beweismittel zu kontaminieren. Das Leder fühlte sich unter seiner Berührung merkwürdig warm an und weicher, als er erwartet hatte.

»Ich schalte das Licht ein. Ist ja wie im Verlies hier unten.« DS Ritchie ging zum Durchgang und der Leiste mit den Lichtschaltern. McLean hätte ihr sagen sollen, dass sie sich die Mühe nicht zu machen brauchte, er wusste genau, dass nur die beiden Röhren funktionierten. Aber es war ihm lieber, dass sie ihm nicht über die Schulter sah, als er das Buch vorsichtig auf die Tischplatte legte und aufschlug.

Nichts geschah. Kein Dämon sprang heraus, um ihm die Seele auszusaugen. Das Buch war alt, das war klar, und die Qualität der Illustrationen war unverkennbar. An den Rändern gab es außerdem Notizen, in vielen verschiedenen Tinten und Handschriften. Der Inhalt allerdings war größtenteils rätselhaft, in enger, altertümlicher Handschrift verfasst, nur mit rudimentärer Zeichensetzung und in einer Sprache, die mittelalterliches Latein zu sein schien. *Codex Enterius* möglicherweise, aber nicht *Das Buch der Seelen.* Als ob es so etwas je gegeben hätte.

»Die verdammten Dinger scheinen nicht zu funktionieren.« Ritchie drückte den Schalter ein paar Mal auf und ab, ohne dass etwas geschah.

»Tut mir leid. Ich hätte es Ihnen sagen sollen und Ihnen die Mühe ersparen.« McLean klappte das Buch zu, und seine Hand fiel auf die Tüte, die den dünnen Streifen Stoff enthielt. Alles, was von Kirsty noch übrig war, nachdem das Feuer ihr Heim zerstört hatte. Ohne richtig zu wissen, warum, nahm er die Tüte an sich und ließ sie in seine Jackentasche gleiten. Niemand hatte es gesehen. Niemand brauchte davon zu erfahren.

»Haben Sie gefunden, wonach Sie gesucht haben?« Needham kam in den Raum zurückgehinkt und wischte sich dabei die Hände an der Hose ab.

»Nicht wirklich. Ich dachte, dies hier wäre ein anderes.« Er mühte sich, den *Codex* in seine Beweismitteltüte zurückzustecken, und legte ihn dann vorsichtig wieder in den Karton.

»Das *Buch der Seelen* vielleicht? Ich hab Ihnen doch gesagt, Sie sollen sich nicht mit der Vergangenheit herumquälen.« Needham ließ einen Finger um seine Schläfe kreisen. »Das bringt den Kopf durcheinander, das Zeug. Ich dachte, Sie vor allen anderen wüssten das. Das waren dunkle Zeiten.«

»Sie haben recht, Needy. Ich musste nur … na ja, nachsehen, Sie wissen schon.«

»Aye, ich weiß, Tony.« Er kippte den Karton, blickte hinein, dann sah er auf die Dinge, die auf dem Tisch verstreut lagen. Einen Augenblick lang dachte McLean, Needham würde das eine Stück bemerken, das fehlte, aber der zuckte nur mit den Achseln. »Passen Sie auf sich auf, ja?«

»Aye.« McLean wandte sich wieder zu DS Ritchie um. »Nun denn. Dann nehme ich an, wir gehen diese Interviews durch.«

»Jetzt?« Ritchie sah nervös aus. »Was ist mit DCI Duguid?«

»Ah, ja. Der.« McLean blickte auf die Dinge, die er auf dem Tisch verstreut hatte, dann fing er an, sie alle wieder in den Karton zu packen. »Ich hatte gehofft, Sie hätten ihn vergessen.«

44

Ich dachte, ich hätte klargemacht, dass es wichtig ist, Sergeant.«

Detective Chief Inspector Duguid hielt in der Mitte des Einsatzraumes Hof, umgeben von einem Haufen Uniformierter und Beamter in Zivil, die alle verzweifelt versuchten, so auszusehen, als wären sie beschäftigt. Er ignorierte die Unterbrechung durch McLean weitgehend und konzentrierte sich stattdessen auf DS Ritchie.

»Sie waren fast eine Stunde weg. Was zum Teufel haben Sie gemacht?«

»Es war meine Schuld, Sir.« McLean trat vor, versuchte, sich selbst zwischen den DCI und die Kollegin zu bringen. »Ich habe DS Ritchie mit nach unten ins Beweismittellager geschleift. Ich wusste nicht, dass sie dieser Ermittlung zugewiesen worden ist. Ich dachte, die Morde hätten Vorrang.«

»Kommen Sie mir nicht dumm, McLean. Nur wegen Ihrer verdammt ungenauen Beschreibung mussten wir alle Welt hier hineinzwängen. Wenn Sie uns früher von Peter Ayre berichtet hätten …«

»Wenn ich gewusst hätte, dass er so heißt, Sir, hätte ich das getan.« McLean sah an Duguid vorbei auf die große Tafel an der gegenüberliegenden Wand. Ein farbiges A3-Fahndungsfoto war daran gepinnt, von dem mehrere Pfeile in schwarzem Filzstift abgingen, die auf hastig aufgeschriebene Fragen und Aktionen zeigten. Aus dieser Entfernung konnte er nicht viel davon lesen, aber er konnte das Wort »Suchtrupps« erkennen, das groß und unterstrichen über einer Liste stand, die anscheinend die Namen aller Officers des Reviers beinhaltete.

»Sagen Sie mir bitte nicht, dass Sie Uniformierte abkommandiert haben, um Leith und Trinity zu durchkämmen.«

»Sie haben gesagt, dass er sich da aufhalten müsste. Wir werden ihn finden, und dann kriegen wir ihn dazu, uns alles zu sagen, was er über die Organisation weiß, für die er arbeitet.« Duguid sah absurd selbstzufrieden aus. »Sobald Sie bestätigen, dass er unser Mann ist, natürlich. Wir könnten ihn längst haben, wenn Sie nicht so verdammt schwer aufzufinden gewesen wären.«

McLean ging zu dem Fahndungfoto hinüber und studierte das Gesicht mit vorgetäuschter Intensität. Peter Ayre sah darauf viel schlechter aus als auf dem Familienfoto auf dem Kaminsims zu Hause. Jahrelanger Drogenmissbrauch hatten den vielversprechenden Schulabgänger gezeichnet, seine Haut geschrumpft, bis sie wie getrocknetes Leder an einem lang toten Skelett auf seinen Knochen lag. Die Augen waren schwarze Löcher, sein halb verrücktes Grinsen in die Kamera zeigte abgebrochene, braungefleckte Zähne mit ein paar Lücken dazwischen. Das Haar war lang, dünn und fettig. Ein krauser, ergrauender Stoppelbart verbarg halbwegs die gelbe Akne, die Wangen und Kinn durchpflügte.

»Also? Ist er das?« Duguid blaffte seine Frage von der Mitte des Raumes herüber, und einen Moment lang dachte McLean darüber nach, einfach nein zu sagen.

»Das ist er«, sagte er.

Duguid wandte sich sofort an einen seiner Sergeants, um das Startsignal für die Fahndung zu geben. McLean unterbrach ihn, bevor er etwas sagen konnte.

»Aber wenn Sie es ungeschickt anfangen, wird er verschwinden.«

»Seien Sie nicht dumm, Mann. Er ist ein Junkie, kein Tarnkünstler.«

»Er wird verschwinden, Sir. Oder man wird ihn verschwinden lassen. Entweder findet er ein Versteck, oder die Leute, mit denen er arbeitet, sorgen dafür, dass wir ihn niemals finden. Er wird irgendwo im Fundament eines neuen Hauses enden oder als Schweinefutter auf irgendeinem Bauernhof in den Borders.«

»Unsinn, Mann. Wir verhaften ständig Junkies.«

»Aber Sie schicken nicht das ganze verdammte Revier los, um sie zu finden, Sir.« McLean gab sich alle Mühe, den Titel nicht hervorzuheben, und merkte, als Duguids Gesicht rot anlief, dass er versagt hatte.

»Dies ist mein Fall, McLean. Maßen Sie sich bloß nicht an, mir zu sagen, was ich zu tun habe.«

McLean wandte sich von dem drohenden Unwetter ab und warf einen Blick auf die Liste mit den Suchtrupps. Er entdeckte ein paar Namen, die er wiedererkannte, suchte nach dem Tafelschwamm und wischte sie dann alle weg: DS Ritchie, DC MacBride, DS Laird, DC Johnson. Er hielt einen Augenblick inne, dann fügte er die PCs Gregg, Houseman und Crowe hinzu.

»Was zur Hölle machen Sie da, McLean?« Duguid hatte seinen Feldherrnhügel in der Mitte des Raumes aufgegeben und rückte ihm zu Leibe.

»Diese Officers sind in meinem Team, Sir. Und, gesetzt den Fall, Sie haben es vergessen: Wir ermitteln in einem Doppelmord. Ich dachte, Sie hätten selbst gesagt, dass der Chief Constable Druck macht und so schnell wie möglich Ergebnisse sehen will. Vielleicht könnten Sie das berücksichtigen, bevor Sie meine Leute dazu nötigen, bei Ihrer kleinen Drogenrazzia auszuhelfen.«

Duguid sah aus, als würde er gleich explodieren. Im Raum herrschte Stille, und McLean war sich nur zu bewusst, dass alle ihn anstarrten. Er steckte die Hand in die Tasche, um sich zu stärken, und spürte das glatte Plastik der Beweismitteltüte. Sie schickte einen Energieschub seinen Arm hinauf, oder zumindest fühlte es sich so an. Die Befehlskette war ihm gleichgültig, ebenso wie es ihm nicht wichtig war, diensthöheren Kollegen gegenüber respektvoll zu sein oder die Regeln zu befolgen. Das war ihm völlig egal.

»Kleine Drogenrazzia?« Duguids Stimme war leise, beinah kontrolliert, was irgendwie beängstigender war, als es sein übliches, herumbrüllendes Selbst je sein könnte. »Kleine Drogenrazzia? Mehr ist das nicht für Sie, McLean? Einfach nur eine weitere unangenehme Notwendigkeit? Wären Sie vielleicht glücklicher, wenn es absolut legal wäre, am Leith Walk um sich zu schießen und Touristen ihr Geld zu rauben?«

McLean sagte nichts, starrte aber Duguid in Grund und Boden. Der Einsatzraum um sie herum hielt den Atem an, alle warteten auf die Explosion wie Kinder bei einem Feuerwerk. Es war der DCI, der den Kontakt zuerst abbrach. Er drehte sich weg und spuckte widerstrebende Worte aus.

»Verschwinden Sie, und nehmen Sie Ihr ›Team‹ mit. Aber hoffen Sie nicht auf große Sympathie, wenn Sie wieder zusammenbrechen.«

McLean stieß einen langen, langsamen Atemzug aus, wobei er sich fühlte, als hätte man ihn in die Eingeweide getreten. Um die Wahrheit zu sagen, hätte er nie erwartet, dass nicht angesprochen würde, was er an Weihnachten gemacht hatte. Aber dass von allen dienstälteren Beamten ausgerechnet Duguid derjenige war, der den Anfang machte, machte ihn unerklärlich wütend. Seine Fäuste ballten sich ohne jede Anweisung seines Hirns, und auf einmal stand er mit vorgebeugtem Oberkörper da, drauf und dran, den älteren Mann herauszufordern. Eine leise Stimme der Vernunft, die sich sehr nach Sergeant Ritchie anhörte, drang zu ihm durch.

»Vielleicht sollten wir jetzt doch lieber die Vernehmungen durchgehen, Sir?«

McLean war beinahe zu sehr in seiner Wut gefangen, aber

er erkannte, was Duguid vorhatte, als der DCI herumwirbelte, kurz davor, Ritchie in Fetzen zu reißen. Er war nicht sicher, was für ein Gefühl ihn durchfuhr, aber es war unmittelbar und speiste sich aus Beschützerinstinkt.

»Ich glaube, wir sind hier fertig, Sergeant«, sagte er, bevor Duguid etwas sagen konnte. Ritchie sagte nichts, aber ihre Verwirrung war offenkundig, als er sich an ihr vorbeidrängte und auf die Tür zuging.

45

Er hatte den alten Mann bemerkt, als der Streifenwagen ihn zu Hause abgesetzt hatte. Das Klopfen an der Tür überraschte ihn also nicht. Seit ihrem letzten Treffen hatte er Father Anton ein paar Mal in der Nähe herumlungern sehen, aber er war nie wirklich ans Haus gekommen. McLean war sicher, ihn auch in der Stadt gesehen zu haben, wie er die Straßen entlangstreunte, sich stets rechtzeitig abwandte, seinem Blick auswich oder so tat, als interessierte ihn ein Straßenschild, ein Werbeplakat oder ein Busfahrplan. Ein paranoider Mensch hätte Verfolgungswahn entwickeln können, aber McLean wusste, dass das Unsinn war. Der alte Mann wusste, wo er wohnte, hatte an seinem Tisch gesessen und Tee getrunken, hatte ihm eine Lügengeschichte über ein Buch erzählt, das es nicht gab. Er brauchte McLean nicht zu verfolgen wie ein Amateurdetektiv, er konnte einfach hereinkommen und mit ihm sprechen.

Was er wahrscheinlich jetzt tun wollte, wenn man die Dringlichkeit des Klopfens bedachte. Seufzend stellte McLean sein Curry auf die Tischplatte neben dem Ofen und ging durch die Halle, um die Tür aufzumachen.

»Haben Sie es schon gefunden?« Father Antons graues Gesicht zeigte keine Gefühlsregung, als sei das Fleisch selbst schon lang gelähmt. Aber in seinen Augen blitzte etwas, das beinahe Verzweiflung hätte sein können.

»Kommen Sie doch herein«, sagte McLean und hatte dann kaum Zeit, zur Seite zu treten, als der alte Mann sich an ihm vorbei und in den Windfang drängte.

»Haben Sie es?« Father Antons Augen blitzten vor Hoffnung,

dann erstarb das Gefühl sichtlich. »Nein, natürlich nicht. Es war dumm von mir, auch nur zu denken, dass Sie es gefunden haben könnten.«

Die Halle war dunkel. McLean kannte sich immer noch nicht besonders gut mit den ganzen Schaltern aus und hatte es bisher nur geschafft, das Licht über der Außentür einzuschalten. Es warf lange Schatten durch das gläserne Fenster oben in der Tür und tauchte ein paar der eigenwilligen Einrichtungsgegenstände seiner Großmutter in ein makabres Licht. Father Anton stand neben dem leeren Panzer einer Riesenschildkröte, die wie eine bizarre Trophäe an der Wand hing. Er ging nicht weiter ins Haus hinein, zitterte aber von der durchdringenden Kälte.

»Also, kommen Sie doch mit in die Küche«, sagte McLean. »Da ist es wärmer. Sie müssen ja halb erfroren sein. Was sollte das überhaupt, da draußen herumzustehen? Sie hätten anrufen können, wenn Sie mit mir sprechen wollen.«

Er ging vor, wobei er die Katze erschreckte, die die Tüte mit dem Curry beschnuppert hatte. Der große Ofen verbrauchte ein Vermögen an Öl, aber das war ihm gleichgültig. Er spendete willkommene Wärme und erinnerte ihn immer an seine Kindheit. Er verscheuchte die Katze, deckte eine der Herdplatten ab und setzte den Kessel auf, bevor er sich wieder an seinen ungeladenen Gast wandte.

Bei Licht besehen, sah Father Anton noch schlechter aus. Seine Haut war weiß, seine Lippen blau. Alle paar Augenblicke erschauerte er unfreiwillig, als hätte ihn eine Nervenkrankheit ergriffen. Vielleicht war das ja tatsächlich der Fall. Es hätte jedenfalls einiges erklärt.

»Setzen Sie sich, Father. Ich mache uns einen Tee.« Er ging zum Schrank, suchte alles zusammen, was er brauchte, aber als er sich wieder umdrehte, stand der alte Mann immer noch da und sah ihn unter schweren Lidern an. Sein Mantel war immer noch bis zum Kragen zugeknöpft, seine behandschuhten Hände hatte er unter die Achseln gesteckt.

»Also, ich weiß nicht, was Sie glauben, wie ich Ihnen helfen kann. Aber wärmen Sie sich wenigstens ein bisschen auf. Ich werde die Vikarin anrufen, wenn Sie eine Tasse Tee getrunken haben. Sie wird Sie abholen kommen.«

»Ich bin nicht senil, Inspector.« Father Antons Stimme klang leicht verärgert, als käme er sich bevormundet vor.

»Sind Sie sicher?« McLean blickte seitwärts auf sein Curry, das in seinem kleinen Metallbehälter erstarrte, so nah und doch so fern. »Sie machen ganz den Eindruck.«

Es gab eine kurze Stille, in der er kochendes Wasser in die Teekanne goss und sich fragte, was er hier eigentlich machte. Es gab Bier im Keller und Whisky in der Bibliothek. Er hatte sich auf etwas von beidem gefreut, bevor er früh ins Bett hatte gehen wollen. Und jetzt saß er hier fest und trank Tee mit einem irren, alten Ex-Mönch.

»Es tut mir leid, Inspector«, sagte Father Anton schließlich. Er nahm die Hände aus den Achselhöhlen, zog die Handschuhe aus und enthüllte weißes Fleisch und spinnwebartige blaue Adern, knöpfte seinen Mantel auf und setzte sich schließlich. »Ich hatte kein Recht, hierherzukommen.«

»Warum sind Sie denn hergekommen?« McLean goss Tee in Becher, fügte Milch hinzu, fand Kekse in einer Dose. Die ganze Zeit sagte der alte Mann nichts. Erst als sie beide saßen, fing er an zu sprechen.

»Ich habe Ihnen von dem Buch erzählt. Das war keine Kleinigkeit. Ich habe einen heiligen Eid gebrochen, als ich das getan habe.«

»Falls es Sie tröstet: Ich habe niemandem davon erzählt. Die würden mich wahrscheinlich für wahnsinnig halten, wenn ich es täte.«

»Sie können es Wahnsinn nennen, Inspector. Aber Sie können nicht ansatzweise die Mysterien verstehen, die ich gesehen habe. Oder die Opfer, die ich im Lauf meines Lebens gebracht habe. Oh, ich will kein Mitleid. Ich wusste seit Langem, in welche Gefahr ich mich begab. Ich habe es angenommen, sogar aus ganzem Herzen. Aber das lindert den Schmerz in diesen müden alten Knochen nicht.«

McLean sah sich den alten Mann genau an, während der einen Schluck Tee trank, wobei wegen seiner zitternden Hände die heiße Flüssigkeit gegen seine Lippen schwappte. Hier saß ein Mensch vor ihm, den er nicht fassen konnte; jemand, der rückhaltlos an Gott glaubte; jemand, der sein Leben dem religiösen Dienst gewidmet hatte. Er fühlte sich unbehaglich, in Gegenwart von solch unbestreitbarer Gewissheit, aber was er jetzt tun würde, war noch unangenehmer. Er nahm eine dicke Mappe, die neben seinem Essen lag, trug sie an den Tisch zurück und schlug sie auf.

»Eigentlich dürfte ich Ihnen das hier gar nicht zeigen.« Er zog einen dünnen Stapel fotokopierter Blätter heraus und schob sie dem alten Mann über den Tisch hinweg zu.

»Was ist das?«

»Die Liste des gesamten Inventars, das an dem Tag, an dem Donald Anderson verhaftet wurde, aus seinem Laden mitgenommen wurde.« McLean erinnerte sich an den gereizten Ausdruck auf DS Ritchies Gesicht, als er ihr aufgetragen hatte, die Liste Stück für Stück durchzugehen und sie mit der Liste des Auktionshauses, dem Inhalt des Asservatenlagers und den paar wertlosen Kleinigkeiten abzugleichen, die höchstwahrscheinlich bei der nächsten polizeilichen Versteigerung auftauchen würden. Es kam vor, dass wertvolle, aber transportable Gegenstände verschwanden, aber Andersons gesamtes Geld war in Aktien angelegt gewesen, und die waren alle vorhanden.

»Ich verstehe nicht.« Father Anton ließ seinen dünnen Finger die Liste entlanggleiten. Die meisten Bücher waren sowohl mit einer Beschreibung als auch unter ihrem Titel aufgeführt, da der in manchen Fällen schwer zu lesen gewesen war. »Ist das alles?«

»Jedes einzelne Stück. Alle eingetragen, alle geprüft. Und jedes einzelne Buch wurde dann hier aufgeführt.« McLean zog den Katalogentwurf der Auktionatoren aus der Mappe. Sie war mit blauem Kugelschreiber in Ritchies kratziger Handschrift überschrieben, und er blätterte die Seiten durch, bis er fand, wonach er gesucht hatte. »Sogar dieses hier. Der *Codex Enterius,* ich glaube, so heißt es.« Er zog die Inventarliste wieder zu sich und schlug sie auf der ersten Seite auf. »Und hier, von Andersons Schreibtisch genommen. Es enthielt ein Stück Stoff, das als … einem der Opfer gehörend identifiziert wurde.«

Father Anton nahm den Katalog, starrte auf die ordentlich getippten Seiten, dann zurück auf die Liste. Hin und her, hin und her.

»Sind Sie sicher?«, fragte er endlich. »Das ist das Buch, das Sie gesehen haben? Das Buch, das Anderson gelesen hat, als Sie ihn verhaftet haben?«

»Es lag auf seinem Schreibtisch, aufgeschlagen. Er war nicht dabei, es zu lesen, als ich ihn verhaftet habe. Aber ja, das ist das Buch.«

Zumindest war sich McLean ziemlich sicher, dass es das Buch war. Und warum auch nicht? Es sah so aus wie das, das er gesehen hatte, dieselbe Größe, dieselbe Farbe des Leders und des Pergaments. Allerdings war er zu dem Zeitpunkt an dem Buch nicht so sehr interessiert gewesen wie an dem Lesezeichen.

Etwas schien in Father Antons Augen zu sterben, als er zuerst die Inventarliste und dann den Katalog wieder auf den Tisch zurücklegte.

»Dann bin ich ein Dummkopf gewesen. Anderson muss das Buch irgendwo versteckt haben. Oder es an jemand anderen weitergegeben haben.«

46

Die Kopfschmerzen wecken sie auf; die und der stechende Schmerz in ihrem Magen. Sie kämpft mit dem Schlaf und flucht über ihren fetten Schweinehund von Mann, weil der ihr wieder die Decke weggezogen hat. Und was zum Teufel ist dieser Geruch? Hat er sich vollgeschissen oder was? Hat sich wahrscheinlich wieder sternhagelvoll gesoffen. Sie hat wahrscheinlich auch ein paar getrunken, nach dem Zustand ihres Kopfes zu urteilen. Mein Gott, sie hofft nur, dass sie keinen Sex hatten.

Sie versucht, nach der Decke zu greifen, und stellt fest, dass ihre Hände gefesselt sind. Wie kann es sein, dass sie das nicht mitgekriegt hat, wie sie über ihrem Kopf hochgebunden wurden? Und wie voll muss sie sich gesoffen haben, um zuzulassen, dass dieser Schlappschwanz von einem Ehemann sie gefesselt hat? Verdammt, sie kann es nicht fassen, dass sie sich wieder vertragen haben und Sex gehabt haben könnten. Nicht schon wieder. Nicht, solange diese bösartige Hyäne noch im Haus ist.

Ihre Arme sind steif und wund. Jetzt, wo sie angefangen hat, sich zu bewegen, kribbelt ihr Fleisch qualvoll. Mein Gott, wie ist sie nur in diesen Zustand geraten? Sie dreht sich um, nur halb erfolgreich, und entdeckt, dass auch ihre Beine gefesselt sind. In dem Augenblick fällt die Benommenheit des Schlafes mit der Feinsinnigkeit eines Tsunami von ihr ab.

Einen Moment lang glaubt sie, sie sei erblindet. Sie sieht nichts. Eine Schwärze, die so vollständig ist, dass sie sie erdrückt. Sie dreht langsam den Kopf und zuckt ob des Schmerzes im Schädel zusammen. Es fühlt sich an, als wäre ihr Hirn geschrumpft und würde gegen die Schädelwände rasseln wie eine getrocknete Erbse in einer Trillerpfeife. Die Haut ihrer Wange reibt an ihrem Oberarm, aber die Dunkelheit ist so vollständig, dass sie nicht einmal den sehen kann. Sie bewegt den Kopf etwas weiter, versucht, sich auf die Seite zu drehen, obwohl die Fesseln an Armen und Beinen sie zu sehr gestreckt halten.

Dann kommt die Angst. Sie kann sich nicht erinnern, jemals so betrunken gewesen zu sein. Und der fette Harry würde sie nicht fesseln, das war noch nie sein Stil gewesen.

Sie testet das Seil, zieht ihre Knie so weit an, wie sie kann. Sie schlagen aneinander, Haut gegen Haut, und sie begreift, dass sie nackt ist. Der Schmerz in ihrem Kopf lässt bei jeder Bewegung kleine Sterne vor ihren Augen explodieren. Schade, dass sie ihr Gefängnis nicht beleuchten.

Ihr Gefängnis.

Wie ist sie hierhergekommen, wo auch immer das sein mag? Erinnerungen taumeln durch ihr Gehirn: ihre Schwiegermutter, die sie höhnisch angrinst; der Ehemann, fett und unnütz, wie er vom Sofa aus die Weihnachtssondersendung von *EastEnders* glotzt; ein Streit über nichts Spezielles, nur über all das, was an ihrem Leben verkehrt ist, und dann … was?

Sie kann sich nicht erinnern.

Es ist zu still, jetzt, wo sie sich nicht mehr bewegt. Sie kann ihren Atem hören, wie er ein- und ausrasselt, wie ihr Herz zu schnell in ihrer Brust schlägt, wie das Blut in ihren Ohren pocht. Aber sonst nichts. Kein Verkehr, keine Sirenen in der Ferne, keine Flugzeuge im Landeanflug über der Turnhouse Road. Kein Wind.

»Ha… Hallo?« Sie will das Wort leise sagen, aber es kommt kaum mehr als ein trockenes Flüstern heraus. Ihre Kehle ist ausgetrocknet, ihre Zunge dick und staubig.

Niemand antwortet.

47

Am Neujahrstag war es immer ruhig im Büro. Ein paar Seelen, die es übertrieben hatten, schliefen ihren Rausch in den Zellen aus und wurden dabei von minimalem Personal bewacht. Die meisten Uniformierten hatten an Silvester auf der Straße genug Überstunden gemacht, um zu rechtfertigen, dass sie sich jetzt freinahmen. Sogar Duguids Drogenfahndung war stillgelegt. McLean hätte gern gedacht, dass der DCI zur Vernunft gekommen und die Razzia in Leith abgesagt hatte, aber in Wirklichkeit war es die Chief Superintendent gewesen, die sie ihm ausgeredet hatte. Unglücklicherweise glaubte Duguid nun, dass jemand über seinen Kopf hinweg zu ihr gegangen war, und nahm nur allzu gern an, dass es McLean gewesen war. Das würde noch Ärger geben.

Er saß an seinem Schreibtisch und starrte aus dem Fenster auf die grauen Mietshäuser draußen. Der Himmel hatte so ziemlich dieselbe Farbe, vielleicht mit einem Hauch Lila, der mehr Schnee versprach. Wie gewöhnlich war es kalt in seinem Büro. Seine Finger schmerzten, als er auf der Tastatur tippte, um etwas von dem Papierkram aufzuarbeiten, der wie durch magische Kraft von seinem kleinen Kabuff angezogen wurde. Vielleicht, weil es schon so viel davon hier drin gab. Gleich und gleich gesellt sich gern, und der Papierkram hatte offensichtlich beschlossen, dass er hierhergehörte. Vielleicht war es sogar ein Laichgrund für noch mehr Papierkram. Das würde die Mengen erklären. Aber eigentlich würde er dann erwarten, mehr Babypapierkram herumliegen zu sehen, in kleinen Papierkramwiegen. Obwohl Papierkram auch etwas mit Blattläusen gemeinsam hatte. Irgendwo hatte er mal gelesen, dass die schon trächtig auf die Welt kamen.

Das Telefon klingelte. McLean starrte es eine Weile lang verständnislos an. Es klingelte nie. Niemand rief ihn jemals auf seinem Bürotelefon an. Wenn jemand mit ihm sprechen wollte, kam er einfach hoch und klopfte an die Tür. Aber es klingelte. Er nahm ab und bemerkte, dass die kleine Karte fehlte, die die internen Anschlüsse auflistete. Zweifellos war sie sich einen passenden Partner suchen gegangen.

»McLean«, sagte er.

»Ah, Gott sei Dank. Ein Detective bei der Arbeit.« Die wohltönende Stimme Sergeant Dundas' vom Empfang.

»Und Ihnen auch ein frohes neues Jahr, Pete. Was kann ich für Sie tun?«

»Ich habe hier einen Mann, der sagt, er hätte seine Frau verloren.«

»Ist das der Anfang eines komplizierten Witzes, Pete? Ich muss mich nämlich durch einen Haufen Papierkram arbeiten.«

Es gab ein raschelndes Geräusch, und das Telefon klang gedämpft, als bewegte sich der Sergeant vom Empfang. Er sagte etwas, das McLean nicht ganz verstand, vermutlich zu dem Mann, der seine Frau verloren hatte, dann kam er zurück, ruhiger jetzt.

»Es tut mir leid, Sir. Normalerweise würde ich Sie nicht mit so was belästigen. Aber, na ja, ich werde den Kerl nicht los. Und seine Mutter.«

Das Telefon klang wieder gedämpft, als würde es gegen einen Polizeipullover gedrückt. Durch das Knacksen hörte McLean etwas wie: »Er kommt gleich runter. Gedulden Sie sich bitte einen Augenblick.«

»Sind Sie noch dran, Sir?« Sergeant Dundas' Stimme war wieder klar.

»Ja, Pete.«

»Also, könnten Sie bitte mit ihnen reden? Ich weiß, das ist eigentlich ein Job für Uniformierte, aber es ist kein Ranghöherer als ein Constable hier, und dieser Typ redet ständig davon, dass seine Frau entführt worden sei. So wie der aussieht, glaube ich, ist es wahrscheinlicher, dass sie ihn einfach verlassen hat. Aber der geht nicht weg, bevor er mit einem Detective gesprochen hat.«

»Hat er das gesagt?«

»Aye. Also, eigentlich seine Mutter. Aber …«

»Okay, Pete. Ich komme runter.« McLean stand auf, insgeheim dankbar für einen Vorwand, sein trostloses Büro zu verlassen. »Aber Sie schulden mir was.«

Harry Lubkin war fett, es gab keinen anderen Ausdruck dafür. Sein Gesicht war ein Chaos aus Halbkugeln, die man ehrlich gesagt nicht als Backen oder Kinn bezeichnen konnte. Eher eine Ausbeulung seines Halses, der selbst eine Ausbeulung seines übergroßen Körpers war. McLean schätzte ihn auf ungefähr einssiebzig und reichlich so breit. Die Augen lagen tief und waren von dunklen Blutergüssen umgeben, die weiche Nase zeigte seitwärts. Wie es sehr fette Männer häufig tun, hatte er seinen Schädel rasiert, aber um die Ränder frischer Schnitte waren ein paar Haarbüschel stehen geblieben. Einen schlankeren Mann hätte McLean für einen Schläger gehalten.

Seine Mutter hingegen war dünn wie ein Windhund. Ihre dick umrandete Brille und die hoch aufgetürmte Frisur ließen sie aussehen wie eine Figur aus einem Gary-Larson-Cartoon. Fehlte nur noch ein Twinset und eine quadratische Handtasche. Aber sie trug einen Jogginganzug aus Nylon und eine Segeltuchtasche über der Schulter, in die wahrscheinlich die Ausrüstung für einen einwöchigen Urlaub gepasst hätte.

Die beiden warteten im vorderen Empfangsraum, als Mc-

Lean ankam. Sie saß geziert auf ihrem Plastikstuhl, er hing in zweien … nein, dreien. Mrs Lubkin sprang auf, als er hereinkam, Harry blieb sitzen.

McLean tat einen Moment lang, als würde er das Blatt Papier, das ihm Sergeant Dundas ausgehändigt hatte, zurate ziehen, dann trat er vorsichtig näher und stellte sich vor.

»Wurde aber auch langsam Zeit.« Mrs Lubkin sprach mit breitem Glasgower Akzent.

»Tut mir leid.« McLean versuchte, ehrlich so zu klingen, als er Mrs Lubkin bedeutete, sich wieder zu setzen, und den letzten Stuhl für sich heranzog. »Wir sind heute etwas unterbesetzt. Viele Kollegen haben gestern bei der Straßenfeier noch bis spät gearbeitet. Nun, Sie sagen, Mrs Lubkin wird vermisst?«

»Aye, dreckige kleine Herumtreiberin, die sie ist.«

»Mutter, kannst du einmal aufhören?« Harry Lubkins erste Worte klangen überraschend. Im Gegensatz zu seiner Mutter war sein Akzent neutral, vielleicht mit einer Spur Edinburgh darin, und seine Stimme klang angesichts seiner Körperfülle relativ hoch.

»Von Anfang an, ja?« McLean sah über die Schulter zum Empfangstresen zurück in der Hoffnung, Sergeant Dundas einen tödlichen Blick zuwerfen zu können. Er war nicht zu sehen, aber die Tür zum Kontrollraum dahinter stand einen Spalt offen. Pete würde ihm hierfür mordsmäßig was schulden.

»Wie lautet der Vorname Ihrer Frau, und wann ist sie verschwunden, Mr Lubkin?«, fragte McLean.

Harry Lubkin sah aus, als wollte er antworten, aber seine Mutter kam ihm zuvor.

»Sie heißt Trisha, und es war am zweiten Weihnachtstag. Die kleine Hyäne. Hat mich angeschrien. Können Sie das glauben? Ihre eigene Schwiegermutter. Ich werd Ihnen nicht sagen, wie sie mich genannt hat. Dann hat sie ihren Mantel genommen und ist einfach abgehauen. Verschwunden.«

»Am zweiten Weihnachtsfeiertag? Und da kommen Sie erst jetzt zu uns?«

»Na ja. Wir hatten uns ein bisschen gestritten, sehen Sie.« Harry Lubkin sah McLean nicht in die Augen, sondern fand stattdessen den gebohnerten Boden ziemlich faszinierend, und seine rundlichen Finger noch mehr.

»Ein Streit, aha. Kommt das häufiger vor?«

Harry sah seine Mutter an und sagte nichts.

»Das Mädchen ist jähzornig!« Mrs Lubkins Präsenz füllte den Raum. »Und dickköpfig. Sie können ja sehen, was Sie mit meinem armen, kleinen Harry hier gemacht hat. Blaue Augen, Blutergüsse überall. Sie hat ihm fast die Nase gebrochen.«

»Stimmt das, Mr Lubkin?« McLean schätzte die Verletzungen in Harrys Gesicht jetzt anders ein. Dann nahm er einen Stift und sein Notizbuch zur Hand und schlug es auf einer leeren Seite auf. Er glaubte nicht, dass er sich wirklich Notizen machen musste, aber das wirkte beruhigend auf seine Gesprächspartner.

»Ja, nun … Sie kann manchmal ein bisschen dickköpfig sein, Inspector. Aber das liebe ich an ihr.« Harry sah seine Mutter an. »Normalerweise verstehen wir uns gut. Manchmal allerdings, also, dann wird es alles ein bisschen viel. Sie geht dann meistens und bleibt bei einer Freundin. Deshalb habe ich mir nicht viel dabei gedacht. Aber als sie am Silvesterabend immer noch nicht zurück war, habe ich herumtelefoniert. Die ganze Woche lang hat niemand sie gesehen.«

Mrs Lubkin zischte missbilligend, was ihre wahren Gefühle sehr viel beredter ausdrückte, als es Worte je hätten tun können. McLean sah sich die beiden an und verstand allmählich.

»Wohnen Sie bei Ihrem Sohn und Ihrer Schwiegertochter, Mrs Lubkin?«, fragte er.

Sie sah ihn an, als wäre er wahnsinnig. »Ich? Seien Sie nicht albern. Da geh ich doch lieber ins Altersheim.«

»Dann sind Sie also nur über Weihnachten und Neujahr zu Besuch.«

»Das stimmt. Ich bin am Weihnachtsabend mit dem Zug gekommen. Ich wollte morgen früh wieder abfahren, aber wenn sie nicht auftaucht, muss ich ja meinen Jungen versorgen.«

McLean zählte im Kopf. »Dann waren Sie also schon ein paar Tage hier, bevor sie fortgegangen ist. Und sie hat Sie angeschrien, wie Sie sagen. Hat Mr Lubkin hier angegriffen.«

»Das ist richtig. Sie hat mir ein paar wirklich dreckige Sachen an den Kopf geworfen.«

McLean wandte sich wieder an Harry. »Und Sie haben mit ihren Freunden gesprochen, sagen Sie.«

»Mit ihrer Freundin Shelley, ja. Aber die hat nichts von ihr gehört.«

»Hat sie ein Handy? Ihre Frau, meine ich.«

»Sie hat es zu Hause gelassen.« Der fette Mann grub in den Taschen seiner geräumigen Hose und zog ein winziges Handy hervor, das in seinen großen, fetten Wurstfingern noch kleiner aussah. »Ihre Geldbörse auch. Sie hat nur ihren Mantel und die Schlüssel mitgenommen.«

Das nur zu bekannte, unheimliche, kalte Gefühl begann sich in McLeans Magengrube auszubreiten. Er sah auf sein Notizbuch und stellte fest, dass er angefangen hatte, Notizen zu machen.

»Haben Sie ein Foto Ihrer Frau, das wir benutzen können, Mr Lubkin? Eins, das wir an Krankenhäuser schicken können, für den Fall, dass sie einen Unfall hatte?«

Es war Mrs Lubkin, die ein Foto aus der Tiefe ihrer Segeltuchtasche zog. McLean nahm es und sah eine junge, rothaarige Frau, nicht dünn, aber auch nicht in der gleichen Liga wie ihr Mann. Trisha Lubkin. Was sie dazu gebracht hatte, diesen schwitzenden Fettklops zu heiraten, der ihm gegenübersaß, konnte er sich nicht vorstellen.

»Ich habe Ihre Adresse noch nicht, Mr Lubkin.« McLean sah auf das halb ausgefüllte Formular, das ihm Sergeant Dundas gegeben hatte. Der faule Sack hatte sich nicht einmal die Mühe gemacht, den Erstkontakt ordentlich zu dokumentieren.

»Liberton«, sagte Harry Lubkin. »Oben am Brae bei der Universität. Normalerweise läuft Trisha, wenn sie wütend ist, einfach den Berg nach Mortonhall rauf. Da wohnt ihre Freundin Shelley.«

Und plötzlich war das alles überhaupt nicht mehr lustig.

48

Schnee peitschte durch die skelettartigen Bäume, die von einem kalten, schneidenden Wind seitwärtsgebogen worden waren. McLean zog seinen Mantel um die Schultern zusammen im Versuch, ein bisschen von der Wärme, die er aus dem Wagen mitgebracht hatte, bei sich zu behalten, anstatt sie mit dem Rest von Midlothian zu teilen. Ein zusammengewürfelter Haufen schlecht gelaunt aussehender Uniformierter scharte sich um ihn, stampfte in der sich vertiefenden Finsternis mit den Füßen und klatschte in die Hände.

»Also, Sie haben alle ein Foto von Trisha Lubkin, und jeder hat eine Adressenliste.«

Er sah sich in der Gruppe nach Anzeichen von Bestätigung um, war aber nicht überrascht, keine zu erhalten. Ein blaugesichtiger DC MacBride händigte die letzte Fotografie aus und steckte sich dann die Hände unter die Achseln.

»Nun, wir nehmen an, dass sie den Hügel hinaufgelaufen ist. Das war ihre bevorzugte Richtung, und ihre Freundin wohnt da oben. Das wahrscheinlichste Ziel für eine Frau in einem dünnen Mantel. Ich möchte, dass Sie sich aufteilen und mit der Tür-zu-Tür-Befragung beginnen. Das letzte Mal wurde sie um ungefähr halb sieben am zweiten Weihnachtsfeiertag gesehen. Das war der sechsundzwanzigste, für diejenigen unter Ihnen, die etwas langsamer denken. Ich will wissen, ob irgendjemand sie gesehen hat oder ob irgendjemand in der Nacht etwas Ungewöhnliches bemerkt hat.«

McLean steckte die Hände tiefer in die Taschen, als könnte da unten noch etwas Wärme sein, von der er noch nichts wusste. Die Constables blieben zusammengerottet im Halbkreis um ihn herum stehen und sahen einander nur stumm an.

»Kommt schon, Leute. Je schneller wir anfangen, umso schneller sind wir fertig.«

Er sah zu, wie sie davontrabten, an Türen klingelten und durch Briefkästen lugten. DC MacBride stand leicht zitternd neben ihm.

»Meinen Sie, die finden was raus?«, fragte er.

»Etwas Glück wäre schön. Sie ist seit einer Woche weg, Stuart. Die Spur war wahrscheinlich schon eine Stunde, nachdem sie das Haus verlassen hatte, kalt.«

Der Klang ist ihr so fremd, dass lange Momente vergehen, bevor ihr klar wird, was es ist. In ihrer Welt des Unglücks verloren, hat sie sich so weit zurückgezogen, dass sie nicht einmal mehr weiß, ob sie noch am Leben ist. Aber jetzt kann sie es hören. Das Tappen von Schritten, die einen Flur entlanghallen. Und mit dem Geräusch kommen andere Empfindungen. Erst die Wärme, überall um sie herum, wie in einem Kokon. Dann der Schmerz in ihren Hand- und Fußgelenken, wo das Seil an ihrer Haut reibt. Und schließlich die Leere in ihrem Magen, die ausgedörrte Trockenheit in ihrer Kehle. Sie atmet flach, versucht, die üblen Gerüche um sich herum zu meiden. Hat sie sich bepinkelt? Sie weiß es nicht, ihre Haut ist so taub an der rauen Matratze.

»Hilfe, bitte!«, versucht sie zu rufen, aber es wäre einfacher, übers Wasser zu gehen. Ihre Stimme ist nicht vorhanden, nur ein raues Ausströmen der Atemluft. Und dann kommt sie auf die Idee, dass das Tappen von Füßen auch von demjenigen kommen könnte, der sie hergebracht, ausgezogen und gefesselt hat.

Eine gelbe Linie flackert über den Steinbögen über ihr auf. Es ist bloß das Licht, das unter einer Tür hereinscheint, aber nach der endlosen Dunkelheit ist es hell genug, um ihren Augen wehzutun. Sie kneift sie fest zu, als die Tür aufgestoßen wird, sie zuckt zusammen, als über ihrem Kopf mehr Lichter angeschaltet werden. Das Summen der Neonröhren hört sich an wie ein Schwarm wütender Bienen.

Sie zwinkert gegen das Gleißen, versucht zu sehen, wer hereingekommen ist. Aber ans Bett gefesselt, entkräftet von den Stunden aus Stille und Dunkelheit, kann sie den Kopf gerade genug drehen, um die Wände zu sehen.

»Ah, gut. Sie sind wach.« Die Stimme eines Mannes, die ihr von irgendwoher bekannt vorkommt. Aber woher? Sie versucht sich zu erinnern, aber es ist schwer, irgendetwas zu tun, während die Panik wächst.

»Bitte helfen Sie mir.« Es ist kaum mehr als ein Krächzen.

»Ich habe mir Sorgen gemacht, wissen Sie.«

Sanft, höflich, gebildet. Was ihre Mutter eine vertrauenswürdige Stimme genannt hätte, ihre naive Seele ruhe in Frieden.

»Sie haben lange geschlafen. Viel länger als die anderen.«

Die anderen? Sie öffnet die Augen ein bisschen weiter, zuckt vor Kopfschmerz zusammen. Sie sieht nur verschwommen. Mein Gott, sie hat ihre Kontaktlinsen noch drin. Wie lang kann man die tragen, bevor sie an den Augäpfeln kleben bleiben? Der Mann steht ein paar Meter entfernt, unbeweglich, und beobachtet sie. Sie ist sich plötzlich ihrer Nacktheit nur allzu bewusst, und der Art und Weise, wie die Fesseln ihre Beine spreizen.

»Was wollen Sie?« Jedes Wort kratzt aus ihrer Kehle, als wäre es in einem Umschlag aus Sandpapier abgeschickt worden.

»Was ich will?« Der Mann scheint eine Weile darüber nachzudenken. Dann kommt er näher, und sie kann sehen, dass er etwas trägt. Noch näher, dann zieht er einen Stuhl heran und setzt sich neben sie. Seine Züge sind unscharf, rosa und blau für ihre trockenen, kontaktlinsenbedeckten Augen, als er seinen

Kopf zu dem Ding hinunterbeugt, das er mitgebracht hat. Er schlägt es auf. Ein großes Buch.

»Ich möchte Ihnen eine Geschichte vorlesen.«

McLean kannte das Polizeirevier in Howden Hall nicht gut, wusste aber, dass es dort eine Kantine gab und dass die Kantine heiße Suppe servierte. Was ihn betraf, war alles andere nur fürs Auge. Er saß an der Kopfseite eines Tisches voller Uniformierter, die alle ordentlich zulangten, sich die Hände wärmten und im Großen und Ganzen erleichtert darüber aussahen, dass ihr Martyrium zu Ende war, zumindest für den Moment. Neben ihm ging DC MacBride die Resultate der Haus-zu-Haus-Befragungen durch.

»Wir haben zwei mögliche Sichtungen am Abend des sechsundzwanzigsten. Beide gegen sieben, beides Leute, die sie als Ortsansässige kannten, aber nicht vom Namen her.« Er ging die Liste durch und malte mit einem angekauten Kuli Kringel darauf. »Der Rest der Leute versucht nur, hilfreich zu sein.«

»Keine Sichtungen also seit ihrem Verschwinden?«

»Keine.«

»Hat irgendjemand sonst noch was gesehen? Ein langsam fahrendes Auto?«

»Das ist der Brae, Sir. Da fahren alle langsam. Zumindest bergauf.«

McLean seufzte. Er wusste verdammt genau, dass es zu spät war. Trisha Lubkin war entführt worden. Wenn sie nicht schon tot war, würde sie es bald sein. Und sie würden ihren nackten Körper in den nächsten zwei Tagen irgendwo unter einer Brücke finden, sorgfältig gewaschen und im Wasser aufgebahrt.

»Das stimmt doch alles nicht«, sagte er.

»Sir?« MacBrides Löffel schwebte vor seinem Mund, die Suppe schwappte zurück auf den Teller und über seine Papiere.

»Anderson hat einmal im Jahr gemordet. Er hatte sich immer unter Kontrolle, hat sich nie gehen lassen. Deshalb war es ja so schwer für uns, ihn zu fassen.«

»Also, wir wissen, dass es nicht Anderson ist. Der ist tot. Es muss irgendein kranker Nachahmer sein.«

»Ich weiß. Aber warum sollte er sich die ganze Mühe machen, Anderson zu kopieren, und dann zwei Mal im Monat morden? Drei Mal, wenn wir realistisch sind.«

»Meinen Sie nicht, das ist etwas verfrüht, Sir? Ich meine, sie könnte einfach in einen Zug gestiegen und nach London gefahren sein.«

»Sie hatte kein Geld, kein Telefon. Sie hat sich bei keinem ihrer engen Freunde gemeldet. Es ist möglich, dass sie zu jemandem von der Arbeit gegangen ist …« McLean versuchte, sich an dieses kleine Stück Hoffnung zu klammern. Mit den beiden Feiertagen heute und morgen war es beinahe unmöglich, irgendwen von der Bank ausfindig zu machen, bei der Trisha Lubkin arbeitete. Grumpy Bob sollte eine Liste zusammenstellen, aber nein, Hoffnung war Zeitverschwendung. Die Übereinstimmung, dass sie wahrscheinlich an genau demselben Ort verschwunden war wie Kate McKenzie, war einfach zu groß.

»Ich geb's nur ungern zu, aber ich glaube nicht, dass wir sie noch lebend finden werden.«

Sie fühlt sich merkwürdig. Nicht, weil sie seit wer weiß wie lang gefesselt ist, nackt und gedopt. Sie driftet immer wieder in die Bewusstlosigkeit ab und kann die Sprache, die der Mann neben ihr spricht, nicht verstehen. Es hört sich vielleicht nach Latein an. Könnte aber auch irgendein Kauderwelsch sein, was weiß sie schon? Aber die Worte setzen sich in ihrem Kopf fest, wirbeln durch ihr Hirn, holen lang vergangene Erinnerungen ans Licht.

Wie die Zeit, als sie ein Kind war, unten am Strand in Portobello, mit dem kleinen Jimmy Shanks. Sie hatten gestohlene Zigaretten geraucht und dann »Du zeigst mir deins, ich zeig dir meins« gespielt. Mein Gott, sie konnten nicht älter als zehn gewesen sein. Aber das war nicht das Problem. Es war nicht das erste Mal gewesen, dass sie den Pimmel eines Jungen gesehen hatte. Es war danach, als sie nach Hause gingen und den Hund gefunden hatten. Von einem Auto angefahren, das arme, kleine Ding. Er lag wimmernd am Straßenrand, ganz kaputt und blutig. Sie fanden es lustig, hatten ihn verspottet, als er versuchte, davonzukriechen. Jimmy hatte ihn mit Steinen beworfen, und sie hatte ihn mit einem Stock geschlagen. Warum hatte sie das getan? So war sie nicht.

Und dann ist er auf ihr. Wie ist das passiert? Sie kann noch hören, wie er die Worte aus dem Buch liest, aber er drückt sich auf sie. Hände, die schmerzhaft ihre Brüste kneten, die Hose auf die Knöchel heruntergerutscht, der Pimmel des kleinen Jungen jetzt böse und groß.

Sie versucht sich zu wehren, aber seine Stimme füllt ihren Kopf. Der tote Hund wedelt mit dem Schwanz und verzieht die Lefzen zu einer zähnefletschenden Grimasse des Schmerzes. Sie kann seine Zähne sehen, fleckig von Speichel und Blut. Dicht an ihrem Kopf. Nein, nicht der Hund, der Mann. Sie erinnert sich jetzt an ihn, wie er sie aus dem Auto heraus angesprochen hat, angeboten hat, sie mitzunehmen, und ihr dann irgendetwas ins Gesicht gesprüht hat, das sie bewusstlos gemacht hat. Dass er sie vergewaltigt hat.

»Geh runter! Ah, du Schwein!«

Sie kämpft gegen ihre Fesseln, und seine irren Worte treten einen Moment lang in den Hintergrund. Lang genug, dass sie den Kopf in den Nacken legen und ihn dann mit aller Kraft, die ihr noch geblieben ist, nach vorn werfen kann.

»Wie kommst du mit der Liste voran, Bob?«

McLean stand auf der Türschwelle des Einsatzraums und blickte über das Meer aus leeren Schreibtischen hinweg. Grumpy Bob saß über einen Ausdruck gebeugt, auf dem mit rotem Stift Namen durchgestrichen waren, die er von seinen Nachforschungen ausgeschlossen hatte. Er legte den Telefonhörer auf und streckte sich auf seinem Stuhl, wobei sich sowohl der Rücken als auch der Stuhl beschwerten.

»Fertig, so gut wie.« Er ließ den Stift auf das Blatt Papier fallen und rieb sich die müden Augen. »Ritchie ist zur Bank gegangen, um sich mit einem von der Personalabteilung zu treffen. Sie haben gesagt, sie schicken extra jemanden ins Büro. Aber wir haben so ziemlich jeden, den sie kannte, erfasst.«

McLean sah zu der Wand mit dem Whiteboard hinüber, in dessen Richtung Grumpy Bob genickt hatte. Trisha Lubkins Foto hing da neben Kate McKenzie und Audrey Carpenter, etwas entfernt von den beiden. Er hatte wenig Zweifel, dass sie bald sehr viel näher bei ihnen angeheftet würde. Sie hätten mittlerweile wirklich alles in einen eigenen Einsatzraum schaffen sollen, wenn es denn im ganzen Haus noch einen freien gegeben hätte. Und es würde nicht mehr lange dauern, bis die hohen Tiere anfingen, wenig hilfreiche Ratschläge zu erteilen. Wenn sie die mit dem Versprechen von mehr Personal bestärkten, dann wäre er der Letzte, der sich beklagte.

»Na, dann können wir wohl im Augenblick nicht mehr viel tun«, sagte er, sah auf die Uhr und fragte sich, wohin der Tag verschwunden war. »Die Überwachungskameras auf dem Brae sind zu schlecht, um Nummernschilder lesbar wiederzugeben, und auf den Aufnahmen ist auch nichts so Nützliches wie ein Auto, das einen Fußgänger mitnimmt. Von den beiden Nachbarn abgesehen hat niemand etwas gesehen, niemand etwas gehört. Ich hasse es, mich so verdammt unnütz zu fühlen.«

»Wir kriegen ihn, Chef.«

McLean sah seinen alten Freund an, und ihm fiel auf, dass er nicht gesagt hatte: »Wir finden sie.« Auch er wusste, wie die Zeichen zu lesen waren, und ihm gefiel es auch nicht, was sie sagten.

»Scheiß drauf, Bob. Lass uns in den Pub gehen.«

49

Im Nachhinein betrachtet, war es vielleicht ein Fehler gewesen, mit Grumpy Bob etwas trinken zu gehen. Sie hatten niemand anderen zum Mitkommen überreden können, es gab zu viele schwere Köpfe nach Silvester. Also waren es nur sie beide gewesen, die alte Jagdgründe besucht und alte schlechte Gewohnheiten hatten wiederaufleben lassen. Das Kebab um ein Uhr morgens hatte gut geschmeckt – nun, das tat es immer. Jetzt allerdings fühlte sich sein Mund an, als wäre ein kleines Tier hineingekrochen, hätte eine Horde winziger Dämonen geboren und wäre dann verendet.

Der Wecker behauptete, es sei halb sieben. Eigentlich sollte er heute freihaben, aber das war gewesen, bevor Trisha Lubkin als vermisst gemeldet worden war. Seufzend rollte er sich herum und setzte sich auf die Bettkante. Rieb sich das kratzige Kinn. Dann konnte er genauso gut aufstehen.

Als er unter der Dusche stand und das heiße Wasser etwas Leben in ihn hineinhämmerte, versuchte McLean, sich die Dumpfheit aus dem Kopf zu massieren, an der eher der Schlafmangel schuld war als irgendetwas anderes. Im Großen und Ganzen fühlte er sich nicht allzu schlecht. Wahrscheinlich, weil Grumpy Bob und er sich an Bier gehalten hatten. Kein spätnächtlicher Streifzug zu seiner Wohnung, um da bis zum Morgengrauen eine Flasche Whisky niederzumachen. Und man konnte von der gasigen Pisse, die sie in der Hälfte der Pubs dieser Stadt als Ale zu bezeichnen versuchten, sowieso nur eine gewisse Menge trinken, bevor man explodierte.

In der Küche starrte ihn Mrs McCutcheons Katze von ihrem Platz auf der Tischplatte neben dem Ofen an, als wollte sie sagen: »Was ist das für eine Uhrzeit, um schon auf zu sein?«

Er ignorierte sie, braute den stärksten Kaffee, den sein Magen vertrug, und ließ sich bei Cornflakes und Toast Zeit. Wenn er jemals daran gedacht hätte, Essen einzukaufen, dann hätte er jetzt Speck und Eier zum Frühstück gegessen.

Als er seinen Becher zum zweiten Mal füllte, fiel ihm ein, dass er sich beeilen sollte. Eine Frau wurde vermisst, wahrscheinlich von einem Mörder entführt, der einen anderen nachahmte. Normalerweise wäre er Minuten nach dem Aufwachen an seinem Schreibtisch gewesen. Na ja, vielleicht nicht Minuten, jetzt, wo er nicht mehr in Gehweite vom Büro entfernt wohnte. Aber Annehmlichkeiten wie Kaffee und Frühstück hatten ihn noch nie interessiert. Das waren Dinge, die man auf dem Weg mitnahm und bei der Arbeit konsumierte. Jetzt nahm er sich Zeit. Schlug die Zeit tot. Wartete.

Und als fünf Minuten später das Telefon klingelte, wusste er, warum.

»Es ist eine Leiche gefunden worden, Sir. Oben in den Bergen an der A7. Nettlingflat heißt das da.« DS Ritchie hörte sich an, als hätte auch sie kaum Schlaf bekommen.

»Trisha Lubkin«, sagte McLean.

»Ich hab's gerade erst erfahren, Sir. Wir haben noch keine Identifizierung.«

»Sie ist es, Ritchie. Tut mir leid.«

»Ich will gerade hinfahren. Wollen Sie DS Laird auch? Ich weiß, es ist Ihr freier Tag, Sir.«

»Nein, lassen Sie Grumpy Bob in Ruhe.« Wenn man danach ging, wie er vor nur fünf Stunden noch gesungen hatte, war der Sergeant sowieso zu nichts zu gebrauchen. »Kommen Sie auf dem Weg hier vorbei. Ich übernehme den Fall.«

Er legte auf, stellte das Telefon auf den Küchentisch und

starrte die Katze an. Sie starrte zurück, ohne zu blinzeln, während er seinen Kaffee trank und wartete.

Im Sommer bot sich die A7 als wunderschöne Straße für eine gemütliche Fahrt an. Sie führte nach Süden über die Ebene von Midlothian, durchschnitt die Moorfoot Hills auf ihrem Weg zu den Städten der Borders. Reiver Country. Über weite Stücke war offenes Moor zu beiden Seiten, kaum ein Baum in Sicht, der die Aussicht behinderte. Oder den Wind.

Im Winter, wenn der Schnee fiel, war sie eine komplette Sauerei. Die Tatsache, dass der Dienstwagen, den DS Ritchie losgeeist hatte, dringend neue Vorderreifen brauchte, verbesserte die Lage nicht gerade. Wenigstens funktionierte die Heizung, entnebelte die Windschutzscheibe und ermöglichte ihnen einen klaren Blick auf den Schneepflug, der die einspurige Fahrbahn, die bereits durch die Schneewehen geschnitten war, erweiterte. Sie verpassten das Straßenschild trotzdem beim ersten Versuch, weswegen sie in Heriot wenden und zurückfahren mussten. Ein Landrover der Polizei zeigte ihnen den Weg, und schließlich schlitterten sie auf einem tückisch steilen Weg zu einer Ansammlung von Cottages hinauf, die sich um rostige Wellblechschuppen und ein großes Bauernhaus scharten.

Irgendwie hatte es der Transit der Spurensicherung den Weg hinauf geschafft, zusammen mit zwei Streifenwagen. McLean zeigte dem Uniformierten, der den Kürzeren gezogen hatte und damit beschäftigt war, den Umkreis des Tatorts mit Absperrband zu markieren, seinen Dienstausweis.

»Wo muss ich hin, Constable?« Er zitterte, als der Wind durch seinen schweren Mantel, seine Jacke, sein Hemd und seine Haut pfiff, direkt bis auf die Knochen.

Der Constable antwortete nicht, vielleicht, weil er wertvolle Körperwärme verlieren würde, wenn er den Mund öffnete. Stattdessen nickte er in Richtung des größten Cottages, das etwas weiter oben lag. Wenigstens hatte er eine Mütze auf und damit schon an mehr gedacht als McLean.

Der Schnee an der Böschung war breitflächig zertrampelt. Oben angekommen, konnte er sehen, dass sie das Ufer eines schmalen Baches bildete. Eiszapfen hingen von schneebedeckten Steinen in der sanft tröpfelnden Strömung, und ein bisschen flussaufwärts, wo der Feldweg über einen steilen, tiefen Einschnitt hinwegführte, wölbte sich eine alte Steinbrücke über stilles Wasser. Ein unübersichtlicher Haufen von Leibern drängte sich um das Ufer, sie standen dicht beieinander, um sich warm zu halten. Als er näher kam, drehte sich einer um und enthüllte die schalumwickelte und bemützte Gestalt von Angus Cadwallader.

»Ah, Tony. Ich würde dir gern ein schönes neues Jahr wünschen, aber das hier scheint mir nicht der richtige Ort dafür zu sein.«

McLean nickte zustimmend. »Was haben wir hier?«

»Mrs Milner vom Cottage hat uns gegen sieben heute Morgen angerufen, Sir.« McLean erkannte den jungen Constable, der ihm Audrey Carpenters Leiche gezeigt hatte, die unterhalb des Stausees etwa acht Kilometer von hier entfernt abgelegt worden war. Was für eine Feuertaufe. »Sie lässt jeden Morgen, wenn sie aufsteht, ihre Hunde hinaus. Normalerweise kommen die nach fünf Minuten wieder zum Frühstück rein. Aber heute wollten sie nicht, nicht mal, als sie gerufen hat. Sie hat sie da unten gefunden. Und das hier.«

McLean blickte dorthin, wohin der junge Constable zeigte. Eis umrahmte das Wasser, das unter der Brücke in einem natürlichen Becken stand, und aus diesem Rahmen ragte ein nackter Körper heraus, eingefroren im Augenblick schlimmster Höllenqualen. Seine erste Reaktion bestand in äußerstem Entsetzen, obwohl er wusste, dass die Frau schon tot gewesen war, bevor man sie hierhingebracht hatte. Etwas an der

Vorstellung, unter dem Eis gefangen zu sein, jagte ihm eine Angst ein, die ebenso ursprünglich wie irrational war. Sie lag mit dem Gesicht nach oben, ihr Haar hatte sich um den Kopf herum ausgebreitet wie ein Heiligenschein und war dann so eingefroren, als das Eis sich um sie geschlossen hatte. Der Rest ihres Körpers war teilweise verdeckt, aber er konnte sehen, dass sie nackt war. Und er brauchte kein Foto, um zu wissen, wer es war. Er hatte es die ganze Zeit gewusst.

50

Sie kann noch nicht länger als ein paar Stunden im Eis liegen. Sie fängt gerade erst an zu gefrieren.«

McLean stand in der klinisch sauberen Umgebung der städtischen Leichenhalle, und Angus Cadwallader begann gerade mit der ersten Inspektion der Leiche. Aufgebahrt auf dem stählernen Tisch, sah Trisha Lubkin noch kälter aus als im Eis. Nur ihr rotes Haar verlieh ihr ein wenig Farbe, und sogar die sah tot aus. Der Schnitt, der unter ihrem Kinn von Ohr zu Ohr verlief, war bleich, sauber gewaschen von dem Mann, der sie ermordet hatte.

»Kannst du es riskieren, mir einen Todeszeitpunkt zu nennen?«

Cadwallader verzog das Gesicht. »Schwierig. Sie ist sicher lang genug tot, damit die inneren Organe die Außentemperatur angenommen haben. Aber die lag bei rund null Grad, also haben wir keinen der anderen Indikatoren. Er hätte sie genauso gut in eine dieser Schubladen stecken können.« Er nickte in Richtung der Gefrierschränke und ihres betrüblichen Inhalts.

»Aber du wirst es versuchen, ja?« McLean versuchte, seinen alten Freund anzulächeln, und war sich nicht sicher, ob es ihm gelingen würde. Er fühlte sich nicht besonders fröhlich.

»Ich muss auf Nummer sicher gehen, Tony. Aber zwischen vierundzwanzig und achtundvierzig Stunden. Wenn sie nach ihrem Tod nicht noch an einem sehr kalten Ort aufbewahrt wurde. In einem gefrorenen Bach zum Beispiel. Aber wenn wir mit der Annahme arbeiten, dass es sich um denselben Mann handelt, der auch Audrey Carpenter und Kate McKenzie ermordet hat, na ja, die waren erst seit ungefähr zwölf Stunden tot, als wir sie fanden.«

»Todesursache?«

»Gib mir Zeit. Aber es sieht wieder nach dem Schnitt durch die Kehle aus. Hat so ziemlich alles bis auf die Wirbel durchgeschnitten. Sie muss sofort verblutet sein, es war sicher ein schneller Tod.«

Cadwallader setzte seine Untersuchung fort, besah sich Trisha Lubkins Hände und Finger genau. Er benutzte ein dünnes Werkzeug, um Zellmaterial unter ihren Fingernägeln wegzukratzen, und übergab die Proben an seine schweigende Assistentin Tracy. Langsam arbeitete er sich um die Leiche herum und gelangte schließlich zum Kopf. McLean stand da, ohne sich zu rühren, schaute zu und wartete ab, welche kleinen Hinweise die tote Frau ihnen geben konnte. Es gab wirklich nichts mehr, was er tun konnte.

»Das ist interessant.« Cadwallader sah sich Trishas Stirn genau an. »Tracy, die Lupe bitte. Und suchen Sie die Röntgenaufnahmen des Schädels heraus. Frontal.«

Er nahm das Vergrößerungsglas, das sie ihm hinhielt, und beugte sich über die Leiche. Dann, als Tracy das richtige Bild gefunden hatte, ging er zum Leuchtkasten hinüber. McLean folgte ihm mit einem Hoffnungsschimmer auf das, was immer der Rechtsmediziner gefunden haben mochte.

»Sie hat einen leichten Bluterguss auf der Stirn.« Cadwallader zeigte auf einen unbestimmten Bereich gerade über dem Punkt zwischen den Augenhöhlen auf dem Röntgenbild. McLean konnte nichts erkennen. »Und hier können wir winzige Fissuren im Knochen um die Augenhöhlen und die Nebenhöhlen herum ausmachen.«

»Dann hat sie sich an etwas den Kopf gestoßen?«

»Nicht ganz, nein.« Cadwallader ging zu der auf dem Tisch aufgebahrten Leiche zurück, zeigte mit einer in Latex gehüllten Hand auf die betreffenden Stellen, während er sprach. »Sie hat Fesselungsmale an Hand- und Fußknöcheln. Sie war eine ganze Weile lang gefesselt. Wenn sie gestürzt oder gestoßen worden wäre, während sie gefesselt war, wären die Blutergüsse an anderen Stellen. An der Hüfte vielleicht, an einer Schulter. Es würde mich überraschen, wenn ihre Nase nicht gebrochen wäre. Aber da ist nichts.«

»Also, worauf willst du hinaus?«

»Du kennst doch sicher den Ausdruck ›Glasgow Kiss‹.« Cadwallader lächelte.

»Sie hat ihrem Entführer einen Kopfstoß verpasst?«

»Nicht lange, bevor sie starb. Und einen festen noch dazu. Wenn man nach ihren eigenen Verletzungen gehen kann, muss ihr Mörder ein ganz schönes Veilchen haben. Es würde mich überraschen, wenn er damit nicht zum Arzt müsste.«

Der Rechtsmediziner wandte sich wieder seinem Objekt zu, und seine Stimme wurde warm, als er zu ihr sagte: »Schade, dass es dich nicht gerettet hat, aber das hast du gut gemacht, meine Liebe.«

»Sind Sie beschäftigt, Constable?«

McLean steckte den Kopf zur Tür des CID-Büros herein, wobei er bemerkte, dass das Foto von Trisha Lubkin an der Tafel bewegt worden war. Jetzt hing sie neben ihren Mit-Opfern, geeint durch einen gewaltsamen, verfrühten Tod.

»Kommt drauf an, wer mich sucht, Sir.« DC MacBride sah von seinem Computer auf und unterdrückte ein Gähnen.

»Machen Sie darüber keine Witze. Gerade jetzt könnten Sie es vorziehen, an dem Drogenfall zu arbeiten.«

»Warum, Sir? Was kann ich für Sie tun?«

»Ich möchte, dass Sie sich mit allen Krankenhäusern und Allgemeinarztpraxen in der Gegend in Verbindung setzen. Falls Sie welche auftreiben können, lassen Sie sich von Uniformierten helfen. Finden Sie heraus, wer dort in den letzten vier Tagen mit einer gebrochenen Nase aufgetaucht ist.«

»Ähm, werden die uns das sagen, Sir? Ich meine, Schweigepflicht und so?«

»Wahrscheinlich nicht, nein. Aber wenn Sie die dazu überreden können, Ihnen zu sagen, ob irgendjemand mit so etwas gekommen ist, dann könnte uns das dabei helfen, unseren Schauplatz einzuengen. Versuchen Sie's erst mal bei den Allgemeinpraxen, und sagen Sie denen, dass es sich um einen Mordfall handelt.«

»Okay, Sir.« MacBride griff nach der Computermaus. »Ich gehe davon aus, dass das sofort geschehen soll.«

»Oder noch schneller. Warum, woran haben Sie gerade gearbeitet?«

»Diese Brandstätten. Sie hatten recht, wissen Sie. Na ja, zumindest bei denen, die ich bisher unter die Lupe genommen habe. Die stehen alle mit einer Einrichtung in Verbindung, die sich ›Guild of Strangers‹ nennt. Ich habe noch kaum Gelegenheit gehabt, rauszufinden, worum es sich dabei handelt, aber ich nehme an, dass es eine Kaufmannszunft war. Sie wissen schon, im sechzehnten Jahrhundert.«

»Als ›Fremde‹ wurden doch normalerweise alle Händler und Handwerker bezeichnet, die nicht Mitglied einer Zunft waren«, sagte McLean. »Ich habe nie davon gehört, dass sie ihre eigene Zunft gegründet hätten.«

»Ich auch nicht. Ich wollte meinen Onkel fragen. Der weiß alles, was es über die Geschichte Edinburghs zu wissen gibt.«

»Wie viele Brandstätten haben Sie schon unter die Lupe genommen?«

»Vier bisher. Es ist nicht leicht, an die Eigentumsurkunden zu kommen, und manchmal reichen nicht einmal die so weit zurück.«

Vier von zwölf. Gerade so wenige, als dass es auch einfach

nur Zufall sein konnte. Und selbst wenn es keiner war, war sich McLean nicht sicher, was er mit der Information anfangen konnte. Diese »Zunft der Fremden« war wohl kaum noch aktiv, und selbst wenn, warum sollten sie dann ihre alten Standorte in Brand setzen? Und wie?

»Gute Arbeit, Constable. Und reden Sie mit Ihrem Onkel darüber, wenn Sie ihn das nächste Mal sehen. Aber jetzt müssen wir uns um diese Ärzte kümmern. Unser Mörder hat seit letztem Donnerstag eine gebrochene Nase, und ich will wissen, wo er behandelt wurde.«

51

Das Klingeln des Telefons auf seinem Schreibtisch unterbrach McLeans frustrierte Versuche, etwas von dem Papierkram in seinem Büro zu bändigen. Ohne den kleinen Zettel, der auflistete, um welche interne Verbindung es sich handelte, konnte er nicht wissen, wer anrief. Zweifellos stand jetzt noch ein Verrückter am Empfang, und wieder hatte er den Kürzeren gezogen.

»McLean.« Er versuchte, seinen Ärger aus seiner Stimme herauszuhalten, nur für alle Fälle.

»Wenn Sie gerade einen Augenblick Zeit haben, Tony, könnten Sie kurz in mein Büro kommen?« Chief Superintendent McIntyre reagierte nicht auf seine schlechte Laune, aber er konnte an ihrer Stimme hören, dass es sich weniger um eine Einladung handelte als um einen Befehl.

»Ich komme sofort hoch, Ma'am.« Sinnlos, zu fragen, worum es ging. Er ließ den Papierkram liegen und eilte ins obere Stockwerk.

McIntyres Tür stand immer offen, aber als er an den Türrahmen klopfte, war sie nicht allein. Matt Hilton grinste ihn aus einem der Sessel an.

»Dachte ich's mir doch, dass Sie Ihren Termin vergessen haben, Tony«, sagte McIntyre. »Matt sagt, es ginge Ihnen gut, aber ich glaube, er ist noch nicht bereit, Ihnen grünes Licht zu geben. Und dieser neue Fall … also.«

»Ich … Ich bin in Ordnung. Wirklich.« Es klang sogar für ihn nach Leugnen, aber McLean hatte das Gefühl, etwas sagen zu müssen.

»Dann werd ich ja nicht viel zu tun haben, oder?«, griente Hilton. Anders konnte man das froschartige Grinsen auf seinem Gesicht einfach nicht beschreiben.

»Tun? Was meinen Sie?«

»Ich glaube, Sie wissen, was ich meine, Tony.« McIntyre stand aus ihrem Sessel auf, sah erst auf die Uhr und dann auf Hilton. »Sind vierzig Minuten genug, Matt?«

»Diesmal ja, Jayne. Reichlich.« Der Psychologe stand endlich auf, aber statt den Raum zu verlassen, bedeutete er McLean, sich in den anderen Sessel zu setzen.

»Machen Sie einfach mit, Tony«, sagte McIntyre. »Matt ist wirklich hier, um Ihnen zu helfen.« Sie klopfte ihm einmal auf die Schulter und verließ dann das Zimmer, wobei sie die Tür hinter sich schloss.

»Müssen wir das ausgerechnet jetzt machen?«, fragte McLean. »Ich bin wirklich sehr beschäftigt.«

Hilton antwortete nicht, lehnte sich nur in dem Ledersessel zurück. »Bitte Tony, setzen Sie sich.«

Weil er nicht wusste, was er stattdessen hätte tun können, gehorchte McLean. »Sie denken also, ich bin dabei, durchzudrehen«, sagte er.

»Habe ich recht?«

»Nein.«

»Da scheinen Sie sich ja sehr sicher zu sein.« Hilton ließ sich in seinem Sessel zurückfallen, schlug die Beine übereinander und zog einen Stift aus der Jackentasche. Im Unterschied zum letzten Termin hatte er, soweit McLean sehen konnte, nichts dabei, worauf er schreiben konnte. Stattdessen drückte er geistesabwesend die Spitze raus und rein. Hoch, runter. Klick, klick. Es war ein Trick. McLean hatte ihn selbst bei Verhören angewandt, und er würde nichts sagen, nur damit der Mann damit aufhörte.

»Lassen Sie uns rekapitulieren, ja? Sie sind in letzter Zeit ganz schön im Stress gewesen. Andersons Tod, Ihr Haus, das abgebrannt ist. Außerdem noch der Tod Ihrer Großmutter. Das ist noch nicht lange her, und sie hat Sie großgezogen, seit Sie ein Kind waren. Und jetzt diese beiden – nein, drei Morde. Sagen Sie mir, Tony: Wie fühlen Sie sich angesichts all dieser Dinge, die Ihnen zustoßen?«

McLean zuckte mit den Schultern. »Ich weiß nicht. Hauptsächlich bin ich sauer. Sehen Sie, ich bin mir ziemlich sicher, dass wir hierüber schon gesprochen haben. Ich hab wirklich keine Zeit …«

»Interessant. Und deshalb streiten Sie sich mit Detective Inspector Duguid, richtig?«

Ah, also war's Dagwood gewesen, der etwas gesagt hatte. Und zweifellos zum Deputy Chief Constable anstatt zu McIntyre. Nun, das ergab einen Sinn.

»Ich streite mich mit dem DCI, wenn ich glaube, dass er etwas falsch macht, Hilton. Und wenn er die mir unterstellten Officers schikaniert.«

»Bitte, nennen Sie mich Matt. Dann sind Sie also sehr beschützerisch Ihrem Team gegenüber? Sehen Sie die Leute als Familie an?«

McLean dachte an Grumpy Bob, wie er nach einer langen Nacht in seinem Gästebett pennte. »Nicht sonderlich. Ich finde nur, dass ich mit netten Worten bessere Resultate erziele als mit Gebrüll. Nennen wir's unterschiedliche Führungsstile.«

Hilton lächelte und fing wieder an, mit seinem Stift zu klicken.

»Sie haben dieses Jahr am Weihnachtstag gearbeitet«, sagte er. »Und tatsächlich seither jeden Tag einschließlich heute. Obwohl man Ihnen gesagt hat, Sie sollten sich den zweiten Weihnachtstag freinehmen.«

»Ich habe vor, stattdessen morgen freizunehmen.«

»Ich hab das mal nachgesehen«, fuhr Hilton fort, als hätte

McLean überhaupt nichts gesagt. »Offenbar arbeiten Sie immer über Weihnachten und Neujahr. Wie kommt das, Tony?«

»Irgendjemand muss es ja machen. Ich habe keine Familie, wie Sie sicher wissen. Da kann ich genauso gut hier sein und einen anderen armen Hund nach Hause zu seiner Frau und seinen Kindern gehen lassen.«

»Das ist sehr … nobel. Sind Sie sicher, dass es keinen anderen Grund dafür gibt? Etwas, das Sie sich vielleicht nicht eingestehen wollen?«

»Was könnten Sie damit wohl meinen, Hilton?« McLean sah ihn geradeheraus an, kämpfte darum, seine Stimme ruhig und gleichmäßig klingen zu lassen und die aufsteigende Wut unter Kontrolle zu behalten. Mit Stress konnte er umgehen, Therapie war etwas völlig anderes. »Vielleicht, dass es an Silvester war, als ich die Leiche meiner Verlobten nackt im Water of Leith treibend gefunden habe? Ich habe Ihnen letztes Mal gesagt: Ich habe mehr als zehn Jahre Zeit gehabt, um darüber hinwegzukommen, und wissen Sie was? Es hat nicht gereicht. Sagen wir, es ist in Arbeit.«

Das Klicken des Stifts hatte aufgehört, aber Hilton hielt McLeans starrendem Blick stand. »Wie haben Sie sich gefühlt, als Sie von Andersons Tod erfuhren? Ich stelle mir vor, das muss schwer zu ertragen gewesen sein. Ich meine, das war's. Er ist tot. Sie können nie mehr Rache nehmen.«

»Haben Sie diese Technik auch benutzt, als Sie Anderson therapiert haben? Sie kommt mir nämlich ein bisschen, ich weiß nicht … unorthodox vor.«

»Ich habe Anderson nie therapiert, Tony. Das wissen Sie.«

»Ach ja? Sie haben vor Gericht unter Eid bezeugt, er sei verrückt gewesen. Sie haben genug Zeit mit ihm verbracht, um das herauszufinden, und haben nie versucht, ihm zu helfen?«

»Anderson wollte nicht, dass man ihm half. In dieser Hinsicht sind Sie ihm sehr ähnlich, wissen Sie.«

McLean ging nicht auf die spitze Bemerkung ein. Er konnte Hiltons Unbehagen förmlich riechen, und es gefiel ihm. »Das spricht aber nicht für Ihre professionelle Neugier, oder? Ich meine, waren Sie denn nicht einmal an seinem Motiv interessiert? Sie müssen ihn doch nach seinem wertvollen Buch gefragt haben.«

»Es ist nicht ungewöhnlich für einen Mörder, die Schuld für seine Taten einem leblosen Objekt zuzuschieben. Andersons Fixierung auf sein Buch war nur in der Hinsicht bemerkenswert, weil er so eine blühende Fantasie hatte. Aber schließlich war er ein belesener Mensch, sprach mehrere alte Sprachen fließend. Ich hatte noch nie jemanden mit einem so breit gefächerten Wissen getroffen. Und außerdem waren antiquarische Bücher ja seine Spezialität.«

»Das hört sich für mich danach an, als hätten Sie ihn bewundert.«

Hilton hätte beinahe geantwortet, bremste sich jedoch in letzter Minute, wobei ein leichtes Lächeln um seine schmalen Lippen spielte. »Ich glaube, wir waren dabei, von Ihrer Rache zu sprechen.«

»Nein, *Sie* waren dabei. Aber wenn es Sie glücklich macht: Ich habe meine Rache bekommen, als der Schweinehund eingesperrt wurde.«

»Und trotzdem sind Sie rauf nach Aberdeen gefahren, um bei den Trauerfeierlichkeiten dabei zu sein. Worum ging es da? Wollten Sie sich versichern, dass er wirklich tot war?«

»Ich habe Ihnen schon einmal gesagt, es war ein Begräbnis. Das ist nicht dasselbe. Und wie ich schon das letzte Mal sagte: Vielleicht habe ich einen Abschluss gesucht.« McLean schaffte ein Lächeln.

»Und haben Sie den gefunden?«

»Nicht wirklich, nein. Was passiert ist, ist passiert. Ich kann die Vergangenheit nicht ändern.«

»Das muss sehr frustrierend für Sie sein.«

»Nicht halb so frustrierend wie hier eingesperrt zu sein und immer wieder dieselben dummen Fragen gestellt zu bekommen, während ich eigentlich einen Mörder aufspüren sollte. Also, Hilton, wenn's Ihnen nichts ausmacht, sollte ich jetzt wirklich damit weitermachen.«

McLean stand auf und erwartete beinahe, dass der Psychologe versuchen würde, ihn aufzuhalten. Sie hatten sich weniger als zehn Minuten lang unterhalten, keineswegs die vierzig, mit denen er gerechnet hatte. Aber Hilton nickte nur, klickte mit seinem Stift und setzte wieder dieses irritierende, wissende Grienen auf.

»Natürlich. Aber ich möchte mich gern bald wieder mit Ihnen unterhalten, Tony. Ich werde derjenige sein, der entscheidet, wann diese Sitzungen zu Ende sind. Es gibt noch immer ungelöste Probleme, mit denen Sie sich befassen müssen.«

Ungelöste Probleme, dachte McLean, als er die Tür der Superintendent aufriss und damit ihre Sekretärin Janice erschreckte. Da hatte er verdammt recht.

52

Father Anton wartete am Tor, als McLean die Straße zum Haus seiner Großmutter hinaufging, immer noch schäumend vor Wut über die kurze Therapiesitzung mit Hilton. Er konnte der Chefin nicht vorwerfen, dass sie ihn so reingelegt hatte. Er wusste verdammt gut, dass er, hätte sie ihn vorgewarnt, eine Ausrede gefunden hätte, um nicht hingehen zu müssen. Nun, er würde in Zukunft reichlich Gelegenheit haben, den guten Doktor zu versetzen, daran bestand kein Zweifel.

»Es hat einen weiteren Mord gegeben«, sagte der alte Mann zur Begrüßung. McLean war nicht überrascht, als er in seinen Schritt einfiel und neben ihm die lange, kiesbestreute Auffahrt zum Haus hinaufging.

»Wie haben Sie davon erfahren?«

»Es kam in den Nachrichten im Fernsehen. Der Reporter sagte, in einem Mühlenteich sei eine Leiche gefunden worden. Sie haben Andersons Foto gezeigt. Er sah viel älter aus, als ich ihn in Erinnerung habe.«

Sie erreichten die Hintertür, und McLean ging hinein, wobei er dem alten Mann bedeutete, ihm zu folgen. Mrs McCutcheons Katze saß auf ihrem gewohnten Platz auf der Arbeitsplatte neben dem Ofen und blickte ihnen argwöhnisch entgegen, als sie die Küche betraten.

»Wenn Sie nach Antworten suchen, dann, fürchte ich, sind Sie bei mir nicht an der richtigen Stelle. Ich darf nicht mit der Allgemeinheit über laufende Ermittlungen reden.« McLean füllte den Kessel und stellte ihn auf den Ofen. In der Zwischenzeit nahm Father Anton seinen üblichen Platz am Küchentisch ein. Es schien fast, als wäre der alte Mann eingezogen, McLean wusste schon gar nicht mehr genau, wie oft er schon hier gewesen war.

»Ich bin nicht derjenige, der Antworten auf seine Fragen sucht, Inspector.«

McLean hielt darin inne, seine Teebeutel aus dem Regal zu nehmen. Die Hand noch in der Luft, drehte er sich um, um den Mönch anzusehen. »Gibt es etwas, das Sie mir erzählen wollen? Etwas, das Sie über den Fall wissen?«

»Ich habe es Ihnen schon gesagt, Inspector. Es geht um das Buch. Irgendjemand hat es. Nein, das trifft es nicht – das Buch hat *irgendjemanden.* So, wie es Donald Anderson im Griff hatte. Eines Tages hatte es seine Seele ergriffen.«

McLean warf versehentlich ein paar Schachteln aus dem Regal, als er blind nach dem Tee tastete, und musste herumwirbeln, um sie aufzufangen. »Sehen Sie, ich weiß, dass Anderson ein ganz übler Kerl war. Ich weiß, dass jemand irre und böse genug ist, ihn nachzuahmen. Und ich weiß, dass ein Buch da mit drinsteckt. Aber das ist kein magischer, mittelalterlicher Text. Es ist ein lausiges kleines Stück Regenbogenpresse einer Sensationsjournalistin namens Joanne Dalgliesh.«

Er knallte die Teedose mit genug Gewalt auf den Tisch, um die Katze zu erschrecken. Es war das erste Mal seit Tagen, dass er an Dalgliesh und ihr verdammtes Buch dachte. Aber das war ganz sicher der Grund. So war der Mann, der Audrey Carpenter, Kate McKenzie und Trisha Lubkin umgebracht hatte, auf seine kranken Ideen gekommen. Wenn Matt Hilton einen Grund dafür haben wollte, warum McLean nicht darüber hinwegkam, dann hatte er ihn da vor sich liegen, gebunden und mit der glänzenden Fotografie eines toten Mörders auf dem Umschlag. Nur zu schade, dass in beinahe jedem Haus des Landes ein Exemplar davon lag.

»Und das glauben Sie wirklich? Dass jemand noch einmal

etwas so Böses tun könnte, wie es dieser Mann getan hat, nur weil er davon in einem Buch gelesen hat?«

»Ist es nicht genau das, was Sie sich vorstellen?« McLean goss heißes Wasser in die Kanne und fragte sich, warum er eigentlich Tee gemacht hatte. Es war spät genug für ein Bier, und nach dem Tag, den er gerade hinter sich hatte, verdiente er auch eins.

»Nein, das ist überhaupt nicht das, was ich gesagt habe. Haben Sie denn nicht zugehört?« Father Anton knetete nervös seine Hände. »Man liest das *Liber animorum* nicht. Es liest einen. Es wiegt die Seele, und wenn es sie für zu leicht befindet, dann verschlingt es sie. Was es zurücklässt, ist Bosheit im reinsten Sinne des Wortes, einen Menschen ohne Gewissen. Das ist es, was mit Donald geschehen ist. Er hat zugelassen, dass das Buch ihn las, und es hat alles, was an Gutem in ihm steckte, verdorren lassen. Was übrig geblieben war, hatte kein Gewissen, kein Erbarmen, kein Mitgefühl. Nichts mehr.«

Der alte Mönch hatte sich halb aus seinem Stuhl erhoben, während er sprach, und ließ sich jetzt zurückfallen, als hätten ihn seine Worte jeglicher Kraft beraubt. In der nun folgenden Stille goss McLean den Tee ein und dachte, wie banal diese Tätigkeit doch war. Endlich, als er einen Becher über den Tisch schob, sagte er: »Es gibt kein Buch. Ich habe die Unterlagen geprüft. Das habe ich Ihnen bereits gesagt. Einer meiner Sergeants ist sogar das Lager durchgegangen, um zu sehen, ob wir zufällig eine Kiste übersehen haben. Es ist nicht da. Es war nie da. Ich weiß nicht mal, warum ich Ihnen noch zuhöre, wenn Sie davon reden, abgesehen davon, dass Sie Anderson gekannt haben. Ich hatte gehofft, dass Sie mir zumindest ein paar Anhaltspunkte dafür geben könnten, wie er zu dem geworden ist, was er war.«

Father Anton nahm einen Schluck von seinem Tee. »Und ich dachte, ich hätte genau das getan.«

McLean setzte sich an den Tisch und nahm ebenfalls einen Schluck. »Warum kommen Sie immer wieder hierher?«, fragte er. »Was wollen Sie von mir?«

»Ich hab selbst ein bisschen nachgeforscht«, sagte Father Anton, ohne auf die Frage einzugehen. »Ich war in so ziemlich jedem Trödelladen und Antiquariat der Stadt. Natürlich hat niemand je von dem Buch gehört, aber darum ging es mir auch nicht.«

»Worum ging es Ihnen dann?«

»Sie wären überrascht, wie viele sich noch an Anderson erinnern. Er war nicht besonders beliebt, aber er wurde geachtet. Er wusste viel über Bücher. Er wusste schon viel, als er noch unserem Orden angehörte – deswegen ist er am Ende ja auch unser Bibliothekar geworden. Ein paar von den Buchhändlern, mit denen ich gesprochen habe, haben mit ihm zusammengearbeitet. Einige hatten sogar noch ein paar von den Büchern, die er dem Orden gestohlen hatte. Bücher, von denen ich dachte, er hätte sie verbrannt.«

»Wir wissen, dass er Ihren Orden betrogen hat«, sagte McLean. »Das haben Sie mir schon erzählt.«

»Aber fast alle der Bücher, die er gestohlen hat, hat er behalten. Er hat nur die verkauft, die für uns nicht von großer Bedeutung waren. Er hat ziemlich bescheiden gelebt. Es ging ihm nie ums Geld.«

»Wenn Sie nachweisen können, dass diese Bücher Ihnen gehört haben, dann könnten Sie den Verkauf stoppen. Sie könnten noch einmal von vorn anfangen. Ich bin sicher, irgendwer …«

»Der Orden St. Herman existiert nicht mehr, Inspector. Wir sind gescheitert, haben unsere heiligste Pflicht nicht erfüllt, den einzigen Grund für unsere Existenz. Ich mache nur weiter, weil es ein schreckliches Unrecht gibt, das wiedergutgemacht werden muss. Ich war damals für das Buch verantwortlich, und ich darf nicht lockerlassen, bevor es gefunden oder zerstört worden ist.«

McLean wartete, dass Father Anton noch mehr sagte, aber dem alten Mönch schien die Luft ausgegangen zu sein.

»Wir werden denjenigen schnappen, der diese Frauen ermordet hat. Wir haben Spuren, denen wir folgen können. Mit guter, solider Polizeiarbeit. Wenn sich herausstellt, dass er irgendwo einen alten, biblischen Text versteckt hält, dann wird man den finden. Und wenn wir ihn finden, dann hole ich Sie, damit Sie uns sagen, was wir damit machen sollen. Okay?«

»Das reicht nicht.« Der alte Mann stand auf, knöpfte seinen Mantel zu und zog die Handschuhe an. Griff nach seinem Hut. »Unser Orden ist ausgelöscht. Die Bücher, die wir gesammelt haben, werden in alle vier Himmelsrichtungen verstreut, und vielleicht entsteht daraus wenigstens etwas Gutes. Aber Sie werden das *Liber animorum* finden, Inspector. Da habe ich keinen Zweifel. Und wenn das geschieht, müssen Sie es vernichten.«

Etwa zehn Minuten später sah McLean dem alten Mann nach, wie er die Auffahrt hinunterschlurfte. Warum kam der Priester immer wieder? Und warum ertrug er ihn? Es war ja nicht so, dass er großen Respekt vor der Kirche hätte. Vielleicht, weil Father Anton Donald Anderson gekannt hatte, damals, bevor der Buchhändler zu einem mordenden Vergewaltiger geworden war. Vielleicht war es aber auch wegen der Träume.

Das Haus war kalt und dunkel, als er wieder hineinging, der Flur voller schweigender Schatten. Es gab eine Zentralheizung, aber der fiel es schwer, in einem so großen Haus Wirkung zu zeigen. Außerdem gab es in allen größeren Räumen Kamine. Um diese Jahreszeit sollten sie alle brennen und von einem Dienstboten, der oben in dem kleinen Raum auf dem Dachboden lebte, in Gang gehalten werden. Aus irgendeinem Grund kam McLean die Idee, einen Dienstboten zu haben, amüsant vor, und er lächelte in sich hinein, als er in die relative Wärme der Küche zurückkehrte. Er könnte es sich auf jeden Fall leisten, jemanden anzustellen, aber er würde sich nicht an den Gedanken gewöhnen können, dass noch jemand anderes mit ihm unter seinem Dach wohnte. Er war schon zu lange allein.

Mrs McCutcheons Katze verließ ihren Lieblingsplatz am Ofen und wand sich um seine Beine, als er auf der Suche nach etwas Essbarem vom Schrank zum Kühlschrank ging. An der Pinnwand neben dem Telefon steckten Flugblätter mit Telefonnummern für Imbisse in der Nähe, aber im Augenblick konnte er sich zu keiner der ungesunden Möglichkeiten entschließen. Stattdessen machte er sich daran, das Teegeschirr und das Frühstücksgeschirr abzuwaschen, die neben dem Spülbecken standen. Und die Überbleibsel der letzten paar Mahlzeiten, die er in der Bibliothek zu sich genommen hatte, die noch immer neben dem Kamin standen. Außerdem gab es Wäsche zu waschen, etwas, was ihm in seiner Wohnung in Newington niemals Probleme bereitet hatte. Aber hier, mit all dem Platz, um sich auszubreiten, merkte er, dass sich schlechte Gewohnheiten einschlichen. Morgen würde er entweder das Bügeleisen zur Hand nehmen oder in die Stadt gehen und sich noch mehr neue Hemden kaufen müssen.

Die Türklingel schellte, als er gerade am Knopf der Waschmaschine drehte. Nicht farbechte Buntwäsche, dreißig Grad, fünfundvierzig Minuten. McLean drückte auf den »Start«-Knopf, lauschte auf das Rauschen des in die Trommel strömenden Wassers und ging dann in die Küche und zur Haustür, während er überlegte, was der alte Mann ihn diesmal vergessen hatte zu fragen. Er betätigte die richtigen Schalter, flutete erst die Eingangshalle, dann die Veranda und das Gelände davor mit Licht. Aber es war nicht Father Anton, der da wartend in der kalten Nachtluft stand und hoffte, hereingebeten zu werden.

Es war Emma. Und sie hatte Pizza mitgebracht.

»Ein kleiner Vogel hat mir gezwitschert, dass du morgen freihast«, sagte sie.

53

Ein leises Frösteln weckte ihn langsam aus Träumen von nichts. McLean drehte sich in der Beinahe-Dunkelheit der herannahenden Dämmerung herum, griff nach der Bettdecke und fand, dass etwas sehr viel Substanzielleres ihm den Weg versperrte. Jemand lag neben ihm im Bett, hatte die gesamte Decke an sich gerissen und lag so fest zusammengerollt, dass gerade der oberste Teil ihres Kopfes herausragte. In den Wirren des Aufwachens brauchte er lange, bis er darauf kam, was los war: Da nahmen die Erinnerungen wieder Form an und brachten eine bittersüße Mischung aus Glück und Schuldgefühlen mit sich.

Emmas kurzes Haar war unordentlich, stand in alle Richtungen ab, und ihre Haut war im Dämmerlicht so bleich, dass sie beinahe in dem weichen Kissen zu versinken schien. Der Kälte zum Trotz, die hin und wieder Schauer an ihm herunterlaufen ließ, lag er einfach nur da, sah sie an und hörte das leise Schnarchen ihres Atems. Langsam öffnete sie die Augen und sah ihn direkt an, ohne sich zu bewegen. Ein Lächeln erschien auf ihren schiefen Lippen, und eine Hand schlängelte sich unter der Bettdecke hervor. Er zitterte, als sie seine Seite berührte, es war kurz heiß, dann zog sie die Hand hastig zurück.

»Du frierst ja ein«, sagte sie, ihre Stimme heiser und krächzend vom Schlaf. McLean glaubte nicht, dass er jemals etwas so Erotisches gehört hatte.

»Weil du die Bettdecke gestohlen hast.«

Es gab eine Pause, und dann erhob sich der ganze Berg

Bettdecke und hüllte ihn in den warmen Duft von Emma Baird.

»Weißt du, du solltest wirklich ab und zu einkaufen gehen.«

Sie frühstückten schwarzen Kaffee und kalte Pizza vom Vorabend. Die Milch hätte eigentlich gereicht für eine Schüssel Cornflakes – glaubte McLean zumindest. Aber das war, bevor Father Anton gekommen war und Tee getrunken hatte. Er hatte überhaupt nicht mit Emma gerechnet. Nicht, dass er ihr den unangekündigten Besuch übel genommen hätte, ganz im Gegenteil. Schwarzer Kaffee und Pizza war genau richtig, so wie er das sah.

»Es war viel einfacher, als ich noch unten in Newington gewohnt habe«, sagte er. »Da konnte ich einfach um die Ecke zu Ali's gehen. Hier gibt's überhaupt nichts in der Nähe.«

»Das ist das Privileg, in einer der feinsten Gegenden der Stadt zu wohnen.«

»Ich könnte mir auch was ins Haus liefern lassen, nehme ich an. Machen die Supermärkte so was nicht heutzutage?«

Emma erwähnte etwas von zerdrückten Bananen, aber McLeans Aufmerksamkeit wurde vom Poltern der Post abgelenkt, die durch den Briefschlitz fiel. Er tappte barfuß über den Flur, wünschte sich, wegen der kalten Steinfliesen, Hausschuhe oder zumindest eine Fußbodenheizung zu haben, und hob den Stapel Briefe von der Fußmatte auf. Normalerweise war er nicht zu Hause, wenn der Postbote kam, und daher war es eine neuartige Erfahrung, die Post durchzugehen, solange sie noch frisch war.

Ein paar Firmen wollten ihn dazu ermutigen, sich Kreditkarten anzuschaffen. Eine davon schlug sogar vor, dass seine Großmutter ihre Kredite zu einem einzigen zusammenlegen sollte, zu einem Wucherzins. Dass sie schon ein halbes Jahr tot war und davor eineinhalb Jahre im Koma gelegen hatte, schien von der Datenbank, die diese Firma benutzte, nicht registriert worden zu sein. Was nichts Gutes über den Kundenservice verhieß, den sie anbieten wollten.

Versteckt zwischen glänzenden, plastikverpackten Katalogen und Flugblättern fand McLean einen schweren, schmucklosen A4-Umschlag, auf dem handgeschrieben sein Name und seine Adresse standen und in dessen oberer rechter Ecke eine kunterbunte Sammlung Weihnachtsbriefmarken klebte. Er ließ den Rest der Post auf den Küchentisch fallen, öffnete ihn mit dem Daumen und riss das Papier auf.

»Was ist das?«, fragte Emma, die träge den Stapel durchging, als lebte sie auch hier. McLean überflog eine lose Seite mit einem Brief, dann übergab er ihr einen Stapel schmaler Flyer, bevor er anfing, laut vorzulesen.

»Sehr geehrter Mr McLean. Wir danken Ihnen für Ihre kürzliche Nachfrage nach einem Fahrzeug von Alpha Romeo.« Er sah von dem Brief auf. »Es war mir nicht klar, dass ich kürzlich nachgefragt hatte. Das muss dann wohl Ritchie gewesen sein.« McLean wandte sich wieder dem Brief zu, sah aber noch so etwas wie eine dunkle Wolke über Emmas Gesicht ziehen.

»Ritchie?«, fragte sie.

»Detective Sergeant Ritchie. Sie wurde kurz vor Weihnachten aus Aberdeen hier herunterversetzt. Du könntest sie gekannt haben, als du noch da oben warst.«

»Oh, *die* Ritchie. Ja, ich erinnere mich an sie.« Da war etwas ein klein bisschen zu Lässiges an der Art, wie Emma das sagte. »Aber damals war sie noch Constable, noch nicht lange beim CID. Dann hat sie es schon zur DS geschafft? Wieso schickt sie dir Autokataloge?«

»Keine Ahnung. Hat wahrscheinlich was damit zu tun, dass sie mich im alten Wagen meiner Großmutter hat herumfahren sehen. Vielleicht hat sie was in der Richtung erwähnt, als wir alle abends im Pub saßen.« McLean zuckte mit den Achseln. »Sieht aus, als hätten sie einen neuen Ausstellungsraum eröffnet. Ganz zufällig heute. Sie laden mich auf ein Glas Wein und etwas Käse ein. Und vielleicht auch dazu, ein Auto zu kaufen, nehme ich an.«

»Na ja, ein Auto brauchst du. Was Praktischeres als deine alte Kiste.«

»Kiste? Das ist ein Klassiker.« McLean gab sich Mühe, nicht beleidigt zu sein, und trank noch etwas Kaffee. Kalt schmeckte der nicht so gut. »Aber du hast recht. Wenn ich hier wohnen bleibe, dann brauche ich ein Auto. Das wird allerdings warten müssen. Ich muss aufs Revier.«

Die Wolke auf Emmas Gesicht verdüsterte sich. »Du hast heute frei, Tony.«

»Ich weiß. Aber ich stecke mitten in einem Fall.«

»Warum hab ich das Gefühl, dass du immer mitten in einem Fall steckst? Wann war das letzte Mal, dass du nicht gerade tüchtig nach etwas gefahndet hast?«

McLean machte den Mund auf, um zu antworten, und klappte ihn dann wieder zu, als es seinem Hirn nicht gelang, eine Antwort zu finden.

»Was würdest du machen, wenn ich dir sagen würde, dass Chief Superintendent McIntyre höchstpersönlich mich gebeten hat, dafür zu sorgen, dass du dir wirklich freinimmst?«, fragte Emma.

McLean öffnete wieder den Mund, und wieder kamen keine Worte heraus. Stattdessen spürte er, wie sich sein Gesicht vor Verlegenheit rötete, vielleicht mit einer Spur Ärger darin. War sie deshalb vorbeigekommen? Nicht, weil er ihr wichtig war, sondern weil man es ihr befohlen hatte?

»Okay, also das stimmt nicht ganz.« Emma ließ die Broschüre auf den Tisch zurückfallen, stand auf und ging um den Tisch herum zu McLean. »Aber sie hat gesagt, dass sie sich Sorgen um dich macht, Tony.« Sie beugte sich herunter und küsste seinen Kopf. »Der Rest war meine Idee.«

Sie roch nach Seife und Kaffee, nach Mottenkugeln in einem alten Hemd seines Großvaters, das zu tragen sie beschlossen hatte. Sie einfach neben sich stehen zu haben ließ das Herz in seiner Brust lauter schlagen und sorgte dafür, dass er sich wieder wie ein Schuljunge vorkam. Es war nicht zu leugnen. Aber auch an den drei toten Frauen gab es nichts zu leugnen.

»Jayne McIntyre ist nicht meine Mutter«, sagte er. »Alle machen sich zu viele Sorgen. Es geht mir gut, ehrlich. Ich brauche wirklich keinen freien Tag. Nicht, wenn da draußen ein Verrückter herumläuft, der geschnappt werden muss.«

Emma sah aus, als würde sie explodieren, aber das Telefon unterbrach sie. Sie stelzte aus der Küche, als er abnahm, gefolgt von Mrs McCutcheons Katze.

»McLean.«

»Oh, gut. Ich bin froh, dass Sie da sind, Sir.« MacBride gewann im Wettlauf darum, wer von seinem Team ihn an einem freien Tag als Erster anrief.

»Was kann ich für Sie tun, Constable?«

»Ich war gerade dabei, die Ergebnisse meiner Anrufe in den Krankenhäusern zusammenzustellen, Sir. Als ich bei dreihundert angekommen war, dachte ich mir, dass ich vielleicht besser nachfragen sollte, ob Sie wollen, dass ich weitermache.«

»Dreihundert gebrochene Nasen?« McLean kniff sich in die eigene und verspürte einen solidarischen Schmerz.

»Also, nicht alle sind gebrochen. Aber so viele Leute mit Verletzungen an der Nase sind seit letztem Mittwoch behandelt worden. Offenbar sind die um diese Jahreszeit sehr häufig. Wenn die Bürgersteige vereisen.«

»Okay, Stuart. Hören Sie lieber auf damit. War wohl doch keine so gute Idee, fürchte ich.« McLean sagte dem DC, er solle sich wieder an seine historische Analyse der Brandstätten setzen, dann legte er auf. Emma war wieder da, vollständig angezogen, und sah ihn vom Türrahmen aus an.

»Du hast doch im Büro Bescheid gesagt, dass du heute freihast.«

»Ja, das habe ich. Aber das heißt nicht, dass sie mich nicht anrufen dürfen. Deine Leute würden dich im Notfall auch anrufen.«

Emma machte ein Geräusch, das sich genau wie »hmpff« anhörte. »Was wollte der kleine Stuart überhaupt? Wer hat sich die Nase gebrochen?«

Er erzählte ihr von Trisha Lubkin und dem Bluterguss auf ihrer Stirn. »Ich weiß nicht, was ich mir dabei gedacht habe«, fügte er hinzu. »Ich dachte, dass es über die ganze Stadt verteilt vielleicht ein paar Dutzend Fälle gäbe. Dann hätten wir mit der Information möglicherweise was anfangen können. Unsere Suche eingrenzen. Dumme Idee, wirklich. Schließlich geben Ärzte ja keine Listen mit den Namen ihrer Patienten raus.«

»Es war sicher wert, mal nachzufragen. Was, wenn es nur einen gegeben hätte?«

»Nun, es waren schon über dreihundert, als MacBride zu zählen aufgehört hat. Sieht aus, als könnten die guten Bürger von Edinburgh einfach nicht damit aufhören, einander vor den Kopf zu stoßen.« McLean nickte Emma zu und versuchte, die Enttäuschung aus seiner Stimme herauszuhalten. »Dann willst du jetzt gehen?«

Sie ließ sich auf einen Stuhl fallen. »Ich dachte, wir könnten in die Stadt gehen. Ein bisschen einkaufen, vielleicht was zu Mittag essen. Ein bisschen Zeit miteinander verbringen, weißt du?«

Es klang nach einem guten Plan, aber das Telefon unterbrach McLean, bevor er antworten konnte. Müde durchquerte er die Küche und nahm den Hörer ab.

»McLean.«

DS Ritchies Stimme klang hohl durch den Hörer. »Äh, Sir. Bin froh, dass ich Sie erwischt habe und nicht den Anrufbeantworter. Eigentlich wollte ich Sie ja an Ihrem freien Tag nicht stören, aber …« Sie verstummte, und McLean konnte im Hintergrund erhobene Stimmen hören, obwohl er die Worte selbst nicht verstand.

»Ist alles in Ordnung, Sergeant?«, fragte er. Ritchie antwortete nicht gleich, aber die Stimme im Hintergrund wurde laut genug, dass McLean sie erkannte. Duguid, und so, wie es sich anhörte, gerade dabei, die Wände hochzugehen.

»Es ist DCI Duguid, Sir.« Ritchie flüsterte beinahe, und McLean musste den Hörer ans Ohr drücken, um sie zu hören. Das bedeutete auch, dass er ab und zu ein Wort von Dagwood verstand. »Inkompetent« fiel da, zusammen mit »faul« und »reine Zeitverschwendung«.

»Im Moment reißt er gerade MacBride in Stücke. Hat bereits DC Simmons wieder in seinen Einsatzraum hochgeschickt, damit er ihm in seinem verdammten Drogenfall hilft. Sagt, wenn Ihre Fallauslastung so niedrig wäre, dass Sie sich einen Tag freinehmen könnten, dann bräuchten Sie auch die Arbeitskräfte nicht.«

»Das ist ein bisschen unverschämt. Er war bis Silvester im Urlaub, verdammt.« McLean sah auf die Uhr. Später Morgen und Emmas Reden davon, mittagessen zu gehen, hatte sich wirklich verlockend angehört. Man konnte sich darauf verlassen, dass Dagwood das vermasseln würde.

»Okay. Ich komme und schaffe es aus der Welt.«

Im Hintergrund wurde Duguids Tirade allmählich leiser, zweifellos, weil er den armen MacBride den Flur entlangscheuchte.

»Danke, Sir. Ich komme mir ein bisschen wie eine Verräterin vor, dass ich Ihnen das erzählt habe, aber, na ja, er ist DCI. Ich kann nicht einfach nein sagen, wenn er was anordnet.«

»Ist schon okay. Ich weiß, wie er ist. Ich bin in ungefähr einer Stunde da.«

Er legte auf und drehte sich zu Emma um. Er wollte ihr von dem Gespräch erzählen und sie fragen, ob sie ihn vielleicht ins Büro fahren könnte. Ihr blitzender Blick ließ die Worte in seiner Kehle vertrocknen.

»Das sollte dein freier Tag sein.« Trockeneis musste wärmer sein. Sie wandte sich ab und ging in die Eingangshalle.

»Sieh mal, Emma, es ist nicht meine Schuld. Dagwood benimmt sich wie ein Arsch und …«

»Und das kleine Fräulein Aberdeen ruft an, und du lässt alles stehen und liegen, eilst davon, um die Jungfrau in Nöten zu retten.«

»So ist das nicht. Er gefährdet meine Ermittlungen. Ich kann da nicht einfach weggehen und …«

»Und was ist mit uns?« Jetzt stand sie an der Haustür, zog sie auf und ließ die kalte Winterluft herein. »Was ist mit dem Mittagessen? Weißt du überhaupt noch, wie man sich entspannt?«

»Ich brauch nicht lange. Könntest du mich …«

Emma nahm ihre Autoschlüssel aus der Tasche und stelzte zu ihrem kleinen blauen Peugeot hinüber, der in der gekiesten Einfahrt geparkt war. McLean folgte ihr, bemerkte dann, dass er nur Socken trug und der Boden sehr kalt war. Er flüsterte die Worte nur, weil er wusste, dass sie nichts bringen würden.

»… vielleicht mitnehmen?«

»Oh, nein, Inspector.« Emma zog die Tür auf und warf sich hinter das Lenkrad. »Wenn du zu deiner kostbaren Arbeit zurückwillst, dann musst du das schon allein hinkriegen.«

Der Motor erwachte heulend zum Leben, Gänge krachten, und Kies flog. Und dann war sie weg und ließ ihn zitternd im grauen, kalten Morgen zurück.

54

McLean fand einen leeren Einsatzraum vor, als er endlich auf dem Revier ankam, und ging seine Leute woanders suchen. Ein paar der kleineren Büros waren mit Uniformierten bestückt, die mühsam versuchten, einen beschäftigten Eindruck zu machen. Er suchte in all den üblichen Verstecken nach jemandem aus seinem Team, bevor er sich schließlich in das Unvermeidliche schickte und an den einen Ort hinaufging, wo er wirklich nicht hingehen wollte.

Es bot sich ihm eine Studie in verzweifelter Ruhe. Der Raum, den DCI Duguid für die Koordination seiner Drogenfahndung beschlagnahmt hatte, mochte der größte des Reviers sein, aber er kam ihm winzig vor. In jeden vorhandenen Zentimeter Platz hatte man Schreibtische gequetscht, Computerbildschirme säumten die Wände –, Gott allein wusste, wo die alle hergekommen waren – und offenbar mehr als eine gesamte Schicht aus uniformierten und Zivilbeamten war damit beschäftigt, Papiere umherzutragen.

Wie er da so im Türrahmen stand und keine Lust hatte, weiter hineinzugehen, erblickte McLean auf der anderen Seite des Raumes neben den Whiteboards DC MacBride, im Gespräch mit DI Langley vom Drogendezernat. Er hoffte, dass sie ihn bemerkten, bevor es jemand anderes tat, aber an diesem Tag hatte er kein Glück.

»Ei-ei-ei, wen haben wir denn da?« DCI Duguid schlenderte von den Waschräumen her den Flur hinauf. »Sind Sie gekommen, um zu helfen? Ist nur schon ein bisschen spät dafür. Wir sind gerade dabei, unseren Freund Ayre zu umzingeln.«

McLean sagte nichts, sondern versuchte, die Stimmung des Chief Inspectors einzuschätzen.

»Ja, dank unserer kleinen Reihe von Razzien hat er bald keinen Platz mehr, an dem er sich noch verstecken könnte. Ende der Woche haben wir ihn.«

Wenn seine früheren Auftraggeber ihn nicht vorher verschwinden ließen. Er hätte dem armen Kerl genausogut ein Todesurteil schreiben können.

»Dann haben Sie sicher nichts dagegen, wenn ich die Mitglieder meines Teams wieder mitnehme. Wenn es so gut vorangeht. Die sollten nämlich eigentlich am Fall Trisha Lubkin ermitteln. Das ist ziemlich wichtig.«

»So wichtig, dass Sie Krankenhäuser wegen gebrochenen Nasen belästigen mussten? So wichtig, dass Sie heute nicht mal zur Arbeit gekommen sind?«

Bis zehn zählen, dachte McLean. Lass dich nicht provozieren. Tief durchatmen. Ach, scheiß drauf.

»Es wird Sie überraschen, zu hören, Sir, dass dies mein erster freier Tag seit vor Weihnachten ist. Allerdings waren Sie ja nicht hier und konnten es also nicht wissen. Übrigens, wie war denn der Skiurlaub? Geht es Mrs Duguid wieder gut?«

Duguids Gesicht errötete angesichts der Kritik. »Wenn Sie nichts zu diesem Fall beizutragen haben, McLean, schlage ich vor, dass Sie sich raushalten.«

»Aber gern, Sir. Sobald ich mein Team wiederhabe. Ich würde es wirklich schätzen, wenn Sie sie nicht ständig klauen würden, damit sie irgendwelche Besorgungen für Sie erledigen. Es wäre mir lieber, wenn sie nicht auf diese Weise ihre Karriere in Gefahr bringen würden.«

»Was zum Teufel meinen Sie denn damit, McLean?«

»Sie wissen verdammt gut, was ich damit meine, Sir.« McLean zeigte in den Raum, wobei er bemerkte, dass es deutlich ruhiger geworden war und dass alle Augen auf ihn gerichtet waren. »Wir haben einen verdammten Serienmörder da draußen, und Sie stehen hier und tun so, als wäre das nur der übliche, kleine Straßenraub an einem Samstagabend gewesen. Wir haben auch so schon zu wenig Leute, ohne dass Sie jeden auf dem Revier dazu verdonnern, an Ihren blöden Aktionen teilzunehmen. Eigentlich hätten wir der Drogenfahndung sowieso nur logistische Unterstützung liefern sollen, anstatt mit Ihren dämlichen Razzien Monate mühsamer Überwachungsarbeit zunichtezumachen. Und es scheint einfach nicht in Ihren Dickschädel zu gehen, dass Ihre Aktionen unseren möglichen Zeugen eher ins Grab bringen als hierher.«

Duguid war erst rot und dann weiß geworden, ein sicheres Zeichen dafür, dass er jeden Augenblick in die Luft gehen würde. Aber McLean schaffte es nicht mehr, sich darüber Sorgen zu machen.

»Meine Herren, in mein Büro – sofort!«

Beide Männer sahen sich zur selben Zeit um, erschrocken darüber, wie nah Superintendent McIntyre hatte an sie herantreten können, ohne dass einer von ihnen es bemerkt hatte. McLean versuchte sich an einem nervösen Lächeln, Duguid begann zu toben.

»Kein Wort mehr, Charles. In mein Büro.« Sie wandte sich ab und ging mit großen Schritten über den Flur.

»Nach Ihnen, Sir.« McLean trat zur Seite und ließ den Chief Inspector vor. Duguid starrte ihn finster an und stapfte dann davon wie ein wütender Bär.

»Warum höre ich dieser Tage nichts anderes von Ihnen, als dass Sie beide sich streiten?«

Die Chief Superintendent stand auf der anderen Seite ihres Schreibtischs, den sie als Barriere zwischen sich und den beiden Detectives benutzte. McLean stellte fest, dass sie sich nicht hingesetzt hatte, was nie ein gutes Zeichen war. Zumindest erkannte er eine rhetorische Frage, wenn er eine hörte. Duguid, so schien es, hatte eine andere Art Erziehung genossen.

»Ma'am, ich versuche, eine ernsthafte Ermittlung durchzuführen, und jedes Mal, wenn ich etwas erreiche, kommt dieses armselige Exemplar von einem Detective Inspector und knöpft mir die Hälfte meines Teams ab.«

Duguids Tonfall war fast trotzig. McLean konnte nicht anders, als einen Hauch von Genugtuung darüber zu verspüren, dass der CDI im Begriff war, sich sein eigenes Grab zu schaufeln.

»Wie ich aus der Überstundenliste des letzten Monats ersehen kann, Charles, haben Sie es tatsächlich geschafft, jeden Beamten dieses Reviers unter dem Rang eines Chief Inspector, sei er uniformiert oder in Zivil, mit Ihrem Fall zu beschäftigen.« McIntyre zeigte wütend auf einen Stapel Papiere auf ihrem Schreibtisch, während sie weitersprach. »Sie haben es sogar geschafft, die Hälfte des Verwaltungspersonals einzuspannen, weswegen alles andere den Bach runtergegangen ist.«

»Ma'am, ich muss …«

»Alles für einen Fall, Charles. Einen einzigen Fall. Jeder andere DCI in Lothian and Borders hat mindestens sechs zu leiten. Sogar die DIs schaffen mehr.«

»Ich habe im Moment noch acht andere Fälle, Ma'am. Dieser hier braucht nur mehr Aufmerksamkeit.«

»Sie sollten diese verdammte Sache nicht mal leiten, Charles. Es sollte eine Operation der Drogenfahndung sein, mit unserer Unterstützung. Tony hat da gute Arbeit geleistet, bevor Sie ihn von dem Fall abgezogen haben.«

»Dieses Gift zerstört Leben. Wir müssen es ausmerzen.«

Bis dahin hatte McLean seine Schuhe betrachtet, aber etwas an den Worten des DCI erregte seine Aufmerksamkeit, etwas an der absoluten Überzeugung, mit der er sie aussprach. Hier gab es etwas, das er nicht wusste, und das überraschte ihn.

McIntyre wusste es aber. Sie setzte sich endlich hin, und als sie wieder anfing zu sprechen, tat sie das in einem sehr viel vernünftigeren Ton.

»Sehen Sie, Charles: Niemand stellt hier Ihr Engagement infrage. Aber Sie müssen DI Langley die Führung überlassen und dürfen ihn nicht jedes Mal mit Ihrem höheren Dienstgrad einschüchtern. Er ist derjenige, der weiß, wie so ein Fall zu handhaben ist. Wir werden ihn nicht lösen, indem wir Unsummen von Arbeitsstunden hineinstecken.«

McIntyre räumte einen Augenblick lang die Papiere auf ihrem Schreibtisch hin und her und ließ die Stille dröhnen, bevor sie ihre Aufmerksamkeit McLean zuwandte.

»Was Sie angeht, Tony: Bei Ihnen hatte ich auf ein bisschen mehr Respekt der Autorität gegenüber und auf ein bisschen mehr gesunden Menschenverstand gehofft. Was, meinen Sie, bedeutet es für die Moral, wenn sich zwei Senior Detectives vor der ganzen Truppe an die Kehle gehen?«

McLean wollte sagen, dass es dazu beitrug, reinen Tisch zu machen; dass, wenn niemand Duguid contra gab, der Mann sie mit seinen unmöglichen Forderungen und plötzlichen Stimmungsumschwüngen alle bald ins Grab bringen würde. Aber er sagte nichts, weil er wusste, dass er diese Frage nicht beantworten konnte, ohne noch größeren Ärger zu bekommen.

»Ich erwarte, dass meine Beamten sich auf eine Art und Weise verhalten, die zu ihrem Rang passt, meine Herren. Wenn Sie einander nicht ertragen können, zu dumm. Sie sind Profis, also benehmen Sie sich gefälligst auch so. Oder es geht ein Bericht an den Deputy Chief Constable.«

Das war keine ausdrückliche Verabschiedung, aber Duguid nahm es als solche, machte auf dem Absatz kehrt und stelzte ohne ein weiteres Wort aus dem Büro. McLean hatte jetzt schon Mitleid mit dem ersten Constable, der ihm über den Weg lief.

»Einen Augenblick, Tony.« McIntyre hielt ihn davon ab, dem DCI in sicherer Entfernung zu folgen.

»Ma'am?«

»Ich meine, was ich gesagt habe. Er ist Ihr Vorgesetzter. Wenn Sie ihn weiter bedrängen, kann ich nicht verhindern, dass die Beschwerden nach weiter oben gelangen.«

»Wenn er mir wenigstens einen oder zwei Detectives übrig lassen würde, mit denen ich arbeiten kann, dann müsste ich ihm nicht so zusetzen.«

»Ich weiß, aber seien Sie nachsichtig mit ihm. Sein … na ja, sagen wir einfach, dass harte Drogen das Leben von jemandem ruiniert haben, der ihm nahesteht.«

Darum ging es also. »Das wusste ich nicht.«

»Nicht viele wissen das, und er möchte, dass es dabei bleibt.«

McLean nickte, wobei er sich fragte, was für Geheimnisse Duguid sonst noch unter Verschluss hielt. Wenn der DCI nicht so grob mit allen wäre, würde er vielleicht ein bisschen mehr Mitgefühl bekommen. Andererseits vielleicht auch nicht.

»Matt sagte, er wäre zufrieden damit, wie sich Ihre Sitzungen entwickelten«, sagte McIntyre nach einer Weile.

»Gut zu wissen, Ma'am. Der Gedanke, dass ich dabei bin, verrückt zu werden, würde mir nicht gefallen.«

»Oh, seien Sie nicht so verdammt melodramatisch. Ich kann genauso gut wie jeder andere sehen, dass Sie unter großem Druck stehen. Und ehrlich gesagt, kann ich es mir nicht leisten, gerade jetzt noch einen Detective zu verlieren, wir sind sowieso schon unterbesetzt. Schlucken Sie also Ihren Stolz hinunter, und nehmen Sie die Hilfe an, die Ihnen geboten wird.«

McLean senkte zustimmend den Kopf. Er wagte nicht, etwas zu sagen, dafür schuldete er der Chefin zu viel Dank.

»Und noch eins: Ich weiß, dass Sie heute eigentlich freihaben sollten, aber Sergeant Hwei von der Pressestelle hat wegen Trisha Lubkin eine Menge Kritik einstecken müssen. Wir haben versucht, es einzudämmen, aber ihr Ehemann zerreißt sich das Maul vor allen, die es hören wollen.«

McLean erinnerte sich an den riesigen Mann mit der leisen Stimme und der zerschlagenen Nase. Es kam ihm plötzlich in den Sinn, dass Trisha ihm den Kopfstoß versetzt haben könnte und nicht ihrem Angreifer. Er hatte nie daran gedacht nachzufragen, wie genau sie ihren Mann angegriffen hatte. Der Gedanke machte ihn beinahe genauso schwermütig wie die Worte der Chefin. Er wusste, was als Nächstes kommen würde.

»Wir werden noch eine Pressekonferenz anberaumen. Morgen früh um elf. Sie müssen dabei sein, und ich möchte vorher etwas Schriftliches von Ihnen dafür bekommen.«

Er versuchte es auf Emmas Handy, als er vom Büro der Chief Superintendent zurück ins CID-Großraumbüro schlurfte. Es klingelte, bis der Anrufbeantworter sich einschaltete, also hinterließ er eine Nachricht.

»Hallo, Emma. Ich bin's, Tony. Also, wegen heute Morgen tut's mir wirklich leid. Vielleicht kann ich das wiedergutmachen? Ich müsste um …« – er sah auf die Uhr, entsetzt darüber, dass es schon beinahe ein Uhr war – »… sechs Uhr hier fertig sein. Ruf mich an, wenn du Lust auf Thai hast.«

Er hinterließ dieselbe Nachricht auf ihrem Hausanschluss, aber irgendwie spürte er, dass sie nicht zurückrufen würde. Zumindest nicht heute.

DS Ritchie saß an ihrem Schreibtisch und tippte mit zwei Fingern auf ihrem Laptop. Als er eintrat, blickte sie auf.

»Oh, guten Tag, Sir. Entschuldigen Sie, dass ich Sie so einfach angerufen habe. Ich wollte nicht, dass Sie Ärger mit der Chief Superintendent bekommen.«

»Schon in Ordnung, Sergeant. Ich habe keinen Ärger. Na ja, zumindest keinen großen. Ist MacBride hier?«

Beinah im selben Moment, in dem er die Worte aussprach,

trat der Detective Constable mit einem Tablett in den Händen rückwärts durch die Tür. Genug Kaffee und Plätzchen für alle, falls Grumpy Bob nicht zu bald auftauchte und DC Simmons nichts wollte.

»Genau der Richtige«, sagte McLean und nahm sich einen Becher. »Und genau, was wir brauchen. Trommeln Sie alle zusammen. Wir müssen uns auf eine Pressekonferenz vorbereiten.«

55

Ein nerviges, metallisches Piepen drang in einen Traum, von dem er nicht wusste, dass er ihn träumte, bis er davonglitt. McLean drehte sich um, griff nach der Nachttischlampe und merkte erst dann, dass es draußen hell wurde. Die Uhr stand auf acht.

Nicht typisch für ihn, den Wecker zu verschlafen. Dann sah er, dass der abgestellt war. Das hatte er am Morgen davor getan, nachdem er Emma und ihn unterbrochen hatte. Das Bett war viel weniger einladend ohne sie. Stöhnend griff er nach dem Telefon, das immer noch neben dem Wecker piepte und vibrierte.

»McLean.« Es musste das Büro sein, wo sie sich fragten, wo er blieb. Da war doch diese kleine Pressekonferenz, die gehalten werden musste. Zumindest waren die Akten jetzt alle auf dem neuesten Stand, weshalb er schließlich erst um drei Uhr früh ins Bett gekommen war.

»Hey, Tony, frohes neues Jahr.«

»Phil? Bist du schon zurück? Ich meine, ja, frohes neues Jahr.« McLean stieg aus dem Bett und trat, während er sprach, ans Fenster, um hinauszusehen. Wegen der Kälte zitterte er leicht.

»Bin erst gestern Abend zurückgekommen. Ich hab mich gefragt, was du wohl vorhast. Hast du Lust auf ein Pint und ein Schwätzchen? Selber Ort, selbe Zeit.«

McLean wollte gerade ja sagen, als ihm ein merkwürdiger Gedanke kam. »Ich wohne nicht mehr in Newington, Phil. Das Arms ist von hier aus ein bisschen schwierig zu erreichen.«

»Ach du lieber Gott, ja. Das war ein bisschen dösig von mir, ich hatte es ganz vergessen. Wo dann?«

McLean gähnte und kratzte sich den Bauch. Vor dem ersten Kaffee war es schwierig, klar zu denken. »Ich weiß nicht, Phil. Was ist mit dem Drookit Dug? Das ist nicht weit von dir entfernt, und für mich liegt es auf dem Heimweg.«

»Okay, selbe Uhrzeit.« Im Hintergrund konnte McLean hören, wie jemand etwas rief, konnte aber nichts verstehen. Eine Frauenstimme, höchstwahrscheinlich Rachel. Dann fügte Phil hinzu: »Und ich soll dich nach allem fragen, was du und Emma so getrieben haben.«

McLean sah vom Fenster weg und zurück auf sein leeres Bett, erinnerte sich an Emmas plötzlichen Zorn am Vortag. »Ich muss los, Phil. Pressekonferenz. Ich sehe dich dann heute Abend.«

»Wo zum Teufel sind Sie gewesen? Wir haben in weniger als einer Stunde eine Pressekonferenz.« Chief Superintendent McIntyre sah aus, als würde sie gleich in die Luft gehen.

»Ich habe den Bericht gestern Abend auf Ihren Schreibtisch gelegt, Ma'am.« Um ungefähr zwei Uhr morgens, um genau zu sein – ein weiterer Grund, zu verschlafen, von dem er allerdings nicht annahm, dass er ihn entschuldigen würde.

»Der Bericht ist mir völlig egal, Tony. Sie müssen mich aufs Laufende bringen. Und den Deputy Chief Constable auch. Wir haben keine Zeit, uns mit Berichten herumzuschlagen.« McIntyre sah auf die Uhr. »Das Ganze startet in weniger als einer Stunde.«

»Ist der DCC hier?«, fragte McLean, in der Hoffnung auf eine Gnadenfrist, obwohl er bereits wusste, dass es keine Hoffnung gab.

»Er sitzt in meinem Büro.«

»Okay, dann treffe ich mich mit Ihnen in einer Viertelstunde im Konferenzraum. Ich muss nur meine Papiere holen.« Und einen Kaffee, das setzte McLean nicht hinzu.

McIntyre nickte zustimmend, obwohl sie aussah, als würde sie ihn nur ungern aus den Augen lassen. Er machte sich davon, bevor sie ihre Meinung ändern konnte, und ging zuerst in den CID-Raum, wo ein müder MacBride unkoordiniert auf seinen Computerbildschirm starrte.

»Guten Morgen, Constable. Ist Grumpy Bob hier?«

MacBride brauchte zu lange, um zu antworten, wobei seine Augen nervös im Raum herumhuschten, bevor sie endlich auf McLean landeten.

»In der Kantine, glaube ich. Er hat vorhin nach Ihnen gesucht.«

»Finden Sie ihn für mich, bitte. Und suchen Sie auch DS Ritchie. Ich will alle in dieser Pressekonferenz.«

»Die ist Kaffee holen gegangen«, sagte MacBride und griff nach dem Telefon. »Sollte jeden Moment zurück sein.«

McLean überließ es dem Detective Constable, den Rest des Teams zusammenzutrommeln, und machte sich auf den Weg zu seinem Büro. Er war noch nicht einmal halbwegs dort, als er auf Emma traf, die den Flur entlangkam. Sie trug einen großen Karton und sah irritiert aus. Ihr Gesichtsausdruck, als sie ihn sah, war schwer zu deuten. Er entschloss sich, es mit dem versöhnlichen Ansatz zu versuchen.

»Sieh mal, Emma, es tut mir wirklich leid …«

»Tony, ich wollte nicht …« Sie sprachen genau gleichzeitig. Sie blieben beide stehen und sahen einander an.

»Du zuerst«, sagte McLean.

»Ich wollte gestern nicht einfach so davonstürmen. Es tut mir leid. Das war kleinlich von mir.«

McLean wollte zustimmen, aber sein Selbsterhaltungstrieb sagte ihm leise, dass das falsch wäre. »Nein, du hattest ja recht«, sagte er. »Ich sollte nicht immer einfach alles stehen und liegen lassen und zur Arbeit rennen, kaum dass jemand anruft. Es war schließlich nicht nur mein freier Tag.«

Emma verlagerte die Kiste und stützte sie an die Wand, um etwas Gewicht von ihren Armen zu nehmen.

»Lass mich das nehmen«, sagte McLean.

»Nein, es geht schon. Das ist Beweismaterial vom Fall McMurdo, ich muss es nach unten ins Archiv bringen. Wenn irgendjemand es auch nur anfasst, bedeutet das eine Menge Papierkram.« Sie lächelte, und alles war gut.

»Okay. Na dann.« McLean hielt inne, wusste nicht ganz, was er sagen sollte. »Hast du meine Nachricht bekommen? Nachrichten, sollte ich sagen.«

»Ja. Ich hatte gestern Abend keine große Lust, wegzugehen.«

»Und heute? Ich wollte nachher noch mit Phil in den Pub. Aber das kann ich absagen.«

»Nein, Pub hört sich gut an. Und mit Phil zu trinken macht immer Spaß. Sobald er ein bisschen angetrunken ist, wird er zu einer Goldmine für Geheiminformationen. Dann sehen wir uns da.« Emma hob die Kiste wieder an und ging in Richtung der Treppe davon.

»Okay. Grüß Needy von mir«, sagte McLean, aber sie war schon weg.

»Es ist mir gelungen, noch zwei von den Brandstätten abzuklären, Sir. Bei beiden besteht eine Verbindung zur Guild of Strangers.«

McLean saß auf einem unbequemen Stuhl an einem mit weißem Tischtuch bedeckten Tisch, der für die Pressekonferenz vorbereitet worden war. Die leeren Stuhlreihen reichten bis ans hintere Ende des Raumes und zu den Flügeltüren, durch die bald die Schakale hereinkommen würden. Die Besprechung hätte besser laufen können, sogar jetzt noch saß DS Ritchie in einem Vorraum mit der Chefin und dem DCC, wo sie einzelne

Aspekte des Falles diskutierten. Sergeant Hwei saß am anderen Ende des Tisches und schrieb wie wild auf einen Notizblock. Keine Spur von Grumpy Bob, aber das war wahrscheinlich auch besser so.

»Wie bitte?«

»Die Brände, Sir. Sie wollten historische Überprüfungen der einzelnen Orte.«

McLeans Hirn holte ihn ein. Er war so in den Mordfall vertieft gewesen, dass er die Brände völlig vergessen hatte. Genauso schlimm wie Duguid, der sich dermaßen auf einen Fall konzentrierte, dass die anderen darunter litten. Der Gedanke brachte ein schiefes Lächeln auf sein Gesicht.

»Und was haben Sie gefunden?«

»Na ja, es ist dürftig. Nur hier und da eine Erwähnung. Ich versuche, mit einem Professor für Geschichte an der Universität Kontakt aufzunehmen. Er soll Experte für Zünfte sein. Aber er ist über Weihnachten in den USA. Sollte heute zurückkommen.«

»Okay. Treffen Sie sich mit ihm. Versuchen wir, etwas zu finden, was wir in den Bericht schreiben können, wenn die Ermittlungen eingestellt werden.«

MacBride nickte, ging aber nicht. Er sah aus, als ob er eine Frage stellen wollte. McLean saß schweigend da und wartete darauf, dass der DS Mut fand.

»Ähm, Sir?«, sagte MacBride schließlich. »Worauf wollen Sie damit hinaus? Ich meine, es gibt diese Guild of Strangers ja gar nicht mehr. Und selbst wenn es sie noch gäbe, warum sollten die ihre ehemaligen Gebäude in Brand setzen? Eifersucht? Und wie sollten sie es tun? Ich meine, wir haben keine forensischen Belege für Brandstiftung, keine Hinweise auf einen Unfall …« Er verstummte, hatte den Antrieb verloren.

»Ich bin mehr an den Stätten interessiert, die denen gehört haben und die noch nicht abgebrannt sind. Wenn wir ein Muster finden, das es uns erlaubt, das nächste Feuer vorherzusagen, dann könnten wir die Gebäude überwachen lassen. Den Täter auf frischer Tat ertappen.« Das war die beste Vorgehensweise, die sie hatten, einfach, weil es die einzige war.

»Soll ich sofort damit anfangen?« Da stand unleugbare Hoffnung in den Augen des Sergeant, als er die Frage stellte.

Zur selben Zeit schwangen die Flügeltüren am anderen Ende des Raumes auf, und die ersten Journalisten hetzten herein und versuchten, die besten Plätze zu ergattern.

»Aye, warum nicht? Es gibt keinen Grund für Sie, hier zu sein.«

McLean ließ sich in seinen Stuhl zurückfallen, als MacBride hinaushuschte. Einen Moment lang schloss er die Augen und versuchte, sich auf den Ansturm vorzubereiten. Das hier war ein Teil des Jobs, der eindeutig einfacher war, wenn man in der Hackordnung weiter unten stand.

»Nun, das war nicht so schlimm wie befürchtet.«

McLean sah DS Ritchie an und versuchte herauszufinden, ob sie das sarkastisch meinte. Ihre Miene verriet nichts, aber schließlich hatte sie schnell gelernt, während sie Grumpy Bob begleitete. Nach der Stunde, die sie gerade mit den Damen und Herren von der Presse verbracht hatten, entschied er sich unter dem Strich für Sarkasmus.

»Was geht da hinten vor, was meinen Sie?« Er nickte in Richtung Vorraum, in den sich McIntyre mit dem DCC zurückgezogen hatte. Dagwood war auch dabei, was kein gutes Zeichen war.

»Das wissen Sie genauso gut wie ich, Sir. In Aberdeen hatten wir nicht viel Zeit für die Presse. Nicht, wenn wir ohne sie auskommen konnten.«

»Tja, das hat der verdammte Harry Lubkin zu verhindern gewusst, das jammernde Arschloch. Wenn er gleich an dem

Tag zu uns gekommen wäre, als seine Frau verschwunden ist, und nicht erst fast eine Woche später, hätten wir vielleicht noch eine Chance gehabt. Die Presse aufzurütteln bringt sie jetzt auch nicht mehr zurück, oder?«

Ritchie sagte nichts, was bewies, dass sie Vernunft besaß. McLean rollte die Schultern und versuchte, die Anspannung im Nacken loszuwerden. Der hatte sich zunehmend versteift, während die Pressekonferenz zu einer Folge immer wilderer Klagen über die Inkompetenz der Polizei degeneriert war. Warum hatte es so lange gedauert, bevor mit der Suche nach der verschwundenen Frau begonnen worden war? Warum war die Stadt nicht über den Serienmörder informiert worden? Was plante die Polizei, um Edinburghs junge Frauen zu schützen? Würde der Fall Anderson wiederaufgenommen werden, um zu überprüfen, ob es sich dabei um einen Justizirrtum handelte? Waren sie eigentlich sogar zu dumm zum Kacken?

»Manchmal sind sie nett zu uns, wissen Sie. Die Presse«, sagte McLean nach einer Weile. »Ich weiß nicht, was wir getan haben, um uns diesen Tritt in den Hintern zu verdienen. Jedenfalls möchte ich nicht in Dan Hweis Haut stecken, wenn morgen früh die Zeitungen rauskommen.«

Ritchie sah aus, als wollte sie etwas sagen, aber sie wurde vom Klicken der Tür zum Vorraum unterbrochen. Superintendent McIntyre kam zuerst heraus, ihr Gesicht war düster und zornig. Hinter ihr erzählten DCI Duguid und DCC Wodehouse sich einen Witz. McLean stand auf, das Gefühl drohenden Unheils im Bauch.

»Ah, Detective Inspector, Sie sind noch hier. Gut.« Es lag nur wenig Wärme in der Stimme des DCCs, nachdem er aufgehört hatte, mit Dagwood zu lachen.

»Sir?« McLean bereitete sich auf den Anschiss vor, der das einzig denkbare Resultat des Fiaskos sein würde, das sie gerade erlitten hatten.

»Nun, das war ein ziemliches Desaster, oder? Haben Sie überhaupt irgendwelche Spuren, die Sie verfolgen können?«

»Wir sind noch dabei, eine Liste aller Personen zusammenzustellen, die Zugang zu den Schlüsseln für Andersons Laden hatten, Sir. Und wir arbeiten forensische Hinweise ab, die …«

»Also nein. Haben Sie überhaupt eine Ahnung, was Sie tun?«

McLean unterdrückte seine Wut, so gut er konnte. Es hatte keinen Sinn, sich jemanden zum Feind zu machen, der ihm das Leben noch schwerer machen konnte, als es ohnehin schon war.

»Wir haben herausgefunden, wohin der Mörder seine ersten beiden Opfer entführt hat, Sir. Das ist kein schlechtes Ergebnis.«

»Oh, kommen Sie, McLean.« Dagwood wieherte tatsächlich. Anders konnte man das Geräusch nicht beschreiben, das er von sich gab. »Sie haben seinen Unterschlupf gefunden und nicht mal daran gedacht, ihn überwachen zu lassen, um zu sehen, wer da auftaucht?«

Weil Sie jeden einzelnen verfügbaren Beamten für Ihre lächerliche Aktion eingespannt haben.

»Ich weiß nicht, was Sie vorhaben, Sir, aber ich hatte gehofft, diesen Schweinehund festzunehmen, bevor er noch jemanden entführt. Nicht hinterher. Und außerdem konnte ich nicht wissen, ob er nicht bemerkt hat, dass wir da drin waren. Das Spurensicherungsteam war schließlich lang genug dort.«

»Was Sie also sagen wollen, ist, dass Sie nicht wussten, was Sie taten.«

»Ich glaube nicht, dass das wirklich hilfreich ist.« McIntyre unterbrach das Gespräch, bevor es in einen Streit ausarten konnte. »Charles, Sie wissen genauso gut wie ich, dass eine Überwachung hier nicht infrage kam.« Sie drehte sich von dem DCI weg, bevor der etwas antworten konnte, und wandte sich an McLean. »Und Tony, Sie müssen zugeben, dass Sie im Dunkeln tappen. Wir haben drei tote Frauen, ich will nicht noch von einer vierten hören.«

McLean ließ geschlagen die Schultern hängen. Es sah sehr danach aus, als würde ihm der Fall entzogen, bevor er auch nur die Gelegenheit bekommen hatte, richtig damit anzufangen. »Ich nehme an, Sie haben etwas im Sinn, Ma'am«, sagte er.

»Eigentlich war es Terrys Idee.« McIntyre nickte dem DCC zu, und etwas in ihrem Ton deutete darauf hin, dass sie nicht so ganz glücklich über die Einmischung war. Das freute McLean, insgesamt zehn Sekunden lang.

»Wir brauchen ein Profil für diesen Mörder«, sagte DCC Wodehouse. »Wir müssen seine Motive kennenlernen, um seine nächsten Bewegungen voraussagen zu können. Was hat ihn angestiftet? Wie sucht er sich seine Opfer aus? Warum folgt er Andersons Methode so genau, mordet aber viel häufiger?«

»Bei allem Respekt, Sir, aber Professor Hilton hat bereits ein Profil erstellt, wozu auch immer das taugen soll. Wenn Sie den Zwischenbericht gelesen hätten, den ich gestern verfasst habe, dann würden Sie sehen, dass DS Ritchie hier genau an diesen Fragen gearbeitet hat.«

»DS Ritchie?«, sagte Wodehouse. »Ich hätte gedacht, dass Sie das selbst getan haben. Schließlich haben Sie am meisten Einsicht in Andersons Hirn.«

»Wir versuchen nicht, Andersons Profil zu erstellen, Sir. Er ist tot.«

»Das weiß ich, McLean. Sie versuchen, ein Profil von jemandem zu erstellen, der Anderson verehrt und in jeder Hinsicht so sein will wie er. Ich hätte gedacht, dass da Ihre Erfahrung mit dem Mann selbst von grundlegender Bedeutung gewesen wäre. Weswegen hätte man Ihnen den Fall sonst überhaupt zuweisen sollen?«

McLean sah McIntyre eine Sekunde lang an, bevor er antwortete. »Das könnte etwas damit zu tun haben, Sir.«

»Zum Teufel, natürlich hat es das, Mann«, sagte Wodehouse. »Aber danach zu urteilen, wie die Dinge jetzt liegen, sieht es aus, als wären Sie nicht der Anderson-Experte, für den wir Sie gehalten haben. Wir brauchen Ergebnisse, und zwar schnell.«

»Glauben Sie vielleicht, ich wüsste das nicht, Sir?«, fragte McLean. »Glauben Sie, das hier wäre einfach für mich?«

»Genau darum geht's doch, Mann. Sie sind zu nah dran. Und überhaupt ist der Fall viel zu wichtig, als dass er von einem einfachen Inspector geleitet werden sollte. Dem CC sitzt der Minister im Nacken. In Holyrood werden Fragen gestellt. Wenn Sie meinen, die Pressekonferenz wäre schlimm gewesen, dann warten Sie mal ab, wie es wird, wenn die Politik sich einmischt.«

Wodehouse kehrte McLean den Rücken zu und sah McIntyre an. »Weshalb Sie das Oberkommando übernehmen müssen, Jayne, um zusammen mit Charles die Operationen zu leiten. McLean wird das Team führen, das den Ermittlungsansatz Anderson verfolgt, aber ich will verschiedene Teams an jedem der einzelnen Morde.«

Dagwoods Gesichtsausdruck wandelte sich von Schadenfreude über Besorgnis zu Bestürzung, als ihm durch den Kopf ging, welche Probleme mit dem verbunden waren, was der Deputy Chief Constable gerade gesagt hatte. »Aber Sir, ich muss …«

»Kein Aber, Charles.« Wodehouse schnitt ihm das Wort ab, bevor er auch nur anfangen konnte. »Ergebnisse.«

56

Sie kommen mir heute ungewöhnlich angespannt vor, Tony.«

Es kann immer noch schlimmer kommen. Von seinem eigenen Fall abgezogen, musste er für Dagwood einen detaillierten Bericht über die gesamte bisherige Ermittlung schreiben, nur damit der ihn dann ignorierte. Und jetzt auch noch das. McLean saß in einem von McIntyres »gemütlichen« Sesseln, starrte im Zimmer umher und versuchte dabei, Matt Hilton nicht in die Augen zu sehen. Der Psychologe hielt seinen Lieblingskuli in der Hand und klickte ihn auf und zu, immer wieder auf und zu.

»Könnte es sein, dass Ihr Fall nicht gut läuft? Ich habe gehört, heute Morgen hätte es eine Pressekonferenz zum dritten Opfer gegeben.«

Als wüsstest du nicht ganz genau, was los ist. »Warum bin ich hier, Hilton?«

»Was glauben Sie denn, warum Sie hier sind, Tony?«

McLean hatte es aufgegeben, bei Hilton anzubeißen. Wenn diese Sitzungen noch etwas waren, das er ertragen musste, um seine Arbeit machen zu dürfen, dann würde er sie einfach mit so viel Anstand durchleiden, wie er aufbringen konnte.

»Ich glaube, ich bin hier, weil meine Vorgesetzte meint, ich bräuchte eine Therapie gegen den Stress. Wer weiß, vielleicht hatte sie sogar recht. Aber wir haben jetzt – wie viele, sechs? – Sitzungen gehabt. Nach der ersten haben Sie entschieden, dass ich arbeitsfähig bin. Warum also bestehen Sie darauf, dass ich immer wieder hierherkomme? Sie werden doch nicht stundenweise bezahlt, oder?«

Hilton täuschte einen zutiefst empörten Blick vor, dann lächelte er.

»Lothian and Borders zahlen mir eine Pauschale. Wofür sie meine Zeit in Anspruch nehmen, ist deren Sache. Aber Sie haben recht, Tony. Sie sind arbeitsfähig. Und Sie stehen außerdem unter einem Druck, wie ihn nur wenige Menschen jemals ertragen müssen. Die beste Art, damit umzugehen, ist, ihn zu teilen. Ich glaube, ich lasse Sie immer wieder herkommen, weil ich hoffe, dass Sie irgendwann damit anfangen.«

McLean rutschte in seinem Sessel herum, in dem Versuch, die Taubheit zu mildern, die sich in seinen Hinterbacken ausbreitete. »Okay, Sie wollen also, dass ich mich Ihnen mitteile. Schön. Wie wär's, wenn wir über Ihr Profil dieses neuen Mörders sprechen?«

»Das ist …«, setzte Hilton zum Widerspruch an, überlegte es sich dann aber offensichtlich anders. »Okay. Was ist damit?«

»Nun, Sie konzentrieren sich auf den Hintergrund. Wir wissen, dass wir nach einem Einzelgänger suchen, nach jemandem, der von einem herrischen Elternteil unterdrückt wurde, in der Kindheit eine traumatische Erfahrung gemacht hat, möglicherweise missbraucht wurde, blablabla. Sie wissen ja, dass ich von dieser Art Verallgemeinerung nicht viel halte.«

Hilton nickte, sagte aber nichts.

»Was mich mehr interessiert, ist das Warum. Warum ist dieser Mann von Anderson so besessen, warum hat er beschlossen, ihn jetzt zu kopieren?«

»Also, ich hätte gedacht, dass die Antwort auf die zweite Frage ziemlich offensichtlich ist.«

»Weil Anderson tot ist?«

»Genau. Sie müssen das Wesen der Besessenheit verstehen, Tony. Unser Mörder verehrt Anderson nicht nur, er will sein wie er. Aber diesen letzten Schritt konnte er nicht gehen, solange das Objekt seiner Besessenheit noch am Leben war. Andersons Tod hat ihm die Erlaubnis erteilt, mit dem Morden zu beginnen, aber ich habe den Verdacht, dass er sich seit vielen Jahren darauf vorbereitet hat.«

»Was dann noch die erste Frage offen lässt. Warum Anderson? Okay, da ist das verdammte Buch, aber Tausende von Menschen haben es gelesen, ohne dass sie deshalb zu psychopathischen Mördern werden.«

»Es ist wahrscheinlich, dass unser Mörder sich mit einer Schlüsselfacette von Andersons Persönlichkeit identifiziert. Er sieht in ihm eine Spiegelung seines eigenen Selbst, seiner eigenen Erziehung. Anderson war Waise, richtig?«

»Das wurde mir zumindest gesagt.«

»Dann wäre ich mir ziemlich sicher, dass unser Mörder ebenfalls Waise ist. Oder von einem Elternteil verlassen wurde, den er geliebt hat. Anderson hat nie geheiratet, aber wir haben auch keine Hinweise darauf, dass er schwul war. Ich nehme an, es fiel ihm schwer, enge Beziehungen zu knüpfen. Das ist ziemlich verbreitet unter Menschen, die in frühem Alter verlassen wurden.«

»Dann suchen wir also nach einem Waisen, der sich nicht auf enge Beziehungen einlassen kann.« McLean hätte beinahe leise gelacht. »Wir kennen niemanden, auf den diese Beschreibung zutreffen würde, oder?«

Hilton warf ihm einen merkwürdigen Blick zu. »Sie sind es doch nicht, oder?«

»Das ist nicht mal annähernd witzig, Hilton.«

»Sie haben recht. Tut mir leid.«

»Und ich bin sowieso mehr an Andersons Fan Nummer eins interessiert als an dem Mann selbst. Was sollen wir tun, um ihn zu finden?«

»Nun.« Hilton klickte einmal mit seinem Stift, dann sah er ihn an, als hätte er gerade erst bemerkt, dass er ihn in der Hand hielt. »Unser Mörder sucht Orientierung an Andersons Beispiel, und wir haben bereits festgestellt, dass er gewartet hat, bis Anderson tot war, bevor er sein erstes Opfer entführt hat. Wie ich sagte, Andersons Tod hat ihm die Erlaubnis gegeben, in diese Rolle zu schlüpfen. Was aber, wenn der Mörder sich Anderson bereits genähert hat, als er noch am Leben war?«

»Schuldet Ihnen irgendwer in Aberdeen noch einen Gefallen?«

DS Ritchie sah von ihrem Schreibtisch auf, an dem sie wie verrückt getippt hatte. Die Früchte ihrer Arbeit des Nachmittags lagen überall verstreut: Notizen zum Fall, die so bearbeitet wurden, dass es aussah, als fügten sie sich in so etwas wie eine Ordnung.

»Ich weiß nicht. Kommt drauf an, würde ich sagen.«

McLean zog einen Stuhl unter einem leeren Schreibtisch hervor und ließ sich darauffallen. Sein Hinterteil war immer noch taub von McIntyres Sessel.

»Ich muss die Namen aller Leute wissen, die Anderson besucht haben, während er in Peterhead einsaß. Und von denen, die ihm geschrieben haben, auch, falls es diese Information gibt. Ich könnte das über die üblichen Kanäle laufen lassen, aber Sie wissen ja, wie lange das dauern kann.«

Ritchie runzelte die Stirn. »Sollte kein Problem sein. DCI Reid hat die Untersuchung von Andersons Tod geleitet. So was lässt der sich nicht nehmen, auch wenn wir ganz genau wissen, wer es getan hat.«

»Na, dann sehen Sie zu, was Sie bis heute Abend bekommen können. Dann möchte ich, dass Sie und MacBride die Liste durchgehen und mir so viel Information wie möglich über jeden, der daraufsteht, besorgen.«

»Was ist mit dem Fallbericht, Sir?« Ritchie hob einen Stapel A4-Blätter hoch und schwenkte ihn, als läge nicht auf der Hand, was sie meinte. »Dagwood will das um fünf auf seinem Schreibtisch haben.«

McLean sah auf die Wanduhr über der Tür. Schon Viertel vor drei. Wo war der Tag geblieben?

»Er wird ihn sowieso nicht lesen, vertrauen Sie mir. Ordnen Sie einfach Ihre Notizen in chronologischer Reihenfolge und binden Sie das ganze Ding, sodass es schön aussieht. Sue in der Verwaltung übernimmt das für Sie, wenn Sie ihr Schokolade dafür versprechen. Ich brauche diese Liste sofort. Das ist viel wichtiger als Dagwoods blöde Ablage.«

»Mein Gott, was für ein Tag.«

McLean ließ sich auf den Fensterplatz fallen und griff nach dem unberührten Pint vor ihm auf dem Tisch. Es war kalt, nass und das erste Angenehme, was ihm passierte, seit er am Morgen aufgewacht war. Er trank in langen Zügen und versenkte ein ganzes Drittel des Biers, bevor er das Glas zum Lufholen absetzte.

»Sieht aus, als hättest du das gebraucht.« Phil saß auf der anderen Seite des Tischs, ein leichtes Grinsen auf dem Gesicht. Sein eigenes Pint war kaum angefangen.

»Gott schütze mich vor Reportern«, sagte McLean. »Syphilis denen allen. Und auch den verdammten Profilern.«

»Lass mich raten. Sie haben mal wieder wenig Hilfreiches über die Polizei geschrieben.«

»Schlimmer. Ich muss mit ihnen zusammenarbeiten.« McLean erzählte seinem Freund von der Pressekonferenz, dem DCC und von Matt Hilton. Er hatte den ganzen Nachmittag in einem miefigen Raum eingeschlossen mit dem Psychologen verbracht und deutlich zu spüren bekommen, dass er es war, der analysiert wurde, nicht der Mann, den sie zu fassen versuchten.

»Ich schwöre, wenn ich noch einmal jemanden ›Konfliktbewältigung‹ sagen höre, dann schlage ich zu.« Er trank das Pint auf die Hälfte hinunter. »Das oder ›Ödipuskomplex‹. Du wirst's nicht glauben, aber es hat tatsächlich jemand vorgeschlagen, dass Donald Anderson all diese Menschen ermordet hat, weil er nicht damit klarkam, dass er als Kind verlassen wurde. Der kleine Idiot hat tatsächlich gesagt, er hätte sich Frauen ausgesucht, die eine idealisierte Vorstellung von seiner Mutter verkörperten, um sie dann zu vergewaltigen und zu ermorden, um Rache zu nehmen. Mein Gott.« Und der Rest des Pints war verschwunden.

»Du musst echt im Stress sein«, sagte Phil. »Ich hab noch nie einen Drink so schnell verschwinden sehen. Und normalerweise redest du nicht über deine Fälle, bevor sie abgeschlossen sind.«

McLean rieb sich das Gesicht, hob das leere Glas hoch und sah auf die schaumigen Reste am Boden. Stellte es wieder auf den Tisch.

»Entschuldige, Phil. Es reißt nur alte Wunden wieder auf, weißt du. Alle quasseln sie über Motive und Planung und die symbolische Wichtigkeit von diesem und jenem, und hier sitze ich und denke an Kirsty. Was das Schwein ihr angetan hat.«

»Glaubst du wirklich, dass du dann an diesem Fall arbeiten solltest?« Phil griff nach dem Glas, aber McLean war schneller.

»Nein, ich bin dran, Phil. Du kennst die Regeln.« Er stand auf und schlurfte um den Tisch herum. »Und ich habe um den Fall gebeten. Förmlich gebettelt habe ich. Unter keinen Umständen wollte ich, dass jemand anderes es versaut.«

Der Pub war voll, und eine einzige gehetzte Barfrau bediente die Meute durstiger Studenten. McLean wartete in der Parodie einer Schlange darauf, dass er an die Reihe kam, und versuchte, die Arbeit zu vergessen, nur für einen Augenblick. Hiltons immer wildere Spekulationen zu vergessen. Die Frustration, darauf zu warten, dass Aberdeen sich mit seiner Liste meldete. Zu vergessen, dass er jetzt wertvolle Stunden darauf verschwenden musste, Berichte für Dagwood zu schreiben, die der niemals lesen würde. Zu vergessen … ach, zum Teufel, wem wollte er hier eigentlich was vormachen?

Mit zwei frischen Bieren in Händen und einer Tüte Paprikachips zwischen den Zähnen schaffte McLean es nach einer Zeit, die sich nur knapp länger als eine Woche anfühlte, zurück an den Tisch. Phil nippte immer noch an der ersten Hälfte seines Biers, also hatte es vielleicht doch nicht ganz so lang gedauert.

»Wie war Weihnachten? Wie geht's Rae?«, fragte er, nachdem er die Tüte aufgerissen hatte, damit sie sie sich teilen konnten.

»Nervenaufreibend«, sagte Phil, und fügte dann nach kurzem Nachdenken hinzu: »Beides.«

»Oh? Dann hat sie sich nicht mit deinen Eltern verstanden?«

»Scheint so. Irgendwie. Aber du weißt ja, wie meine Mutter ist. Gib ihr ein Drama, und sie macht daraus eine Krise. Rae dreht sowieso schon am Rad wegen der Hochzeit. Lass die beiden aufeinander los und, na ja, dann brennt die Lunte, und man hält sich am besten im Hintergrund.«

»Je nun. Wenigstens wohnen sie schön weit weg. Du musst sie nur ab und zu mal besuchen.«

»Glaub das bloß nicht. Sie reden davon, für ein paar Wochen hier hochzukommen, um dabei zu helfen, alles zu organisieren. Ein paar Wochen?« Phil nahm einen langen Zug, dann sah er McLean mit verschwörerischer Miene an. »Du bist doch ganz allein in dem alten Haus deiner Großmutter, Tony. Du könntest sie doch aufnehmen.«

»Ganz allein? Wer sagt denn das? Du musst wissen, dass ich reichlich Leute zu Besuch gehabt habe, seit ich da eingezogen bin.«

»Aye, Grumpy Bob und diesen Jungen, MacBride, wette ich. Trinken deinen Whisky. Ich weiß, wie die sind.«

»Also, das sind eigentlich die Einzigen, die nicht oft da

gewesen sind. Vor Weihnachten waren die Weihnachtssänger da. Und Emma ist ein paar Mal gekommen.«

»Ach ja?« Phil stieß McLean in die Rippen. »Dann erzähl das mal Onkel Phil in allen Einzelheiten.«

»Träum weiter, Jenkins. Ein Gentleman genießt und schweigt.«

»Dann hast du also genossen. Das wird ja immer besser. Sag mir wenigstens, dass du sie zur Hochzeit eingeladen hast. Rae dreht durch, wenn du das nicht gemacht hast.«

McLean sah auf die Uhr, dann schaute er sich in der Bar um. »Eigentlich wollte sie sich heute Abend mit mir treffen. Ich hätte nicht gedacht, dass sie sich so verspäten würde. Vielleicht ist sie immer noch wütend auf mich.«

»Wütend? Was hast du denn angestellt, Tony?«

McLean gab sein Bestes, um es ihm zu erklären, auch wenn er beim besten Willen nicht wusste, wo das Problem lag. »Aber heute Morgen war sie auf dem Revier, hat Zeug ins Asservatenlager gebracht. Hat gesagt, wir würden uns hier um acht treffen. Da sah's aus, als wäre alles in Ordnung.«

»So sind sie, die Frauen. Wahrscheinlich sitzt sie gerade mit hochgelegten Beinen auf dem Sofa und sieht sich im Fernsehen einen rührseligen Film an. Sie hat einen Liter Eiscreme und nur einen einzigen Löffel. Das ist alles, was sie gerade an Gesellschaft braucht. Morgen ruft sie dich dann mit einer lausigen Entschuldigung an, von wegen Scheißtag und im Sessel eingeschlafen. Du wirst an meine Worte denken.«

»Aber sie hat gesagt …« McLean hielt inne, als sein Verstand seinen Mund einholte. Phil hatte natürlich recht. Dies hier war nur eine kleine Rache wegen des verpassten Mittagessens.

»Allerdings schneidet sie sich da ins eigene Fleisch. Ich meine, sie hätte meine reizende Gesellschaft, ein feines Bier und die klar erkennbare Chance auf Kebabs haben können. Stattdessen hat sie Meg Ryan, *Schlaflos in Seattle* und einen Eimer Häagen Dazs. Schlechter Tausch, würde ich sagen.«

McLean sah in sein leeres Glas, dann zur Bar mit der Reihe Zapfhähne hinüber, die darauf warteten, ausprobiert zu werden. Dachte an den lausigen Tag, den er hinter sich hatte, und an den, der morgen vor ihm lag.

»Hast du was von Kebab gesagt?«

57

Er weiß schon, dass es ein Traum ist, bevor er irgendetwas sieht. Die Angst ist da, lauert wie ein alter Freund in seinem Unterbewusstsein. Wie ein Mörder. Wie ein Vergewaltiger.

Der Nebel wallt um ihn herum, dick wie Teer und genauso schwarz. Einen Moment lang ist es schwer, zu atmen, dann ist Atmen nicht mehr wichtig. Nur die Angst.

Ein Laternenpfahl taucht vor ihm auf, vertreibt etwas von der Dunkelheit. Er ist aus altmodischem Schmiedeeisen mit einem schweren Glaskopf an der Spitze, der beim Verbrennen des Gases von schlechter Qualität flackert. Er riecht den Schwefelgeruch nach faulen Eiern im Rauch, so dick wie der Nebel. Lebendig.

Weiter vorn öffnet sich vor ihm die Straße wie ein Kadaver auf dem Tisch der Leichenhalle. Eingeschnitten, zurückgeschlagen, um die kranken Geheimnisse hinter jeder neuen Fassade zu enthüllen. Seine Füße sind kalt. Das Gefühl lässt ihn hinuntersehen. Feuchtes Kopfsteinpflaster glänzt wie die runden Schlingen hervorquellender Eingeweide. Und als er wieder aufblickt, ist er bereits angekommen.

Keine Zeit vergeht zwischen dem Öffnen der Tür und dem Stehen in dem merkwürdig hellen Büro, aber er erinnert sich an den Laden, den er sicher hat durchqueren müssen. Dunkle, staubige Regale, die schon lange von den Büchern geleert sind, die diesem Ort einst Sinn gegeben haben. Alle sind verschwunden bis auf eines. Es liegt offen vor ihm.

Kirsty starrt ihn von der offenen Seite an. Ihre Augen sind tot, das Haar, um ihren Kopf ausgebreitet wie ein Heiligenschein aus Dunkelheit, wellt sich sanft, während der Water of Leith versucht, sie ins Meer hinauszutragen.

Er blättert um.

Audrey Carpenter schaut ihn finster an, zornig auf die Welt, auf ihren Vater, auf ihren blöden Tod. Sie kämpft mit den Fesseln, die sie festhalten, dann taumelt sie im Strom davon, nachdem sie gerissen sind.

Er blättert um.

Kate McKenzie schluchzt ihrer verlorenen Liebe nach, während sie mit dem Gesicht nach oben in dem kalten, kalten Bach treibt. Tränen tropfen aus ihren Augen, rinnen in einem niemals endenden Strom ihre Wangen hinunter. Das Wasser ist jetzt tief, seine Schuhe ruiniert, seine Hose durchnässt. Er kann spüren, wie es ihm bis zum Kinn steigt, ihn zu überwältigen droht. Ertrunken in einem Meer aus Tränen.

Er greift nach einem Rettungsanker, blättert wieder um.

Trisha Lubkin kämpft gegen unsichtbare Fesseln, ruft und schreit unhörbare Flüche. Ihr Kopf schießt vor und zurück, als sie versucht, einem unsichtbaren, gesichtslosen Gegner einen Kopfstoß zu versetzen. Da treffen ihre Augen auf seine, und er kann hören, wie sie ihn ermahnt, mit der Stimme des Deputy Chief Constable. »Warum haben Sie nicht früher nach mir gesucht? Warum haben Sie zugelassen, dass er mich tötet?«

Beschämt blättert er noch einmal um.

Die Seite ist leer, schlichtes Pergament, glatt geschabt, bereit für die nächste Seele. Aber während er zusieht, tauchen Linien auf, steigen aus dem Nichts an die Oberfläche. Sie formen ein Rechteck oben auf der Seite, den Rahmen für ein neues Bild, noch undeutlich. Die Angst hat ihn jetzt fester im Griff, versenkt ihre Krallen in ihn, sodass er nicht entkommen kann. Die Seite nicht umblättern kann. Seinen Kopf nicht bewegen und seine Augen nicht schließen kann. Nur zusehen kann, wie das Bild langsam Gestalt annimmt wie ein Foto im Entwicklerbad.

Und wie in einer Dunkelkammer ist auf einmal alles höllisch rot.

Er weiß, was er sieht, lange bevor das Bild fertig entwickelt ist. Eine Frau liegt ausgestreckt auf einer blutbefleckten Matratze, Arme und Beine an den Metallrahmen eines uralten Betts gekettet. Sie ist nackt, bewegungslos, er kann nicht sagen, ob sie tot ist oder lebendig. Er strengt sich an, ihr Gesicht zu erkennen, obwohl er genau weiß, wer sie ist. Er hat diesen Körper schon gesehen.

Und unter dem Bild beginnt sich ein Wort zu formen, das mit einer großen, hängenden Initiale E beginnt.

58

Das Telefon weckte ihn zum zweiten Mal in ebenso vielen Tagen. Einen Augenblick lang war er verwirrt. Er hatte den Wecker gestellt, da war er sicher. Dann bemerkte er die Uhrzeit: fünf Uhr früh. Das war nie eine gute Uhrzeit für einen Anruf.

»McLean.« Er zuckte zusammen vor Schmerz, so trocken war seine Kehle. Die Stimme am anderen Ende erkannte er nicht.

»Inspector McLean? Lothian and Borders?«

»Ja. Wer spricht da?« Eine weibliche Stimme, darüber hinaus hatte er keine Ahnung.

»Oh ja. Entschuldigung. Ich bin Alison. Alison Connell. Ich arbeite mit Emma Baird im Spurensicherungsteam. Ich glaube, wir haben uns ein paar Mal getroffen. Ähm. Ist sie da? Emma?«

Ein Frösteln ergriff McLeans Körper, das nichts mit dem Fehlen einer Zentralheizung zu tun hatte. Er krabbelte aus dem Bett und trat ans Fenster, starrte in die frostige Dunkelheit dahinter hinaus. »Nein, ist sie nicht. Ich habe sie seit gestern Morgen nicht gesehen. Warum?«

»Wir versuchen seit einer Stunde, sie anzupiepen. Sie hat Rufbereitschaft. Ich habe es auf dem Festnetz versucht, habe aber nur den Anrufbeantworter bekommen. Und, nun … sie hatte was davon gesagt, dass sie sich mit Ihnen treffen wollte, deshalb dachte ich … Tut mir leid.«

»Nein, das braucht es nicht.« McLean rieb sich die Augen in dem Versuch, seine verworrenen Gedanken von außen zu klären. »Wann haben Sie sie zuletzt gesehen?«

»Ich bin seit Montag in einer anderen Schicht, aber ich habe hier herumgefragt, und niemand hat sie gesehen, seit sie gestern Morgen gegangen ist. Ich habe ihren Computer gecheckt, und sie hat sich seitdem auch nicht mehr eingeloggt.«

»Hören Sie, wahrscheinlich musste sie eilig nach Hause nach Aberdeen oder so. Hat wahrscheinlich vergessen, ihr Handy zu laden.«

»Ja, Sie haben recht. Em kann manchmal ein bisschen schusselig sein. Tut mir leid, dass ich so früh angerufen habe, aber der Boss kann manchmal ein bisschen … na ja … ich sollte das wohl besser nicht sagen.«

»Ist schon okay, ich war sowieso wach.« McLean verabschiedete sich und legte auf. Draußen auf dem Rasen stelzte Mrs McCutcheons Katze über ein Stück Wiese, das durch die Straßenbeleuchtung, die durch die Bäume sickerte, in orangefarbenes Licht getaucht war. Sie duckte sich und schlich sich an, ganz Jägerin, und kroch näher an ihre Beute. Er wollte gerade ans Fenster klopfen, als die Katze einen Satz machte und in einer Explosion aus Federn auf einem ahnungslosen Vogel landete. Ein Pfotenschlag, einmal zugebissen, und alles war vorbei. Sie trabte mit ihrer Beute in die dunklen Büsche davon.

Licht flackerte in dem farbigen Glas des Kirchenfensters, als McLean seinen Wagen am Ende der Straße verlangsamte. Er hatte dem Gebäude nie besondere Aufmerksamkeit geschenkt. Es war da, ein festes Zentrum für die örtliche Gemeinde, aber seine Großmutter hatte über Religion gespottet, und er hatte ihren Skeptizismus schon in jungen Jahren übernommen. Irgendjemand war zu dieser frühen Stunde schon wach und mit seiner Andacht beschäftigt. Neben der Kirche war das Pfarrhaus so dunkel wie all die anderen Häuser in der Nähe. Die Leute würden sich noch stundenlang nicht aus ihren warmen Betten quälen.

Er hielt an, ohne genau zu wissen, warum. Als er gegen die

schweren Eichentüren drückte, erwartete er nicht, dass sie unverschlossen wären, aber sie schwangen in kalte, fast völlige Dunkelheit auf. Die Schwelle zu überschreiten fühlte sich an, wie in eine neue Welt zu treten.

Das Licht, das er gesehen hatte, kam von einem Paar Kerzenstummeln, die auf dem Altar am anderen Ende des Kirchenschiffs flackerten. Reihen hölzerner Kirchenbänke flankierten den Gang, und ein schmaler roter Teppich bedeckte teilweise den Steinboden. Die Decke wölbte sich hoch über ihm und wurde von beruhigend schweren Säulen gestützt, aber die Schatten der Gewölbepfeiler schluckten das flackernde Licht wie hungrige Monster. Die hohen Buntglasfenster waren schwarze, tote Augen. Noch stundenlang keine Dämmerung in Sicht.

McLean schritt langsam den Gang hinunter, dankbar dafür, dass der weiche Teppich seine Schritte dämpfte. Nichts sollte die hallende Stille beeinträchtigen dürfen, die den kalten Raum erfüllte. Nichts, außer dem leisen Flüstern eines Gebets, das von einem Punkt irgendwo in der Dunkelheit vor dem Altar aufstieg.

»Sie sind gekommen. Ich wusste, dass Sie kommen würden.« Father Antons Stimme klang müde, als hätte der Mönch wochenlang nicht geschlafen.

Zuerst drehte er sich nicht um, während er unsicher auf die Füße kam und sich noch einmal vor dem Altar verbeugte.

»Ich hatte einen Traum«, sagte McLean. »Von dem Buch.«

Da erst wandte sich Father Anton von seinem Gebet ab. »Ich weiß.«

Im flackernden Halbdunkel sah er blasser aus als sonst. Sogar sein Mantel schien zu einem Schiefergrau verblasst zu sein. Nur seine Augen glühten, fingen die Kerzenflamme auf und warfen ihren Schein zurück.

»Was hat das zu bedeuten?«, fragte McLean.

»Kommen Sie, setzen Sie sich.« Anton zeigte auf die nächste Kirchenbank und schlurfte hinüber. Er ließ sich mit einem schrecklichen Knacken seiner Gelenke auf der harten Holzbank nieder. »Erzählen Sie mir, was Sie in Ihrem Traum gesehen haben.«

McLean setzte sich neben den alten Mann und versuchte, seine Gedanken zu ordnen. Die Bilder, Gefühle und halben Erinnerungen drehten sich in seinem Kopf, und weder die Atmosphäre dieser kalten Kirche mit ihrer hallenden Stille noch die fünf Pint Bier und das Kebab, die er vor wenigen Stunden zu sich genommen hatte, halfen ihm dabei.

»Es hat ungefähr zu der Zeit angefangen, als Anderson gestorben ist«, sagte er nach einer Weile, merkte dann aber, dass das nicht stimmte. »Eigentlich ist es schon immer passiert, seit ich die Leiche meiner Verlobten im Water of Leith gefunden habe. Jedes Jahr zur Weihnachtszeit träume ich von ihr. Aber dieses Jahr war es anders. Ich habe damit angefangen, von Andersons Laden zu träumen und von dem Buch. Heute Nacht habe ich hineingesehen und die toten Frauen gefunden. Jede hatte ihre eigene Seite. Und ich habe gesehen, dass eine neue angefangen wurde. Ich glaube, es könnte ein neues Opfer geben. Jemanden, den ich kenne.«

»Sagen Sie mir, wie haben Sie Donald gefunden, Inspector?«

Die Frage überraschte McLean. »Ich dachte, Sie würden die Geschichte kennen. Er hatte einen Streifen Stoff, benutzte ihn als Lesezeichen. Ich habe sofort erkannt, dass der von Kirstys Kleid stammte.«

»Nein, Sie missverstehen mich. Ich meine, woher wussten Sie, dass Sie in diesem Laden suchen mussten? Was haben Sie da gemacht? Ausgerechnet Sie. Der einzige Mensch, der die Bedeutung von dem erkennen konnte, was er da sah?«

»Ich … ich weiß es nicht wirklich. Wir haben ein Profil erstellt. Anderson muss da hineingepasst haben.« Aber das klang nicht glaubhaft. Die Profile waren Mist gewesen.

»Aber Sie hatten doch gar nichts mit dem Fall zu tun, oder? In dem Moment, als Ihre Verlobte als Opfer identifiziert wurde, wären Sie doch aus dem Team genommen worden. Und ich hätte auch Urlaub wegen des Trauerfalls erwartet.«

McLean sagte nichts. Father Anton hatte recht. Unter keinen Umständen hatte er im Ermittlungsteam bleiben können, nachdem Kirsty als Opfer bestätigt worden war. Und trotzdem hatte er sich all diese Jahre lang eingeredet, dass er Anderson zufällig gefunden hatte, nachdem die Computer ihm etwas Zufälliges hingespuckt hatten.

»Ich glaube, Sie waren schon mal dort. In seinem Laden. Bevor er Ihre Verlobte entführt hat. Vielleicht wollten Sie ein Buch kaufen, vielleicht haben Sie nur etwas gefragt. Das ist nicht wichtig. Wichtig ist, dass Sie das Buch da gesehen haben müssen. Es hat Sie gelesen, und Sie haben es überstanden.«

»Ich erinnere mich nicht.« Und das tat er wirklich nicht. Je mehr er versuchte, sich auf die Geschehnisse zu konzentrieren, die dieser schrecklichen Zeit vorangegangen waren, desto weniger war er sich sicher, was Wirklichkeit und was ein Albtraum war. Die verrückten Geschichten des alten Mönches griffen ihn an, das und die ganze Atmosphäre hier. Was hatte er sich nur dabei gedacht, in den frühen Morgenstunden in eine Kirche zu kommen? Warum hörte er sich diesen Wahnsinnigen überhaupt an?

»Ich muss weg. Er hat Emma.« McLean drehte sich um und wollte aufstehen, aber Father Anton griff nach ihm und hielt ihn auf. Seine Berührung war eisigkalt wie der Water of Leith am Silvestertag.

»Ich fürchte, das stimmt. Aber es gibt noch Hoffnung. In Ihrem Traum wurde die Seite gerade erst beschrieben. Sie ist noch nicht tot.«

Noch nicht tot. Aber was sie war, wo sie war, darüber nachzudenken konnte er nicht ertragen. McLean befreite seine Hände aus der kalten Umklammerung, stand auf, blickte auf den Altar mit seinem einfachen Holzkreuz. Heutzutage gab es keinen Silberschmuck mehr in den Kirchen. Er war zu leicht zu stehlen. McLean hatte keine Bedenken, mit einem kurzen Gebet um Hilfe zu bitten.

»Ich muss los. Mir läuft die Zeit davon.«

Emmas Wohnung befand sich in einem kleinen Mietshaus irgendwo zwischen Warriston und Broughton, einem Lieblingsviertel der ständig fluktuierenden Studentenbevölkerung der Stadt. Als McLean auf die Klingel drückte, erhielt er keine Reaktion, aber die Haustür schwang von selbst auf, als er drückte. Als er durch den schmalen Flur ging, wurde ihm bewusst, dass er noch nie hier gewesen war. Er hatte keine Ahnung, welche Wohnung ihre war. Glücklicherweise hatten die Türen im Erdgeschoss Namensschilder. Oben ebenso, und an der linken hing ein verschmierter Zettel, auf dem mit Kugelschreiber hastig hingekritzelt »Baird« stand. Er klopfte an die Tür, hielt inne und ließ die Geräusche des Gebäudes zu sich kommen. Um diese Uhrzeit, so früh am Morgen war es still, aber das bedeutete nicht, dass sie nicht schon gegangen sein konnte.

Er klopfte wieder, diesmal etwas fester. Immer noch nichts. Er versuchte die Tür zu öffnen und fand sie verschlossen. Dann zog er eine Supermarkt-Kundenkarte heraus und steckte sie in den Spalt zwischen Türrahmen und Schloss. Etwas klickte, er drehte wieder am Türknauf, und die Tür schwang auf.

Der Flur roch nach ihr, und lange Sekunden stand er nur da und atmete ein, wobei er die ganze Zeit nach einem Anzeichen dafür horchte, dass die Wohnung bewohnt war. Sie war wirklich nichts Besonderes. Eine offene Tür zeigte eine

Einbauküche mit einem schmutzigen Fenster, das nach hinten auf den Fluss hinausblickte. Eine weitere Tür öffnete sich zu einem kleinen Bad, das nur von einem kleinen Oberlicht in der Decke erhellt wurde. Eine dritte führte in ein überraschend großes Wohnzimmer mit einem tiefen Erkerfenster zur Straße hin. Die Gardinen waren offen. Ein Sofa und ein Sessel, die nicht zusammenpassten und vor einem Gasofen und einem kleinen Fernseher aufgestellt waren. Beinahe erwartete er, einen leeren Eisbecher mit dem herausragenden Löffel auf dem Boden vorzufinden, aber da war nichts. Nicht mal ein Weinglas. Dann blieb nur noch die vierte Tür. Das Schlafzimmer.

Es war gerade groß genug für das Doppelbett und den schweren, antiken Kleiderschrank, aber McLean achtete kaum auf die Einzelheiten. Nur, dass die Bettdecke ordentlich zu den Kissen heraufgezogen war und dass der einzige Bewohner des Bettes ein großes, graues, etwas abgegriffenes Nilpferd war. Er schob eine Hand unter die Bettdecke und befühlte die kalten Laken. Hier hatte in letzter Zeit niemand geschlafen.

In der Küche stand ein Kaffeebecher umgedreht im Geschirrständer. Er hob ihn hoch und strich mit einem Finger die Innenseite entlang. Sie war trocken, genau wie das Spülbecken und das Geschirrtuch, das über dem Wasserhahn hing. Unbenutzt seit mindestens vierundzwanzig Stunden. Auch der Wasserkocher war kalt.

Im Bad dasselbe. Kein Wasser, weder um das Waschbecken und die Abflüsse herum, noch Tropfen an den Kacheln um die Dusche. Das Handtuch, das an einem Haken hinter der Tür hing, war weich und roch berauschend, hatte aber in letzter Zeit niemanden abgetrocknet. Zahnbürste und Zahnpasta standen in einem alten Becher mit abgebrochenem Griff, ebenfalls unbenutzt, auch wenn es immerhin möglich war, dass sie ein zweites Set für Reisen hatte.

Er brauchte eine Weile, um den Anrufbeantworter zu finden, der auf dem Boden hinter dem Sofa im Wohnzimmer stand. Darauf waren zwei Nachrichten von ihm, beide gestern Abend hinterlassen; eine von Alison Connell, die Emma sagte, sie sollte ihr Handy abhören und ihren Pager überprüfen. Er hörte sie sich zweimal an, wunderte sich darüber, wie scheußlich seine Stimme am Telefon klang, und versuchte zu verdrängen, dass Emma nicht zu Hause gewesen war, als er auf das Band gesprochen hatte. Eine Hupe, die draußen auf der Straße erklang, brachte ihn wieder zur Vernunft. Als er hinaussah, konnte er einen Verkehrsknoten erkennen, der sich um seinen Wagen herum bildete, den er auf einer doppelten gelben Linie abgestellt hatte. Es war Zeit, zu gehen.

Auf dem Weg zurück zur Tür bemerkte er zum ersten Mal eine Handvoll gerahmter Fotos auf einem niedrigen Regal. Auf den meisten waren Personen abgebildet, die er nicht kannte, aber da stand eins von ihm selbst, etwas dunkel, stammte wahrscheinlich aus dem Pub. Er konnte sich nicht erinnern, wann es aufgenommen worden war. Daneben stand ein professionelles Porträt von Emma selbst, ein Schulabschlussfoto.

In der Hoffnung, dass er es ihr bald zurückgeben konnte, nahm er es und ging zur Tür hinaus.

DS Ritchie polterte in den ansonsten leeren CID-Raum und ließ ihre Tasche auf einen Stuhl neben ihrem Schreibtisch fallen.

»Ich bin so schnell gekommen, wie ich konnte, Sir. Was ist – ach du Scheiße.«

McLean trat zurück, um ihr einen besseren Blick auf Emmas Abschlussfoto zu ermöglichen, das er neben Audrey Carpenter, Kate McKenzie und Trisha Lubkin gepinnt hatte. Die Tür schlug wieder auf, und DC MacBrides Rücken erschien, gefolgt vom Rest des Constable, der ein Tablett mit Kaffee und Bacon Butties trug.

»Ich habe Ihre Nachricht erhalten, Sir. Was ist so wichtig, dass es nicht warten kann – oh.« Zu seiner Ehrenrettung musste gesagt werden, dass er das Tablett nicht fallen ließ.

»Ist Grumpy Bob schon hier?«, fragte McLean, weil er nicht anfangen wollte, bevor das gesamte Team versammelt war.

»Ich hab ihn gerade vorn reinkommen sehen, er müsste jede Minute hier sein. Aber Sir – Em? Was ist los?«

»Sie wird vermisst. Sie ist gestern Abend nicht nach Hause gekommen, und sie ist nicht in den Pub gekommen, wo sie sich mit mir treffen wollte. Sie antwortet weder auf ihrem Handy noch auf dem Pager.«

»Ich will ja nicht ungläubig klingen, Sir, aber was bringt Sie auf den Gedanken, dass sie … na ja … entführt wurde?« DS Ritchie nahm sich einen der Kaffees und eines der in braunes Packpapier gewickelten Päckchen.

McLean hielt inne, unsicher, wie er fortfahren sollte. Er wollte sagen: »Letztes Mal hat er meine Verlobte entführt«, aber irgendwie hätte das für alle außer ihm nicht viel Sinn ergeben. DS MacBride würde tun, was ihm aufgetragen wurde, und Grumpy Bob arbeitete schon lange genug mit ihm zusammen, um zu wissen, wann er solche Fragen nicht stellen sollte. Allerdings hatte Ritchie völlig recht.

»Im Augenblick ist es eine Mischung aus Bauchgefühl und Mutmaßungen. Sie passt genau genug ins Profil der anderen drei Opfer, und es gibt keinen anderen offensichtlichen Grund für ihr Verschwinden. Wenn ich recht habe, dann ist das hier unsere beste Chance bisher, den Täter festzunehmen. Wenn nicht, und sie taucht in ein, zwei Stunden auf, dann stecke ich gern alle nötige Kritik ein.« Er griff nach einem Becher Kaffee und einem Bacon Buttie in dem Versuch, den Schauder zu überspielen, der ihn durchfuhr.

»Okay, was müssen wir also ausschließen? Sie waren in ihrer Wohnung, nehme ich an?«

»Ja. Und sie ist nicht bei der Arbeit – so habe ich davon erfahren, dass sie verschwunden ist. Sie könnte nach Aberdeen raufgefahren sein, nehme ich an. Wenn es in der Familie einen Notfall gegeben hat.«

»Ich rufe mal ein paar Leute an.« Ritchie wandte sich ihrem Schreibtisch zu und nahm den Hörer ab.

»Was soll ich machen, Sir?«, fragte MacBride.

»Fragen Sie hier auf dem Revier herum, ob irgendjemand sich daran erinnert, sie gesehen zu haben. Sprechen Sie mit Needy. Als ich Emma zum letzten Mal gesehen habe, hat sie gerade Beweismittel ins Lager gebracht. Wenn wir eine Zeitangabe für die entsprechenden Papiere bekommen könnten, hätten wir einen Anhaltspunkt. Vielleicht hat sie ihm sogar gesagt, wo sie danach hinwollte.«

»Needy ist krank gemeldet, Sir. Er ist gestern früh nach Hause gegangen. Anscheinend Grippe.«

»Na toll. Wer ist dann heute im Archiv?«

»PC Jones, glaube ich. Was ist mit ihrem Auto, Sir?«

McLean stutzte einen Moment. »Was soll damit sein?«

»Soll ich mit der Verkehrspolizei reden und fragen, ob sie es finden können?«

»Gut gedacht. Kennen Sie ihre Autonummer?«

»Die Spurensicherung sollte die doch haben, wenn sie Fahrtkosten geltend macht.« Er eilte an seinen Schreibtisch und fing an, zu telefonieren.

»Bist du sicher, dass du weißt, was du da tust, Chef?«

McLean drehte sich um und sah Grumpy Bob in der Tür stehen, den Blick auf das Foto gerichtet, das am Whiteboard hing.

»Nein.«

»Du weißt, was Dagwood hierzu sagen wird.«

»Darüber machen wir uns Sorgen, wenn es so weit ist, ja?«

Grumpy Bob zuckte mit den Schultern. »Du bist der Chef. Was kommt als Nächstes?«

DS Ritchie ließ den Hörer wieder auf die Gabel fallen. »Das war Emmas Mutter. Sie hat die ganze Woche lang nicht mit ihr gesprochen. Soweit sie weiß, ist nichts Ungewöhnliches passiert.«

»Okay. Also, ich glaube, dass wir eine harmlose Erklärung für Emmas Verschwinden so ziemlich ausschließen können. Hat jemand sich schon mit den Krankenhäusern in Verbindung gesetzt? Stuart, irgendwas von der Verkehrspolizei wegen des Autos?«

MacBride sprach noch am Telefon und hob die Hand, um einen Moment Ruhe zu bekommen. McLean unterdrückte den Drang zu schreien; das dauerte alles zu lang. Emma war irgendwo da draußen, und je länger es dauerte, bis sie gefunden wurde … Er wollte nicht darüber nachdenken.

»Tut mir leid, Sir. Die vom Verkehr wissen nichts darüber, dass in den letzten vierundzwanzig Stunden der Wagen in irgendeinen Unfall verwickelt war. Sie haben alle Einheiten benachrichtigt, nach ihm zu suchen. Sie rufen an, sobald sie ihn gefunden haben.«

Er hatte gerade ausgesprochen, als das Telefon auf seinem Schreibtisch klingelte. Alle Augen waren auf den jungen Detective Constable gerichtet, als er den Hörer abnahm.

»Hallo … ja … Sind Sie sicher?« Er legte auf. »Es geht um Emmas Wagen, Sir. Sie haben ihn.«

»Wo?« McLean sprang vom Schreibtisch auf, als hätte er Sprungfedern.

»Hier hinten, Sir. Auf dem Parkplatz.«

59

Der kleine blaue Peugeot stand in einer engen Parklücke zwischen zwei verbeulten Mannschaftswagen. Sein eigener Wagen stand beinah direkt gegenüber. Wie zum Teufel hatte er ihn übersehen können, als er vorhin angekommen war?

McLean sah durchs Fenster, rieb angesammeltes Salz und anderen unidentifizierbaren Dreck weg, um besser sehen zu können. Auf der anderen Seite des Fahrzeugs versuchte es Ritchie mit dem Türgriff.

»Nicht abgeschlossen, Sir«, sagte sie, als die Tür aufsprang.

Innen war es genauso unordentlich wie das letzte Mal, als er mitgefahren war. McLean atmete den vertrauten, feuchten Geruch des Teppichbodens ein und warf einen Blick auf den Rücksitz. Da lag eine von der Spurensicherung ausgegebene Fleecejacke, ein Paar schwere Wanderstiefel und ein zerfledderter alter Karton, gefüllt mit Latexhandschuhen, leeren Batterien und anderen Überbleibseln ihrer Arbeit. Der Fußraum war die Ablage für leere Einwickelpapiere von Süßigkeiten und Keksschachteln, ein Ort, an den Unerwünschtes zum Sterben hinkroch.

Er ließ den Fahrersitz wieder in seine Position zurückfallen. Dabei bemerkte er, dass die Schlüssel noch im Anlasser steckten. Hausschlüssel schaukelten am Ring, zusammen mit einem abgenutzten Gummizwerg, der einen winzigen Schopf aus schreiend rosafarbenem Synthetik-Haar hatte. Er zog sie heraus, ging hinten um das Auto herum und schloss den Kofferraum auf. Darin befand sich eine Sammlung aus Mänteln und Overalls, die an beide Seiten gedrückt waren, wodurch ein

Platz frei geworden war, der dieselbe Größe hatte wie die Kiste, die er Emma am Vortag hatte schleppen sehen. In der Mitte stand eine weiche, zerdrückte, lederne Handtasche.

»Anscheinend hatte sie nicht vor, lang wegzubleiben«, sagte Ritchie, als sie die Tasche hochhob. McLean verspürte einen Augenblick irrationaler Eifersucht und zerstreute ihn mit einem schnellen Kopfschütteln.

»Wo zum Teufel ist sie dann hingegangen? Zum Mittagessen?«

»Ihre Geldbörse ist noch hier.« Ritchie wühlte in der Tasche herum. »Ihr Pager auch, und das Handy.« Sie drückte ein paar Tasten und sah auf den Bildschirm. »Sie haben eine Menge Nachrichten hinterlassen.«

McLean ignorierte den Kommentar und schaute sich auf der Suche nach einer Eingebung auf dem Parkplatz um. Über drei Seiten ragte die Rückseite des Polizeigebäudes düster auf, die vierte war durch eine hohe Steinmauer vor dem Rest der Welt geschützt. Überwachungskameras überblickten den gesamten Bereich, außerdem Fenster, hinter denen sich Büros befanden, in denen den ganzen Tag lang Polizisten saßen. Während er so dastand, kamen ein paar Autos, und ein weiteres fuhr auf Streife hinaus. Fast alle Parkplätze waren besetzt, sein altertümlicher Alfa sah klein und schwach neben einem BMW-Geländewagen aus, der ihm anzeigte, dass der DCC wieder da war. Die einzigen halbwegs geräumigen Parkplätze gab es in dem gelb schraffierten Bereich vor der Werkstatt und vor der schmalen Rampe, die zu den Lagerräumen im Untergeschoss führten.

»Kommen Sie mit«, sagte McLean und marschierte auf die Hintertür zu.

»Was soll ich hiermit machen, Sir?« Ritchie hielt die Tasche hoch, und McLean bemerkte, dass er die Autoschlüssel noch in der Hand hielt. Er warf sie ihr zu.

»Verstauen Sie sie wieder im Kofferraum, und schließen Sie ab«, sagte er und wartete ungeduldig, bis sie fertig war.

»Wohin gehen wir jetzt?«, fragte sie, als McLean zur Tür zurückeilte, aber er war bereits am Telefon.

»MacBride? Holen Sie die Überwachungsfilme für den Parkplatz. Von neun Uhr morgens gestern bis zur selben Zeit heute. Ich will wissen, wer in der Nähe von Emmas Auto war. Es steht auf Parkplatz Nummer dreiundzwanzig, neben der Rampe. Und sagen Sie Grumpy Bob, er soll Needy anrufen, bitte. Ich weiß, er ist krankgeschrieben, aber er ist der Letzte, der sie gesehen hat. Vielleicht hat sie ihm gesagt, wo sie als Nächstes hinwollte.«

Er legte auf, als sie aus dem kalten, trockenen Tag ins warme, feuchte Innere traten, Ritchie noch immer einen Schritt hinter ihm.

»Kommen Sie schon, Sergeant, bewegen Sie sich«, sagte McLean. »Keine Zeit verschwenden.« Er eilte die Treppe ins Untergeschoss hinunter.

Das Asservatenlager war nicht dasselbe, wenn Sergeant Needhams fröhliches Gesicht einen nicht willkommen hieß. An seiner Stelle hielt PC Jones die Stellung, und er machte den Eindruck, als kämpfte er gerade mit dem Computersystem. Er sah auf, als McLean und Ritchie sich näherten, und Besorgnis stand groß auf seinem breiten, jungen Gesicht geschrieben.

»Sir, Ma'am.« Er sprang hinter dem Tresen auf die Füße wie ein Stehaufmännchen. McLean rechnete fast damit, dass er gleich salutierte.

»Sie heißen Tim, oder?«, fragte McLean in dem Versuch, den Constable etwas zu entspannen.

»Terence, Sir.«

»Entschuldigung, Terence. Wie kommen Sie hier klar? Ich habe gehört, Needy ist heute krankgeschrieben.«

»Geht schon, Sir. Es ist nur ein bisschen verwirrend, Sir. Sergeant Needham hat ein einzigartiges Ablagesystem, Sir.«

McLean versuchte ein Lächeln, obwohl die Anstrengung mit jeder neuen Hürde noch größer wurde. »Gestern Morgen wurde Beweismaterial gebracht, so gegen zehn. Von Emma Baird, der Kriminaltechnikerin.«

»Das kann ich nachsehen, Sir. Aber irgendetwas stimmt nicht mit dem System.«

»Darf ich mal?« Ritchie zeigte auf den Computerbildschirm. PC Jones machte ein etwas besorgtes Gesicht, nickte dann aber. Ritchie setzte sich auf einen leeren Stuhl und war bald dabei, auf die Tasten zu tippen.

»Haben Sie Needy … Sergeant Needham gestern gesehen, Terence?«, fragte McLean, zum Teil auch, um den Constable von dem abzulenken, was Ritchie tat. Im Grunde dürfte keiner von beiden an diesen Computer, ohne etwas Schriftliches darüber zu hinterlassen. Beweismaterial zu kontaminieren konnte eine Verurteilung gefährden, mehrere Fälle versauen, einschließlich seines eigenen. McLean steckte schuldbewusst die Hand in die Jackentasche und fühlte den zusammengefalteten Stoffstreifen immer noch dort stecken.

»Nein, Sir. Er war schon weg, als ich kam.«

»Um wie viel Uhr war das?«

»Ungefähr um zwölf, Sir. Ich hatte den Vormittag frei, Sir.«

»Hier ist es«, sagte Ritchie kurz darauf. »Beweismaterial zum Fall McMurdo. Wurde um zehn nach zehn gestern Morgen eingetragen. Emma Baird hat es übergeben.«

»Es sollte auch einen Eintrag auf Papier geben.« McLean wandte sich wieder an den Constable. »Wird das alles immer noch in den Aktenschränken aufbewahrt?«

»Ich … Ja, Sir. Möchten Sie es sehen, Sir?«

»Bitte.«

Constable Jones nahm einen großen Schlüsselbund vom

Schreibtisch und ging zu einem der Aktenschränke hinüber, die an der Wand aufgereiht standen. Er kam dann bald mit ein paar Blättern zurück, die ordentlich zusammengeheftet waren. Das oberste war ein Formular mit dem Aktenzeichen des Falls und verschiedenen anderen Einzelheiten, die eingetragen waren, Emmas krakelige Unterschrift darunter neben Needys etwas förmlicherer. Die anderen Blätter waren eine Aufstellung dessen, was sich in dem Karton befunden hatte. Genau wie die Papiere, die Andersons Habseligkeiten begleitet hatten, aber es bewies eines: Emma war nach zehn hier gewesen. Er sah auf die Uhr, vor vierundzwanzig Stunden. Wo also war sie danach hingegangen?

Das Erste, was McLean bemerkte, als sie ein paar Minuten später in das CID-Großraumbüro kamen, war, dass Emmas Foto vom Whiteboard verschwunden war. Grumpy Bob saß an seinem Schreibtisch und tat sein Bestes, beschäftigt auszusehen. Er sah auf, als McLean durch die Tür kam, und seine Augen zuckten zur Seite. Zu spät merkte McLean, was los war.

»Was wird hier eigentlich gespielt, McLean?«

Dagwood hatte sich hinter der Tür versteckt. Zumindest schien es so. Er hielt Emmas Foto in einer Hand und schlug mit der anderen darauf, als wäre es ein ungezogenes Kind, das diszipliniert werden musste.

»Ich führe meine Ermittlung, Sir. Was dachten Sie denn?«

»Ich meine, dass Sie die Hälfte der Polizeitruppe dafür benutzen, nach Ihrer Freundin zu suchen, so wie's aussieht. Und das, wo Sie mir eigentlich eine Einweisung geben sollten, damit ich diesen Fall übernehmen kann. Sie haben mir bisher nicht mal den Bericht geliefert, der gestern auf meinem Schreibtisch liegen sollte.«

Aus dem Augenwinkel sah McLean DS Ritchie zu ihrem Schreibtisch schleichen und sich in ihren Computer einloggen.

Er konnte es ihr nicht verübeln. Das Letzte, was sie brauchte, war, in einen Streit zwischen ihren beiden Vorgesetzten hineingezogen zu werden. Schon wieder.

»Es ist etwas passiert«, sagte er. »Eine neue Entwicklung.«

»Ja, das habe ich gehört. Sie haben sich mit Ihrer niedlichen kleinen Spurensicherungsbeamtin gestritten, und jetzt redet sie nicht mehr mit Ihnen. Meinen Sie nicht, dass es ein bisschen übertrieben ist, deshalb gleich eine komplette Fahndung auszulösen?«

Wie hatte der es nur zum Chief Inspector geschafft? Nein, wie war der überhaupt zur Kriminalpolizei gekommen?

»Wir haben einen Serienmörder da draußen, Sir. Er hat bereits drei Frauen entführt. Jetzt wird eine vierte vermisst. Niemand weiß, wo sie ist. Ihr Wagen, ihre Handtasche, ihre Hausschlüssel: Alles ist auf dem Parkplatz. Für mich hört sich das sehr danach an, als wäre sie, ach, ich weiß nicht … entführt worden? Vergessen Sie, dass es sich um eine Spurensicherungsbeamtin handelt oder dass ich sie kenne. Sie wird seit weniger als einem Tag vermisst. Wenn wir rekonstruieren können, wo sie zuletzt war, dann könnten wir vielleicht den kranken Schweinehund festnehmen, der sie sich geschnappt hat.« Und ihr Leben retten.

»Das ist doch Unsinn, McLean.« Duguid schüttelte das Foto. »Sie haben keine Beweise dafür, dass sie entführt wurde. Das sind alles nur Annahmen. Es gibt so etwas wie angemessenes Vorgehen …«

»Sir … äh, Sirs?«, sagte DS Ritchie. »Hier ist was, das Sie sich ansehen sollten.«

Dagwood wandte sich der unglückseligen Kollegin zu. »Was ist, Sergeant? Sehen Sie nicht, dass wir beschäftigt sind?«

»Ah … Nun … Es ist ja nur, dass ich ein paar Hintergrundüberprüfungen von Anderson durchgeführt habe. Für DI McLean. Und ich habe gerade eine Liste von Besuchern erhalten, die er empfangen hat, während er in Peterhead einsaß.«

»Und was tut das zur Sache?«, fragte Dagwood.

»Na ja, es ist nur, dass es darauf einen Namen gibt, den ich eigentlich nicht erwartet hätte. Er hat Anderson in den letzten eineinhalb Jahren ungefähr einmal im Monat besucht.«

»Wer?« McLean blickte auf den teilweise verdeckten Computerbildschirm.

»Sergeant John Needham, Sir.«

»Needy?« Dagwood spottete wie ein Professor, der mit einer völlig neuen Idee konfrontiert wird. »Sie sind noch nicht lange hier, Kleines, sonst wüssten Sie, was für eine dumme Andeutung Sie da machen. Sergeant Needham hat zu dem Team gehört, das Anderson seiner gerechten Strafe zugeführt hat. Er ist seit Jahrzehnten ein treues Mitglied dieser Polizeitruppe. Sein Vater und sein Großvater waren beide Polizisten. Sie wollen doch nicht wirklich andeuten, dass er unser neuer Christmas Killer ist, oder?«

»Ich wollte nur darauf hinweisen, dass …« begann Ritchie, aber Dagwood hörte nicht mehr zu.

»Es ist gut, dass der DCC mich gebeten hat, den Fall zu übernehmen. Diese gesamte Ermittlung ist ein einziges Affentheater. McLean, ich will die komplette Einweisung in einer Stunde, und dann können Sie und Ihr Team damit weitermachen, die ganzen alten Anderson-Fälle zu überprüfen.«

McLeans Telefon hielt ihn davon ab, seinen Vorgesetzten zu schlagen. Es klingelte in seiner Tasche, und den DCI zu ignorieren und stattdessen ans Handy zu gehen war fast genauso gut.

»McLean?«

»Ähm, MacBride hier, Sir. Ich bin diese Filme durchgegangen, wie Sie mich gebeten haben. Ich glaube, wir könnten was haben.«

McLean beendete den Anruf und ließ das Telefon wieder in seine Tasche fallen. »Bob, Ritchie, kommen Sie mit.« Bevor er sich in Bewegung setzen konnte, packte Dagwood ihn am Arm.

»Was glauben Sie verdammt noch mal, wo Sie hingehen? Einweisung in einer Stunde, verstanden?«

McLean schüttelte Dagwoods Griff ab. »Ach, verpissen Sie sich doch, Sie aufgeblasenes altes Arschloch«, sagte er und stürmte zur Tür hinaus.

Grumpy Bob gab sich große Mühe, nicht zu lachen, als sie den Flur hinauf zum Videoraum gingen und Dagwood mit offenem Mund allein im Einsatzraum stehen ließen. »Ob das klug war, Chef? Ich meine, es war genial, das ja. Aber er wird einen Mordsärger machen.«

»Weißt du was, Bob? Das ist mir wirklich scheißegal. Wenn sie wollen, können sie mich rausschmeißen. Dann muss ich wenigstens nicht mehr mit Idioten wie dem zusammenarbeiten.« McLean bemerkte das Handy, das der Sergeant in der Hand hielt. »Apropos: Hast du Needy erreicht?«

»Keine Antwort, aber er könnte auch einkaufen gegangen sein.«

Oder dabei sein, Emma Baird zu vergewaltigen. Das sagte Bob nicht, aber sein Gesichtsausdruck reichte. Sie waren an ihrem Ziel angekommen und zwängten sich ohne ein weiteres Wort in den verdunkelten Vorführraum.

»Sehen Sie hier.« DC MacBride fummelte an der Schalttafel herum, und ein Bild erschien auf dem Bildschirm. »Das hier ist der Parkplatz gestern Morgen. Es gibt zwei Kameras, aber diese hier zeigt uns den besseren Winkel.«

McLean blinzelte auf das grobkörnige Bild und sah zu, wie ein blauer Peugeot in ruckeligen Sprüngen in eine Parklücke hineinfuhr. Eine kleine, kurzhaarige Gestalt stieg aus, öffnete den Kofferraum, holte einen großen Karton heraus, warf etwas hinein, schloss ihn wieder und ging zur Hintertür des Polizeigebäudes, wobei sie kurz darauf aus dem Blickfeld der Kamera verschwand.

»Ich bin die Bänder von den nächsten zwölf Stunden durchgegangen. Zugegeben, ziemlich schnell, aber es gibt keinerlei Anzeichen dafür, dass sie zurückgekommen ist.«

»So viel wussten wir bereits, Stuart. Warum haben Sie mich hergeholt?«

»Ah, nun.« Der Detective Sergeant drückte einen weiteren Knopf, und das Bild veränderte seinen Blickwinkel. Jetzt zeigte die Kamera die Rampe, die in den Ladebereich des Untergeschosses neben dem Asservatenlager hinunterführte. Es war zu dunkel, um zu sehen, ob die stählernen Schiebetüren offen oder geschlossen waren, aber nach einem Moment fuhr ein großer Kombi rückwärts die Rampe hinunter und verschwand. Ein paar Minuten später kam er zurück und fuhr davon. McLean sah auf die Uhrzeit auf dem Video. Halb elf Uhr morgens.

»Das ist Needys Wagen, oder?«

»Da ist noch mehr, Sir«, sagte MacBride. »Ich habe herumgefragt, ob ihn gestern jemand gesehen hat. Niemand hat mit ihm gesprochen, aber Gladys, die Dame aus der Kantine, sagte, sie hätte ihn gleich frühmorgens gesehen, als sie die Vorräte für den Tag hereinholte.«

»Nun, wir wissen, dass er hier war. Das ist sein Wagen.« McLean zeigte auf den Bildschirm.

MacBride drückte auf einen weiteren Knopf an der Konsole, und das Bild änderte sich wieder. Diesmal zeigte es jemanden, der bei demselben Kombi stand, den sie eben gesehen hatten. Er zoomte auf das Gesicht, und obwohl die Auflösung schlecht war, war leicht zu erkennen, dass damit etwas ganz und gar nicht stimmte.

»Aye, aber wir dachten alle, er hätte die Grippe. Nicht eine gebrochene Nase und zwei Veilchen, die ihn aussehen lassen wie einen Pandabären.«

60

Glauben Sie wirklich, dass Needy unser Mann ist?«

DS Ritchie saß neben McLean, während sie nach Süden in Richtung der Umgehungsstraße aus der Stadt hinausfuhren. Die Sonne, die schon tief über den Pentland Hills stand, erschwerte die Sicht erheblich, und der beginnende Berufsverkehr machte es auch nicht leichter. Es kam ihm vor, als wären nur ein paar Stunden vergangen, seit er heute Morgen in der kerzenbeleuchteten Kirche mit Father Anton gesprochen hatte, und jetzt brach bereits die Nacht herein. McLean wünschte sich, schneller fahren zu können, obwohl ihm gleichzeitig bewusst war, dass größere Eile am Ende weniger Geschwindigkeit bedeutete.

»Verdammt, ich hasse es, zuzugeben, dass Hilton recht haben könnte, aber im Augenblick deutet alles auf Needham.« McLean ignorierte das verärgerte Hupen, als er eine Mutter, die gemütlich ihre Kinder von der Schule abholte, links überholte. Er nahm eine Hand vom Lenkrad und begann, die Punkte aufzuzählen. »Er ist ein Einzelgänger, der sein ganzes Leben lang von seinem Vater dominiert wurde. Er fault jetzt schon seit Jahren da unten im Asservatenlager vor sich hin und ist wer weiß wie viele Male bei der Beförderung übergangen worden. Er könnte inzwischen DCI sein, wenn nicht ein randalierender Hooligan eine zerbrochene Flasche in seinem Bein versenkt hätte. Er war länger als jeder andere im Christmas Killer-Team. Und er hatte natürlich Zugang zu den Schlüsseln für Andersons Laden.«

Ritchie hielt sich am Armaturenbrett fest, um das Gleichgewicht zu halten, als das Auto sich in einem Kreisverkehr beängstigend weit in die Kurve legte. »Passen Sie auf, Sir!«

McLean trat auf die Bremse, als ihn ein Taxi schnitt, um am Straßenrand zu halten, wo es einen älteren Herrn ablud. McLean wünschte sich, er hätte einen Streifenwagen auftreiben können oder wenigstens eines der Zivilfahrzeuge des CID. Die hatten alle Sirenen und verstecktes Blaulicht, die ihm in kürzester Zeit freie Bahn hätten verschaffen können. Aber wie üblich waren sie alle entweder in Benutzung oder kaputt, was ihm die Wahl zwischen seinem Alfa oder Emmas Peugeot gelassen hatte. Und Letzteren hatten sie lieber stehen gelassen, damit die Spurensicherung ihn untersuchen konnte.

Er schaltete in den zweiten Gang hinunter, und der italienische Motor heulte eine viel bessere Erklärung, als er sie je hätte liefern können, während er an dem Taxi vorbeiröhrte. Die Straße vor ihm war kurz frei, und er konzentrierte sich darauf, so schnell zu fahren, wie er konnte, ohne sich und andere zu gefährden.

»Ich hoffe, Stuart hat es geschafft, sich mit der Verkehrspolizei in Verbindung zu setzen. Es wäre sehr unangenehm, wenn Sie angehalten würden.«

»Hier stehen überall Blitzer«, sagte McLean. »Und ehrlich gesagt, ist es mir im Augenblick völlig egal, ob wir ein paar davon auslösen. Verdammt!«

Der Verkehr staute sich vor der Kaimes Junction, und er musste wieder abbremsen.

Ritchie lachte. »Sie hören sich an wie Grumpy Bob, wissen Sie.«

McLean antwortete nicht, und ihr Lächeln erlosch bald. »Wir werden sie finden. Es wird alles gut«, fügte sie hinzu.

»Kannten Sie sie, in Aberdeen?« McLean wusste nicht, ob er über Emma sprechen wollte, aber alles war besser, als auf die grellen Bremslichter von tausend unbeweglichen Autos zu starren. »Läge ich richtig, wenn ich vermuten würde, dass da irgendwas war?«

Ritchie rutschte auf ihrem Sitz hin und her. Man hätte fast sagen können, sie wand sich.

»Wir haben uns bei ein paar Fällen getroffen, Sir.«

»Und das ist alles? Warum werden Sie dann jedes Mal so steif und formell, wenn das Gespräch auf sie kommt? Oder genauer gesagt, was hat sie gegen Sie?«

Ritchie sagte eine Weile lang nichts, starrte nur vor sich hin, als würde auch sie versuchen, den Verkehr durch pure Willenskraft zum Verschwinden zu bringen. Als sie endlich sprach, hatte sie einen merkwürdig förmlichen Tonfall.

»Es könnte ein kleines Missverständnis gegeben haben. Über einen bestimmten Detective Constable.«

»Aha.«

»Wie sich herausstellte, verdiente er keinerlei Aufmerksamkeit, von keiner von uns. Der kleine Mistkerl ist jetzt DI und zur Met runter versetzt worden. Und um da so schnell hinzukommen, hat er auf alle anderen geschissen.«

»Dann ist er also schon länger weg. Warum streiten Sie beide sich immer noch um ihn?«

Ritchie antwortete nicht, und McLean blieb seinen Gedanken überlassen, während die Autoschlange sich langsam wieder in Bewegung setzte. Der Verkehr kroch langsam über das kurze Stück auf dem zweispurigen Zubringer an Burdiehouse vorbei und unter der Umgehungsstraße hindurch und löste sich schließlich auf, als McLean die Abzweigung nach Loanhead nahm. Wie lange war es her, dass er mit DC Robertson diesen Weg gefahren war? Es kam ihm vor wie Jahre.

Die Büros von Randolph Developments waren hell erleuchtet, als sie an dem Gelände vorbeifuhren. Die alten steinernen Fabrikgebäude waren von Maschinen umgeben, aber die meisten Mietcontainer waren weggeschafft worden. McLean erinnerte sich an die Modelle, die William Randolph ihm gezeigt hatte, seine Pläne für die Erneuerung der Stadt und ihrer Vororte. Zweifellos war man dabei, auch diesen Ort hier in eine weitere Luxuswohnerlebnislandschaft zu verwandeln.

»Können Sie bitte MacBride anrufen?«, sagte McLean, als ihm ein merkwürdiger Gedanke durch den Kopf ging.

Ritchie klappte ihr Handy auf. »Was wollen Sie ihn fragen?«

»Hat er es je geschafft, mit diesem Professor an der Universität zu sprechen?«

Die Nachricht wurde weitergegeben, und er erhielt eine Antwort: »Ja.«

»Dann fragen Sie ihn, ob der alte …« – McLean blinzelte im Dämmerlicht der Straßenbeleuchtung auf den Namen, der über dem Haupteingang der Fabrik in Stein gemeißelt war – »… Standort von McMerry Ironworks jemals mit der Zunft in Verbindung stand.«

Ritchie leitete die Information nochmals weiter, bevor sie eine eigene Frage stellte. »Zunft?«, formte sie mit den Lippen, wobei sie mit der Hand das Mikrofon des Handys überdeckte. McLean schaffte es nicht mehr, etwas zu erklären, bevor MacBrides Antwort zurückkam.

»Er sagt, er weiß es nicht, kann es aber rausfinden.«

Ritchie beendete das Gespräch und steckte ihr Telefon ein.

»Worum geht es hier?«, fragte sie.

»Nur noch eine weitere Vermutung«, sagte McLean. »Ist heute mein Tag dafür.«

»Ziemlich schönes Haus für jemanden mit dem Gehalt eines Sergeants.« DS Ritchie blickte, während der Alfa über den Kies der langen Einfahrt knirschte, zu der imponierenden Größe von Needys Haus hinauf, das in einem Historienschinken nicht fehl am Platz gewesen wäre.

»Es ist schon lange in der Familie. Die Needhams haben die Eisenhütte hier hinten gebaut.« McLean zeigte auf den hinteren Teil des Gebäudes, wo eine steile Böschung anstieg und die steinerne Masse der alten Fabrik durch die skelettartige Reihe der winterlichen Bäume gerade noch zu sehen war. »Wir sind alle ab und zu hier rausgegangen. Als wir am Fall des Christmas Killers gearbeitet haben. Seitdem scheint es ein bisschen heruntergekommen zu sein.«

Aus der Nähe konnte McLean sehen, dass der graugrüne Verputz an den Mauern an manchen Stellen rissig war und dass die Schiebefenster dringend einen Anstrich benötigten. Efeu rankte dick eine Giebelmauer hinauf und war kurz davor, den Schornstein zu erwürgen und auf das Garagendach hinunterzustürzen. Er parkte den Alfa in sicherer Entfernung, nur für den Fall.

Die Haustür war abgeschlossen, aber das war keine Überraschung. Die Fenster reflektierten die tiefstehende Sonne, und dahinter verhinderten Rollos jeglichen Blick in die Zimmer. McLean wollte auf die verzierte Porzellanklingel drücken, zögerte dann aber.

»Sehen wir uns erst ein bisschen um, ja?«

Der Kiesweg führte um den hinteren Teil des Hauses herum, unter einem gemauerten Bogen hindurch, der ihn mit dem Garagenblock verband. Nicht so sehr geparkt, eher davor stehen gelassen, stand da der schmuddelige, ehemals grüne Jaguar-Kombi mit dem Heck zur Hintertür. Als er aufblickte, konnte McLean auch auf dieser Seite des Hauses kein Licht in den Fenstern erkennen. Fensterläden versperrten den Blick auf alles im Erdgeschoss außer auf die hintere Halle und die Küche, die beide leer waren. Er versuchte es an der Hintertür, aber sie war verriegelt.

»Das Auto ist schon seit einer Weile nirgendwo hingefahren.« DS Ritchie hatte die Hand auf die Motorhaube gelegt.

Sie nahm sie weg und versuchte es mit dem Griff der Autotür. »Auch abgeschlossen.«

Die Garagen, umgebaute Kutschenhäuser, waren ebenfalls fest verschlossen. Das war eigentlich nicht überraschend, wo das Haus so nah an Loanhead stand. Ein Ort wie dieser könnte leicht zum Anziehungspunkt für all die unzufriedenen arbeitslosen Jugendlichen werden, die in den Sozialbauten weiter unten am Roslin Glen wohnten. Von der Masse des Eisenwerks überschattet, bettelte das Anwesen beinahe darum, ausgeraubt und verwüstet zu werden.

»Sieht aus, als wäre hier etwas entlanggeschleift worden, Sir.« DS Ritchie bückte sich neben der Heckklappe von Needys Wagen herab und blickte angestrengt auf den Kies.

McLean trat zu ihr. »Wo denn?«

»Sehen Sie, hier.« Sie zeigte auf eine flache Kuhle im Kies. »Sieht aus, als wäre etwas Schweres aus dem Kofferraum geworfen und dann in diese Richtung weggeschleift worden.«

McLean ließ die Hand leicht über die Oberfläche gleiten und spürte die rauen Umrisse zweier paralleler Spuren. Zwei Schuhabsätze, die einen Weg zu Needys Hintertür gegraben hatten.

Er richtete sich auf, zog sein Telefon heraus und drückte auf die Schnellwahltaste, während er den Spuren zur Hintertür folgte. DS MacBride antwortete nach dem zweiten Klingeln.

»Ich brauche einen Durchsuchungsbefehl für Needys Haus«, sagte McLean, bevor der Constable mehr sagen konnte als seinen Namen. »Und wir müssen ihn finden.«

»Bin schon dabei, Sir«, sagte MacBride. »Oh, und übrigens hatten Sie recht.«

»Hatte ich? Womit?«

»Die McMerry Ironworks, Sir. Sie steht auf einem alten Standort der Guild of Strangers. Auf ihrem ersten noch dazu. Da hatten sie sich niedergelassen, nachdem sie am Beginn des sechzehnten Jahrhunderts von den Kaufmannszünften aus der Stadt gejagt worden waren.«

»Gut, Constable. Sie können mir die Geschichtslektion geben, wenn wir Emma gefunden haben. Besorgen Sie mir nur diesen Durchsuchungsbefehl. Und dann kommen Sie so schnell wie möglich hierher.«

Zu warten, dass etwas geschah, war noch nie McLeans Sache gewesen. Er trat von einem Fuß auf den anderen, lugte durch das Fenster von Needys Küche, versuchte es noch einmal an der verschlossenen Tür, nur um sicherzugehen, dann sah er sich nach einem Anzeichen für einen Zweitschlüssel um.

Ritchie kam zu ihm. »Wissen Sie, ich könnte schwören, dass ich gerade jemanden ›Hilfe‹ habe rufen hören.«

»Was?« McLean sah sie an, während er an der Hintertür stand.

»Da ist es wieder.«

Stille erfüllte die Luft, unterstrichen vom entfernten Rauschen der Umgehungsstraße, dem Jaulen eines Flugzeugs.

»Wissen Sie, Sergeant, ich glaube, Sie haben recht. Das hört sich sehr danach an, als bräuchte jemand dringend Hilfe.« McLean steckte die Hand zum Schutz in den Ärmel, hob einen faustgroßen Stein auf, der in der Nähe der Hintertür lag, und benutzte ihn, um eine der kleinen Scheiben einzuschlagen. Der Schlüssel steckte innen, und er griff vorsichtig hinein und schloss die Tür auf.

»Mein Gott! Was ist das denn für ein Geruch?« Ritchie krauste die Nase, als sie in die hintere Halle trat. McLean schnüffelte und wünschte sich dann, er hätte es nicht getan. Eine Mischung aus verrottendem Müll und offenem Gully attackierte seine Sinne. Er drückte gegen die Tür, die zur Küche führte, wobei er nur oberflächlich atmete, und trat ein.

Die Luft hier war etwas besser, aber immer noch nicht angenehm. Der stärkste Geruch wehte aus dem großen doppelten Spülbecken herüber, das bis zum Überlaufen mit ungewaschenen Töpfen und Geschirr gefüllt war. Der Tisch war mit Abfall übersät: leere Pizzaschachteln, Kartons von chinesischem Essen zum Mitnehmen, Bierdosen und Schokoladenpapiere. Eine Schüssel mitten auf dem Tisch enthielt mehrere Stücke grünes, faseriges Obst. Es war ein krasser Kontrast zu der makellosen Sauberkeit von Needys Büro auf dem Revier.

»Das habe ich nicht erwartet«, sagte Ritchie. McLean konnte ihr nur zustimmen.

Sie arbeiteten sich schnell und leise durch die Räume im Erdgeschoss. Die meisten sahen aus, als wären sie seit Jahren nicht benutzt worden, die Läden waren verschlossen gegen das Licht und zum langsamen Verrotten verurteilt. Flecken an der Wand zeigten, wo die Bilder, an die sich McLean von früheren Besuchen erinnerte, verschwunden waren, und es gab viel zu wenig Möbel. Der Geruch aus der Küche verebbte, je weiter sie ins Haus hineingingen, um dann von dem unverkennbaren Geruch von Schimmel abgelöst zu werden. Als er im großen Wohnzimmer vorn im Haus das Licht anschaltete, sah McLean schwarzen Schimmel vom verzierten Stuckfries die Wände hinunterkriechen, braune, kreisförmige Flecken an der Decke und pudrige, abblätternde Farbe.

Oben war es, falls das überhaupt möglich war, noch schlimmer als im Erdgeschoss. Das Dach musste offensichtlich dringend repariert werden. An manchen Stellen war die Decke eingebrochen, sodass vom Dachboden darüber nur noch nackte Dachbalken und Tageslicht zu sehen waren. Das ganze Haus sah so vernachlässigt aus, als hätte seit Jahren niemand mehr hier gelebt. Und doch hatte der Schlüssel innen im Schloss gesteckt. Needys Auto stand hinten. Der Mann selbst musste irgendwo hier sein.

Es war Ritchie, die die Dachbodenkammern fand, versteckt

hinten unter den Dachvorsprüngen. Die halbversteckte Treppe war schmal und aus rohem Holz gezimmert, so gebaut, dass die Dienstboten ihre Zimmer erreichen konnten, ohne die Herrschaft zu stören. Die meisten Zimmer waren leer und voller Schimmel- und Wasserflecken. In einem waren alte Koffer gestapelt, die mit Staub und Spinnweben bedeckt waren. Und in einem hatte Needy seiner Besessenheit gefrönt.

Ein alter Schreibtisch stand auf einem Sockel vor dem kleinen Mansardenfenster, mit Blick auf die mit Bäumen bestandene Böschung und die Stahlhütte hinaus. Er war mit Zeitungsausschnitten übersät, mit Spiralblöcken, die in ordentlicher Handschrift vollgeschrieben waren, mit losem Papier, bedeckt mit hastigem Geschmiere und verrückten Kritzeleien. Eine abgegriffene Ausgabe von Jo Dalgliesh's Buch lag halb begraben unter einem Stapel von Polizeiakten, und mehrere Kartons aus den Archiven standen in einer Ecke aufgestapelt. Aber es waren die Wände, die McLean einen Schauer über den Rücken jagten.

Needham hatte Fotos von Anderson vergrößert: beim Prozess, in seinem Laden, sogar die Verbrecherfotos von der Verhaftung. Und es gab noch andere Fotografien: die Opfer, an jede verfügbare Oberfläche gepinnt, in einer verstörenden Parodie des Whiteboards im Einsatzraum der Kripo. Darauf klebten Klebezettel, und größere Blätter, die mit kryptischen Notizen vollgekritzelt waren, waren mit gelbem Klebeband darauf befestigt. »Wie wählt er sie aus?« – »Warum unter einer Brücke?« – »Wo ist das Buch?« und mindestens zwanzig, die einfach nur fragten: »Warum?«

»Wie lang macht er das schon?«, fragte Ritchie. McLean durchwühlte den Schreibtisch und hob aufs Geratewohl ein Notizbuch hoch. Needhams Handschrift war schwer zu entziffern, aber die erste Seite war vor über zwei Jahren datiert.

»Schon lange.« Er legte das Buch weg und hob etwas auf,

das wie ein Brief aussah. Der vertraute Briefkopf von Carstairs Weddell fiel ihm ins Auge.

»Was haben Sie da, Sir?« Ritchie reckte den Hals, um besser sehen zu können. Sie stand so nah, dass er einen leichten Hauch ihres Parfums erhaschte.

»Das ist ein Brief, der die Erbschaftssteuer auflistet, die für den Besitz von Needys Vater anfällt. Für dieses Haus hauptsächlich. Scheint, als schuldete er dem Fiskus fast eine Million.«

Ritchie stieß einen explosiven Atemzug aus. »Mann, das würde mich wahnsinnig machen.«

»Oh, ich glaube, das hat den Absturz nur beschleunigt.« McLean ließ den Brief wieder auf den Schreibtisch fallen und sah sich noch einmal im Raum um. »Needy ist schon vor langer Zeit durchgedreht. Wir haben es nur nie bemerkt.«

61

Zurück im Erdgeschoss, sah sich McLean in der geräumigen Eingangshalle um und versuchte, sich daran zu erinnern, wie das große Haus gewesen war, als er vor über zehn Jahren zum letzten Mal hier gewesen war. Er war sich ziemlich sicher, dass sie alle Zimmer durchgegangen waren, aber ein so altes und so großes Haus musste einen Keller haben. Keine der bisherigen Türen hatte zu einer Treppe geführt, und im Halbdunkel der verschlossenen Eingangshalle war es beinah unmöglich, irgendein Detail auszumachen.

»Haben Sie eine Taschenlampe, Sergeant?«

Eine kurze Pause, dann ein Lichtstrahl als Antwort. Ritchie gab sie ihm, und er ließ den Lichtkegel über die Fläche unter der Treppe wandern, die in noch mehr schwere Verkleidung gepackt war. Dann sah er die gedrechselte Türklinke und das gut verborgene Schlüsselloch. Die Tür öffnete sich ins Dunkel, aber als er aufmerksam hineinspähte, konnte er ein schwaches Leuchten am Ende einer kurzen Steintreppe erkennen. Irgendwo da unten brannte Licht.

»Meinen Sie nicht, wir sollten auf die Verstärkung warten, Sir?«, fragte Ritchie.

»Wahrscheinlich.« Er fing an, die Treppe hinunterzugehen. Sie führte ihn zu einem gewölbeartigen Gang, der ungefähr zwei Meter breit war und die gesamte Länge des Hauses entlangzuführen schien. Er schaltete die Taschenlampe aus, und als seine Augen sich an das Leuchten gewöhnt hatten, das vom anderen Ende kam, war Ritchie bereits bei ihm. Sie wollte etwas sagen, aber er legte einen Finger auf die Lippen.

Er versuchte angestrengt, irgendetwas zu hören, aber da war nichts.

Sie schlichen den Gang entlang, an ein paar verschlossenen Türen vorbei, bis sie schließlich ans Ende kamen und zur Quelle des Lichts. Weitere Stufen führten weiter hinunter, und am Boden stand eine breite Holzluke halb offen. Das Licht dahinter flackerte und spiegelte sich in einem Boden aus polierten Steinplatten.

Die Temperatur schien anzusteigen, während er langsam die Stufen hinunterging, die Steinmauern gaben Hitze ab, als würde er tief in eine Magmaschicht hinabsteigen und nicht nur ein paar Meter unter die Erde. Ritchie folgte dicht hinter ihm, ihr Duft füllte den abgeschlossenen Raum, als sie sich weiter von dem Gestank oben entfernten. Als er unten ankam, hob er die Hand, damit sie hinter ihm blieb, und streifte dabei leicht ihren Arm. Zumindest hoffte er, dass es sich um ihren Arm handelte. Er verbarg so viel von seinem Körper hinter der Tür wie möglich und spähte darum herum in den Raum dahinter.

Er sah aus wie eine kleine Kapelle, oder vielleicht wie das unterirdische Gewölbe einer größeren Kirche. Schwere Steinsäulen erhoben sich aus dem Boden wie die versteinerten Stämme toter Bäume. Die Decke wölbte sich hoch darüber, und unter den Traufen lauerten die Schatten reich verzierter, geschnitzter Figuren. Die Wände waren mit schweren Gedenktafeln geschmückt, aber es war im flackernden Kerzenlicht, das von einem halben Dutzend Wandhaltern ausging, zu dunkel, um die Inschriften zu erkennen. Der Geruch von brennenden Kerzen lag schwer in der Luft, überdeckte aber nur unzureichend etwas weniger Angenehmes. Hier war es noch wärmer als im Tunnel, was im Raum eine höllische Atmosphäre heraufbeschwor.

Langsam schob sich McLean hinein, sah sich um und versuchte, im Halbdunkel Einzelheiten zu erkennen. Ein niedriger steinerner Altar stand an einem Ende, und darauf noch mehr Kerzen, die noch mehr kunstvolle Schnitzereien beleuchteten. Daneben stand ein schweres, hölzernes Lesepult in den Raum hinein ausgerichtet, das wie ein Adler geformt war, der seine Klauen vorstreckte, um mit weit ausgebreiteten Schwingen zu landen.

Aber es gab nur ganz vorn ein paar Bänke, auf denen eine Gemeinde hätte Platz nehmen können. Der Rest des Raumes war nur blanker Steinboden, auf dem sich eine merkwürdige Ansammlung aus Kisten, aufgerollten Teppichen und einem alten Fahrrad, an dessen Lenker ein Weidenkorb befestigt war, stapelte. Ein schweres, schmiedeeisernes Bettgestell, komplett mit einer verdreckten, blutbefleckten Matratze, stand auf einer Seite. Von dort, wo er stand, konnte er nur eine Ecke davon sehen, aber das reichte. Eine blasse, kleine Hand war mit einer glänzenden neuen Handschelle ans Kopfende gefesselt.

Jeder Gedanke an Vorsicht war vergessen. McLean rannte durch die schwach beleuchtete Kapelle zum Bett. Emma lag auf dem Rücken, ausgestreckt und nackt, an Händen und Füßen gefesselt. Die nackte Matratze stank nach getrocknetem Blut und Urin. Zu lange starrte er sie einfach nur an, versuchte herauszufinden, ob sie tot war oder lebendig. Sie sah so bleich aus, so still wie Kirsty ausgesehen hatte, als er sie vor all den Jahren gefunden hatte.

Bitte, Gott, lass es nicht noch einmal geschehen.

»Wir müssen sie hier rausschaffen.« McLean grub in seinen Taschen, suchte nach einem Bund Schlüssel für Handschellen. Seine Hand fand sie neben dem Streifen Stoff eingebettet, der immer noch in seiner Beweismitteltüte steckte. Er wusste zwar nicht genau, warum, nahm aber beides heraus, schloss eine Hand um die Schlüssel und öffnete die Tüte. Der Stoff war weich und dünn zwischen seinen Fingern, und bei der ersten Berührung durchfuhr ihn ein kleiner Ruck wie ein leichter Stromschlag. Er steckte ihn hastig in die Hosentasche und beugte sich mit den Schlüsseln nach unten. Emma rührte sich nicht, als er die Handschellen löste, eine nach der anderen. Sie rührte sich nicht, als er vorsichtig ihre Arme neben sie legte. Sie rührte sich auch nicht, als er seine Jacke auszog und sie behutsam damit zudeckte. Und all das, während DS Ritchie zögerlich daneben stand, als wäre sie sich nicht sicher, ob sie helfen sollte oder nicht. Falls sie gesehen hatte, wie er mit dem Stück Stoff hantiert hatte, sagte sie nichts dazu.

»Atmet … atmet sie?«

McLean ging auf die Knie, würgte bei dem Geruch, der von der Matratze ausging, und legte einen Finger vorsichtig an Emmas Hals. Er fing gerade den leisesten Pulsschlag im flackernden Licht auf, bevor ein Schrei die Stille durchdrang.

»Sie gehört mir!«

Needy kam aus dem Nichts, schwenkte einen schweren Kerzenständer aus Messing und bewegte sich schneller, als es McLean ihn jemals hatte tun sehen. Er trug eine Art langen Umhang und ein goldenes Medaillon um den Hals, das im Kerzenlicht aufleuchtete, während es hin und her schwang. Ritchie duckte sich, um dem Schlag auszuweichen, aber sie war zu langsam. Er traf sie an der Schläfe, als sie sich umwandte, und sie brach wie eine hingeworfene Marionette zusammen. Needy sah sie nicht einmal an, schwang wieder den Kerzenständer, während er weiterrannte, ein wahnsinniges Feuer in den Augen. Da er kniete, konnte McLean nur die Arme heben, um sich zu schützen, in dem Versuch, den Schlag abzufedern.

Der Schmerz kam sofort, und er hätte schwören können, dass er Knochen brechen hörte. Der Schock strömte seine Arme hinauf und in seine Schultern und beeinträchtigte seine Sehkraft. Er konnte sich kaum rühren, wusste aber, dass Needy den Kerzenständer zu einem zweiten Schlag erheben würde. Einem tödlichen Schlag. Er rollte sich auf den Boden, spürte, wie sich die Luft über ihm teilte, wo eine Sekunde zuvor noch sein Kopf gewesen war. Es gab einen dumpfen Aufprall, als der Kerzenständer mit dem Steinboden in Kontakt kam, und McLean nutzte die Gelegenheit.

Needy stand vornübergebeugt und verlor das Gleichgewicht, als er versuchte, seine behelfsmäßige Waffe wieder hochzuheben. Vom Boden aus schwang McLean die Beine herum und versuchte, Needy zu Fall zu bringen. Der Sergeant sprang lachend aus dem Weg, sein krankes Bein schien ihn nicht zu behindern.

»So kriegst du mich nicht.« Und wieder schlug er mit dem Kerzenständer zu.

McLean rollte sich unter das Bett und spürte dabei, wie etwas Klebriges auf dem Boden an seinem Hemd zog. Der Kerzenständer schepperte gegen die Bettkante, was Rost und andere, weniger angenehme Dinge auf sein Gesicht rieseln ließ. Seine Unterarme schmerzten immer noch, als hätte er Bankdrücken gegen einen Zug gespielt. Aber wenigstens wurde sein Kopf wieder klar. Als Needy den Kerzenständer erneut hob, rollte sich McLean ganz unter dem Bett hindurch und kämpfte sich auf der anderen Seite auf die Füße.

»Nimm den runter, Needy. Es ist vorbei. Ich möchte nicht, dass noch jemand verletzt wird.«

»Sie gehört mir, sag ich dir. Mir. Es hat gesagt, ich könnte sie haben, wenn ich ihr eine Geschichte vorläse.«

»John, sieh dich doch an.« McLean hielt ein Auge auf den schwebenden Kerzenständer gerichtet, aber er war nah genug, um Needys Gesicht zu sehen. Es war zu einer Grimasse verzogen, die irgendwo zwischen Leiden und Ekstase lag, und die blauen Augen und die geschwollene Nase ließen ihn aussehen wie einen irrsinnigen Affen. Nur Gott wusste, was er genommen hatte. So wie er aussah, irgendeine Mischung aus Schmerzmitteln und Amphetaminen. Gab es eine Möglichkeit, ihn zu beruhigen, indem er mit ihm sprach?

»Sergeant Needham.« McLean versuchte so viel Autorität in seine Stimme zu legen, wie er aufbringen konnte. »Treten Sie weg.«

»Du verstehst das nicht. Es will das. Ich muss tun, was es mir befiehlt.«

»Was es dir befiehlt? Wer will, dass du Emma das antust? Du bist mit ihr befreundet.«

»Es gibt keine Freunde. Nur Leute, die was von einem wollen. Nur Leute, die einen verletzen. Nur Leute, die sich über einen lustig machen und einem dabei ins Gesicht lachen. Aber es ist anders. Es versteht.«

»Wer versteht, Needy? Von wem redest du da?«

»Du solltest das wissen. Es hat auch zu dir gesprochen. Es hat mir alles über dich erzählt.« Needhams Augen waren auf McLean gerichtet gewesen, aber als er jetzt sprach, huschten sie zum Lesepult hinüber und auf das schwere, alte Buch, das aufgeschlagen darauf lag.

»Das Buch?« Die Augen huschten wieder zurück, und McLean wusste, dass er richtig geraten hatte. »Du hast Andersons Buch gefunden? Das Buch der Seelen?«

»Es war die ganze Zeit da, es hat sich nur versteckt.« Needhams Stimme festigte sich ein wenig. Er hörte sich an, als würde er nur von einem Verbrechen erzählen, das er aufgeklärt hatte. Aber er hielt den Kerzenständer immer noch hoch, bereit, auf jeden einzuschlagen, der sich ihm näherte. »Es hat gewartet, bis seine Zeit gekommen war, so war's. Hat gewartet. Du hast ja keine Ahnung, wie das ist, Tony. Die Stimmen im Kopf, die Freiheit, die es einem schenkt. Es gibt keine Schuld mehr, keinen Schmerz. Nur Freude und Unsterblichkeit.«

»Das ist nicht real, John. Es hat nie ein Buch der Seelen gegeben. Ich weiß das. Ich war da, weißt du noch? Ich habe Anderson gefunden.«

Needy richtete seinen starren Blick auf McLean, und der Wahnsinn war zurück. »Du hast es zurückgewiesen. Du hättest der Nächste sein sollen, aber du hast dich darüber hinweggesetzt. Wie konntest du nur? Wie …?«

»Ich glaube, ich habe Ihnen jetzt lang genug zugehört, Sergeant Needham.«

McLean und Needy drehten sich beide zu der Stimme um, einer so überrascht wie der andere. DS Ritchie stand nur ein paar Meter von Needham entfernt, in Reichweite des Kerzenständers, und schwankte wie ein benommener Boxer von einer Seite zur anderen. Blut rann aus einer Wunde an ihrer Schläfe. Sie hielt eine Dose Pfefferspray in der ausgestreckten Hand, und bevor Needham noch irgendetwas tun konnte, sprühte sie ihm den Inhalt der ganzen Dose ins Gesicht.

62

Fesseln Sie ihn an den Bettpfosten, ich will kein Risiko eingehen.«

McLean rieb sich die Handgelenke und zuckte wegen der stechenden Schmerzen zusammen, die ihm bis in die Fingerspitzen schossen. Blut befleckte seine Hemdsärmel, und er hatte nicht gewagt, sie hochzukrempeln, um zu sehen, welchen Schaden Needys Kerzenständer angerichtet hatte. Zumindest waren seine Arme nicht gebrochen, da war er sich ziemlich sicher. Dafür tat es zu weh.

Ritchie hob eine der Handschellen auf, die Emma ans Bett gefesselt hatten, und legte sie um Needys Handgelenk. Der Sergeant leistete keinen Widerstand; er war zu sehr damit beschäftigt, zu keuchen und sich auf den Boden zu erbrechen, sein Gesicht verwüstet, geschwollen und gerötet, vor allem um seine Pandaaugen herum. Sie klickte wie angewiesen das andere Ende am Bettpfosten ein und beugte sich dann nach unten, um Emma hochzuheben.

»Schon in Ordnung, ich mache das.« McLean hob sie hoch und wunderte sich, wie leicht sie war. Sie war immer noch bewusstlos, und als er sie durch die leere Kapelle trug, konnte er sehen, dass Blut ihren Hinterkopf verfilzt hatte. Needham musste sie geschlagen haben, aber warum? Was hatte er in seinem wahnhaften Geschwafel gesagt? *»Nur Leute, die sich über einen lustig machen und einem dabei ins Gesicht lachen.«*

»Oh, Mist. Das ist meine Schuld.«

»Wie bitte, Sir?«

»Ich habe ihr von Trisha Lubkin und der gebrochenen Nase

erzählt.« McLean konnte sich die Szene jetzt beinahe vorstellen, unten in Needys kleinem Reich. »Emma hat wahrscheinlich einen Witz darüber gerissen, als sie ihn gestern Morgen sah. Er muss sie niedergeschlagen haben, um sie davon abzuhalten, irgendjemand anderem zu erzählen, was sie gesehen hatte.«

»Mist. Wenn sie seit fast vierundzwanzig Stunden bewusstlos ist …« Ritchie beendete den Satz nicht. Das brauchte sie auch nicht. Sie mussten Emma ins Krankenhaus bringen, wenn es nicht bereits zu spät war.

Ritchie schloss die Eingangstür auf und ließ Licht in die Halle hineinfluten, während McLean mit Emma auf den Armen ins Tageslicht hinaustrat. Er fühlte sich, als wäre er stundenlang unter der Erde gewesen, obwohl es in Wirklichkeit nur ein paar Minuten gewesen sein konnten. Er trug Emma zu seinem Wagen und erschrak, als er sah, dass die Verstärkung noch immer nicht eingetroffen war.

Emmas Haut war so weiß wie die Wolken am Himmel und doppelt so kalt wie die Luft. Irgendwie schaffte er es, die Beifahrertür des Alfa zu öffnen, und ließ sie vorsichtig auf den Sitz gleiten, dann neigte er ihn so weit zurück wie möglich. Hinten lag eine Decke – von seiner Großmutter. Er hüllte sie hinein, auch um ihre Würde zu wahren, dann ging er auf die andere Seite, ließ den Motor an und drehte die Heizung voll auf. DS Ritchie kam herüber, als er gerade die Tür schloss, um die Wärme drinnen zu halten. Sie war noch immer nicht ganz sicher auf den Füßen, schwindelig von dem Schlag auf den Kopf. Trotzdem hatte sie das Telefon in der Hand.

»Auf der Umgehungsstraße gibt es einen Stau, und der Verkehr ist grässlich. Von Penicuik und von Dalkeith ist jemand auf dem Weg, und ich habe sie gebeten, so schnell wie möglich einen Rettungshubschrauber zu schicken.«

»Gut gemacht, Sergeant. Kirsty. Danke.«

»Gehört zum Job, Sir«, sagte Ritchie. Dann fiel sie auf die

Knie. McLean fing sie auf, bevor sie ganz umkippen konnte, und half ihr auf den Fahrersitz seines Wagens.

»Ich glaube nicht, dass ich irgendwohin fahren kann, Sir«, sagte sie.

»Warten Sie einfach nur hier im Warmen. Behalten Sie Emma im Auge.« Er schloss behutsam die Tür. »Ich gehe rein und sichere den Tatort. Sie können die anderen informieren, wenn sie ankommen.«

Die Luft im Keller war drückend stickig, als McLean leise die Steintreppe in den Keller hinunterging. Als er das Steingewölbe des Durchgangs mit der Hand streifte, fühlte es sich warm an, nicht kalt und feucht, wie er erwartet hatte. Es war beinahe, wie in einem Ofen zu sein – oder aber die Steinmauern bildeten nur eine schmale Barriere zwischen diesem bösen Ort und der Hölle selbst.

An der Tür hielt er inne. Hätte er auf Verstärkung warten sollen? Warum war er eigentlich hierher zurückgekommen? Needy würde sich nicht davonmachen, nicht mit einer gebrochenen Nase und dem Gesicht voller Pfefferspray. Und außerdem war er ans Bett gefesselt.

McLeans Hand bewegte sich von selbst in seine Tasche, wo die Handschellenschlüsssel sicher verwahrt waren. Er hatte sie da hineingestopft, nachdem er Emma befreit hatte, da war er sich sicher. Und trotzdem war da nichts weiter als der dünne Streifen Stoff, den er aus dem Asservatenlager hatte mitgehen lassen. Kirstys Kleid. Ein Schauder lief ihm über den Rücken, trotz der Wärme, und in seiner Vorstellung entstand ein Bild von dem Schlüssel, der herausfiel, als er sich unters Bett gerollt hatte. Er verkrampfte sich, horchte auf das leiseste Geräusch. Es war still, nicht das dumpfe Röhren im Hintergrund von der Umgehungsstraße, nicht einmal das kratzige Atmen eines Mannes mit einer gebrochenen Nase und einer Lunge voller

Pfefferspray. Aus reinem Selbsterhaltungstrieb heraus duckte McLean sich tief, drängte sich um die halboffene Tür herum und in die Kapelle hinein, durchschritt sie, so schnell er konnte, und ging auf das schmiedeeiserne Bett zu. Eine glänzende neue Handschelle baumelte vom Bettgestell, eine Seite halb offen, der Schlüssel steckte im Schloss.

Needy war nirgends zu sehen.

McLean wirbelte herum, erwartete, angegriffen zu werden, aber er war allein. Der Kerzenständer lag noch immer auf dem Boden, wo Needy ihn hatte fallen lassen. Der Geruch des Pfeffersprays hing beißend in der Luft, brannte in McLeans Augen und kitzelte in seiner Kehle. Wie war es möglich, dass Needham mit einem Gesicht voll davon überhaupt irgendetwas hatte tun können, ganz zu schweigen davon, die Schlüssel zu finden und sich zu befreien?

Eine Pfütze aus Erbrochenem und Blut kennzeichnete den Platz, wo der Sergeant gelegen hatte, und klebrig feuchte Fußspuren führten von dort weg. McLean folgte ihnen, obwohl sie eher zum Altar führten als zur Tür. An diesem Ende der Kapelle war kein Müll gestapelt, standen nur ein paar Holzbänke zum Altar ausgerichtet. Die Wände waren bedeckt mit fein ziselierten Tafeln. McLean richtete Ritchies Taschenlampe auf die nächste und konnte sehen, dass sie tatsächlich aus Holz war, nicht aus Stein, wie er angenommen hatte. Eine trug eine Inschrift für einen Torquil Burroughs, und die nächste war einem Septimus Needham gewidmet. Auf einer ganz besonders ausgeschmückten stand »IN MEMORIAM: ANGUS CADWALLADER – GROSSMEISTER DER GUILD OF STRANGERS«. Sie trug das Datum 1666. Darunter stand etwas auf Latein, das McLean nicht sofort entziffern konnte, aber es lockte ein entspannendes Lächeln auf sein Gesicht. Später würde er diese Tafel vielleicht seinem Freund, dem Rechtsmediziner, zeigen können, aber im Augenblick gab es Wichtigeres.

Als er den Schein der Taschenlampe auf den Boden lenkte und versuchte, Needys Fußspuren zu folgen, flackerte das Licht einmal auf und verlosch dann. McLean schüttelte die Lampe, aber nichts passierte. Er ging zum Altar hinüber, um eine der Kerzen zu nehmen. Das geschnitzte Lesepult in Form eines Adlers war leer. Er war sicher, dass vorhin da ein Buch gelegen hatte, und wenn er sich tief hinunterbeugte, konnte er sehen, dass die Fußspuren zuerst dort hinführten und dann um den Altar herum. Dann verschwanden sie.

Er untersuchte die geschnitzte Täfelung hinter dem Altar, so gut er es in dem flackernden Kerzenlicht konnte, aber es war schwer, irgendwelche Einzelheiten zu erkennen. Dann bemerkte er, dass die Flamme zuckte, wenn er sie an einer bestimmten Stelle vorbeibewegte. Da war ein Spalt in der Holzverkleidung, und als er daraufdrückte, gab sie etwas nach. Eine Tür öffnete sich in die Dunkelheit dahinter.

63

Das Urteil dieses Gerichts lautet, dass Sie in allen Punkten schuldig sind. Das bedeutet: der Entführung, Vergewaltigung und des Mordes an Laura Fenton, Diane Kinnear, Rosie Buckley, Jane Winston, Sarah Chalmers, Sarah Smythe, Josephine English, Henrietta Adamson, Corrine Farquhar und Kirsty Summers.«

Die Presse ist wieder da, füllt den Gerichtssaal wie ein billiges Theater. Er sitzt vorne und hört zu, wie der Richter die Namen vorliest, jeder einzelne ein Dolch in seiner Seele. Und dann der letzte. Kirsty Summers. Seine Kirsty. Er sieht zu dem schuldigen Mann hinüber. Nicht länger der Angeklagte, nicht mehr die geringste Wahrscheinlichkeit der Unschuld. Donald Anderson starrt mit leerem Blick zurück, seine Miene verrät nichts.

»Für Mord gibt es nur eine Strafe, und das ist lebenslange Haft. Wegen der außergewöhnlichen Schwere Ihrer Verbrechen und weil Sie keinerlei Reue gezeigt haben, ja sogar einen die Opfer verhöhnenden Antrag auf Schuldunfähigkeit gestellt haben, empfehle ich eine Haftstrafe von mindestens dreißig Jahren, ohne die Möglichkeit der vorzeitigen Entlassung. Meine Herren, führen Sie den Häftling ab.«

Der Schlag des Richterhammers ist der Startschuss für tausend Stimmen. Alles ist vorüber, jetzt beginnt das Geschnatter. Er sieht zu, wie zwei Polizisten Donald Anderson abführen. Er ist dreiundsechzig Jahre alt, er wird im Gefängnis sterben. Der Gerechtigkeit ist Genüge getan.

Es reicht nicht.

Es kann niemals reichen.

64

Die Fußspuren aus Blut und Erbrochenem trockneten nach einem halben Dutzend Schritten aus, aber es bestand kein Zweifel daran, dass dies der Weg war, auf dem Needham entkommen war. Eine sanfte Brise brachte die Kerzenflamme zum Flackern, sodass McLean die Hand davorhalten musste, damit sie nicht verlosch. Das Licht reichte aus, um einen gut gebauten Tunnel mit Bogendecke mit steinernen Wänden und Boden sichtbar zu machen. Die Stille war unheimlich, die ungewöhnliche Wärme des Luftzugs war es auch, als wäre draußen Hochsommer und nicht tiefster Winter. Es herrschte außerdem ein leichter Schwefelgeruch, und die Luft fühlte sich merkwürdig mangelhaft an, er bekam nicht genug. Die Kerzenflamme war ebenfalls winzig, so als müsste auch sie um Atem ringen. McLean bewegte sich langsam, war sich nur allzu sehr bewusst, dass das schwache Licht ihn jedem verraten würde, der vom anderen Ende hinübersah und wartete, aber er zögerte, es auszublasen. Nach einer Weile endete der Durchgang an einer spiralförmigen Treppe, die nach oben führte.

Da McLean in den Windungen und Biegungen des Kellers unter Needhams Haus die Orientierung verloren hatte, war er sich nicht ganz sicher, wohin sie ihn führen würde. Vielleicht in die Garage? Oder gab es im Garten noch weitere Gebäude? Jetzt war es zu spät, um sich noch zurückzuziehen. Er machte einen Schritt nach oben.

Nach mehr als einer Minute Aufstieg wurde McLean allmählich klar, was los war. Das Haus war von dem Mann gebaut worden, dem die Eisenhütte gehört hatte. Er erinnerte sich, wie

Needy ihm vor vielen Jahren erzählt hatte, dass sie einmal die wohlhabendste Familie in Midlothian gewesen waren. Was genau die Guild of Strangers damit zu tun hatte, wusste er nicht, aber dieser Tunnel und die Kapelle darunter waren offensichtlich eine frühe viktorianische Spinnerei. Ein seltsamer Einfall eines reichen Mannes, vielleicht sogar eine Vorrichtung, um ungesehen seine Arbeitskräfte auszuspionieren.

Sein Verdacht wurde Augenblicke später bestätigt, als er in einem fensterlosen Raum herauskam, dessen Wände von leeren Holzregalen gesäumt waren. Er spürte, wie die Temperatur um mehrere Grade fiel. Es gab nur eine Tür, die in dem großen Büro, in das sie führte, kunstvoll als Teil eines Bücherregals getarnt war. Lichtstrahlen brachen durch die Spalten in den verbarrikadierten Fenstern. Die Kerze warf Schatten über einfache Büromöbel aus den 1950er Jahren, aber an der Dekoration war ersichtlich, dass dieses Zimmer einstmals die Domaine des Chefs gewesen war.

Das Piepen eines rückwärtsfahrenden Lieferwagens durchbrach die Stille, und McLean merkte dadurch, dass er den Verkehr in der Ferne wieder hören konnte. Er bewegte sich so schnell, wie seine Kerzenflamme es erlaubte, durch das Büro und in den nächsten Raum. Auch der war verbarrikadiert, unbenutzt, seit die Hütte geschlossen worden war. Dies hier war der Empfangsraum für die Buchhaltungsabteilung der Firma gewesen, nahm er an. Die Tür nach draußen war verschlossen, was nur einen Weg übrig ließ, den Needy genommen haben konnte. In die große Gießerei selbst.

Die Halle war riesig. Schmiedeeiserne Säulen reckten sich wie Fichten nach oben, um das hohe Dach zu stützen. Die unteren Fenster waren verbarrikadiert, aber die oberen waren offen, und das Licht von draußen fiel auf die hohe Decke und warf böse Schatten. Der Großteil der schweren Maschinen war schon lang verschwunden, und der Boden war jetzt mit

Stapeln aus Baumaterial bedeckt. Als er sich umsah, konnte er Needy nirgends entdecken, doch es gab reichlich Versteckmöglichkeiten. Aber nur einen Weg nach draußen: die großen Schiebetüren, die sich auf das anschließende Gelände öffneten. Jetzt waren sie geschlossen, mit etwas Glück saß Needy also in der Falle.

McLean stellte die Altarkerze vorsichtig auf dem Zementboden ab, dann wollte er sein Handy herausholen. Erst dann fiel ihm ein, dass es in der Tasche seiner Jacke steckte, die um Emmas bewusstlosen Körper geschlungen war. Er machte einen Schritt auf die Schiebetüren zu, um Hilfe zu holen.

Aus dem Schatten pfiff etwas auf ihn zu.

Weil er sich wegdrehte, traf ihn der größte Teil des Schlags an der Schulter und dem Rücken, aber es reichte, um ihm den Atem zu rauben und ihn auf die Knie zu zwingen. Hustend und würgend versuchte er aufzustehen, während Needy in sein Blickfeld tanzte, ein altes, ledergebundenes Buch unter einen Arm geklemmt, ein Kantholz am Ende des anderen. Sein Gesicht war ein rot verquollenes Durcheinander, und seine Augen waren so zugeschwollen, dass er sicher kaum etwas sehen konnte. Und trotzdem grinste er wie ein Idiot.

»Du bist zurückgekommen! Ich wusste es. Es hat mir gesagt, dass du das tun würdest.« Needy bewegte den Arm, unter dem das Buch klemmte, und holte dann wieder mit dem Kantholz aus. McLean rollte sich aus dem Weg, bevor es auf den Boden schlug, und spürte, wie sein Arm etwas umstieß. Ihm blieb keine Zeit, nachzusehen, was es gewesen war. Needy kam zurück, um noch einmal zuzuschlagen. Er rollte sich wieder weg und wieder, während die Schläge schneller und schneller kamen. Er musste auf die Füße kommen und etwas finden, womit er sich wehren konnte.

Das Kantholz schlug Zentimeter von seinem Kopf entfernt auf den Boden, Splitter brachen vom Ende ab und schnitten in sein Gesicht. Ganz kurz schien es, als sei Needy aus dem Tritt geraten. McLean nutzte die Gelegenheit, ergriff das Stück Holz und zog kräftig daran. Er hatte gehofft, Needy aus dem Gleichgewicht zu bringen, aber der alte Sergeant riss den Stock mit überraschender Kraft los. Trotzdem hatte es McLean genug Zeit verschafft, um auf die Beine zu kommen. Jetzt brauchte er nur noch eine Waffe.

Und dann sah er das Feuer.

Es war eine kleine Flamme, aber sie wuchs schnell. Die Kerze lag auf der Seite, war gegen einen Haufen Kehricht gerollt, der Feuer gefangen hatte, das anschließend auf einen Haufen gesägtes Bauholz übergesprungen war. Während er zusah, leckten blaue Flammen die Wände hoch und breiteten sich nach beiden Seiten hin in einer Geschwindigkeit aus, die nicht natürlich sein konnte. Es sah aus, als wäre eine gigantische Gasflamme angezündet worden, und er stand in der Mitte des Ofens.

McLean war von dem Anblick so gelähmt, dass er Needham und das Kantholz aus den Augen verlor. Es traf ihn hart in den Magen, ließ ihn in die Knie gehen. Bevor er reagieren konnte, schlug es in die andere Richtung zurück, knallte gegen seine Schläfe und warf ihn wieder zu Boden. Das Blut rauschte in seinen Ohren, er konnte sich nicht mehr bewegen und bekam keine Luft mehr. Es war schwer, zu fokussieren, und die Ränder seines Gesichtsfeldes verdunkelten sich, sodass er nichts anderes als Needys Beine und das Feuer dahinter sehen konnte.

Das Kantholz polterte zu Boden, dann spürte McLean, wie Hände unter seine Achseln griffen und ihn hochhoben. Er versuchte, sich zu wehren, aber alle Kraft hatte ihn verlassen. Er wurde eine kurze Strecke geschleift und dann gegen eine Säule gelehnt. Er schaffte es, eine Hand zu heben, auch wenn es sich anfühlte, als wäre die in Beton gegossen, und betastete seine Schläfe. Klebrige Feuchtigkeit bedeckte seine Finger, und Schmerz explodierte in einem Funkenregen über seinem Gesicht. Als die Funken verglühten, konnte er Needy sehen, der sich zu ihm hinunterbeugte und ihn aus diesen schrecklichen, zugeschwollenen Augen ansah. Er hielt das Buch in der Hand, einen fragenden Ausdruck auf dem Gesicht.

»Warum wehrst du dich? Es ist nichts, wovor man Angst haben müsste.« Needy öffnete das Buch und hielt es dann hoch, sodass McLean es sehen konnte. Seine Sicht war noch vom Rauch und dem Schlag auf den Kopf verschwommen, aber da war etwas an der Größe und Form, das ihn mit fürchterlicher Gewissheit erfüllte. Dies war das Buch, in dem er den Streifen von Kirstys Kleid gefunden hatte. Dies war das *Liber animorum,* das Buch der Seelen.

»Ich kann es nicht lesen, Needy«, sagte McLean mit brechender Stimme. Die Hitze nahm jetzt schnell zu, da das Feuer sich zwischen dem Baumaterial ausbreitete, das an den Wänden gestapelt war. Needy schien es überhaupt nicht zu bemerken.

»Nein, nein, nein. Du liest es nicht. Darum geht es ja. Es liest dich! Siehst du?« Der Sergeant drehte das Buch wieder um, sein Blick fiel auf die Worte, und er begann, wirres Zeug auf Küchenlatein von sich zu geben.

»Itis apis potet avere bygone. Iacet summare quaelam coveris.«

McLean sah seine Chance und stürzte sich auf das Kantholz, das neben ihm lag. Es lag ihm schwer in der Hand, vielleicht zu schwer. Er rollte sich herum und legte auch die andere Hand darauf, achtete nicht auf den Schmerz, der ihm durch den Kopf fuhr. Er krabbelte auf die Knie und schwang die Waffe in einem hohen Bogen, im selben Augenblick, als Needy bemerkte, was vor sich ging. Der Sergeant stieß einen überraschten Schrei aus, sprang auf und ließ das Buch fallen. Er taumelte zwei Schritte rückwärts, versuchte, das Gleichgewicht wiederzugewinnen, fiel dann über seinen Umhang und stolperte ins Feuer hinein.

Die Flammen sprangen ihn an, als wären sie lebendig und hungrig. Sein Umhang fing als erstes Feuer, dann ging mit einem fürchterlichen, zischenden Geräusch, das über das Brausen von allem anderen hinweg zu hören war, Needys Haar in Flammen auf. Er kämpfte sich auf die Beine und zog sich mit blasigen Händen aus dem Feuer. Trotz allem schrie er nicht, sondern stieß nur weiter unhörbare Worte aus. McLean torkelte rückwärts, und seine Beine gaben nach, als ihn sein letztes bisschen Kraft verließ. Eine Säule aus menschlichem Feuer humpelte auf das Buch zu, streckte die nässenden Hände aus, sank auf die Knie und fiel dann vornüber auf die aufgeschlagenen Seiten. Das Papier fing sofort Feuer und umhüllte Needys Kopf mit einem Kranz gelber Flammen. McLean konnte nur zusehen, wie die Haut in Blasen verbrannte, wie rotes Blut und gelbe Wundflüssigkeit herausflossen, und Needys Kiefer arbeitete immer noch, während er weiter versuchte, die Worte zu lesen, die seine Seele verzehrt hatten.

McLean sah zu, wie das Buch und der Mann, der einst sein Freund gewesen war, verbrannten. Ein Teil von ihm, tief drinnen, rief ihm zu, aufzustehen und zu machen, dass er davonkam, aber er bekam kaum noch Luft. Es fühlte sich an, als wäre er auf dem Gipfel des Mount Everest angelangt, und jeder Muskel in seinem Körper schrie vor Schmerzen. Es war zu anstrengend. Er war so müde. Er hatte keine Kraft mehr. Er hatte das Böse, das Anderson getan hatte, so lange bekämpft. Vielleicht war es an der Zeit, mit dem Kämpfen aufzuhören und einfach aufzugeben.

Mit dem letzten Rest seiner schwindenden Kräfte steckte er die Hand in die Tasche. Zog den Streifen Stoff heraus, der von Kirstys Kleid abgerissen worden war. Er war kaum imstande, ihn zwischen den Fingern zu halten, während er zusah, wie der vom Feuer getriebene Wind ihn in diese und jene Richtung kräuselte. Er erinnerte sich, wie sie das Kleid getragen hatte, wie es sich an ihren Körper schmiegte, wie es wirbelte, wenn sie tanzte, und sah das Lächeln in ihren Augen.

Und dann tanzte sie wieder, dieses letzte kleine Stückchen von ihr. Drehte sich in den Luftwirbeln, hoch und höher, rundherum und rundherum, näher und näher, bis die tosenden Flammen auch sie verschlangen. Tränen stachen in seinen Augen, aber sie konnten nicht fließen. Die Hitze ließ sie verdampfen, noch bevor sie seine Wangen befeuchten konnten. Ausgebremst sogar in seinem letzten Wehklagen, sackte er auf dem Boden zusammen und bereitete sich auf seinen Tod vor.

65

Sie kommt zu ihm in seinem Schmerz, wie ein Engel der Gnade. Sie ist nackt, aber darin liegt keine Scham. Ihr Gesicht ist voller Freude, das Haar fällt ihr über die Schultern wie ein tiefer, schwarzer Wasserfall.

»Keine Panik, Tony. Gleich ist es vorbei. So oder so.« Er hat ihre Stimme schon zu lange nicht mehr gehört. Er hatte sie auf Band gehabt, aber das Feuer hat es ihm genommen, genau wie es auch alles andere genommen hat, was ihr gehört hatte. Ihm bleiben nur noch seine Erinnerungen. Sie beugt sich zu ihm nach unten und streichelt ihn mit einer Hand, die so kühl ist wie der erste gute Schnee des Winters.

»Kirsty.« Er krächzt das Wort, seine Kehle fühlt sich an wie gebackener Sand, es ist so heiß, er kommt sich vor, als würde er verbrannt.

»Pst. Ich bin ja hier. Wir sind alle hier. Es wird alles gut.«

Und sie hat recht, alle sind sie da. Er sieht sie, eine nach der anderen. Trisha Lubkin, Kate McKenzie, Audrey Carpenter, Laura Fenton, Diane Kinnear, Rosie Buckley – all die Frauen, die Needy und Anderson ermordet haben, gehen an ihm vorbei, eine nach der anderen, und berühren mit kühlen Fingern seine Stirn. Sie sind alle nackt, aber sie lächeln alle, lebendig, freudig. Alle frei. Und da sind noch mehr. Leute, die er nicht kennt, und Leute, die er kennt. John Needham, wie er vor einem Jahrzehnt aussah, ins Nichts starrend, einen entsetzten Ausdruck auf dem Gesicht. Donald Anderson, jünger, in einem Mönchshabit und mit großen Augen, als er sieht, was er getan hat. Wozu ihn das Buch getrieben hat.

»Kirsty.« Seine Stimme ist nicht viel mehr als ein Flüstern, und jetzt kann er einen großen, tosenden Wind hören, kann die Böen in seinem Gesicht spüren, wie sie seine Haut versengen. Der Wind hebt all die Leute um ihn herum hoch, peitscht sie in die Luft wie ein Tornado. Sie folgen ihm freiwillig, mit weit ausgebreiteten Armen, die Gesichter verzückt nach oben gerichtet. Zu spät bemerkt er, dass auch sie gehen muss. Er greift nach ihrem Arm, nimmt sie an der Hand. Die fühlt sich kühl an und so glatt. Er hatte vergessen, wie sie sich anfühlt. Er vermisst sie so sehr.

»Geh nicht.«

»Ich muss«, antwortet sie in ihrer langsamen, geduldigen Art. »Du musst mich gehen lassen. Es ist an der Zeit, nach vorn zu schauen.«

Ihre Finger entgleiten den seinen. Sie schwebt in die Luft hinauf. Ihr Haar peitscht um ihr Gesicht. Sie blickt auf ihn hinunter und lächelt, verblasst vor seinen Augen.

»Ich liebe dich, Kirsty«, sagt er. Und dann ist sie verschwunden.

»Was haben Sie gesagt, Sir?«

McLeans Augen klappten auf, und er sah in Sergeant Ritchies schweißgetränktes Gesicht hinauf. Er fühlte sich, als hätte ihn jemand in einen voll aufgedrehten Backofen gesteckt, und es war nicht schwer zu erkennen, warum. Überall um ihn herum loderten Flammen.

»Wir müssen hier raus. Jetzt.« Ritchie beugte sich herunter und zog McLean auf die Beine. Er erinnerte sich dunkel daran, dass sie selbst verletzt war. Was hatte sie hier zu suchen, wo sie sich nur in Gefahr brachte? Er würde sie später dafür tadeln, beschloss er.

Alles tat weh, aber seine Beine schienen kräftiger, als er erwartet hätte. Als er erst einmal stand, konnte er zum nächsten

Durchgang taumeln, zurück ins Verwaltungsgebäude. Rauch waberte unter der niedrigeren Decke, Flammen fraßen an den hölzernen Schreibtischen und Regalen. Die Wendeltreppe zurück zum Tunnel hinunter brachten sie mehr fallend als gehend hinter sich. Hier unten war die Luft etwas besser, das Feuer oben erzeugte einen Luftzug. Trotzdem fiel das Atmen schwer.

McLean blieb stehen, als sie die Kapelle durchquerten. »Wir müssen das hier sichern. Es ist ein Tatort.« Seine Stimme war kaum mehr als ein Krächzen. DS Ritchie lehnte sich an die Wand neben der Tür, die ins Haus zurückführte, und japste.

»Bei allem Respekt, Sir, scheiß auf den Tatort. Wir müssen hier raus, bevor die ganze Hütte in die Luft geht.«

Wie um das Gesagte zu unterstreichen, hallte ein dumpfes Donnern aus dem Tunnel, gefolgt von einem Brausen, das umso höher klang, je lauter es wurde. Da sein Hirn unter Sauerstoffmangel litt, brauchte McLean lange, um zu begreifen, was geschah. Dann zerfiel die versteckte Tür in der Vertäfelung zu einem Feuerball. Splitter stachen in sein Gesicht, und die Wucht der Explosion schleuderte ihn zu Boden. Er kroch zum Durchgang hinüber, während die Flammen begannen, die hölzernen Tafeln und das Adlerpult anzufressen.

»Sie haben recht, Sergeant. Scheiß auf den Tatort.«

Sie stützten einander, kämpften sich die steinernen Stufen hinauf, erst zum Keller, dann in die Halle. Der beißende Geruch des Rauchs war überall, sogar hier. Und dazu kam noch dieser schreckliche, gasige Geruch nach faulen Eiern. McLean versuchte, ihn einzuordnen, aber sein Hirn war zu benebelt, um darauf zu kommen. Sumpfgase? Gebrochene Abflussrohre?

Die Luft draußen war eine willkommene Erleichterung, kalt und süß und rein. Sie kämpften sich gemeinsam über den Kies in Richtung Wagen. Noch immer war von der versprochenen

Verstärkung oder dem Rettungshubschrauber nichts zu sehen. Sie hatten es erst zur Hälfte geschafft, als eine enorme Explosion die Ruhe durchbrach. McLean drehte sich um und sah, wie sich eine riesige schwarze Wolke über dem Eisenwerk erhob. Dann gab es einen merkwürdig pfeifenden Laut, wie ein Zug, der mit Höchstgeschwindigkeit aus einem Tunnel fährt, und der gesamte Haupteingang zu Needys Haus explodierte in einem Flammenmeer. Fenster zerbrachen und schossen rasiermesserscharfe Splitter auf die Einfahrt hinaus.

Sie wurden beide zu Boden geschleudert. McLean fiel mit dem Gesicht nach unten in den Kies, hielt sich fest, als stünde er kurz davor, über den Rand der Welt zu fallen. Sein Kopf klingelte von den Explosionen, von der Hitze, von den ersten Symptomen einer Gehirnerschütterung. Aber langsam, während die Winterkälte seine Verbrennungen linderte und der Schwindel abklang, hörte er entferntes Sirenengeheul und das beruhigende *Wupp-Wupp-Wupp* eines sich nähernden Hubschraubers.

66

Er geht die Straße entlang, genau wie er es seit zwei Jahren beinahe jeden Tag getan hat. Es gehört zum Streifendienst, zum regelmäßigen Rhythmus seines Jobs. Aber heute ist es anders. Er trägt schon seit einer Weile keine Uniform mehr, und in seiner Abwesenheit hat sich dieser Teil der Stadt verändert. Zuerst ist er besorgt, als er die neuen Kaffeehäuser und teuren Boutiquen sieht. Vielleicht ist der Laden, den er sucht, gar nicht mehr da. Jetzt, wo das Parlament gebaut wird, ist so vieles anders. Die alte Ordnung wird abgerissen, um Platz zu machen für die neue.

Aber er ist noch da, der kleine Laden mit seinem ordentlichen grünen Anstrich und den getönten Fenstern. Manche Dinge werden sich immer dem Marsch des Fortschritts widersetzen, und das ist gut so. Er drückt die Tür auf, hört das Bimmeln der Türklingel und blickt auf, um zu sehen, wie sie an ihrer kleinen Feder schaukelt. Sie nickt zustimmend. Der Laden fühlt sich richtig an.

Nicht alle Bücher sind alt, aber keines ist neu. Er lässt seine Finger über die Buchrücken gleiten, als er durch die Regalreihen auf den kleinen Tresen hinten zugeht. Der Buchhändler begrüßt ihn mit einem freundlichen Lächeln. Er ist ein alter Mann mit einem vertrauenerweckenden Gesicht.

»Kann ich Ihnen helfen, Sir?« Auch die Stimme ist vertrauenerweckend. Warm und entspannend.

»Also, ich suche nach einem Geschenk.« Er schämt sich ein bisschen, aber das Lächeln des alten Mannes überzeugt ihn. »Für meine Verlobte. Wir heiraten im Frühjahr.«

»Herzlichen Glückwunsch. Dachten Sie an etwas Bestimmtes?«

»Nun, es klingt vielleicht ein bisschen dumm. Aber sie ist eine junge Ärztin. Hat gerade Examen gemacht. Ich dachte, möglicherweise ein alter medizinischer Text. Wissen Sie, etwas aus den Zeiten, als man noch Blutegel und Schröpfköpfe und so etwas benutzte. Ich dachte, es wäre …« Seine Stimme verliert sich. Laut ausgesprochen, scheint ihm die Idee beinahe beleidigend. Schließlich sind das hier wertvolle Bücher. Sie müssen respektiert und bewahrt werden. Sind nichts, was man aus einer Laune heraus verschenkt.

»Was für ein großartiges Geschenk.« Das Lächeln des Buchhändlers wird noch etwas breiter. »Und so passend. Natürlich gibt es auch heute noch Ärzte, die sowohl das Schröpfen als auch die Blutegel zu schätzen wissen. Aber es ist ein Andenken an die Zeiten, in denen die Medizin noch roh und experimentell war. Ja, großartig.«

Und dann ist alles in Ordnung. Der Buchhändler weiß genau, was er möchte, und auch der Preis ist vernünftig. Im Moment hat er es nicht im Laden, aber wenn er seinen Namen und seine Adresse notieren dürfte, dann würde er es aus dem Lager holen.

Er verlässt den Laden mit federnden Schritten. Sonst ist es so schwer, ein passendes Geschenk für sie zu finden, aber das hier wird ihr gefallen. Er weiß es einfach.

67

Damit sich McLean wieder wie ein Mensch fühlte, würde es mehr brauchen als vierundzwanzig Stunden Erholung und neue Kleider. Erst einmal fühlten sich sein Gesicht und seine Hände an, als hätte er vierzehn Tage Urlaub an der Costa del Sol verbracht und vergessen, die Sonnencreme einzupacken. Und dann war da noch dieses verstörende Gefühl von Unwirklichkeit. Er hatte von den merkwürdigen Halluzinationen gehört, die Sauerstoffmangel hervorrufen konnte. Aber das zu wissen hieß nicht, dass es leicht war, es zu akzeptieren.

»Sie waren hier drin, als es anfing? Mein Gott, Inspector. Was zum Teufel ist passiert?«

McLean schreckte aus seiner Träumerei hoch, erinnerte sich daran, wo er war und mit wem. Jim Burrows, der Brandermittler, untersuchte die rauchenden Überreste von dem, was einmal die McMerry-Eisenhütte gewesen war. Von dem imposanten Bauwerk war nicht mehr viel übrig. Das Dach war komplett abgebrannt, und die Hälfte der Wände war eingestürzt. Vom Rand des Schuttfelds aus, wo er stand, konnte McLean die Stümpfe der großen Eisensäulen sehen, die die Holzbalken gestützt hatten, rußgeschwärzt und von Trümmern umgeben. Weiter hinten waren Feuerwehrleute dabei, langsam einen Weg freizuräumen und nach Leichen zu suchen.

»Ich hätte nächste Woche herkommen sollen, um ein Brandschutz-Gutachten zu erstellen«, sagte Burrows. »Sieht aus, als hätte man das ein bisschen früher angehen sollen. Wie hat es angefangen, haben Sie gesagt?«

McLean murmelte etwas von Kerzenflammen und Kehricht.

»Mein Gott, was für ein Idiot bringt denn eine Kerze an so einen Ort?«

McLean hustete und verzog das Gesicht, als sich der Schmerz in seiner Brust ausbreitete. Er hatte sich noch nicht richtig von dem Brand in seinem Mietshaus erholt, und jetzt auch noch das.

»Aber das kann es nicht allein gewesen sein. Dafür hat es sich zu schnell ausgebreitet. Und da waren so komische, blaue Flammen, die die Wände hochkletterten. So was hab ich noch nie gesehen.«

»Blaue Flammen? Gelb getönt?« Burrows hatte einen nachdenklichen Ausdruck auf dem Gesicht. »Und Sie sagten, es war schon heiß, bevor es losging?«

McLean nickte.

»War da vielleicht Schwefelgeruch?«

McLean war sich nicht sicher, was da gewesen war. Seine Erinnerungen waren chaotisch. Eigentlich hätte er überhaupt nicht hier sein dürfen, hätte sich den Tag freinehmen sollen. Vielleicht den ganzen Monat. Hätte ins Krankenhaus gehen sollen. Nur, dass er davor noch mehr Angst hatte.

»Aye, ich glaube, das könnte es gewesen sein«, sagte er. »Faule Eier.«

Burrows sah sich in dem zerstörten Gebäude um, dann machte er kehrt und ging auf das große Gelände hinaus, das es umgab. McLean folgte ihm, als der Brandsachverständige zum nächstliegenden Flecken Buschwerk ging und mit der Ferse das Erdreich weghackte. Nach einer Weile hob er einen Brocken glänzenden schwarzen Gesteins auf und roch daran.

»In der ganzen Gegend hier ist schon seit den Zeiten der Römer Kohle gefördert worden. Wahrscheinlich schon länger.« Er gab McLean den Brocken. Er fühlte sich warm an, wenig überraschend, wenn man die Entfernung zum Feuer bedachte. Als er ihn an die Nase hob, fuhr ihm der unverkennbare Gestank von Schwefel in die sowieso schon schmerzende Kehle. Er ließ den Stein fallen und ergab sich einem Hustenanfall, der in einem großen, nassen Schleimklumpen endete.

»Tut mir leid, daran hätte ich denken sollen«, sagte Burrows. »Rauchvergiftung ist ein bisschen lästig.«

»Was hat das mit irgendwas zu tun?«, fragte McLean, sobald er seine Stimme wiedergefunden hatte. Er trat nach dem fallen gelassenen Brocken Kohle.

»Na ja, der Boden hier ist voller alter Minen. Schächte, Tunnel, was auch immer. Und da unten liegt immer noch eine Menge Kohle. Oben auf dem Weg nach Bilston gibt es ein großes Flöz, das hat die halbe Schlucht ausgefüllt. Aber manchmal ist die Kohle mit anderem Zeug vermischt. Es könnte ein Ausläufer einer alten Mülldeponie sein, es könnte aber auch bloß eine Gasblase sein. Grubengas, wissen Sie? Ich würde sagen, das ist es, was hier passiert ist. Und dazu ein unterirdischer Schwelbrand. Kann schon seit Jahren gebrannt haben, ohne dass es jemand gemerkt hat. Hat alles schön erhitzt, das Gas entweicht durch Risse im Erdreich und kommt am Boden der Fabrik an. Der einzige Ort, wo es entweichen kann, ist dort, wo der Zement an die Wände stößt. Etwas entzündet es, und da ist es, hellblaue Flammen schießen die Wände hoch. Es muss gewesen sein wie in einem riesigen Gasofen festzusitzen.«

»Und würde das auch all die anderen Fabrikbrände erklären?« McLean wusste, wie die Antwort lauten würde, aber er fragte trotzdem.

»Äh, nein. Vielleicht sollte man sich mal die alten geologischen Karten und die Minenpläne ansehen. Aber … nein. Hier kann ich das verstehen, aber in der Stadt? Nein. Und wir wissen ja auch nicht, was jeden einzelnen dieser Brände ausgelöst hat.«

»Die Obdachlosen haben im Büro der Fabrik drüben in Slateford ein Feuer gemacht«, sagte McLean. »Merkwürdig, dass Sie das in Ihrem Bericht nicht erwähnen.«

»Habe ich das nicht?« Burrows nahm seinen Schutzhelm ab und kratzte sich an der Stirn. »Um ehrlich zu sein, ich könnte es vergessen haben. Der Winter ist keine gute Zeit für einen Brandsachverständigen, wissen Sie.«

»Was, mögen Sie die Kälte etwa nicht?«

»Nein, Inspector. Es gibt dann viele Brände.«

McLean schaffte es zu lächeln, dann tauchte ein komischer Gedanke in seinem Kopf auf.

»Sie heißen Burrows, oder?«, fragte er. »Und Ihr Name wird so geschrieben: B-U-R-R-O-W-S?«

Der Brandermittler sah etwas verwirrt aus, dann sagte er: »Ja, das stimmt.«

»Und er ist nie mit dem Ende -O-U-G-H-S geschrieben worden, wissen Sie, wie Edgar Rice Burroughs?«

Der Ausdruck auf Burrows Gesicht war eine Mischung aus Verwirrung und Sorge. »Soweit ich weiß, nicht. Warum?«

»Ach, nichts. Nur so eine Ahnung.«

Ungefähr eine Stunde später fanden sie die Überreste von Sergeant John Needham. Zumindest glaubte McLean, dass es sich um Needy handelte. Eine formelle Identifizierung bedurfte seiner zahnärztlichen Unterlagen oder einer DNS-Analyse der verkohlten Knochen. Er lag auf dem Bauch und hatte die Arme um ein Häufchen Asche geschlungen – alles, was von seinem wertvollen Buch noch übrig war. Der Großteil seiner Uniform war zu einem Nichts verbrannt, war mit der Schmiere verschmolzen, die einmal Haut und Fett und Muskeln gewesen war. Sogar die Goldkette, die er um den Hals getragen hatte, war zerbrochen, und die Glieder waren zu Edel-Schlacke zerschmolzen. Aber das schwere, runde Medaillon, das die Mitte gebildet hatte, lag neben ihm auf dem Boden.

Vorsichtig, um die Leiche nicht zu berühren, bevor der Rechtsmediziner kam, fischte McLean in seinen Taschen nach einer Beweismitteltüte oder Latexhandschuhen, um es damit hochzuheben. Dabei merkte er, dass er den dünnen Streifen Stoff von Kirstys Kleid verloren hatte. Er dachte zurück, versuchte, sich zu erinnern. In der Kapelle hatte er ihn noch bei sich gehabt, aber was hatte er später damit gemacht? Er erinnerte sich, ihn in der Faust gehalten zu haben, um seine Finger geschlungen. Dann war er verschwunden. Im Feuer verbrannt. Das letzte Stück von ihr. War es an der Zeit, sie loszulassen?

Tränen brannten in seinen trockenen Augen, und er war gezwungen, den Kopf abzuwenden. Er steckte die Hände wieder in die Taschen, richtete sich auf und trat von der merkwürdig friedlich wirkenden Leiche zurück. Das Medaillon lag dort, wo er es hatte liegen lassen, unberührt. Noch immer nichts von den Rechtsmedizinern zu sehen. Aber als er sich vom Tatort entfernte, stellte er fest, dass ihn der Fall auch nicht länger interessierte. Jemand anderes konnte sich mit all dem beschäftigen. Er hatte genug.

»Päckchen für Sie, Sir. Der Eilbote hat es gerade abgegeben.«

PC Gregg stand auf der Schwelle zu McLeans Büro und versuchte, nicht so auszusehen, als würde sie starren. Er konnte es ihr wirklich nicht übel nehmen. Er musste schlimm aussehen. Sechs Stiche in einem Schnitt auf seiner rechten Schläfe, Veilchen, angesengtes Haar, rot verbrannte Wangen, als hätte er sein ganzes Leben lang gesoffen. Und er konnte den schrecklichen Rauchgeruch einfach nicht loswerden, der ihm überallhin zu folgen schien.

»Danke, Constable. Legen Sie's einfach auf den Schreibtisch. Wenn Sie ein freies Plätzchen finden können.«

Sie tat, was er ihr gesagt hatte, dann blieb sie stehen, wartete darauf, weggeschickt zu werden.

»Sonst noch was?«

»Ich weiß nicht, ob Sie's schon gehört haben, Sir, aber der

Junge, nach dem wir gesucht haben, ist aufs Revier gekommen und hat sich gestellt.«

»Der Junge? Was für ein Junge?«

»Sie wissen schon. Wir haben an Weihnachten seinen Bruder verhört.«

»Peter Ayre?«

»Ja, so heißt er. Er ist unten im Verhörraum 3, redet, als könne er nicht aufhören. Ich habe Dag… äh, Inspector Duguid noch nie so glücklich gesehen, Sir.«

»Ich werde runtergehen müssen, um mit ihm zu sprechen.« McLean erinnerte sich an die Verwüstung, die in seiner Wohnung geherrscht hatte. Sah das bleiche, tote Gesicht seines Nachbarn vor sich. »Danke, dass Sie es mir gesagt haben, Constable.«

PC Gregg nickte und huschte aus dem Zimmer, ließ McLean mit seinem Päckchen zurück. Es schwappte wie eine gefüllte Flasche und hatte ungefähr die richtige Größe und Form eines guten Whiskys. Er schnitt das braune Papier vorsichtig mit einem Messer auf, öffnete es und enthüllte einen fünfundzwanzig Jahre alten *Springbank*, der in einer hölzernen Schachtel ruhte. Daran klebte ein Zettel, auf dem in überraschend kindlicher Handschrift stand: »Mein kleines Mädchen kann jetzt in Frieden ruhen. Meinen Dank dafür. Ich werde es nicht vergessen. Dies und das andere Geschenk sind ein Zeichen meiner Dankbarkeit.«

Er war nicht unterschrieben, aber McLean wusste genau, von wem er stammte. Er ließ die Flasche aus der Schachtel gleiten und hielt sie ins Licht. Flüssiges Gold. Eigentlich sollte er sie direkt zur Chief Superintendent bringen; Geschenke von einem Gangster aus Glasgow anzunehmen konnte ihm allen möglichen Ärger einbringen. Und dann war da auch noch die Frage, woher MacDougal überhaupt wissen konnte, was geschehen war.

Andererseits, fand McLean, hatte er sich das verdient. Und wahrscheinlich würde noch ein Monat vergehen, bevor seine Kehle geheilt genug war, dass er ihn trinken konnte. Er schob ihn zurück in die Schachtel, legte das Ganze in eine Schublade und machte sich auf den Weg zum Verhörraum 3.

Peter Ayre sah so schlecht aus, wie McLean sich fühlte. Abgesehen von den offensichtlichen Anzeichen des Entzugs war sein Gesicht mit Blutergüssen übersät, und er hielt einen Arm so, als wäre er gebrochen. Seine rechte Hand steckte in einem schmutzigen, blutbefleckten Verband, der verdächtig danach aussah, als berge er ein paar Finger zu wenig. Er hätte ins Krankenhaus gehört, nicht in einen Verhörraum, aber McLean war nicht derjenige, der Dagwood das sagen würde. Diesmal nicht.

Der Chief Inspector trug einen Ausdruck unerträglicher Freude zur Schau, und es war nicht schwer zu verstehen, warum. Vom Beobachtungsraum aus konnte McLean hören, wie Ayre mit abgestumpfter, monotoner Fixerstimme Namen und Adressen herunterratterte, als hätte man sie ihm eingebläut. Für die Bande, die für die Cannabispflanzungen überall in der Stadt verantwortlich war, würde es sehr schwer werden, weiterzuarbeiten – und das, obwohl Dagwood für den Fall verantwortlich war.

»Ist es denn zu fassen, dass er einfach hergekommen ist?« DI Langley starrte auf das Verhör, das auf der anderen Seite der Scheibe geführt wurde. »Er hat uns beinahe angefleht, ihn festzunehmen. Er ist völlig verängstigt.«

»Und was ist mit seinen Informationen? Sind sie nützlich?« McLean war sich nicht sicher, warum er fragte. Er wusste, wie die Antwort lauten würde.

»Soweit wir das bisher beurteilen können, ja. Es ist ja noch ziemlich früh. Aber er scheint eine Schlüsselfigur gewesen zu sein. Er kennt alle Standorte, alle Leute. Und er hat gesagt, dass er als Zeuge aussagen wird, wenn wir ihm dabei helfen, clean zu werden. Hierfür wird jemand befördert werden.«

Aye, und wir alle wissen, wer das sein wird, dachte McLean, und er steht nicht in diesem Raum. »Also, wer wird dieses Gebiet übernehmen, was meinen Sie? Wenn diese Bande hinter Gittern ist?«

Langley sah McLean fragend an. »Was meinen Sie damit?«

»Ich setze auf Glasgow. East Side.« McLean zog die Tür zum Beobachtungsraum auf, um zu gehen. »Diese Weegie-Schweinehunde versuchen schon seit Jahren, hier Fuß zu fassen.«

Draußen vor dem Büro linderte die kalte Luft den Schmerz in seinem Gesicht, kitzelte ihn aber im Hals. McLean senkte den Kopf gegen die Kälte und machte sich auf den langen Weg durch die Stadt. Das Auto seiner Großmutter stand sicher in seiner Garage verstaut, weit entfernt von gestreuten Straßen und explodierenden Gebäuden. Sobald es nur ein bisschen wärmer würde, würde er es gründlich waschen. Vielleicht würde er es in die Werkstatt in Loanhead bringen, von der er gehört hatte, und ihm einen gründlichen Rostschutz gönnen. Er fragte sich, ob die Elektrik ein Funkgerät aushielt.

Obwohl die Konten leer waren und Weihnachten vorbei, die meisten Banken bankrottgingen und die Arbeitslosigkeit schneller stieg als Dagwoods Blutdruck, war die Princes Street voller Kauflustiger wie eh und je. Er drückte sich an halbwüchsigen Müttern vorbei, die Buggies vor sich herschoben, an alten Weibern mit tödlichen Regenschirmen, die trotz des blauen Himmels aufgespannt waren, Teenagern in Kleidern, die ihnen mehrere Größen zu groß waren, und an hundertundeiner anderen Variation der Menschheit.

Und dann sah er ihn, wie er ins Schaufenster eines riesigen Ladens einer Buchhandelskette auf die Auslage der kompletten Werke von Ian Rankin starrte.

»Anderson!« Der Schrei verkrampfte seine Kehle, und McLean beugte sich vornüber, hustend und würgend wie ein Kettenraucher.

»Alles in Ordnung, Kumpel?«

Nach einer tränenreichen Minute schaffte es McLean schließlich, aufzublicken. Aus der Entfernung könnte der Mann, der zu ihm sprach, vielleicht ein bisschen wie Donald Anderson ausgesehen haben. Aber jetzt, wo er vor ihm stand, war er es eindeutig nicht. Zum einen war das Gesicht runder, und die Nase stimmte überhaupt nicht. Und Anderson hätte sich niemals so angezogen.

»Ich dachte, Sie hätten mich gerufen.« Die Stimme des Mannes war auch vollkommen verkehrt. Es lag Wärme darin. Besorgnis sogar.

»Tut mir leid«, röchelte McLean nach einer Weile und zwang sich, sich aufzurichten. »Ich dachte, Sie wären jemand anderes.«

»Macht nichts.« Der Mann schlug ihm freundlich auf die Schulter. »Das passiert mir ständig, wissen Sie.«

Sie lag auf makellos weißen Laken, aufgerichtet durch ein paar schwere Kissen. Ihr Arme hingen lose an den Seiten herab, Drähte und Schläuche verschwanden in beiden. Monitore gruppierten sich um das Bett herum wie auszubildende Ärzte, beobachteten sie ständig, überzeugten sich davon, dass sie noch immer durch den Schlauch atmete, der zwischen ihren Lippen hindurch ihre Kehle hinuntergeschoben war.

McLean stand an der Tür zur Intensivstation, starrte durch die Scheibe und traute sich nicht hinein. Mehr als alles auf der Welt wollte er, dass das hier nicht wahr wäre.

»Oh, Sir, es tut mir leid. Ich wusste nicht …«

Er wandte sich um und sah DS Ritchie über den Flur herankommen. Im Unterschied zu ihm hatte sie keine billigen

Tankstellenblumen dabei. Auch ihr Gesicht sah aus, als hätte sie mehrere Runden mit Muhammad Ali ausgefochten. Der Schnitt an ihrer Schläfe war ordentlich genäht, das Fleisch darumherum war ein Durcheinander aus Schwellung und Farbe.

»Hat sich was geändert?« Ritchie nickte in Richtung der Intensivstation.

»Ich weiß nicht. Ich bin gerade erst gekommen.«

»Gehen Sie rein?« Die Frage war nicht so dumm, wie sie klang.

»Sollte ich wohl.« McLean holte tief Luft und ging hinein.

Es roch nach Desinfektionsmitteln und alkoholhaltigem Handwaschmittel. Die allgegenwärtigen Maschinen piepten und surrten wie ein verrückter Computer in einem Science-Fiction-Film. Als er sich dem Bett näherte, bemerkte McLean, dass Ritchie zurückblieb, und er war dankbar für ihre Sensibilität. Es war eine schreckliche Quälerei, Emma im Koma zu sehen, umgeben von denselben Apparaten, die den Körper seiner Großmutter so lange am Leben erhalten hatten. Manche würden die ganze Technik als Hoffnungsschimmer betrachten, aber er hatte das bereits hinter sich und wusste genau, wie die Chancen standen.

Es gab keinen Nachttisch, die Monitore nahmen den gesamten Platz ein. Die Blumen lagen schwer in seinen Händen. Er wusste jetzt nichts mit ihnen anzufangen und fragte sich, warum er sie überhaupt mitgebracht hatte. Schließlich konnte Emma sie nicht sehen, und sie rochen praktisch nach nichts. Aber sie waren ein Farbtupfer, das musste er zugeben. Er legte sie also auf die Decke am Fußende des Betts.

»Ich sollte lieber gehen«, sagte Ritchie von der anderen Seite des Zimmers. »Ich wollte nur, Sie wissen schon … sehen, ob …« Sie zuckte mit den Schultern.

McLean nickte. »Okay. Ich sehe Sie dann morgen. Und – Kirsty? Danke.«

Er fühlte sich auch nicht behaglicher, nachdem sie gegangen war, hatte es aber zumindest geschafft, einen Stuhl zu finden. Er stellte ihn vorsichtig zwischen die Schläuche und Drähte, setzte sich neben das Bett und nahm Emmas kalte Hand in seine.

»Sie könnte jederzeit aufwachen.« Er sah sich um und erblickte einen jungen Arzt, der auf der Schwelle stand, über die DS Ritchie gerade hinausgegangen war. Oder hatte er schon stundenlang hier gesessen, ohne zu denken? Schwer zu sagen.

»Das ist das Problem mit Schlägen auf den Kopf. Es heißt, es ist wichtig, dass sie schnell wieder zu Bewusstsein kommen, aber manchmal ist es am besten, wenn der Patient nicht aufwacht. Das verschafft dem Gehirn Zeit, sich selbst zu heilen.« Der Arzt durchquerte den Raum, zog eine Augenbraue beim Anblick der Blumen hoch und nahm dann die Tabelle zur Hand, die am Ende des Betts hing.

McLean erkannte eine Krücke, wenn er eine sah. »Da gibt es irgendwo ein ›Aber‹, richtig?«

Der Arzt versuchte ein beruhigendes Lächeln, aber er war zu müde, um wirklich erfolgreich zu sein. »Schon erstaunlich, das Gehirn. Es gibt so viel, was wir darüber noch nicht wissen. Manchmal hinterlässt etwas, das nach großem Schaden aussieht, keine erkennbaren Nachwirkungen. Manchmal kann die kleinste Verletzung tödlich sein. Wir haben alle möglichen Scans und Analysen gemacht, aber bis sie aufwacht, wissen wir es einfach nicht. Sie müssen sich vorbereiten. Es besteht die Möglichkeit, dass sie einen irreparablen Schaden erlitten hat.«

Irreparabel. McLean versuchte, nicht bei dem Wort zu verweilen, als er in Emmas Gesicht starrte. Ihre Augen waren eingesunken, umgeben von dunklen Blutergüssen. Ihr einstmals stacheliges schwarzes Haar hing jetzt in Rattenschwänzen um ihre Ohren. Ihre Haut war fahl, ihre Lippen bleich. Es war schwer, an sie als die Frau zu denken, mit der er vor drei Tagen aufgewacht war. Das Leben eines weiteren Menschen war dadurch zerstört worden, dass er ihn zu dicht an sich herangelassen hatte.

»Ähm, eigentlich ist die Besuchszeit für heute vorbei«, sagte der Arzt. »Aber da ich sehe, dass Sie Polizist sind …«

»Schon in Ordnung.« McLean ließ Emmas Hand los und stand auf. Sie bewegte sich nicht, protestierte nicht, tat nichts, damit er blieb. »Ich komme morgen wieder.«

Und übermorgen, dachte er, während er auf den Flur hinaustrat. Und am Tag darauf.

Epilog

Die Ceilidh-Band war auf Touren, die Feier lief bestens. Auf dem Tanzboden wirbelten Mr und Mrs Jenkins und hüpften unter Jauchzen und Beifall durch einen Achter-Reel. Getränke flossen in Strömen, und alle waren sie voll mit gutem Essen. Niemand bemerkte, wie der Trauzeuge sich durch die Hintertür davonmachte und in seinen glänzenden roten Wagen stieg.

Die Rede war okay gewesen, dachte McLean, als er langsam vom Parkplatz fuhr. Es war fraglich, ob Phil jemals wieder mit ihm sprechen würde, aber das war bei diesen Dingen eben so. Er hätte sich seinem Mitbewohner niemals in solch betrunkenem Zustand anvertrauen sollen, wenn er nicht wollte, dass an seinem Hochzeitstag die ganze Welt eingeweiht würde. Vielleicht würde Phil ihm eines Tages denselben Gefallen tun. Vielleicht.

Skye war im Juni sonnig und die Abende lang. Er hätte das schon vor ein paar Tagen tun wollen, aber wie es unvermeidlich war, hatten die Hochzeitsvorbereitungen sich mit einem ganz besonders unangenehmen Fall verschworen, was bedeutete, dass er erst gestern Abend im Hotel angekommen war. Wenigstens hatte er die Karte, die ihm DC MacBride ausgedruckt hatte. Mit etwas Glück würde er den Platz vielleicht finden können.

Aus der Straße wurde ein Feldweg, der schließlich an einem klapprigen Holztor in einer Trockensteinmauer endete. McLean stellte den Motor ab und starrte eine Weile durch die Windschutzscheibe aufs Meer. Es war zweifellos ein schöner Ort, ein perfekter Zufluchtsort.

Aber trostlos. Als er ausgestiegen war, riss der Wind an seinem Kilt und zog an seinen Haaren. Jetzt war es warm, aber im Winter wäre es hier nicht halb so nett. Er kletterte über das Tor und folgte der leichten Einsenkung im Gras, wo der Weg früher weitergegangen war, auf den Rand der Klippen zu, wo die Möwen flogen und schrien.

Zwei uralte, knorrige Ebereschen bezeichneten den Rand des alten Klostergeländes. Die Natur hatte wirklich nicht lang gebraucht, um sich alles zurückzuholen, nachdem es abgebrannt war. Ein paar Schafe glotzten ihn argwöhnisch an, als er in die Überreste alter Gebäude blickte und endlich an dem klotzigen Kirchengebäude anlangte.

Das Dach war schon lange verschwunden, zusammen mit der Ostwand und dem Großteil der Südwand. Die Nord- und Westwände hielten dem gewalttätigen Wetter des Atlantischen Ozeans noch stand, würden aber wahrscheinlich auch nicht mehr lange stehen bleiben. McLean versuchte, sich das Kloster noch vollständig vorzustellen, mit einem Dutzend ältlicher Mönche darin, die ihrem täglichen Gottesdienst nachgingen. Es hatte Zeiten gegeben, fühlte er – besonders in den letzten sechs Monaten –, wo die Idee, alles aufzugeben und sich an einen Ort wie diesen zurückzuziehen, sehr verlockend gewesen war. Etwas daran, eine einfache Routine zu haben, mit der jeder Tag gefüllt war, unveränderlich und verlässlich, gefiel ihm. Aber er wusste, dass er sich spätestens nach einem Monat langweilen würde. Das Fernweh würde ihn wieder wegtreiben. Und dann war da noch die ganze Sache mit diesem Gott.

Er verließ die zerstörte Kirche und ging durch den Friedhof. Grabsteine neigten sich in diese und jene Richtung, so als würden die Mönche, die darunter begraben lagen, darum kämpfen, aufzustehen und sich zurückzuholen, was ihnen einst gehört hatte. Manche waren alt, die Inschriften bis zur Unleserlichkeit verwittert, andere Namen, an die erinnert wurde, waren noch lesbar. Es waren schlichte Inschriften, hier gab es keine blumigen Gefühle. Nur ein Name, ein Datum, ein Gebet. Ein paar erzählten davon, welche Rolle der Tote in der winzigen Gemeinde gespielt hatte – Imker, Fischer, Naturheilkundler. Der letzte erregte McLeans Aufmerksamkeit, wenn er auch keinerlei Überraschung barg. Es war eher, als hätte endlich alles einen Sinn bekommen.

Father Noam Anton
1897–1979
Bibliothekar

Er stand lange am Grab, den Blick darauf geheftet, während die Brise vorbeipfiff. Dann wandte er sich um und ging weg. In einer halben Stunde könnte er wieder auf der Hochtzeitsfeier sein.

Mit etwas Glück würde niemand bemerken, dass er fort gewesen war.

Ohne die …

Wie »Das Mädchenopfer« wurde auch «Asche zu Asche, Blut zu Blut« zunächst als E-Book veröffentlicht, in meinem Selbstverlag »DevilDog Publishing«. Niemand kann alle seine eigenen Fehler entdecken, daher stehe ich tief in der Schuld von Heather Bain und Keir Allen, die meine Werke korrekturgelesen haben, und von Lisa McShine, Ellen Grogan, John Burrell, Scott M. Ryan und Malcolm Gray, die mich später auf Fehler hingewiesen haben. Alle Fehler sind allein meine, und wo keine sind, ist das allein dem aufmerksamen Blick anderer geschuldet.

Vielen Dank an Alex Clarke und den Rest des Teams bei Michael Joseph dafür, dass sie mich angenommen und diese Bücher sogar in eine noch bessere Form gebracht haben. Danke auch an meine Agentin, die unerschütterliche Juliet Mushens.

Aufmerksame Leser mögen einen gewissen Detective Constable Stuart MacBride bemerkt haben, der diese Geschichten hier mit seiner Gegenwart beehrt. Das ist kein Zufall. Stuart ist mir immer ein guter Freund gewesen, der mich viele Jahre lang unterstützt hat. Seine tiefgehende Kritik früherer Entwürfe von »Das Mädchenopfer« und «Asche zu Asche, Blut zu Blut« haben nicht unwesentlich dazu beigetragen, dass sie auf die Shortlist zum CWA Debut Dagger gekommen sind, da bin ich mir sicher. Wenn Sie Stuarts Bücher noch nicht gelesen haben, müssen Sie das tun. Und zwar sofort.

Eine hochlöbliche Erwähnung geht an Sandra Ruttan (ausgesprochen Ru-Tan) und die ganze Crew des »Spinetingler Magazine«, dafür, dass sie meine Geschichten veröffentlicht haben, lange bevor irgendwer sonst mich ernst genommen hat. Danke auch an Phillip Patterson und Dorothy Lumley.

Es gibt noch unzählige andere, die mich unterstützt haben und ein Dankeschön verdienen, besonders die Harrogate Irregulars und meine Twitter- und Facebook-Freunde. Ich weiß, wenn ich versuchen würde, sie alle einzeln aufzuführen, würde ich jemanden vergessen, also vermeide ich diese Peinlichkeit und nehme euch alle kollektiv in den Arm. Ihr wisst, wer ihr seid.

Und schließlich – weil man sich das Beste ja bis zum Schluss aufhebt – ist da noch Barbara, deren Nachnamen ich für meinen Helden gestohlen habe und die es schon viel länger mit mir aushält, als ich es zugeben möchte.

James Oswald

Bereits während des Studiums der Psychologie an der Aberdeen University verfasste James Oswald erste Comics. Es folgten Kurzgeschichten, diverse Blog-Posts und eine Fantasy-Reihe. Neben dem Schreiben betreibt er heute eine Farm in der schottischen Grafschaft Fife, wo er sich der Zucht von Schottischen Hochlandrindern und neuseeländischen Romney-Schafen widmet. Mit seinen ersten beiden Thrillern »Das Mädchenopfer« und »Asche zu Asche, Blut zu Blut« wurde James Oswald für den renommierten Debut Dagger Award der Crime Writers' Association nominiert und stürmte auf Anhieb die britischen Bestsellerlisten. Momentan schreibt er an weiteren Fällen der Krimireihe um den charismatischen Ermittler Anthony McLean.
Mehr zu James Oswald und seinen Büchern unter www.jamesoswald.co.uk und www.devildog.co.uk.

Mehr von James Oswald:

Das Mädchenopfer. Thriller (auch als E-Book erhältlich)
Das Böse im Verborgenen. Zwei E-Book Only Kurzkrimis mit Detective Inspector Anthony McLean (als E-Book Only erhältlich)

GOLDMANN
Lesen erleben

Um die ganze Welt des
GOLDMANN Verlages
kennenzulernen, besuchen Sie uns doch
im Internet unter:

www.goldmann-verlag.de

Dort können Sie
nach weiteren interessanten Büchern ***stöbern***,
Näheres über unsere ***Autoren*** erfahren,
in ***Leseproben*** blättern, alle ***Termine*** zu Lesungen und
Events finden und den ***Newsletter*** mit interessanten
Neuigkeiten, Gewinnspielen etc. abonnieren.

Ein ***Gesamtverzeichnis*** aller Goldmann Bücher finden
Sie dort ebenfalls.

Sehen Sie sich auch unsere ***Videos*** auf YouTube an und
werden Sie ein ***Facebook***-Fan des Goldmann Verlags!